AF397659

plaisir
d'amour

SAWYER BENNETT

HENDRIX

PITTSBURGH TITANS

Ins Deutsche übertragen
von Sandra Martin

Sawyer Bennett
Pittsburgh Titans Teil 7: Hendrix

Aus dem Amerikanischen ins Deutsche übertragen von Sandra Martin

© 2023 by Sawyer Bennett unter dem Originaltitel „Hendrix: A Pittsburgh Titans Novel"
© 2023 der deutschsprachigen Ausgabe und Übersetzung by Plaisir d'Amour Verlag, D-64678 Lindenfels
www.plaisirdamour.de
info@plaisirdamourbooks.com
© Covergestaltung: Sabrina Dahlenburg
(www.art-for-your-book.de)
ISBN Print: 978-3-86495-646-1
ISBN eBook: 978-3-86495-647-8

Kapitel 1

Stevie

Mit Schwung hebe ich einen Kasten Michelob-Bier vom Boden hoch und platziere ihn auf der Anrichte hinter der Bar. Ich bin zwar nicht sonderlich groß, aber an Kraft mangelt es mir nicht. Außerdem bin ich starrköpfig, stolz und bitte andere nicht gern um Hilfe, obwohl sich im Laden nebenan mindestens ein stämmiger Mann befindet, der mir zur Hand gehen könnte. Aber warum sollte ich mir helfen lassen? Das hier ist meine Kneipe und ich bin für den Betrieb verantwortlich. Wenn also der Barkeeper, der den Laden hätte öffnen sollen, heute Morgen ein paar Minuten zu spät dran ist, scheue ich mich nicht, selbst ein paar Kisten Bier aus dem Lager zu holen.

Wir öffnen erst um elf Uhr und bis dahin ist ohnehin nicht mehr viel zu tun. Ich fülle nur noch die Kasse mit Kleingeld und Münzrollen, die bis zum Abend reichen sollten. Dann notiere ich den Betrag auf einem Formblatt, das der Barkeeper vor Schichtwechsel aktualisieren wird.

Anschließend nehme ich die Barhocker vom Tresen, die wir jeden Abend aufstuhlen, um den Boden zu wischen. Dann schalte ich nur noch die Leuchtreklame an den Wänden ein und bin bereit.

Terry sollte jeden Moment hier sein. Ich überlasse es ihr, die Tür aufzuschließen und die ersten Gäste hereinzulassen. Ich biete hier nicht viele Speisen an, bis auf Tiefkühlpizzen, die ich im Tischbackofen erhitzen kann, Chips, Trockenfleisch und eingelegte Eier, die mein Vater jede Woche vorbereitet. Letztere verkaufe ich für fünfundsiebzig Cent pro Stück. Sie sind weder die Zeit noch die Mühe wert, aber es ist Tradition. Mein

Großvater hat sie 1979 begonnen, als er die Kneipe eröffnete, und obwohl mein Dad nie Eigentümer sein wollte, war und ist er nach wie vor am Erfolg des Geschäfts beteiligt, also macht er die eingelegten Eier.

Die meisten Gäste in Jerry's Lounge, die nach meinem Großvater benannt ist, kommen wegen des Biers und der Spirituosen. Tagsüber sitzen hier einige alte Rentner, die meinen Grandpa noch kannten, sowie eine Handvoll Biker aus dem Motorradclub meines Vaters. Abends verabschieden sich die Rentner und weitere Biker kommen herein. Ich würde es nicht anders haben wollen, denn ich liebe meine Kunden so wie sie sind.

Da ich nichts mehr zu tun habe, bis wir öffnen, gehe ich nach nebenan ins Tattoo-Studio meines Dads. Obwohl er bei seinem Vater in der Kneipe aufgewachsen ist, hatte er keine Lust, seinen Lebensunterhalt mit dem Verkauf von Bier zu verdienen. Stattdessen ging er zur Armee und wollte die Welt bereisen. Allerdings musste er seine Pläne ändern, als ich geboren wurde, denn als alleinerziehender Vater ist ein Job beim Militär nur schwer zu bewältigen.

Stattdessen entwickelte er eine neue Leidenschaft, die aus einem unglaublichen künstlerischen Talent geboren wurde. Er eröffnete sein Tattoo-Studio namens Hard Ink, das direkt an Jerry's Lounge angrenzt. Der Vermieter der beiden Gebäude hat uns sogar erlaubt, sie durch eine Tür miteinander zu verbinden, sodass wir uns frei zwischen den Läden hin und her bewegen können, um einander bei Bedarf auszuhelfen. Wenn bei Jerry's nicht viel los ist und mein Barkeeper alles im Griff hat, gehe ich hin und wieder zu meinem Vater rüber und übernehme den Kundenempfang oder räume auf. Im Gegenzug schenkt mein Vater bei mir Getränke aus.

Ich ziehe meinen Schlüssel heraus und öffne die Tür, die von meinem Lagerraum direkt in seinen Pausenraum führt. Während der Geschäftszeiten ist sie nie verschlossen.

Mein Dad sitzt am Tisch und hat seine große Hand um eine dampfende Tasse Kaffee geschlungen. Dabei unterhälter sich mit zwei seiner Angestellten.

Einer davon ist Roy, ein Schrank von einem Mann, der im Motorradclub meines Vaters mitfährt und seit vier Jahren bei ihm als Tätowierer arbeitet. Sienna hat erst vor ein paar Wochen hier angefangen und ist eine äußerst talentierte Künstlerin. Zudem ist sie eine geistlose Schlampe, was vor allem an ihrer Kleidung zu erkennen ist. Heute besticht sie mit einem Bustier, das kaum ihre Brüste bedeckt, und einer hautengen Hose aus Kunstleder, die so tief auf ihren Hüften sitzt, dass ich ihre Poritze sehen kann, als sie sich gerade eine Tasse Kaffee einschenkt. Danach gesellt sie sich zu meinem Vater an den Tisch und wendet sich ihm zu. Dabei schlägt sie ein Bein über das andere und lehnt sich so weit vor, dass ihre Brüste fast aus ihrem Oberteil fallen, während sie versucht, seinen Blick auf sich zu ziehen.

Igitt … ekelhaft. Mein Vater ist zwar keineswegs alt — er ist achtundvierzig und sieht viel jünger aus —, aber Sienna ist wie ich erst fünfundzwanzig. Ich finde es abstoßend, wie sie derart übertrieben mit ihm flirtet.

Ich muss meinem Vater jedoch zugutehalten, dass er keinerlei Interesse zeigt; er ignoriert Sienna, während er Roy aufmerksam zuhört.

Dabei will ich nicht behaupten, dass John „Bear" Kisners Bett leer bleibt, doch er bevorzugt etwas reifere Frauen. Natürlich hat er sich auch schon mit jüngeren Frauen vergnügt, doch es gefällt ihm, wenn sie selbstbewusst und zu einer bedeutungsvollen, tiefgründigen Unterhaltung in der Lage sind. Mein Vater mag zwar ein Harley-fahrendes, tätowiertes, waffenschwingendes Ungetüm von einem Mann sein, aber er hat auch im Oberstübchen etwas zu bieten.

Seine Augen leuchten auf, als ich durch die Tür trete. „Da ist ja meine Carrots."

„Guten Morgen, Peas", erwidere ich liebevoll und beuge mich vor, um einen Kuss auf seine bärtige Wange zu drücken. Als ich dreizehn war, hat er sich mit mir den Film „Forrest Gump" angesehen. Am Ende lag ich schluchzend an seiner Schulter und fragte ihn mit erstickter Stimme, ob wir uns wie Jenny und Forrest ebenfalls Carrots und Peas nennen können.

Er hat ohne zu zögern eingewilligt.

Ich habe meine graublauen Augen und dunklen, fast rabenschwarzen Haare von meinem Vater geerbt, wobei seines an den Schläfen allmählich grau wird. Seinen Bart hat er zwar gestutzt, aber sein langes Haar hängt ihm lose über die Schultern. Dad ist immer noch gut in Form, wobei seine Armmuskeln mit Tattoos übersät sind. Im Grunde kann ich Sienna keinen Vorwurf machen, dass sie sich zu ihm hingezogen fühlt, aber es ist mir trotzdem zuwider.

„Hey, Stevie", sagt Roy und hebt zur Begrüßung das Kinn, während in seinen Augen ein sehnsüchtiger Ausdruck schimmert. Er will schon seit einer Ewigkeit mit mir ausgehen, aber ich bin nicht an ihm interessiert. Zugegebenermaßen ist er mit seinem muskulösen Körper und seinen Tattoos ziemlich sexy, und wenn man bedenkt, dass ich unter tätowierten Muskelpaketen aufgewachsen bin, sollte er genau mein Typ sein. Obendrein ist er ein netter Kerl. Dennoch funkt es bei mir einfach nicht. Ich kann es mir nicht erklären.

Ich bin freundlich, bleibe aber auf Distanz, als ich meine Faust gegen seine stoße. „Was gibt es Neues?"

Mein Blick fällt auf Sienna. Ich weiß, dass sie sich nur bemüht, nett zu sein, weil mein Dad anwesend ist, aber sie schenkt mir ein strahlendes Lächeln. „Hi, Stevie."

„Du hast Spinat zwischen den Zähnen", erwidere ich mit ausdrucksloser Stimme und schicke ein Dankgebet zum Himmel, weil es mir vergönnt ist, sie in Verlegenheit zu bringen.

Sienna schlägt sich die Hand vor den Mund und keucht: „Scheiße." Sie steht auf und stapft auf ihren hohen Absätzen in Richtung Badezimmer am Ende des Flurs.

Roy steht mit einem leisen Lachen auf. „Ich werde jetzt meinen Arbeitsbereich vorbereiten."

„Bis später", rufe ich ihm zu und gehe zur Anrichte, um mir eine Tasse Kaffee einzuschenken. Dabei fällt mir auf, dass die Tasse meines Vaters fast leer ist, also fülle ich sie auf.

Als ich mich ihm gegenüber an den Tisch setze, schüttelt er missbilligend den Kopf. „Sei nett."

„War ich doch. Ich habe sie darauf hingewiesen, dass sie etwas zwischen den Zähnen hat und sie damit womöglich vor weiteren Peinlichkeiten bewahrt."

Mein Vater gluckst und trinkt einen Schluck Kaffee. Als er seine Tasse wieder abstellt, fragt er: „Was steht bei dir heute auf der Tagesordnung?"

„Das Übliche. Harlow wird bald hier sein, um die Pläne bezüglich der Spielzeugsammlung noch einmal mit mir zu besprechen. Der Klempner kommt heute, um sich den undichten Wasserhahn in der Herrentoilette anzusehen, und …"

„Mit dem Wasserhahn werde ich schon fertig", wirft mein Vater ein.

Ich ignoriere ihn, weil ich selbst dafür verantwortlich bin. „Ich treffe mich mit Mom zum Mittagessen und gehe danach noch einkaufen, also sag Bescheid, falls du etwas brauchst."

„Deine Mutter, hm?“, fragt er mit schroffer und missbilligender Stimme.

Ich habe gehofft, letztere Information würde zwischen den anderen gar nicht auffallen, doch Bear Kisner entgeht so schnell nichts.

„Ja“, erwidere ich mit beschwingtem Tonfall, um die Anspannung zu überspielen. „Sie hat mir gestern Abend eine Nachricht geschrieben.“

„Wahrscheinlich braucht sie irgendetwas“, murmelt mein Vater.

Das klingt zwar hart, aber er hat seine Gründe. Meine Mutter steht zu Recht ganz unten auf der Liste der Menschen, die mein Vater respektiert. Er hat ihr nie verziehen, dass sie mich verlassen hat, als ich gerade einmal zwei Jahre alt war, dabei ist es ihm völlig egal, dass sie damals auch ihn für immer den Rücken zugekehrt hat. Ich würde sogar behaupten, dass er sie hasst, weil er sich damals um ein Kind mit einem gebrochenen Herzen kümmern musste, das nicht verstehen konnte, warum seine Mutter es nicht liebte oder wollte.

Mein Vater ist ein großartiger Mensch und ich würde rein gar nichts an meiner Erziehung ändern. Glücklicherweise hatte er Hilfe von seinen Eltern und hat die Sache besser gemeistert, als meine Mutter es je hätte tun können, und genau deshalb stehen wir uns so nahe.

Carrots und Peas.

Seit einigen Monaten habe ich allerdings wieder Kontakt zu ihr, obwohl wir nicht gerade eine Mutter-Kind-Beziehung hegen, verbringe ich hin und wieder etwas Zeit mit ihr.

Mehr erzähle ich ihm jedoch nicht und Dad sieht von weiteren Warnungen ab. Ab und zu macht er mich darauf aufmerksam, dass ich mein Herz in ihrer Gegenwart schützen solle, doch abgesehen davon hält er sich weitgehend zurück. Er ist einer der Väter, die nicht davor zurückschrecken, ihr Kind auch einmal scheitern zu lassen, daher achte ich darauf, dass ich meine Lektionen lerne.

Ich werfe einen Blick auf meine Armbanduhr. „Ich muss los. Komm vorbei, wenn du Harlow sehen willst."

Er erhebt sich und baut sich zu seiner vollen Größe auf, wobei er auf mich herabblickt. „Ich erwarte einen Kunden, also umarme sie einfach von mir."

„Mache ich."

Ich will mich gerade abwenden, als er eine Hand an mein Kinn legt und sich vorbeugt, um meinem Blick zu begegnen. „Du kannst zu deiner Mutter jede Beziehung haben, die du willst, Stevie … aber lass dir gesagt sein: Wenn sie dir wehtut, werde ich sie ohne zu zögern ruinieren."

„Ich weiß", murmle ich, bedecke seine Hand mit meiner und schmiege mich an seine Handfläche. Mein Dad ist ein guter Mensch, doch er würde für mich töten. Das ist mein voller Ernst. „Ich liebe dich."

„Ich liebe dich auch."

Als ich in die Kneipe zurückkomme, steht Terry hinter dem Tresen und sortiert Bierflaschen im Kühlschrank, während Harlow mit einer Flasche Wasser vor sich auf einem Barhocker sitzt und auf ihrem Handy surft.

Mit ihrem leuchtend roten Haar, das ihr über den Rücken wallt, sieht sie so umwerfend aus wie immer. Sie wendet sich mir zu und blickt mich mit ihren strahlenden grünen Augen an. „Warst du gerade bei deinem Dad?", fragt sie.

„Ja. Er sagte, ich solle dich umarmen, also mache ich das besser, bevor ich es vergesse."

Ich setze mich auf den Hocker neben sie und beuge mich vor, um sie kurz in die Arme zu ziehen. Harlow Alston und ich sind schon seit der neunten Klasse befreundet. Durch eine Verschiebung der Distriktgrenzen landete ich auf einer anderen Schule, an der ich niemanden kannte. Sie lag mitten in einem wohlhabenden Vorort von Pittsburgh und ich fiel auf wie ein bunter Hund. Harlow nahm mich gleich am ersten Tag unter ihre Fittiche und seitdem stehen wir uns sehr nahe. Obwohl wir nach der Schule unterschiedliche Wege einschlugen – ich begann, in der Bar meines Großvaters zu arbeiten, da ich allein von dem Gedanken ans College Ausschlag bekam, während sie Jura studierte –, sind wir immer noch die besten Freunde.

Mein Vater liebt sie und sie hat schon viele Nächte bei mir in unserem bescheidenen Haus übernachtet. Im Gegenzug haben mich ihre Eltern ebenfalls immer mit offenen Armen empfangen haben, wenn ich in ihrer luxuriösen Welt zu Besuch war. In gewisser Weise sind wir beide auch wie Carrots und Peas.

„Hattest du ein schönes Thanksgiving?", erkundigt sie sich. Für gewöhnlich telefonieren wir mindestens einmal pro Woche miteinander und schreiben uns noch häufiger, doch seit dem Feiertag vor drei Tagen haben wir nicht mehr miteinander gesprochen.

„Ich habe ihn mit Dad verbracht. Es war schön. Und du?"

„Stone und ich haben bei meinen Eltern gegessen. Ich habe es genossen, über die Feiertage einen Freund zu haben, daher werde ich ihn wohl behalten." Harlow greift in ihre Tasche, zieht einen Ordner heraus und reicht ihn mir. „Ich kann nicht lange bleiben, da ich zu einer Anhörung in der Stadt muss, aber hier sind die Flyer sowie eine Übersicht zum Ablauf der Veranstaltung."

Ich blättere durch die Unterlagen und verziehe die Lippen zu einem dankbaren Lächeln. „Das ist unglaublich. Ich danke dir. Das hättest du wirklich nicht tun müssen, aber …"

Sie gibt mir einen Klaps auf den Arm, wobei sie fest genug zuschlägt, um mir einen Schrei zu entlocken.

„Soll das ein Witz sein? Es ist für einen wirklich guten Zweck und wir freuen uns schon alle darauf."

Mit *alle* meint sie einige Spieler des Eishockeyteams der Pittsburgh Titans. Ihr Freund Stone Dumelin ist der Left Winger der First Line und hat sich bereit erklärt, mit ihr an der Wohltätigkeitsveranstaltung übermorgen teilzunehmen. Wir werden Spielzeug sammeln und es an die Bedürftigen in Allegheny County verteilen. Mein Großvater hat jedes Jahr eine solche Sammlung durchgeführt, für meinen Vater und mich ist sie mittlerweile zu einer wichtigen Weihnachtstradition geworden. Wir schaffen es jedes Jahr, eine gut gefüllte Kiste zusammenzutragen, doch Harlow hat vorgeschlagen, Unterstützung von den Stars der Titans zu holen, um noch mehr Spenden zu sammeln.

Die Idee entstand vor ein paar Wochen, als sie und Stone auf einen Drink in der Kneipe vorbeikamen. Ich bin mir jedoch sicher, dass Harlow mir den Vorschlag vor allem unterbreitete, um meinem Laden etwas auf die Sprünge zu helfen. Anhand der vielen leeren Tische und Hocker konnte sie sehen, dass er nicht sonderlich gut lief. Sie glaubte, dass ein Auftritt der Titans für einen wohltätigen Zweck eine Menge neuer Kunden anlocken und das Geschäft ankurbeln könnte.

Es war ein nettes Angebot, das ich nicht ablehnen wollte. Und mir ist klar, dass sie es sowohl für mich als auch für die bedürftigen Kinder in unserer Gegend tut.

Mit einem Nicken zeigt sie auf den Ordner. „Bisher habe ich die Zusage von zwei Spielern, einschließlich Stone, aber wahrscheinlich werden noch ein paar weitere kommen. Die Gäste müssen alle ein unverpacktes Spielzeug mitbringen. Außerdem werden wir eine Fotostation aufbauen und Geld verlangen, wenn sich jemand mit den Spielern ablichten lassen will. Die Einnahmen werden an eine Wohltätigkeitsorganisation deiner Wahl gespendet."

„Und es macht den Spielern wirklich nichts aus, daran teilzunehmen?", frage ich erstaunt.

Harlow lacht. „Es macht ihnen nicht nur nichts aus, sie lieben es, sich in der Gemeinde zu engagieren. Ich denke, sie wollen den Einwohnern der Stadt etwas zurückgeben, die ihnen seit dem Flugzeugunglück so viel Liebe und Unterstützung entgegenbringen."

Ich beuge mich vor und verpasse ihr einen Stoß mit der Schulter, wobei ich ihr ein verschmitztes Grinsen schenke. „Ich kann immer noch nicht glauben, dass du mit einem berühmten Eishockeyspieler zusammen bist."

Ihre Augen funkeln, als sie mich ebenfalls anstubst. „Ich könnte dir auf der Stelle fünf alleinstehende Kerle nennen, die liebend gern mit dir ausgehen würden. Du musst es nur sagen."

Bei dem Gedanken stoße ich ein Schnauben aus. „Ja, sicher. Als würde einer von ihnen je mit einer Barkeeperin ausgehen."

„Nicht doch", erwidert Harlow mit mahnender Stimme. In demselben Tonfall hat sie auch immer in der Highschool mit mir gesprochen, wenn ich mich selbst herabgesetzt habe. „Definiere dich nie darüber, wie du deinen Lebensunterhalt verdienst. Außerdem bist du keine Barkeeperin, sondern eine Geschäftsfrau und die Eigentümerin eines Einzelhandelsunternehmens."

Wenn es um mein Liebesleben geht, bin ich Realistin, also versuche ich, sie zu beschwichtigen: „Ich will damit nur sagen: Ich bin ständig mit der Kneipe beschäftigt. Da bleibt keine Zeit für Verabredungen oder gar eine Beziehung."

„Nun, wenn du mit jemandem zusammen sein willst, nimmst du dir die Zeit. Aber glaub mir ... ich wette, dass am Abend der Wohltätigkeitsveranstaltung jeder alleinstehende Mann versuchen wird, dich anzubaggern und deine Nummer zu ergattern."

„Dann ist es ja gut, dass ich keine Angst davor habe, das Wort Nein auszusprechen, nicht wahr?"

Harlow verdreht die Augen und lässt sich vom Barhocker gleiten. „Bei dir ist Hopfen und Malz verloren. Aber ich liebe dich trotzdem."

„Dito", sage ich und springe ebenfalls von meinem Hocker, um sie zum Abschied zu umarmen.

Kapitel 2

Hendrix

Mir ist langweilig. Wann können wir gehen?

Hier gibt es keinen Wein. Kaum zu glauben.

Die Frauen hier sind alle billige Schlampen. Hast du gesehen, was die Barkeeperin trägt?

Die letzte Bemerkung bringt das Fass zum Überlaufen: „Es gefällt mir nicht, wie die Frauen die Arme um dich legen, wenn sie ein Selfie mit dir machen." Tracy zieht einen Schmollmund und verschränkt die Arme vor der Brust. „Du musst ihnen sagen, dass sie damit aufhören sollen. Außerdem solltest du sie nicht berühren. Halte deine Hände einfach auf Abstand, so wie Keanu Reeves, wenn er sich mit Fans ablichten lässt."

„Ist das dein verdammter Ernst?", fauche ich. Dabei senke ich nicht einmal die Stimme wie sonst immer, wenn ich mich mit Tracy streite. „Seit wir hier angekommen sind, nörgelst du nur herum. Verdammt, im Grunde beschwerst du dich immer, wenn wir zusammen sind. Ich habe es ein für alle Mal satt."

Meine Kumpel sind plötzlich still geworden und lauschen unverhohlen unserem Wortwechsel. Keiner meiner Mannschaftskameraden kann Tracy leiden. Kein einziger von ihnen. Und das will etwas heißen. Dabei halten sie ihre Ansicht nicht hinter dem Berg, dass ich mich von ihr trennen sollte. Aber ich treffe meine eigenen Entscheidungen.

Doch die Tatsache, dass sie mir ehrlich die Meinung sagen, zeigt deutlich, wie nahe wir uns stehen. Ich weiß es zu schätzen, dass sie gewillt sind, so offen mit mir zu reden, denn ich weiß, dass sie es nur gut meinen.

Und ich habe ihnen durchaus zugehört.

Verdammt … in den meisten Punkten stimme ich sogar mit ihnen überein. Aber ich habe nicht aufgegeben, da mir meine Eltern schon früh beigebracht haben, dass eine Beziehung harte Arbeit erfordert. Selbst meine Tante Rory hat das immer gesagt.

Ich bin ein Hochleistungssportler und ziemlich ehrgeizig, was bedeutet, dass ich am liebsten gewinne. Aber ich weiß auch, dass man hin und wieder auch verlieren kann, obwohl man sein Bestes gibt. Und ich bin zu der Erkenntnis gelangt, dass selbst die größten Bemühungen meine Beziehung zu Tracy nicht kitten können.

Vor allem ärgert mich, dass sie heute Abend eine Veranstaltung verdirbt, die wichtig für unser Team ist. Wir befinden uns in Jerry's Lounge, um Spielzeug für bedürftige Kinder zu sammeln. Es ist mir unbegreiflich, wie Tracy sich daran stören kann, dass ich meine Zeit einer so ehrenwerten Sache widme. Vielleicht sollte ich mich genau auf diesen Punkt konzentrieren, wenn ich sie zur Rede stelle.

Dabei ärgere ich mich weniger über ihre Nörgelei, dass sie sich langweilt, es in dieser Bar keinen Wein gibt oder ich mich mit weiblichen Fans ablichten lasse. Wütend macht mich vor allem ihre Weigerung, anzuerkennen, dass ich heute Abend mit meinen Teamkameraden etwas Gutes tue und dass das einfach zu meinem Job gehört. Zugegebenermaßen habe ich auch eine Menge Spaß – wenn auch nicht mit ihr –, aber es ist dennoch eine Mannschaftsveranstaltung und sie kann nicht von mir erwarten, dass ich mich die ganze Zeit um sie kümmere. Ich habe schon mehrmals mit ihr darüber gesprochen, aber entweder versteht sie es einfach nicht oder sie will es nicht.

Ich werfe einen Blick nach links und sehe, dass sowohl Kace als auch Coen mich beobachten. Da ich Tracy nicht vor aller Augen demütigen will, packe ich sie am Arm und führe sie in eine Ecke, wo wir ungestört sind.

„Was soll das?", fragt sie und reißt sich los. „Wie kannst du es wagen, mich wie ein Stück Eigentum zu behandeln, das du herumschubsen kannst?"

Ich atme tief durch und beiße mir auf die Zunge, um nicht laut auszusprechen, was ich ihr eigentlich gern an den Kopf werfen würde. Dann sage ich mit gedämpfter und ruhiger Stimme: „Ich will nur unter vier Augen mit dir darüber reden."

„Worüber willst du reden? Du benimmst dich wie ein Idiot."

Ich atme noch einmal tief ein, schließe die Augen und stoße den Atem wieder aus, wobei ich bis vier zähle. Als ich die Lider wieder öffne, starrt Tracy mich an.

Ich antworte nicht sofort und versuche verzweifelt, mich zu entsinnen, warum ich mich anfangs zu ihr hingezogen gefühlt habe. Bei unserer ersten Begegnung war sie völlig anders. Zugegebenermaßen hatten wir nie eine tiefgründige Beziehung. Tracy war ein heißes Abenteuer, von dem ich nicht genug bekommen konnte. Wir hatten eine Menge Spaß zusammen und ich war an einem Punkt angelangt, an dem ich glaubte, mit der richtigen Person sesshaft werden zu können. Doch in dem Moment, in dem ich mich auf eine feste Beziehung mit ihr einließ, wurde sie besitzergreifend und fordernd. Ich konnte es ihr nie recht machen.

Jetzt mustere ich sie und kann nichts entdecken, was in mir den Wunsch wecken würde, unsere Beziehung fortzusetzen. Es ist einfach nichts da.

„Es wird nicht funktionieren", sage ich mit einem tiefen Seufzer.

Tracy kneift die Augen zu dünnen Schlitzen zusammen und stemmt die Hände in die Hüften. „Was wird nicht funktionieren?"

Ich gestikuliere zwischen uns hin und her. „Diese Beziehung. Sie funktioniert nicht."

Sie wedelt verärgert mit der Hand. „Natürlich funktioniert sie nicht. Weil du mich in Spelunken schleppst, zulässt, dass die Frauen über dich herfallen und dich lieber mit deinen Kumpels unterhältst als mit mir.“

Weil du eine verrückte Schlampe bist, denke ich, doch ich behalte die Worte für mich. Immerhin hat meine Mutter mich gut erzogen.

Ich beschließe, den edlen Ritter zu spielen, und nehme die Schuld auf mich. „Ich bin nicht gut genug für dich, Tracy. Du hast etwas Besseres verdient als das, was ich dir bieten kann.“

Sie kneift erneut die Augen zusammen, während sie offensichtlich abwägt, ob ich meine Worte ernst meine. Ich hoffe inständig, dass sie zu demselben Schluss kommt wie ich, damit wir im Guten auseinandergehen können.

Doch dann rudert sie zurück. „Es tut mir leid“, sagt sie und macht einen Schritt auf mich zu. Sie schlingt die Arme um meine Taille und schmiegt sich eng an mich. Dann legt sie den Kopf in den Nacken und sieht mich mit einem unschuldigen Augenaufschlag an. „Ich bin müde und gereizt. Ich hätte meine Laune nicht an dir auslassen sollen.“

Verdammt. Es wäre mir leichter gefallen, mich von ihr zu trennen, wenn sie sich weiterhin wie eine Zicke verhalten hätte.

Ich atme noch einmal tief durch und sage dann so deutlich wie möglich: „Wir sollten uns trennen, Tracy.“ Sanft löse ich ihre Arme von meiner Taille und weiche einen Schritt zurück. „Ich denke nicht, dass uns genug verbindet, um eine dauerhafte Beziehung aufrechtzuerhalten. Wir streiten uns nur noch. Du scheinst nicht glücklich zu sein und ich kann dir versichern, dass ich es auch nicht bin.“

„Du Arschloch!", schreit sie und ich zucke zusammen. „Wie kannst du es wagen, mich einfach zu benutzen und mir dann den Laufpass zu geben?"

Mir fällt einiges ein, was ich darauf erwidern könnte, doch ich ringe immer noch um Fassung.

Ich packe sie erneut am Ellenbogen und ziehe sie in Richtung Ausgang. „Ruf dir ein Uber und fahr nach Hause. Ich warte draußen mit dir, bis der Wagen eintrifft."

Tracy reißt ihren Arm los und zischt: „Ich gehe nirgendwo hin. Außerdem wirst *du* mich nach Hause bringen, schließlich hast *du* mich hierher mitgenommen."

Ich schüttle den Kopf. „Du kannst gern bleiben. Dies ist ein freies Land. Aber ich fahre dich nicht nach Hause. Es ist aus zwischen uns."

Ich bin nur dankbar, dass Tracy nie auf die Tränendrüse gedrückt hat, um ihren Willen zu bekommen, obwohl sie oft genug versucht hat, mich zu beeinflussen, indem sie ihre Wut an mir ausgelassen hat.

Sie starrt mich mit einem eisigen Blick an. „Fahr zur Hölle, Hendrix. Ich gehe. Und wage es ja nicht, mir zu folgen. Ich brauche dein Mitleid nicht."

Oh, Gott sei Dank.

Sie macht auf dem Absatz kehrt und verschwindet in der Menge. Ich starre ihr hinterher und überlege, ob ich ihr folgen soll, um sicherzugehen, dass ihr nichts zustößt, doch damit würde ich ihr nur widersprüchliche Signale senden.

Im nächsten Moment klopft mir jemand auf die Schulter und drückt mir ein Schnapsglas mit einer bernsteinfarbenen Flüssigkeit in die Hand. Ich drehe mich um und erblicke Coen, der mich angrinst. „Gratuliere, Mann. Jetzt bist du wieder frei und Single."

Ich kippe den Schnaps runter. Er schmeckt wunderbar und versetzt mich in Feierstimmung. Plötzlich fühle ich mich, als wäre mir eine riesige Last genommen worden.

Coen legt seinen Arm um meine Schulter und schenkt mir ein verschmitztes Grinsen. „Ich kann dir jetzt schon versprechen, dass die anderen Jungs sich darum reißen werden, dir einen Drink auszugeben. Mach dich auf einen feuchtfröhlichen Abend gefasst."

Lachend folge ich Coen durch die Menge und wir gesellen uns zu unseren Freunden.

***

Heute Abend haben sich sechs Spieler der Titans hier versammelt.

Stone, Coen, Foster, Kirill, Kace und ich. Das sind insgesamt fünf Schnäpse, mit denen ich meine Trennung von Tracy feiere. Uns allen gefällt die kleine Kneipe, die Harlow für die Wohltätigkeitsveranstaltung gewählt hat, und da wir morgen nur ein moderates Training absolvieren werden, habe ich keine Gewissensbisse, weil ich zweifellos mit einem Kater aufwachen werde. Zwischen dem zweiten und dritten Schnaps habe ich für einen kurzen Moment überlegt, ob es wirklich so eine gute Idee ist, mich zu betrinken. Doch dann wurde mir klar, dass ich nicht allein leiden werde, denn bei jedem Schnaps, den ich trinke, kippen meine Teamkameraden ebenfalls einen.

Der fünfte und, wie ich beharre, letzte Schnaps des Abends – schließlich will ich mich morgen nicht völlig beschissen fühlen – wird von genau der Barkeeperin gebracht, über die Tracy vor ein paar Stunden gelästert hat.

Sie ist mir schon bei unserer Ankunft aufgefallen, als sie hinter dem belebten Tresen hin und her eilte. Harlow scheint sie zu kennen, denn sie hat sich jedes Mal mit ihr unterhalten, sobald die Frau ein paar Sekunden Zeit hatte. Sie ist so sehr damit beschäftigt, die vielen

Gäste zu bedienen, dass es mich überrascht, zu sehen, wie sie auf uns zukommt.

Sie ist verdammt sexy und ganz und gar nicht billig, wie Tracy sie beschrieben hat. Während Tracy mit ihrem goldblonden Haar, ihrer gebräunten Haut und der üppigen Figur den typisch kalifornischen Sommerlook verkörpert, ist die Barkeeperin das genaue Gegenteil. Ich vermute, dass Tracy sie deshalb so sehr verabscheut hat.

Mit ihrem fast rabenschwarzen Haar, das in gestuften Strähnen ihr Gesicht umrahmt und ihr bis zu den Schultern reicht, sieht sie einzigartig aus. Die Farbe ihrer von dunklen Wimpern umrahmten Augen ist eine ungewöhnliche Mischung aus Blau und Grau, die an aufziehende Gewitterwolken erinnert. Zusätzlich zu einem Nasenpiercing trägt sie mehrere Ohrstecker in beiden Ohren. Ich vermute, dass Tracy sie als billig bezeichnet hat, weil sie ein hautenges Harley-Davidson-Tanktop trägt, das tief ausgeschnitten ist. Doch nicht tief genug, um obszön zu wirken. Ihre Beine stecken in einer ausgebleichten Jeans und Biker-Stiefeln. Auf ihren Armen ist eine ganze Collage von Tätowierungen zu sehen, ihre Augen sind dramatisch dunkel geschminkt und ihre Fingernägel schwarz lackiert. Sie strahlt von Kopf bis Fuß einen Sexy-Rockerbraut-Schick aus, wobei sie durch ihr selbstbewusstes Auftreten ungemein anziehend wirkt.

Auf dem Tablett, das sie mit einer Hand über ihre Schulter stemmt, stehen sechs Gläser Bourbon und eine Flasche Wasser. Sie zwinkert Harlow zu, die auf Stones Knien balanciert, während er mit uns an einem Tisch im hinteren Teil der Kneipe sitzt.

Sie streckt das Tablett zuerst Harlow entgegen, die die Flasche Wasser nimmt, da sie keinen Alkohol trinkt. „Danke, Stevie.“

Stevie. Der Name gefällt mir. Er passt perfekt zu ihr.

„Hoch die Tassen“, ruft sie, als sie das Tablett in ihren Händen dreht und es vor uns abstellt, ohne einen Tropfen zu verschütten. Ihre Stimme klingt rauchig, als hätte sie die ganze Nacht lang gesungen.

Die Jungs greifen nach ihren Drinks, bis nur noch mein Glas übrig ist. Stevie legt den Kopf schief und zeigt mit einem Nicken darauf. „Ich habe gehört, du feierst das Ende deiner toxischen Beziehung. Gratuliere.“

Kirill schnaubt, da er mir am nächsten ist, nehme ich ihm das Glas aus der Hand und biete es Stevie an. „Du solltest mit mir feiern.“

Mit ihren sturmblauen Augen wirft sie einen Blick auf das Glas und sieht dann wieder mich an. Dann verzieht sie ihre vollen, weichen und ungeschminkten Lippen zu einem Lächeln. „Kein Interesse.“

Sie klemmt das Tablett unter ihren Arm und wendet sich ab. Ich dränge mich vor sie und stelle mich ihr in den Weg. „Ich heiße übrigens Hendrix.“

Ich strecke ihr meine Hand entgegen und bin überrascht, als sie sie ergreift. „Stevie.“

Sie versucht, sich meinem Griff zu entziehen, doch ich halte sie fest. „Das ist ein interessanter Name.“

„Mein Vater ist ein interessanter Typ“, erwidert sie, während ich immer noch ihre Hand festhalte. „Er hat mir den Namen gegeben.“

„Ach wirklich?“

Sie nickt, dann wendet sie sich der Bar zu. „Siehst du den großen Kerl, der am Ende des Tresens sitzt?“

„Du meinst den Typen, der uns anstarrt?“ Er ist riesig und scheint mich mit seinem Blick zu durchbohren.

„Er starrt nicht uns an, sondern dich.“

Hm … wahrscheinlich könnte ich es mit ihm aufnehmen, aber ich bin viel zu entspannt, um mich jetzt auf eine Kneipenschlägerei einzulassen. Außerdem reden wir hier von ihrem Dad, und wenn ich sie beeindrucken will, kann ich den Kerl nicht einfach k. o. schlagen.

Also lasse ich ihre Hand los. „Ich nehme an, er ist ein Stevie-Nicks-Fan.“

„Ich bin beeindruckt, dass du überhaupt weißt, wer das ist.“ Stevie steckt eine Hand in die Gesäßtasche ihrer Jeans und begutachtet mich. „Du siehst aus, als wäre Justin Timberlake eher dein Ding.“

Ich lege mir eine Hand aufs Herz und zucke gekränkt zusammen. „Das tut weh. Meine Tante Rory ist ein großer Stevie-Nicks-Fan, also kann ich dir versichern, dass ich alles über ihre Musik weiß.“

Sie zieht eine perfekt gewölbte Augenbraue in die Höhe. „Das sagst du doch nicht nur so, oder?“

Mit dem Zeigefinger zeichne ich ein unsichtbares Kreuz über meinem Herzen. „Ganz ehrlich, sie ist ein waschechter Fan. Sie hat keine Kinder und rechtfertigt diese Tatsache immer mit Stevie Nicks’ Entscheidung, ebenfalls keine Kinder zur Welt zu bringen und einfach die verrückte Tante zu sein, die ihre Nichte verwöhnt.“

„Das klingt plausibel“, räumt Stevie ein, obwohl sie immer noch argwöhnisch dreinblickt.

„Willst du denn nicht doch etwas mit mir trinken, damit wir uns weiter darüber unterhalten können?“, dränge ich.

Sie sieht zur Decke auf, als müsste sie darüber nachdenken, dann begegnet sie wieder meinem Blick. In ihren Augen liegt ein unterkühlter Ausdruck, der alle meine Hoffnungen zunichtemacht. „Immer noch kein Interesse.“

Als sie sich gerade abwenden will, sage ich hastig: „Gib mir nur zehn Minuten deiner Zeit. Das ist alles, was ich will.“

„Wozu brauchst du zehn Minuten?“

„Um dich zu überreden, mit mir auszugehen.“ Ich schenke ihr ein überaus charmantes Lächeln, doch sie starrt mich weiter verbissen an.

„Du bräuchtest weit mehr als zehn Minuten und wahrscheinlich literweise Alkohol, um mich zu einem Date zu überreden.“

„Nur zehn Minuten“, versichere ich ihr. „Unter vier Augen.“

In ihren Augen leuchtet ein Funkeln auf, und wenn ich raten müsste, hätte ich gesagt, dass darin ein Anflug von Interesse zu sehen ist. Nichtsdestotrotz lässt sie mich erneut abblitzen. „Tut mir leid. Meine Zeit ist viel zu kostbar.“

„Dann lass uns eine Wette abschließen.“

„Worauf willst du denn wetten?“

„Wie wäre es mit einer Partie Billard oder Darts? Du kannst es dir aussuchen. Falls ich gewinne, darf ich zehn Minuten mit dir allein verbringen, um dich zu überzeugen.“

„Und falls ich gewinne?“, fragt sie und macht einen Schritt auf mich zu.

„Was hättest du denn gern?“

Sie lässt ihren Blick durch die Kneipe schweifen, die sich mittlerweile etwas geleert hat. Wir alle haben uns mit den Fans ablichten lassen und uns mit ihnen unterhalten. „Du wirst am Ende meiner Schicht den Putzdienst übernehmen.“

„Abgemacht“, stimme ich ohne zu zögern zu. Ich scheue mich nicht davor, einen Putzlappen in die Hand zu nehmen. Selbst wenn ich verlieren würde, könnte ich auf diese Weise immer noch Zeit mit ihr allein verbringen, um sie für mich zu gewinnen.

„Bin gleich wieder da“, sagt sie nur.

Ich drehe mich zu meinen Freunden um, gebe Kirill sein Glas zurück und hebe mein eigenes. „Prost.“

Sie folgen meinem Beispiel und trinken ihren Whiskey in einem Zug.

Ich gehe hinüber zu Stone und Harlow und zeige mit dem Daumen über die Schulter. „Was hat es mit dieser Kellnerin auf sich? Stevie?"

Harlow lacht. „Ihr gehört die Kneipe. Wir sind zusammen zur Highschool gegangen."

Das macht sie noch viel interessanter. „Leg ein gutes Wort für mich ein, in Ordnung?"

„Ein gutes Wort? Warum?", will Harlow wissen.

„Ich versuche, sie dazu zu überreden, mit mir auszugehen."

„Alter", wirft Stone ein und schüttelt amüsiert den Kopf. „Du hast doch gerade erst mit deiner Freundin Schluss gemacht."

„Was erwartest du denn?", frage ich und greife nach meinem Glas Fassbier auf dem Tisch. „Ihr habt mir doch alle wochenlang damit in den Ohren gelegen, dass ich Tracy den Laufpass geben soll."

„Du brauchst wohl jemanden, der dir über die Trennung hinweghilft", stichelt Stone.

„Das ist nicht wahr. Niemand muss mir über die Trennung hinweghelfen, denn ich leide nicht an einem gebrochenen Herzen."

„Er hat nicht unrecht", meldet sich Harlow zu Wort und legt einen Arm um Stones Schulter, bevor sie mich mit ihren grünen Augen mustert. „Aber Stevie ist ganz sicher nicht dein Typ, also verschwendest du nur deine Zeit."

„Woher willst du wissen, ob sie mein Typ ist oder nicht?" Kaum ist mir die Frage über die Lippen gekommen, beantworte ich sie selbst. „Also schön, zugegeben … du bist mit ihr befreundet und kennst sie besser als ich. Aber ich denke, ich werde diese Entscheidung letztlich selbst treffen."

„Hey", erwidert Harlow und hält beschwichtigend die Hände in die Höhe. „Tu dir keinen Zwang an, Kumpel."

„Ich habe mit ihr auf eine Partie Billard gewettet. Wenn ich gewinne, muss sie mir zehn Minuten ihrer Zeit schenken, die ich auf magische Weise nutzen werde, um sie davon zu überzeugen, mit mir auszugehen."

Harlow krümmt sich vor Lachen und Stone gluckst leise vor sich hin.

„Was ist denn?", frage ich.

Stone bricht in schallendes Gelächter aus und antwortet: „Alter … ihr gehört eine Kneipe. Und nicht nur das, sie hat sie von ihrem Großvater geerbt und ist in dem Laden aufgewachsen. Du wirst sie auf keinen Fall bei einer Partie Billard schlagen können."

Hm … das könnte tatsächlich zu einem Problem werden. Allerdings spiele ich ebenfalls schon seit meiner Kindheit Billard. Und dank Tante Rory, die alles liebt, was mit Stevie Nicks zu tun hat, habe ich auch schon einige Kneipen von innen gesehen.

Kapitel 3

Stevie

„**W**as will denn der Schönling von dir?", fragt mein Vater, als ich mich wieder hinter den Tresen stelle und das Tablett neben einer Kühlbox ablege. Er wirft einen Blick über seine Schulter auf Harlow, Stone und dessen Mannschaftskameraden, die gerade an ihrem Bier nippen, nachdem sie ihre Schnapsgläser geleert haben.

„Er wollte sich mit mir verabreden", antworte ich beiläufig, als ich nach meinen Queue-Koffer greife. „Ich habe abgelehnt, aber er hat behauptet, wenn ich ihm zehn Minuten meiner Zeit schenke, kann er mich überreden, mit ihm auszugehen."

„Und du gibst ihm zehn Minuten, indem du mit ihm eine Partie Billard spielst?", will er wissen, als er sich mir wieder zuwendet.

„Nein, er hat mit mir darum gewettet, dass er mich im Billard schlagen kann. Wenn ich verliere, bekommt er zehn Minuten."

Mein Vater lacht leise und führt sein Bierglas zum Mund. Als er es wieder abstellt, sagt er: „Weiß er, dass du ein Ass bist?"

Ich schenke ihm ein verschmitztes Grinsen. „Er hat nicht danach gefragt."

Nachdem ich den Koffer geöffnet habe, schraube ich mein Queue zusammen und lasse meinen Blick durch die Kneipe schweifen. Es ist bei Weitem nicht mehr so viel los wie zu Beginn der Veranstaltung, aber es sind immer noch mehr Gäste da als an einem gewöhnlichen Abend. Ich habe zwei Angestellte hinter dem Tresen und einen, der die Tische bedient, aber ich zögere dennoch. Für gewöhnlich mache ich nie eine Pause, wenn ich arbeite.

„Ich werde, wenn nötig, einspringen“, erklärt mein Vater, der sehen kann, wie ich mit mir hadere. „Außerdem solltest du ein bisschen Zeit mit Harlow verbringen. Du hast den ganzen Abend gearbeitet und konntest nicht einmal den Erfolg genießen.“

Mein Herz schwillt fast über vor Liebe zu meinem Vater. Er kennt mich in- und auswendig und ist immer der Erste, der sich vergewissert, dass ich auf mich selbst achte. Auch wenn das nur bedeutet, dass ich mir eine Auszeit nehme, um etwas Spaß zu haben.

Und es wird durchaus Spaß machen, dem gut aussehenden Eishockeyspieler eine Lektion zu erteilen, denn er glaubt wirklich, dass er viel zu charmant ist, als dass ich ihm seinen Wunsch verweigern könnte.

„Ruf mich, falls es zu hektisch wird“, sage ich, als ich hinter dem Tresen hervortrete und ihm einen Stoß mit der Schulter versetze.

„Ich habe alles im Griff“, antwortet er mit seiner für ihn typischen rauen Stimme. Mehr als einmal habe ich gehört, wie jemand behauptet hat, er klinge wie Sam Elliot. „Und sag dem Jungen, wenn er deine Hand noch einmal so festhält wie gerade eben, schneide ich ihm seine ab.“

Mit einem Schnauben schüttle ich den Kopf. Wahrscheinlich wäre mein Vater tatsächlich zu so etwas in der Lage, doch er müsste mir schon zuvorkommen. Wenn ich nicht gewollt hätte, dass Hendrix mich berührt, dann hätte ich ihn dazu gebracht, loszulassen. Als weibliche Kneipenbesitzerin, die sich immer wieder mit einer ungehobelten Klientel herumschlagen darf, muss man wissen, wie man einen Mann in seine Schranken weist.

Ich gehe mit meinem Queue auf einen der Billardtische zu und begegne Hendrix’ Blick. Mit einem Kopfnicken signalisiere ich ihm, dass er mir folgen soll, damit ich ihm in den Arsch treten kann.

Er kommt zu mir an den Tisch, gefolgt von Harlow, Stone und den anderen Spielern, die ich bisher noch nicht kennengelernt habe. Heute Abend war viel los, daher hat Harlow sich um die Spielzeugsammlung und die Fotos gekümmert, sodass ich mich aufs Geschäft konzentrieren konnte. Dank des Bekanntheitsgrads der Titans haben sich mehr Kunden eingefunden, als in den letzten dreißig Tagen zusammen, und darauf war ich nicht vorbereitet.

Harlow stellt mich den anderen vor. Da ich ein großer Fan bin, erkenne ich jeden einzelnen von ihnen.

„Was willst du spielen?", fragte ich Hendrix, während ich nach der blauen Kreide greife.

„9-Ball", antwortet er und geht zum Wandregal, um einen Queue zu wählen.

Ich zwinkere Harlow zu, die die Lippen zu einem Grinsen verzieht. Sie weiß, wie gut ich spiele, und ich frage mich, ob sie ihn vorgewarnt hat. Ich habe fest vor, diese Partie zu gewinnen und meinen Gewinn einzufordern, indem ich Hendrix heute Abend die Bar putzen lasse. Irgendwann werde ich mich mit meiner Freundin darüber lustig machen, wenn wir uns das nächste Mal miteinander unterhalten.

***

Mir fällt die Kinnlade herunter, als ich dabei zusehe, wie die Neun nach Hendrix' beeindruckendem Bandenschuss langsam in die Seitentasche rollt. Er stützt sich auf sein Queue und grinst mich über den Billardtisch hinweg an. Aus den Augenwinkeln sehe ich, wie seine Freunde sich Geldscheine zuschieben. Ganz offensichtlich wussten einige von ihnen, dass er ein verdammt guter Spieler ist, und haben auf ihn gewettet.

Dabei ist es nicht einmal so, dass ich ihm nichts zugetraut hätte, doch ich bin wirklich ein Ass im Billard. Leider habe ich heute Abend nicht mein ganzes Potenzial ausgeschöpft.

Harlow stellt sich neben mich, lehnt sich zu mir hinüber und flüstert: „Es hat fast den Anschein, als hättest du verlieren wollen."

„Ich wollte nicht verlieren", erwidere ich mit einem leisen Knurren. „Ich hasse es."

„Wenn du es sagst", murmelt sie belustigt und lässt ihren Blick auf die andere Seite des Billardtischs schweifen, als Hendrix' Freunde ihm gerade auf den Rücken klopfen. Er schenkt ihnen jedoch keinerlei Aufmerksamkeit, sondern starrt mich durchdringend an. „Wenn ich raten müsste, würde ich sagen, du wirst die zehn Minuten genießen, die er gerade gewonnen hat."

Ich wende mich Harlow zu, packe ihr Handgelenk und ziehe sie ein Stück beiseite. „Was erwartet er in diesen zehn Minuten von mir?"

Harlow lacht. „Nicht mehr als das, was du zu geben bereit bist, also entspann dich. Hendrix ist ein netter Kerl, das kann ich dir versichern."

„Aber er hat gerade mit seiner Freundin Schluss gemacht." Das klingt nicht gerade danach, als wäre er sonderlich nett.

„Glaub mir", erwidert Harlow und beugt sich vor, „es war höchste Zeit, dass er sich von ihr getrennt hat. Ich habe noch nie zuvor eine derart unangenehme Person kennengelernt."

„Warum war er dann mit ihr zusammen?", frage ich neugierig.

Harlow zuckt mit den Schultern. „Du hast zehn Minuten mit ihm allein. Vielleicht solltest du ihn danach fragen." Ich stoße ein Schnauben aus, denn ich interessiere mich nicht für sein Privatleben. „Aber ich würde vorschlagen, dass du weiter mit ihm flirtest. Es hat Spaß gemacht, euch beiden zuzusehen.“

Diesmal verdrehe ich die Augen, denn man kann mir gewiss nicht nachsagen, dass ich zum Flirten aufgelegt bin. Natürlich lasse ich meinen Charme spielen, wenn ich hinter dem Tresen stehe, aber das gehört zu meinem Job – und bringt mehr Trinkgeld.

Nichtsdestotrotz habe ich mit Hendrix geschäkert, als wir um den Billardtisch herumgingen, Winkel abschätzten und unsere Stöße ausrichteten. Ich weiß, dass der Alkohol wahrscheinlich sein natürliches Charisma verstärkt hat, aber verdammt, es macht Spaß, mit ihm zusammen zu sein. Er hat ein fröhliches Gemüt, ist witzig und eigentlich ein richtiger Gentleman, trotz seines offensichtlichen Interesses an mir als Frau.

„Ich hätte jetzt gern meine zehn Minuten.“ Als ich Hendrix’ Stimme höre, drehe ich mich um und sehe, dass er direkt hinter mir steht, wobei er einen kurzen Blick auf Harlow wirft. „Und ich will deine ungeteilte Aufmerksamkeit, was bedeutet, dass wir uns nicht miteinander unterhalten können, während du hinter der Bar arbeitest. Wir müssen uns also einen ruhigeren Ort suchen.“

Ich lasse meinen Blick durch die Kneipe schweifen, in der sich immer noch etwa dreißig Gäste befinden, und zeige dann mit einem Nicken auf die Jukebox. „Ich kann wohl kaum die Musik abstellen.“

Er schenkt mir ein verschmitztes Grinsen, wobei er Harlow seinen Queue in die Hand drückt und dann meine Hand ergreift. „Glücklicherweise bin ich ein aufmerksamer Beobachter.“

Zu meinem Entsetzen führt mich Hendrix quer durch die Kneipe in den kleinen Flur, von dem auf der einen Seite die Toiletten und auf der anderen der Lagerraum abgehen.

Er öffnet die Tür zum Lagerraum und zieht mich hinein. Ich werfe noch einen Blick zurück zum Tresen und stelle fest, dass mein Vater mich wachsam beobachtet, sich aber nicht von der Stelle rührt. Er weiß, dass ich auf mich selbst aufpassen kann, aber ich bin überzeugt davon, dass Hendrix sich gerade einen Minuspunkt eingehandelt hat, weil er mich ungefragt in den privaten Bereich gezogen hat. Aber das ist nicht mein Problem, vor allem, da ich ihn nach diesen zehn Minuten nie wieder sehen werde.

Hendrix schließt die Tür und schaut sich in dem kleinen Raum um. An den Wänden befinden sich Einbauregale aus Holz, die mit Vorräten bestückt sind, während in der Mitte Bierkästen gestapelt sind. Er hält immer noch meine Hand und zieht mich zu einem Stuhl, der verlassen in einer Ecke steht und in dessen Sitzfläche sich ein kleiner Riss befindet.

Hendrix lässt meine Hand los und drückt mit einer Hand auf die Sitzfläche. Zugegebenermaßen bin ich entzückt, dass er zuerst testet, ob der Stuhl stabil ist, bevor er mich an den Schultern packt und sanft darauf schiebt.

Mit einer Hand stützt er sich an einem der Holzregale ab, die andere steckt er lässig in die Tasche seiner Jeans, wobei er die Füße an den Knöcheln kreuzt. „Also schön … da ich nur zehn Minuten habe …“

„Die jetzt beginnen“, unterbreche ich ihn und werfe einen Blick auf meine Armbanduhr.

Er fährt ohne zu zögern fort. „Du solltest wissen, dass es vor allem mein Ziel ist, mit dir auszugehen. Daher wäre es hilfreich, wenn du deine Bedenken äußern könntest, die dich vielleicht daran hindern, einem Date zuzustimmen. Wenn du dich zum Beispiel nicht zu mir hingezogen fühlst, kann ich nicht viel dagegen tun und werde unsere Zeit nicht weiter verschwenden.“

„Ich bin wirklich einfach viel zu beschäftigt, um …“

„Aha“, ruft er triumphierend aus. „Dann fühlst du dich also zu mir hingezogen.“

„Das habe ich nicht gesagt“, entgegne ich und stehe auf, wobei ich versuche, ein Lächeln zu unterdrücken.

„Du hast es aber auch nicht verneint“, erwidert er grinsend und löst sich blitzschnell aus seiner lässigen Pose, um einen Schritt auf mich zuzugehen. Dabei drängt er mich mit dem Rücken gegen die Regale und stützt seine Hände zu beiden Seiten meiner Schultern ab. „Gerade eben hast du den Eindruck gemacht, als wolltest du die Flucht ergreifen.“

„Es behagt mir einfach nicht, zu dir aufblicken zu müssen“, entgegne ich, wobei ich meinen Kopf immer noch in den Nacken legen muss, um ihm direkt in die Augen zu sehen. Er ist einfach unglaublich groß. „Und um deine ursprüngliche Frage aufzugreifen: Ich will nicht mit dir ausgehen, weil ich zu beschäftigt bin.“

„Ich bin auch ziemlich beschäftigt, aber wir werden sicher beide Zeit finden können.“

„Nun, du hast heute gerade deine Freundin abserviert, daher hast du wahrscheinlich mehr Zeit als ich.“

„Ich habe sie nicht einfach aus einer Laune heraus abserviert, weißt du.“

„Aber du bist schon wieder auf der Jagd“, erwidere ich.

„Ich bin nicht auf der Jagd.“ Er lehnt sich vor und neigt mir den Kopf zu. „Und meine Beziehung zu Tracy war durch und durch kaputt. Ich hätte mich schon vor langer Zeit von ihr trennen sollen.“

Ich kann einen Anflug von Enttäuschung in seinem Tonfall hören und werde neugierig. „Warum hast du es nicht getan?“

„Weil man an einer Beziehung arbeiten muss, damit sie funktioniert, und ich habe mein Bestes gegeben. So einfach lasse ich nicht los, und ich will nicht das Gefühl haben, etwas bereuen zu müssen. Wahrscheinlich habe ich zu lange daran festgehalten und mich bemüht, etwas zu ändern, doch ich werde morgen nicht mit Gewissensbissen aufwachen, weil ich die Beziehung endlich beendet habe."

Meine Güte, ich kann ihn unmöglich wissen lassen, dass er mich damit schon fast überzeugt hat, ihm eine Chance zu geben. Ich kann Drückeberger nicht ausstehen. Menschen, die die Flucht ergreifen, sobald etwas Probleme macht, sind mir zuwider, was wahrscheinlich daher rührt, dass meine Mutter mich verlassen hat. Denn für sie war es „einfach ein bisschen zu anstrengend, sich um ein Kind zu kümmern".

Aber ich bin stur und nicht bereit, zuzugeben, dass seine Worte eine tiefere Bedeutung für mich haben. „Wir würden nicht gut zusammenpassen. Du bist mehr der schicke Typ im Polohemd und ich bin eine Bikerbraut."

Hendrix scheint sich über meine Beschreibung zu amüsieren, denn er fängt an, zu lachen. „Da musst du dir schon etwas Besseres einfallen lassen, als unser Erscheinungsbild als Ausrede vorzuschieben."

„Es sind nicht nur Äußerlichkeiten", blaffe ich, um mich zu rechtfertigen. „Du bist einfach … eher … der brave Junge von nebenan."

Offenbar hielt er mich zuvor schon für amüsant, doch jetzt scheint er zu glauben, ich wäre urkomisch, denn er bricht in schallendes Gelächter aus. Er lacht so heftig, dass ihm Tränen in die Augen steigen.

Kopfschüttelnd und immer noch glucksend streckt er eine Hand aus, um an einer Strähne meines Haars zu ziehen. „Es ist wirklich niedlich, dass du mich für brav hältst." Er begegnet meinem Blick und senkt seine Stimme um eine Oktave. „Falls du wirklich Bedenken deshalb hast, wäre ich sofort bereit, deine Annahme zu widerlegen. Ich könnte dich in weniger als zehn Minuten dazu bringen, meinen Namen zu schreien, wenn du mir grünes Licht gibst.“

„Weniger als zehn Minuten, hm? Damit beweist du nicht gerade Standhaftigkeit, Kumpel.“

„Ich habe ja nicht gesagt, dass ich selbst schreien werde. Aber du schon. Glaub mir, ich habe eine Menge Möglichkeiten, dich an diesen Punkt zu bringen.“

Gott steh mir bei. Die Worte fahren mir genau zwischen die Schenkel und meine Kehle ist so trocken, dass ich nur noch ein Krächzen hervorbringe. „Dir geht es also nur um eine heiße Nummer, was?“

„Habe ich gesagt, dass ich auf eine heiße Nummer aus bin?“ In seinen Augen blitzt ein amüsiertes Funkeln auf, doch in seiner Stimme schwingt ein sinnlicher Unterton mit, als er sagt: „Ich glaube, ich habe dich um ein Date gebeten, aber wenn du etwas anderes willst, können wir das gern arrangieren.“ Dann fügt er mit einem noch tieferen Grollen hinzu: „Ich bin über alle Maßen bereit, dich zu befriedigen.“

Und ich habe keinen Zweifel daran, dass er seine Worte wahr machen würde, wenn ich es zuließe.

Ich denke über die Gelegenheit nach, die sich mir bietet. Es entspricht der Wahrheit, dass ich sehr hart arbeite und nicht viel Freizeit habe, aber das bedeutet nicht, dass ich nicht mit Männern ausgehe. Zugegeben, mein letztes Date liegt schon lange zurück und vielleicht bin ich mittlerweile in einen Alltagstrott verfallen. Aber ich frage mich, ob ich Hendrix eine Chance geben sollte.

Er ist umwerfend und Harlow hätte nicht zugelassen, dass ich mich auf diese Wette mit ihm einlasse, wenn er kein anständiger Kerl wäre. Ich glaube zwar, dass er tatsächlich ein bisschen zu brav für mich ist, aber nachdem er mich derart selbstbewusst herausgefordert hat, drängt sich mir der Gedanke auf, dass ich ihn vielleicht falsch eingeschätzt habe.

Das alles spricht für ihn, doch vor allem beeindruckt mich seine Überzeugung, dass man hart an einer Beziehung arbeiten sollte. Natürlich glaube ich, dass wir nur dieses eine Date haben werden, aber ich respektiere jeden, der nicht schreiend davonläuft, wenn es schwierig wird.

„In Ordnung", platze ich heraus, bevor ich es mir anders überlegen kann.

„In Ordnung?", wiederholt Hendrix und zieht überrascht die Augenbrauen in die Höhe."

„In Ordnung", bestätige ich.

„Wie lautet deine Telefonnummer?", fragt er und zieht sein Handy aus der Tasche.

Ich beobachte, wie er meine Nummer eintippt. Als mein Telefon klingelt, will ich gerade danach greifen, doch er packt mein Handgelenk und hält mich zurück. Hendrix wartet einen Moment, bis sich die Mailbox einschaltet, und sagt dann: „Hi, Stevie. Hier ist Hendrix. Ich hinterlasse dir diese Nachricht, damit du sie später abhören kannst, falls dir Zweifel kommen und du versuchst, einen Rückzieher zu machen." Dabei sieht er mir die ganze Zeit über in die Augen, während er die Lippen zu einem jungenhaften Lächeln verzogen hat. „Hör dir meine Worte einfach an, um dich daran zu erinnern, dass heute Abend im Lagerraum etwas vorgefallen ist, was dich dazu gebracht hat, deine Meinung über mich zu ändern. Irgendetwas hat dich dazu veranlasst, etwas Zeit in deinem hektischen Alltag zu finden. Erinnere dich daran, was das war."

Er legt auf und zwinkert mir zu. Ich versuche, so cool wie möglich zu bleiben, und drehe mich zur Seite, um mich an ihm vorbeizudrängen. „Schick mir eine Nachricht und lass mich wissen, wann du Zeit hast."

„Ich weiß genau, wann ich Zeit habe“, erwidert er und folgt mir, als ich mich in Richtung Tür bewege. „Morgen Abend habe ich frei, doch am Abend danach haben wir ein Heimspiel. Wir können uns entweder morgen treffen oder ich besorge dir eine Karte für das Spiel am Donnerstag und wir gehen danach aus.“

„Ich muss arbeiten“, erwidere ich automatisch und greife nach dem Türknauf. Tatsächlich bin ich fast jeden Abend hier in der Kneipe.

„Musst du das denn wirklich?“, fragt er und ergreift meine Hand, bevor ich die Tür öffnen kann. „Du bist doch die Besitzerin. Ich bin sicher, du findest jemanden, der für dich einspringen kann.“

Ich werde ihm sicher nicht erzählen, dass ich mich so sehr in das Geschäft einbringe, damit ich mich der Dating-Welt entziehen kann. Möglicherweise hat die Tatsache, dass meine Mutter mich verlassen hat, mich so sehr geprägt, dass ich mit mehr zu kämpfen habe als nur mit dem Problem, anderen nicht vertrauen zu können. Stattdessen sage ich nur: „Ich werde in meinem Terminkalender nachsehen und dir Bescheid geben.“

Ich wende mich wieder zur Tür, doch Hendrix zieht mich zurück und begegnet meinem Blick. „Wäre ich zu aufdringlich, wenn ich dich jetzt küssen würde?“

Ich ziehe eine Augenbraue in die Höhe und erwidere: „Es ist ziemlich brav, mich erst um Erlaubnis zu bitten, vor allem, da du noch vor zwei Minuten beteuert hast, dass du mich zum Schreien bringen könntest.“

Hendrix lacht, führt meine Hand an seinen Mund und lässt seine Lippen über meine Fingerknöchel gleiten. „Ich weiß. Aber es macht mir Spaß, dich aus dem Gleichgewicht zu bringen.“

Hendrix lässt meine Hand los, geht an mir vorbei und öffnet die Tür. Mit einer Geste deutet er mir, vorauszugehen. Nachdem er die Tür hinter uns geschlossen hat, beugt er sich vor und flüstert mir ins Ohr: „Es war mir wirklich ein Vergnügen, dich heute Abend kennenzulernen, Stevie."

Als ich den verheißungsvollen Unterton in seiner Stimme höre, läuft mir ein Schauer der Erregung über den Rücken.

Dann geht er davon, ohne noch einmal zurückzublicken.

Ich schüttle gleichermaßen belustigt und verblüfft den Kopf, denn dieses Treffen ist nicht so gelaufen, wie ich es geplant habe. Dann stelle ich mich wieder hinter den Tresen.

Mein Vater starrt mich an und zieht eine Augenbraue in die Höhe. „Ich kann ihn nicht leiden."

„Warum nicht?", frage ich, schnappe mir sein leeres Glas und halte es unter den Zapfhahn, um es erneut zu füllen.

Als ich das Bier vor ihm abstelle, sagte er: „Er sieht viel zu gut aus."

Ich werfe einen Blick über die Schulter meines Vaters und beobachte Hendrix, der sich gerade mit Stone und Harlow unterhält. Ich frage mich, ob er ihnen erzählt, was im Lagerraum vorgefallen ist.

Dann wende ich mich wieder meinem Vater zu und erwidere: „Er sieht nicht zu gut aus."

Tatsächlich sieht er sogar bemerkenswert gut aus. Er hat dunkles, unbändiges Haar, das aussieht, als wäre es gerade vom Wind zerzaust worden, ausdrucksstarke braune Augen und viel zu volle Lippen, als dass man sie übersehen könnte. Ich überlege, wie sie sich wohl auf meinen anfühlen würden. Das unartige Mädchen in mir glaubt, dass ich schon bald eine Antwort auf diese Frage kriegen könnte.

Mein Vater wirft einen Blick über seine Schulter und starrt die Spieler einen Moment lang an, bevor er sich wieder zu mir umdreht. „Hat er dich im Lagerraum begrapscht? Ich wäre durchaus bereit, Teile seines Gesichts umzugestalten.“

Ich lehne mich über den Tresen und tätschle seinen Arm. „Das ist lieb von dir. Aber nein, er hat sich wie ein perfekter Gentleman verhalten.“

Wenn mein Vater allerdings wüsste, dass Hendrix mir versichert hat, er könnte mich zum Schreien bringen, würde er ihn auf der Stelle umbringen.

„Wirst du mit ihm ausgehen?“

„Ich habe einem Date zugestimmt.“

„Sag ihm, dass ich mehrere Waffen besitze und bereits einigen Männern die Knochen gebrochen habe.“

„Ich werde es ihn wissen lassen“, verspreche ich mit einem Lächeln.

Kapitel 4

Hendrix

Stevie nippt an ihrem Wasser. Ich nutze den Moment, um sie im Kerzenlicht zu betrachten, das ihr über das Gesicht tanzt. Sie sieht ganz anders aus als gestern Abend. Das Harley-Tanktop hat sie gegen einen schwarzen, flauschigen Pullover eingetauscht und statt der Biker-Boots trägt sie ein Paar hochhackige Stiefel. Der Jeans ist sie treu geblieben, doch heute hat sie sich für eine dunkle entschieden. Ihre Augen sind nicht ganz so dramatisch geschminkt, doch ihre blaugrauen Iriden funkeln nach wie vor unglaublich faszinierend.

Im Grunde verkörpert sie eine abgeschwächte Version der Rockerbraut, wobei mir der Anblick genauso gut gefällt.

„Warum starrst du mich so an?", fragt sie, nimmt die gefaltete Leinenserviette und breitet sie auf ihrem Schoß aus. Ihre Fingernägel sind nach wie vor schwarz lackiert, aber an ihrem rechten Mittelfinger trägt sie einen zarten Silberring mit einem Amethyststein. Das Schmuckstück ist feminin und kokett.

„Mir fällt lediglich auf, dass zwischen der Kneipenbesitzerin und der Frau, mit der ich heute ausgehe, ein subtiler Unterschied besteht."

„Was soll ich sagen?", scherzt sie und schlägt ein Bein über das andere. „Ich bin vielschichtig."

„Das habe ich schon bemerkt, bevor ich dich heute Abend abgeholt habe. Aber mir ist noch etwas aufgefallen … Ich war nicht darauf vorbereitet, dass dein Bär von einem Vater mir die Tür öffnen würde."

Stevie stößt ein rauchiges, tiefes Lachen aus. „Er war nur da, um einen neuen Deckenventilator im Schlafzimmer zu installieren. Aber es ist lustig, dass du ihn so nennst. Sein Spitzname lautet nämlich Bear."

„Ist das dein Ernst?"

„Ja, du kannst ihn Bear oder John nennen", scherzt sie.

Ein Kellner erscheint an unserem Tisch. „Würden Sie gern die Weinkarte sehen?"

Ich werfe Stevie einen fragenden Blick zu.

„Mir wäre ein Bier lieber", erklärt sie.

„Das nehme ich auch", erwidere ich.

Der Kellner wirkt etwas gekränkt, immerhin befinden wir uns in einem schicken Restaurant, doch wir bestellen zwei Indian Pale Ale und hören zu, als er die Gerichte auf der Tageskarte auflistet.

„Zurück zu deinem Vater", sage ich, denn ich bin neugierig. „Warum sah er so aus, als wollte er mich in Grund und Boden stampfen?"

Sie zuckt mit den Schultern, schenkt mir jedoch ein verschmitztes Lächeln.

„Wird er mich umbringen oder mir nur die Beine brechen, wenn ich dich nicht rechtzeitig nach Hause bringe?"

Stevie gluckst. „Ich bin erwachsen, Hendrix. Wenn ich will, darf ich sogar die ganze Nacht wegbleiben."

„Wie alt bist du?", will ich wissen.

„Fünfundzwanzig. Und du?"

„Ich werde in ein paar Monaten sechsundzwanzig. Aber mir scheint, deinem Vater ist es egal, ob du erwachsen bist. Er wird dich immer beschützen wollen, ganz gleich, wie alt du bist."

Stevie verzieht die Lippen zu einem sanften, zärtlichen Lächeln. „Er will mich schon mein ganzes Leben behüten und ich würde das um nichts auf der Welt ändern. Aber ich kann dich beruhigen. Er wird dir weder nach dem Leben trachten noch werden deine Knochen Schaden nehmen. Er wirkt einfach nur tough.“

„Was ist mit deiner Mom?“

Stevie stößt ein freudloses Lachen aus. „Das ist eine wirklich komplizierte Geschichte. Es wäre reine Zeitverschwendung, sich darüber zu unterhalten.“

„Ich denke, dass kein Thema, über das du redest, Zeitverschwendung wäre.“

Sie sieht mich mit einem durchdringenden Blick an, als würde sie versuchen, herauszufinden, was ich von ihr will. „Was soll das?“, fragt sie.

„Was soll was?“

Sie gestikuliert zwischen uns hin und her. „Was geht hier vor? Haben wir ein Date oder bist du auf ein Abenteuer aus? Ich verstehe nicht, warum du dich dafür interessierst, was ich zu sagen habe.“

Ich runzle die Stirn, lehne mich vor und verschränke die Unterarme auf dem Tisch. „Wir haben ein Date. Warum verwirrt dich das so?“

„Weil du noch vor vierundzwanzig Stunden eine Freundin hattest. Es kommt mir seltsam vor, dass du mich in dieses teure Restaurant einlädst und mir Fragen stellst, die den Anschein erwecken, als wärst du wirklich daran interessiert, mich kennenzulernen.“

„Also schön“, erwidere ich und lehne mich in meinem Stuhl zurück, um etwas Distanz zwischen uns zu schaffen. „Ich weiß wirklich nicht, warum du daran zweifelst, dass ich einfach nur mit dir ausgehen wollte. Und ich habe auch keine Ahnung, warum du nicht verstehen kannst, dass ich dich interessant und schön finde und tatsächlich gerne mehr über dich erfahren würde.“

Stevie atmet tief durch, dann streckt sie die Hände in die Höhe, als wollte sie sagen: *Moment mal, immer mit der Ruhe, Junge.*

„Tut mir leid“, murmelt sie. „Es ist nur … ich will nicht nur eine Lückenbüßerin sein.“

„Das bist du nicht." Ich weiß nicht, wie ich es ihr noch deutlicher machen kann. „Ich stimme zu, dass der Zeitpunkt nicht der beste ist, aber ehrlich gesagt habe ich mich schon vor langer Zeit aus dieser Beziehung – wenn man es überhaupt so nennen kann – zurückgezogen. Ich erzähle dir gern alles, was du darüber wissen willst."

Der Kellner kommt mit unserem Bier und zwei gekühlten Pilsgläsern zurück. Er schenkt uns ein, stellt die Gläser vor uns ab und fragt: „Möchten Sie bestellen?"

Ich schüttle den Kopf. „Wir haben noch nicht einmal einen Blick in die Speisekarte geworfen."

Er vollführt eine kurze Verbeugung. „Lassen Sie sich Zeit. Ich komme später wieder."

Sobald er gegangen ist, sagt Stevie: „Ich will dich nur wissen lassen, dass ich nichts Ernstes suche."

„Mir geht es genauso."

„Und eigentlich bin ich nicht auf der Suche nach einem Abenteuer", erklärt sie, wobei ein herausfordernder Unterton in ihrer Stimme mitschwingt.

„Ich hatte nicht vor, dich heute zu verführen."

„Obwohl ich ein Abenteuer einer Beziehung vorziehen würde", stellt sie klar und macht die Sache damit immer komplizierter.

„Ich habe eine Idee", erwidere ich, ergreife mein Bierglas und proste ihr zu. „Wie wäre es, wenn wir einfach ein gutes Essen und ein paar Bier genießen und uns am Ende des Abends Gedanken darüber machen, wo wir stehen?"

Den nächsten Moment werde ich nie vergessen. Stevie war zwar in meinen Augen zuvor schon wunderschön, doch jetzt raubt sie mir den Atem. Sie verzieht ihre vollen Lippen zu einem Lächeln, das ihr ganzes Gesicht zum Strahlen und ihre Augen zum Funkeln bringt, wobei in Letzteren sowohl ein erleichterter als auch verspielter Ausdruck liegt. Ich verliere mich ganz und gar in dem Anblick.

Sie hebt ihre Flasche und stößt mit mir an. „Darauf trinke ich.“

Ich spreche es zwar nicht laut aus, doch ich weiß eines jetzt schon mit Sicherheit: Am Ende des Abends werde ich mir keine Gedanken darüber machen müssen, wo wir stehen. Ich werde sie auf jeden Fall wiedersehen wollen.

Wir nippen an unserem Bier, dann schlage ich vor: „Wie wäre es, wenn wir unsere Bestellung einschließlich des Nachtischs aufgeben, dann müssen wir unsere Unterhaltung später nicht mehr unterbrechen?“

„Das klingt gut“, stimmt sie zu, woraufhin wir uns einige Minuten Zeit nehmen, um die Speisekarte zu studieren.

Offenbar hat der Kellner uns mit Adleraugen beobachtet, denn sobald wir sie zuschlagen, kommt er an unseren Tisch. Wir bestellen beide das Rib Eye Steak, womit wir eine erste gemeinsame Vorliebe gefunden haben. Sobald der Kellner wieder davoneilt, hebt Stevie ihr Glas. „Ich muss zuerst ein ganzes Bier getrunken haben, bevor ich deine Frage nach meiner Mutter beantworten kann. Erzähl mir von deiner Familie.“

Damit beginnt unser Date und wir stellen keine Erwartungen aneinander. Wir sind uns lediglich einig, dass wir am Ende des Abends unsere Gefühle neu betrachten werden.

Meine Familie ist großartig, daher fällt es mir nicht schwer, über meine Eltern Mick und Tonya sowie über die Schwester meiner Mutter, Tante Rory, zu sprechen. Letztere ist wie eine zweite Mutter für mich und sie verhätschelt all ihre Nichten und Neffen.

„Hast du Geschwister?“, will Stevie wissen.

„Ich hatte eine ältere Schwester. Ihr Name war Rachel. Sie starb vor dreizehn Jahren an Leukämie, aber ich habe viele Cousins und Cousinen, denen ich nahestehe.“

„Oh mein Gott“, sagt Stevie und streckt eine Hand über den Tisch, um sie auf meine zu legen. „Das tut mir so leid.“

Ich schenke ihr ein Lächeln. Mit der Zeit hat der Schmerz nachgelassen, doch er wird nie ganz verschwinden. „Sie war zwei Jahre älter als ich.“

„Ich kann mir gar nicht vorstellen, wie schwer das für dich gewesen sein muss.“

Ich nicke und erinnere mich an die Wochen nach Rachels Tod. Damals habe ich nicht nur meine Schwester, sondern auch meine beste Freundin verloren. Es war ungewiss, ob meine Mutter sich jemals von dem Verlust erholen würde, doch mit viel familiärem Beistand und einer Therapie hat sie sich aus einer tiefen Depression befreit. „Meine Mutter hat es sehr schwer mitgenommen. Natürlich war es auch für mich und meinen Vater hart, aber Mom und Rachel hatten sich nahegestanden. Sie war lange Zeit sehr niedergeschlagen.“

Ein emotionaler Ausdruck huscht über Stevies Gesicht. Ich vermute, dass es etwas mit der Geschichte über ihre eigene Mutter zu tun hat, die, wie sie sagte, kompliziert ist. Ich gehe aber nicht darauf ein. „Harlow hat erzählt, ihr habt euch auf der Highschool kennengelernt.“ Damit wechsle ich subtil das Thema und lenke die Aufmerksamkeit auf sie.

Mit einem Grinsen schüttelt sie den Kopf und lässt einen Finger über den oberen Rand ihres Glases gleiten. Das liebevolle Lächeln in ihrem Gesicht verrät mir, dass sie jahrelang gute Erinnerungen an ihre Freundin gesammelt hat. „In der neunten Klasse kam ich auf eine andere Schule und fühlte mich wie ein Fisch auf dem Trockenen. Harlow nahm mich unter ihre Fittiche und hat dafür gesorgt, dass ich nicht gemobbt wurde. Wir wurden gute Freundinnen.“

„Das überrascht mich nicht im Geringsten. Harlow ist ein wunderbarer Mensch.“

„Der beste“, stimmt Stevie zu. „Indem sie die Spielzeugsammlung in meiner Kneipe veranstaltete, wollte sie zwar etwas für einen guten Zweck tun, doch sie hatte auch die Absicht, mir dabei zu helfen, mehr Gäste anzulocken. In letzter Zeit lief das Geschäft nicht so gut.“

„Ich werde auf jeden Fall wiederkommen und noch mehr meiner Mannschaftskameraden mitbringen.“

„Oh, das musst du nicht tun, Hendrix. Meine Kneipe …“

„Ist wirklich ein toller Laden. Außerdem habe ich ein Auge auf die Besitzerin geworfen.“

Heilige Scheiße … Stevie errötet tatsächlich und senkt den Blick. Sie ist wahrhaftig eine vielschichtige Frau, aber ich hätte nicht geglaubt, dass ich jemals etwas sagen könnte, was sie in Verlegenheit bringen würde.

Ich nutze ihre augenblickliche Verwirrung aus und entgegne: „Das wäre der Moment, in dem du mir sagst, dass du auch ein Auge auf mich geworfen hast.“

Sie sieht mich unverhohlen an und wirkt plötzlich gar nicht mehr verlegen. „Du wächst mir langsam ans Herz.“

Ich lege eine Hand an die Brust, senke den Kopf und setze eine gekränkte Miene auf. „Mehr hast du nicht für mich?“

„Ich lasse dich gern zappeln“, erwidert sie kühl. Ihre freche Art gefällt mir.

Allerdings gefällt mir nicht, dass ich unwillkürlich an Tracy denken muss. Sie war ganz und gar nicht so geheimnisvoll wie Stevie. Eigentlich hätte es die Sache leichter machen sollen, doch im Nachhinein betrachtet war es wahrscheinlich eher ein Abtörner.

Lachend trommele ich mit den Fingern auf den Tisch. „Wie du willst. Aber erzähl mir mehr über deinen Vater. Er scheint genauso faszinierend zu sein wie du.“

„Er ist großartig. In deinen Augen mag er überfürsorglich erscheinen, aber er hat mich ganz allein großgezogen. Er war beim Militär und danach hat er meinem Großvater eine Zeit lang geholfen, die Kneipe zu führen, bevor er Tätowierer wurde.“

„Jerry war dein Großvater?“

„Ja … es war seine Kneipe. Er starb, als ich zwanzig war. Damals habe ich die Kneipe geerbt.“

„Wie war dein Vater in der Lage, dich allein großzuziehen, während er beim Militär war?“, frage ich aufrichtig beeindruckt. Ich habe in meiner Eishockeylaufbahn schon einige alleinerziehende Väter wie Drake kennengelernt, aber sie hatten immer viel Unterstützung von anderen.

„Er hatte Hilfe von Freunden und anderen Familien beim Militär. Wenn er längere Zeit zu einem Einsatz musste, wohnte ich bei meinen Großeltern. Als ich vier war, quittierte er jedoch den Dienst. Er hat es nicht mehr ertragen, von mir getrennt zu sein, selbst wenn ich bei seinen Eltern glücklich und in sicheren, liebevollen Händen war.“

„Auf mich macht er einen einschüchternden Eindruck, aber wenn ich dich so reden höre, beginne ich, ihn zu mögen“, gestehe ich.

„Er ist zweifellos der beste Mensch, den ich kenne.“

Im Folgenden erzählt sie noch mehr über ihren Vater, einschließlich der Tatsache, dass er der Präsident eines Motorradclubs ist. Wir unterhalten uns über Tattoos und sie ist überrascht, zu erfahren, dass ich selbst ein paar habe. Dennoch ist sie mir weit voraus.

„Wann hast du dir dein erstes Tattoo stechen lassen?“, will ich wissen.

„An meinem achtzehnten Geburtstag. Den Namen meines Vaters.“ Sie zeigt mir ihr Handgelenk, damit ich es begutachten kann. „Und du?“

„Ich war sechzehn“, antworte ich, woraufhin sie die Augenbrauen in die Höhe zieht. „Meine Eltern hatten mir weder die Erlaubnis gegeben noch haben sie es gewusst.“

Sie schenkt mir einen wissenden Blick. „Wenn deine Eltern es nicht gesehen haben, kannst du es mir wohl auch nicht zeigen.“

„Linke Hüfte. Vielleicht zeige ich es dir eines Tages.“

„Vielleicht auch nicht“, entgegnet sie.

Nachdem der Kellner unsere Mahlzeit gebracht hat, stellt sie mir noch ein paar Fragen über Tracy, die ich alle aufrichtig beantworte.

Ja, sie war anfänglich nur ein Abenteuer.

Ja, sie wurde zu mehr als nur einem Abenteuer.

Ja, ich mochte sie, und wir einigten uns darauf, keine anderen Partner zu haben.

Ja, wir hatten Probleme, und als sich daran nichts änderte, habe ich Schluss gemacht.

Als wir unsere Mahlzeit fast beendet haben, bestellen wir uns noch ein Bier. „Erzählst du mir jetzt von deiner Mutter?“, frage ich Stevie.

„Ja, sicher … warum nicht“, erwidert sie und schiebt ihren Teller von sich. Sie hat ein paar Bissen Steak übrig gelassen, also spieße ich mit meiner Gabel ein Stück auf.

Stevie lächelt angesichts der vertraulichen Geste. „Eigentlich ist die Geschichte schnell erzählt. Sie hat mich und meinen Vater verlassen, als ich zwei war. Sie sagte, es sei für sie zu schwierig, Mutter zu sein.“

„Das hat sie zu dir gesagt?“, frage ich entsetzt.

„Nun, nicht, als ich zwei war. Doch als ich älter wurde und sie danach gefragt habe, hat sie mir genau das gesagt.“

„Dann hast du eine Beziehung zu ihr aufrechterhalten?"

„Zu Anfang nicht. Sie hat uns verlassen und nie zurückgeblickt. Lange Zeit gab es nur mich und meinen Vater. Einige Jahre später heiratete sie einen reichen Mann, mit dem sie zwei Töchter bekam."

„Dann hast du zwei Halbschwestern", folgere ich.

„Liza und Maggie. Sie sind mittlerweile zwanzig und einundzwanzig."

„Steht ihr euch nahe?"

Stevie zieht die Nase kraus. „Nein. Es war nie erwünscht, dass ich eine Beziehung zu den beiden aufbaue."

Ich runzle die Stirn über ihre seltsame Wortwahl. „Wie meinst du das?"

„Ich will damit sagen, dass mein Vater sich bemüht hat. Er hat die Mädchen zu uns eingeladen, doch sie hatten immer eine andere Ausrede, warum sie nicht kommen konnten. Und sie haben mich nie gebeten, sie zu besuchen."

„Ist das dein Ernst?", knurre ich. Obwohl Stevie innere Stärke besitzt, höre ich ihrer Stimme an, wie verletzt sie ist. „Du wurdest nie ins Haus deiner eigenen Mutter eingeladen?"

„Meine Mutter ist ein komischer Kauz. Sie heiratete Cameron wegen seines Geldes und schenkte ihm zwei Töchter. Doch dann stellte sie erneut fest, dass sie nicht das Zeug zur Mutter hatte, und verließ sie. Schließlich ließ sie sich von Cameron scheiden und er heiratete wieder. Seine neue Frau ist den Mädchen eine gute Mutter … soweit ich gehört habe."

„Hast du noch Kontakt zu deinen Schwestern?"

„Nicht wirklich. Ehrlich gesagt … sind sie von ihrem Vater ziemlich verwöhnt worden. Bis auf unsere Versagerin von einer Mutter haben wir nicht viel gemeinsam. Wir folgen einander auf Instagram, schreiben uns hin und wieder eine Nachricht, aber sie führen ihr Leben und ich habe meines."

„Und deine Mom?"

Stevie macht sich nicht die Mühe, ihre Gefühle zu unterdrücken, dabei kann ich den enttäuschten Ausdruck in ihren Augen sehen. „Sie ist einfach nicht der mütterliche Typ. Sie war nicht dazu in der Lage, die Mutterrolle zu übernehmen, denn die Verantwortung war ihr zu groß. Es war zu schwer für sie."

„Das hört sich nicht so an, als wäre das nur eine Vermutung."

„Wir haben darüber gesprochen. Zumindest ist sie ehrlich, was ihre Unfähigkeit angeht."

„Dann hast du also eine Beziehung zu ihr?"

Stevie zuckt mit den Schultern. „Ich bin mir nicht sicher, wie ich es beschreiben soll. Wir reden miteinander und manchmal essen wir zusammen zu Mittag. Es gibt Momente, in denen sie versucht, sich wie eine Mutter zu verhalten, doch mittlerweile springe ich darauf nicht mehr an."

„Das kann ich mir vorstellen", murmle ich.

Stevie schenkt mir ein beschwingtes Lächeln. „Aber ich habe ein gesundes Ego und bin mir bewusst, dass ihre Schwächen nichts mit mir zu tun haben. Mein Vater hat mich dazu erzogen, die beste Version meiner selbst zu sein, und obwohl ich als Kind lange unter der Trennung gelitten habe, habe ich meinen Frieden mit der Vergangenheit gemacht. Ich verbringe hin und wieder Zeit mir ihr, aber nicht, weil sie mich darum bittet, sondern weil ich es will."

Ich mustere sie einen Moment und denke über ihre wehmütigen Worte nach. „Du willst eine Mutter in deinem Leben haben?"

Stevie lacht, offensichtlich über sich selbst. „Ich verlange wohl zu viel, nicht wahr?"

Ich schüttle den Kopf. „Ganz und gar nicht. Du strebst nach etwas, was dir wichtig ist.“

„Mein Vater ist der Meinung, dass sie mich nur ausnutzt und mir das Herz brechen wird.“

„Möglicherweise“, erwidere ich und ergreife ihre Hand. Ich betrachte ihre zierlichen Finger, ihre geschmeidige Haut und den mitternachtsschwarzen Lack auf ihren Nägeln. „Aber du bist bereit dafür. Du bist älter und weiser geworden, seit sie dir das letzte Mal das Herz gebrochen hat. Und du bist eine starke Frau mit einem Vater, der für dich da ist, falls sie dich wieder im Stich lassen sollte. Es gibt keinen Grund, warum du nicht versuchen solltest, eine Beziehung zu ihr aufzubauen.“

Stevie blinzelt mich mit offenem Mund an. Vielleicht brauchte sie einfach jemanden, der sie in ihrer Entscheidung bestärkt, obwohl sie sich bewusst ist, dass sie damit scheitern könnte. Sie brauchte jemanden, der sie nicht für verrückt hält, weil sie sich der Frau annähern will, die sie verletzt hat.

„Du bist wirklich ganz anders, als ich erwartet habe“, erklärt sie, als sie den Blick senkt und meine Hand betrachtet.

„Was hast du denn erwartet?“

Sie sieht zu mir auf. „Dass du mich nur ins Bett kriegen willst.“

„Das will ich auch“, gestehe ich unverhohlen, denn ich fühle mich über alle Maßen zu ihr hingezogen. „Aber darum geht es mir nicht in erster Linie.“

„Worum geht es dir dann?“

Ich denke über die Frage nach und gestehe mir eine Wahrheit ein, die ich noch nie einem meiner Mannschaftskameraden offenbart habe, vor allem nicht, weil sie mir alle damit in den Ohren gelegen haben, Tracy abzuservieren. „Ich denke, wir Profisportler verkörpern ein gewisses Image, zumindest untereinander. Wir glauben, wir sind die Größten und können jede beliebige Frau in unser Bett kriegen.“

„Als hättet ihr die freie Auswahl“, sagt sie.

„Ganz genau. Und ja, ich war nicht anders. Viele meiner Mannschaftskameraden verhalten sich immer noch so. Aber ich glaube, ich will mehr.“

„Bist du bereit, sesshaft zu werden?“, fragt sie.

„Ich weiß nicht, ob man es unbedingt sesshaft nennen kann, aber auf jeden Fall will ich eine etwas gefestigtere Beziehung. Zumindest habe ich das mit Tracy angestrebt.“

Fast erwarte ich, dass Stevie ihre Hand zurückzieht, denn meinen Worten könnte man entnehmen, dass ich mir etwas Dauerhaftes mit ihr wünsche. Stevie hatte Bedenken, mit mir auszugehen, und ich will nicht, dass sie glaubt, ich suche nur jemanden, der mich über Tracy hinwegtröstet.

Aber ich will auch nicht gleich den Eindruck erwecken, als wollte ich eine tiefer gehende Beziehung.

Im Grunde weiß ich nicht genau, was ich suche.

Oder nicht suche.

Ich weiß nur, dass ich Stevie mag und sie nach dem heutigen Abend wiedersehen will. „Aber ich muss dich vorwarnen. Der Abend ist zwar noch nicht zu Ende, doch ich werde dich danach um ein zweites Date bitten.“

Stevie zieht ihre Hand zurück, aber nur, um im nächsten Moment ihr Glas zu ergreifen. Sie hebt es an und prostet mir zu.

Als wir miteinander anstoßen, sagt sie: „Darauf trinke ich.“

Kapitel 5

Meine Mutter schlendert den Bürgersteig entlang auf mich zu. Dabei betrachtet sie immer wieder die Schaufenster und bleibt zweimal stehen, um sich etwas anzusehen. Mandi Seegar ist eine wandelbare Frau. Je nachdem, mit welchem Mann sie gerade zusammen ist, verändert sie immer wieder ihre äußere Erscheinung.

Als sie mit meinem Vater verheiratet war, fuhr sie auf dem Rücksitz seiner Harley mit und kleidete sich wie eine Rockerbraut. Während ihrer Ehe mit Cameron Seegar trug sie Designerlabels und ließ sich einen konservativen Bob schneiden.

Heute ist sie mit einem zehn Jahre jüngeren Fitnesstrainer namens Randy liiert und kleidet sich demnach bevorzugt in Trainingsleggings, Sport-BHs und Kapuzenpullis. Ihr dunkelbraunes Haar ist zu einem hohen Pferdeschwanz gebunden und ihr Make-up ist makellos.

Ich bin mir nicht sicher, ob meine Mutter damals, als sie mit meinem Vater verheiratet war, genauso viel Wert auf ihr Äußeres gelegt hat wie heute, aber sie ist zweifellos ein wenig eitel. Ich mache ihr das nicht zum Vorwurf, denn sie hat ihr Aussehen immer benutzt, um sich einen Mann zu angeln. Da sie jemanden braucht, der sich um sie kümmert, ist die Masche eine Art Notwendigkeit. Sie war nicht nur unfähig, für ihre Kinder zu sorgen, da sie sie entweder nicht wollte oder nicht konnte, sie schafft es nicht einmal, sich um sich selbst zu kümmern. Wann immer wir uns treffen, erzählt sie mir voller Stolz, dass ihr Freund zehn Jahre jünger ist als sie. Hin und wieder formuliert sie es auch folgendermaßen: „Er ist gerade einmal zehn Jahre älter als du, Stevie."

Ich war das Produkt einer heißen, wilden Affäre. Meine Mutter wurde ungewollt schwanger und .ein Vater tat, wie er es nannte, „das Richtige", indem er sie heiratete. Es war eine dumme Entscheidung, denn er liebte sie nicht. Und sie liebte ihn ganz sicher nicht. Aber während mein Vater bereit war, seinen raubeinigen, eigenwilligen Lebensstil aufzugeben, konnte meine Mutter sich nicht dazu durchringen.

Der Unterschied zwischen mir und meinem Vater besteht darin, dass ich gelernt habe, meiner Mutter ihre Schwächen zu verzeihen, während er nie dazu fähig sein wird. Wie mein Dad immer wieder betont, liegt das Problem weniger darin, dass sie als Mutter nicht da war, sondern dass sie nicht für *mich* da war. Denn nachdem sie mich verlassen hatte, heiratete sie innerhalb weniger Jahre erneut und gebar ihrem neuen Ehemann zwei Töchter. Zugegeben, sie hat die beiden ebenfalls verlassen, aber für eine Weile hat sie ihre ganze Energie in ihren neuen Partner und ihre Kinder gesteckt, während ich nur ein Teil ihrer Vergangenheit war.

Ich konnte von Glück reden, wenn ich sie ein paarmal im Jahr sah. Meist geschah das nur, nachdem mein Vater sie dazu gedrängt hatte. Er hat keine Ahnung, dass ich darüber Bescheid weiß, aber ich habe ihn belauscht, wenn er sie anrief.

„Herrgott, Mandi … kannst du nicht ein einziges Mal deine Tochter über deine eigenen Bedürfnisse stellen?"

Obwohl meine Mutter völlig unfähig war, hatte ich eine sehr glückliche Kindheit. Mein Vater gab mir genügend Liebe und Halt, um die Unzulänglichkeiten meiner Mutter auszugleichen. Ihm habe ich es zu verdanken, dass der tiefe Schmerz, den ich nach ihrem

Verschwinden empfand, mich nicht unwiderruflich gebrochen hat. Mein Vater und seine Eltern schufen für mich ein stabiles Umfeld und gaben mir das Gefühl, dass meine Mutter diejenige war, die den Kürzeren gezogen hat. Sie machten mir klar, dass ihr Unvermögen, mir eine Mutter zu sein, allein auf ihren Schultern lastete und nichts mit mir zu tun hatte. Dafür liebe ich sie.

Leider glaube ich nicht, dass meine Halbschwestern diese Lektionen jemals von ihrem eigenen Vater gelernt haben. Sie beide sind äußerst verbitterte junge Frauen, die nichts mit unserer Mutter zu tun haben wollen.

Wahrscheinlich ist das der Grund, warum sie sich an mich klammert. Jetzt, da ihre Töchter erwachsen sind und für sich selbst sorgen können, möchte sie an unserem Leben teilhaben. Liza und Maggie werden ihrer Bitte nicht nachkommen, aber ich schon.

Mein Vater ist damit zwar nicht einverstanden, aber er würde sich mir nie in den Weg stellen. Er versteht, dass sie, indem sie mich jetzt braucht, einen Teil der Leere ausfüllt, die sie ursprünglich hinterlassen hat. Ich bin Optimistin und glaube, dass selbst aus einem Haufen Asche etwas entstehen kann.

Nichtsdestotrotz genügt allein ein Lächeln von ihr, um mir einen emotionalen Tiefschlag zu versetzen, da ich als Kind darauf verzichten musste. Im Grunde ist es krank, wie sehr ich mich an diese kleinen Gesten der Zuwendung klammere, und ich bin froh, dass mein Vater für mich da ist, um mich jedes Mal auf den Boden der Tatsachen zurückzubringen.

„Mom“, rufe ich.

Sie zuckt zusammen und reißt ihren Blick von der Auslage eines Antiquitätengeschäfts los, um sich in meine Richtung zu drehen. Ihr Lächeln wird breiter und sie stürzt mit offenen Armen auf mich zu. Sie drückt mich an sich, wobei mich nach wie vor das dunkle, unbestimmte Gefühl beschleicht, dass die

Geste nicht real sein könnte. Sie hat nichts gemein mit der Umarmung meines Vaters, der mir täglich seine Liebe und Hingabe zuteilwerden lässt.

Die Umarmung meiner Mutter ist mit zu vielen Zweifeln behaftet und fühlt sich fremd an, aber ich erlaube mir dennoch, den Moment zu genießen.

„Du bist eine wahre Augenweide“, schwärmt sie und tritt einen Schritt zurück, um mein Gesicht zu betrachten. „Bilde ich mir das nur ein oder willst du dir deine Haare wieder länger wachsen lassen?“

Ich fahre mit den Fingern durch mein Haar. „Möglicherweise. Aber vor allem hatte ich keine Zeit, sie schneiden zu lassen. Wir werden sehen.“

„Auf jeden Fall bist du wunderschön, ganz gleich, wie du dein Haar trägst.“

Meine Mutter zieht den Kopf zurück und mustert mich mit erwartungsvollem Blick. Wahrscheinlich fragt sie sich, wie ich auf ihr Kompliment reagieren werde.

Oberflächlich betrachtet wirkt es unschuldig, doch insgeheim weiß ich, dass es erzwungen ist. Nachdem sie sich vor fünf Jahren bemüht hatte, wieder Kontakt zu mir aufzunehmen, haben wir uns ein paarmal getroffen. Die Begegnungen waren jedes Mal äußerst unangenehm, weil sie alles an mir kritisierte. Meine Kleidung, meine Haare, meine Piercings und meine Tätowierungen. Das alles erinnerte sie an meinen Vater. Sie sagte Dinge wie: „Ich kann nicht glauben, dass du dich genauso viel tätowieren lässt wie dein Vater“ oder: „Hat dein Vater dieses Outfit ausgesucht?“

Es ärgert sie, dass ich ihm so ähnlich bin, und sie beneidet uns darum, wie nahe wir uns stehen. Es ist paradox, denn gerade weil sie uns verlassen hat, haben wir eine so enge Beziehung zueinander. Meine Mutter kann sich nicht damit abfinden, denn mit seinen großartigen Eigenschaften führt er ihr vor Augen, wie sehr sie versagt hat. Also hat sie mich wegen meiner äußeren Erscheinung angegriffen, damit sie sich besser fühlt. Zumindest bin ich zu diesem Schluss gekommen, während ich mich bemühte, aus der Frau schlau zu werden.

Dennoch musste ich ihr Grenzen setzen. „Ich bin erwachsen, Mom. Du hast kein Recht, mir zu sagen, wie ich mein Leben gestalten, was ich anziehen oder wie ich aussehen soll."

Zunächst zeigte sie keinerlei Verständnis und glaubte, allein die Tatsache, dass sie zehn Stunden mit mir in den Wehen gelegen hatte, gäbe ihr das Recht, ihre Meinung kundzutun. Sie bezeichnete es als „Ratschlag", doch im Grunde übte sie nur unverhohlen Kritik. Erst als ich begann, ihre Einladungen zum Mittagessen abzulehnen, beschloss sie, meine Grenzen zu respektieren.

Mittlerweile macht sie mir also Komplimente. Sie klingen zwar aufrichtig, doch ich kann an ihrem Blick sehen, dass sie sie eigentlich nicht ernst meint. Ich muss mich daran erinnern, dass sie keine Ahnung hat, was wahre Fürsorge bedeutet. Sie war in der Rolle der Mutter so schlecht, dass ihre beiden anderen Töchter sie gänzlich aus ihrem Leben ausgeschlossen haben, und genau aus diesem Grund habe ich die Tür geöffnet und sie wieder in meines gelassen. Ich habe Mitleid mit ihr.

Ich hatte heute Lust auf Mexikanisch und habe ein Restaurant gewählt, in dem ich schon oft zu Gast war. Da ich die Rechnung bezahle, habe ich entschieden, wo wir essen. Meine Mutter ist genauso arbeitslos wie eh und je und verlässt sich darauf, dass Randy für sie aufkommt.

Als wir uns bei einem Teller Nachochips mit Salsa unterhalten, während meine Mutter eine Margarita schlürft, stellt sie die unvermeidliche Frage: „Wie geht es deinem Vater?"

„Es geht ihm gut." Mehr sage ich nicht.

Dennoch fragt sie mich weiter aus und will unter anderem wissen, ob er eine Freundin hat und wie sein Tattoo-Studio läuft. Ich gebe nur vage Antworten und irgendwann gibt sie auf.

„Und wie geht es dir?", fragt sie und nimmt sich mit ihren fachmännisch manikürten Fingernägeln einen Tortilla.

Ich schneide und feile mir meine Nägel selbst. Das liegt nicht daran, dass ich mir eine professionelle Maniküre nicht leisten kann, sondern dass ich die Routine genieße.

„Mir geht es gut", erwidere ich und tunke einen Chip in die Salsa. „Ich bin wahnsinnig beschäftigt, aber das ist nichts Neues. Im Grunde war es in letzter Zeit sogar etwas hektischer als gewöhnlich. Harlow hat vergangene Woche ein paar Spieler der Titans eingeladen, die für einen wohltätigen Zweck gesammelt haben. Das hat eine Menge neuer Kunden angelockt."

Meine Mutter hat ein Funkeln in den Augen, als sie sich vorbeugt, den Strohhalm ihres Getränks mit ihren Lippen umschließt und einen kräftigen Schluck nimmt. „Harlow ist die Freundin, die mit dem Eishockeyspieler zusammen ist, richtig?"

„Sie ist Anwältin", entgegne ich, denn es missfällt mir, dass sie Harlow nur über ihren Lebensgefährten definiert. „Aber ja, sie ist mit Stone Dumelin zusammen."

Neulich Abend hat Stone mich zur Seite genommen und mir verraten, dass er ihr bald einen Antrag machen wird. Er wollte ein paar Ideen mit mir besprechen, doch es fiel mir schwer, einen klaren Kopf zu bewahren und nicht vor Freude zu schreien.

„Oh, das ist schön für sie", trällert meine Mom, obwohl sie Harlow gar nicht kennt. Sie sind einander noch nie begegnet, und meine Mutter hat auch noch nie Interesse daran bekundet, sie zu treffen. Dennoch scheint sie sich aufrichtig für sie zu freuen.

Für einen kurzen Moment habe ich eine Vorstellung davon, wie es sein könnte, eine Mutter zu haben, mit der ich ähnliche Interessen teile. In diesem Fall ist es Harlows Glück.

Also lasse ich mich auf diese neue Empfindung ein und senke verschwörerisch die Stimme. Meine Mutter kennt Harlow nicht und könnte daher die Katze auch nicht aus dem Sack lassen, daher sage ich: „Stone wird ihr bald einen Antrag machen."

Meine Mutter legt sich eine Hand aufs Herz und schürzt die Lippen. „Bitte sag mir, dass er eine sehr romantische, ausgefallene Idee hat!"

Ich lache und schüttle den Kopf. „Er hat mich um Hilfe gebeten und ich denke noch darüber nach."

„Oh, ich habe eine Menge Ideen", verkündet sie. Während der nächsten zehn Minuten macht sie mir tatsächlich einige brauchbare Vorschläge, die ich an Stone weitergeben werde.

Wir bestellen uns jeder einen Teller Tortilla-Suppe mit Huhn und eine Portion Fajitas, die wir uns teilen. Seltsamerweise hat das Gespräch über Heiratsanträge eine ungezwungene Unterhaltung zwischen uns angekurbelt. Meine Mutter ist derart hingerissen von der Romantik, dass sie sanfter und aufrichtiger wirkt.

Und plötzlich wird in mir die Hoffnung wach, dass sie sich auch für *mein* Liebesleben interessieren könnte.

„Gestern Abend war auch ich mit einem Spieler der Titans aus", verkünde ich.

Meine Mutter, die gerade an ihrer zweiten Margarita nippt, verschluckt sich und muss husten. Mit tränenden Augen starrt sie mich an. „Erzähl mir davon", keucht sie und nimmt einen weiteren Schluck von ihrem Getränk.

Ich berichte ihr in aller Kürze, wie ich Hendrix kennengelernt habe. Dabei unterschlage ich sowohl unsere Unterhaltung im Lagerraum als auch das Gespräch über sie und zeichne lediglich ein vages Bild von unserem Rendezvous gestern Abend.

Meine Mutter grinst. „Hat er dich zum Abschied geküsst?"

Bei dem Gedanken, wie der Abend geendet hat, hätte ich beinahe ein Schnauben ausgestoßen. Hendrix brachte mich nach dem Essen nach Hause. Gerade als er sich vorbeugen wollte, um mich zu küssen, wurde das Licht eingeschaltet und mein Vater öffnete die Tür. Er hatte keinen Grund, noch bei mir zu Hause zu sein, und hat sicher nur darauf gewartet, uns unterbrechen zu können. Ich wette, der Kuss wäre umwerfend gewesen.

Aber eines muss ich Hendrix lassen: Statt zurückzuweichen, beugte er sich weiter vor und drückte mir einen Kuss auf die Wange, während mein Vater ihn anstarrte.

„Bis Freitagabend", sagte er, bevor er meinem Vater ein strahlendes Lächeln schenkte. „Schön, Sie zu sehen, Bear."

Wir beobachteten ihn, wie er die Verandastufen hinunterging und in seinen BMW stieg. Als er wegfuhr, fragte mein Vater: „Freitagabend?"

„Unser zweites Date. Er will, dass ich morgen ins Stadion komme, um mir das Heimspiel anzusehen, und danach mit ihm ausgehe. Aber ich kann mir nicht zwei Abende hintereinander freinehmen."

„Ich springe für dich ein", bot mein Vater an, als ich an ihm vorbei ins Haus ging und die Tür hinter uns schloss.

„Ich dachte, du magst ihn nicht", neckte ich ihn.

„Tue ich auch nicht. Aber ich springe trotzdem für dich ein, wenn du willst."

Mein Vater und ich teilten uns ein Bier, während ich ihm alles über mein erstes Date mit Hendrix erzählte.

Dabei offenbarte ich ihm viel mehr, als ich meiner Mutter gegenüber preisgebe. Mein Vater hat nicht nur mein volles Vertrauen, sondern ihm gehört auch der größte Teil meines Herzens, also berichtete ich ihm begeistert davon, wie schön der Abend war. Ich habe sein Angebot, heute Abend meine Schicht zu übernehmen, abgelehnt, weil eine Verabredung kein Grund ist, warum mein Dad auf seine Freizeit verzichten sollte.

„Stevie", ruft meine Mutter, wirft einen Chip nach mir und reißt mich damit aus meinen Gedanken. „Hat er dich zum Abschied geküsst?"

Ich lächle, als ich daran denke, wie seine Lippen sich auf meiner Haut angefühlt haben. „Auf die Wange."

Meine Mutter seufzt verträumt. „Was für ein Gentleman. Wirst du ihn wiedersehen?"

„Morgen Abend." Ich mache mir nicht die Mühe, ihr zu erzählen, dass er mich auch heute zum Spiel eingeladen hat, ich aber abgelehnt habe, weil ich nicht noch einen Abend in der Kneipe verpassen wollte. Ich habe keine Lust, mir von ihr einen Vortrag darüber anhören zu müssen, dass es falsch ist, eine solche Gelegenheit verstreichen zu lassen. Sie versteht nicht, wie es ist, ein eigenes Unternehmen zu haben, und ich werde nur wütend, wenn ich ihr erklären muss, was Verantwortung bedeutet.

Zu meiner Erleichterung scheint sie sich mehr für ihn als Spieler zu interessieren. „Auf welcher Position spielt er und bei welchem Team war er vorher?"

Sie hat nicht viel Ahnung von Sport, aber wie jeder, der in Pittsburgh lebt, weiß sie von dem Flugzeugunglück, bei dem fast das gesamte Team ums Leben kam. Nur Hendrix, Camden und Coen waren damals aus unterschiedlichen Gründen nicht an Bord.

„Er war ein Mitglied der ursprünglichen Mannschaft."

Meine Mutter schlägt sich die Hand vor den Mund und gibt ein entsetztes Quietschen von sich. „Ach du meine Güte. Da hat er aber Glück gehabt. Ich kann mir vorstellen, dass das sehr schwer für ihn sein muss."

Dazu kann ich nichts sagen, denn wir haben nicht darüber gesprochen. Wir haben das Thema zwar nicht absichtlich gemieden, aber die meiste Zeit haben wir uns über unsere Familien unterhalten. Vielleicht werden wir morgen Abend darüber reden. Ich habe einem zweiten Date zugestimmt, gerade weil unsere Gespräche bei unserem ersten Abendessen so wunderbar waren.

Als der Kellner an unserem Tisch vorbeikommt, winke ich ihm zu. „Die Rechnung bitte."

„Musst du schon gehen?", fragt meine Mutter mit weinerlichem Tonfall und zieht einen Schmollmund. „Ich hatte so viel Spaß."

„Ich weiß. Ich auch. Aber ich muss zurück in die Kneipe. Ich teste einen neuen Bierlieferanten und der Vertreter wird in einer halben Stunde eintreffen."

„Nun, wenn das so ist … dann sollte ich wohl noch auf eine Sache zu sprechen kommen."

Sofort verflüchtigen sich all die wohlwollenden, behaglichen Empfindungen, die unser Gespräch unter Frauen in mir hervorgerufen hat. An ihrem Tonfall erkenne ich, dass sie etwas von mir will, also wappne ich mich.

„Ich stecke wirklich in der Klemme, Stevie", erklärt sie, wobei sie nervös mit ihrer Serviette spielt und sich weigert, mir in die Augen zu blicken.

„Was meinst du damit?"

„Nun … ich stecke in finanziellen Schwierigkeiten."

Das wundert mich nicht. „Wie viel?"

Sie zupft an der Serviette herum und begegnet meinem Blick. „Zehntausend Dollar."

Ich schnappe nach Luft und reiße die Augen so weit auf, dass ich schon glaube, sie würden mir aus dem Kopf springen. „Soll das ein Scherz sein? So viel Geld habe ich nicht, falls du mich deshalb darauf ansprichst."

„Ich dachte, du hättest es vielleicht. Immerhin besitzt du eine Kneipe." Sie beißt sich auf die Unterlippe und lässt ihren Blick durch das Restaurant schweifen, bevor sie mich wieder ansieht. „Ich würde dich nicht darum bitten, wenn die Situation nicht so schrecklich wäre."

Ich muss mich zwingen, nicht die Augen zu verdrehen, denn meine Mutter hat einen Hang zur Melodramatik. Mit *schrecklich* meint sie wahrscheinlich, dass sie und Randy ein paar Monate mit der Miete oder den Raten für das Auto im Rückstand sind. „Ich habe das Geld nicht", wiederhole ich.

Das ist die Wahrheit.

Meine Mutter blickt sich hektisch um, bevor sie sich vorbeugt und die Stimme senkt. „Wenn ich das Geld nicht bekomme, könnte ich ernsthaft verletzt werden. Vielleicht steht sogar mein Leben auf dem Spiel."

Ich weiche zurück und zucke vor Schreck zusammen. „Wie bitte?"

Sie erwidert nichts, sondern starrt mich nur an. Ich kann sehen, dass sie mich nicht anlügt.

„In was, zum Teufel, bist du da nur hineingeraten?", will ich wissen und beuge mich vor, damit keiner der anderen Gäste auf uns aufmerksam wird.

„Nicht ich … Randy. Nun ja, ich im Grunde auch. Ich habe ihm bei einem kleinen Nebenerwerb geholfen …"

„Ein Nebenerwerb ist für gewöhnlich nicht gefährlich", blaffe ich sie an. „Worum genau geht es dabei?"

Sie senkt die Stimme erneut und antwortet im Flüsterton: „Also schön, Randy hat Geld gewaschen."

„Meine Güte", murmle ich und reibe mir mit den Händen über das Gesicht. Ich schließe die Augen und atme tief ein. Dann stoße ich einen Atemzug aus und starre meine Mutter an. „Was hast du dir dabei gedacht?"

Sie erzählt mir eine Geschichte, die zwar lächerlich klingt, aber durchaus wahr sein könnte. Offenbar haben sie und Randy im ganzen Staat mit gefälschten Geldscheinen eingekauft. Nach einer Weile bringen sie die Ware zurück und das Geld wird ihnen erstattet. Das Falschgeld bleibt im Umlauf und sie erhalten saubere Scheine.

„Wir bekommen zwanzig Prozent", erklärt meine Mutter.

Ich verziehe angewidert den Mund. „Und ihr habt zehntausend Dollar einbehalten, was wohl weit mehr ist als die zwanzig Prozent, die ihr verdient habt?"

„Nein, wir haben es nicht behalten. Wir haben es benutzt, um mehr Geld zu machen."

„Und wie?"

„Im Rivers Casino", gesteht sie mit gedämpfter Stimme.

„Mein Gott, Mom. Du hast zehntausend Dollar verzockt."

„Es ist nicht an einem einzigen Abend passiert, sondern über einen längeren Zeitraum. Jetzt verlangen sie die Abrechnung und wir sitzen in der Klemme. Ich weiß nicht, was ich tun soll."

Ich lehne mich in meinem Stuhl zurück. Während der vergangenen Jahre, in denen meine Mutter und ich daran gearbeitet haben, eine Beziehung aufzubauen, habe ich festgestellt, dass sie launenhaft, leichtgläubig und tollpatschig sein kann. Aber ich hätte nie geglaubt, dass sie in etwas Kriminelles hineingezogen werden könnte.

Nun ist sie mit ihrer ahnungslosen Art in ein Geldwäschegeschäft verwickelt und steckt tatsächlich in der Scheiße. Und ich habe keinen blassen Schimmer, wie ich ihr helfen soll.

„Vielleicht kann dir dein Vater das Geld geben", schlägt sie vor.

Wutentbrannt starre ich sie an. „Nein. Komm gar nicht erst auf die Idee, dass ich ihn mit in diese Sache hineinziehe, um dir aus der Patsche zu helfen. Dazu hast du kein Recht.“

„Natürlich“, erwidert sie mit einem aufgesetzten Lächeln und hebt abwehrend die Hände in die Höhe. „Das war keine gute Idee.“

Seufzend drücke ich den Rücken durch und schiebe meinen Teller zur Seite. Mir dreht sich der Magen um, doch ich weiß, dass das nichts mit der scharfen Mahlzeit zu tun hat.

„Also gut … fang ganz von vorn an und erzähl mir alles.“

Meine Mutter berichtet mir eine gute Viertelstunde lang von ihrer misslichen Lage. Je mehr ich darüber höre, desto mehr verstärkt sich in mir das Gefühl, mich übergeben zu müssen. Mir fällt keine naheliegende Lösung ein und als wir uns mit einer unbeholfenen Umarmung auf dem Bürgersteig voneinander verabschieden, weiß ich nur eins mit Sicherheit: Sie steckt in ernsten Schwierigkeiten.

Auf der Fahrt zurück zu meinem Haus überlege ich, was ich tun kann. Meinen Vater werde ich auf keinen Fall um Hilfe bitten, selbst wenn er sicher einen Weg finden würde, das Geld irgendwie aufzutreiben. Ich erwäge, Harlow anzurufen. Sie ist als Strafverteidigerin tätig und hätte sicher einen guten Rat für mich. Im Moment zögere ich jedoch, jemanden in die Sache einzuweihen, vor allem, weil es mir peinlich ist. Jeder, der mich kennt und weiß, was ich durchgemacht habe, würde nie verstehen, dass ich meiner Mutter, die sich nie um mich gekümmert hat, unter die Arme greifen will. Und ich habe keine Lust, mich rechtfertigen zu müssen. Das gilt auch für meinen Vater, der mir die Hölle heißmachen würde, falls ich es auch nur in Betracht zöge.

Aber ich habe ohnehin keine Ahnung, wie ich ihr helfen soll. So viel Geld habe ich einfach nicht. Nicht einmal annähernd.

Meine Mutter hat erwähnt, dass Randy noch etwas Zeit schinden will, aber sie bezweifelt, dass er, selbst mit etwas Glück, mehr als dreißig Tage herausschlagen wird.

Ich könnte die Kneipe veräußern, obwohl ich nicht glaube, dass sie viel mehr einbringen wird als den Betrag, den meine Mutter braucht. Es ist ein Bargeschäft, mit dem ich genügend erwirtschafte, um mir ein anständiges Gehalt zu zahlen und regelmäßig einen bescheidenen Betrag auf einem Rentenkonto zurückzulegen. Darüber hinaus ist sie nicht viel wert. Und wäre ich wirklich bereit, meine Lebensgrundlage zu verkaufen, um meiner Mutter aus der Patsche zu helfen?

Wenn ihr Leben auf dem Spiel stünde, ja … dann müsste ich es tun. Ich werde nicht zulassen, dass sie verletzt oder getötet wird, weil sie ein paar schlechte Entscheidungen getroffen hat. Zumindest hätte ich eine Möglichkeit, das Problem zu lösen.

Kapitel 6

Hendrix

Bist du dir sicher, was die Kneipe angeht?", fragt Bain, als wir Jerry's Bar betreten. Aus den Lautsprechern dringt laute Musik, es wimmelt von Bikern, Rockerbräuten, alten Männern, die aussehen, als hätten sie schon ein oder zwei Kriege gesehen, und einer Handvoll zwielichtiger Gestalten.

„Absolut", versichere ich ihm und fühle mich augenblicklich wohl, denn aus der Jukebox dröhnt „Edge of Seventeen".

Camden schiebt sich an uns beiden vorbei und geht direkt auf den Tresen zu. Heute Abend ist es nicht so voll wie vor drei Tagen bei der Spielzeugsammelaktion. Mein Blick fällt sofort auf Stevie, die gerade ein Bier zapft und sich dabei angeregt mit einem Typen unterhält, der ihr gegenüber an der Bar sitzt. Er ist groß und kräftig, seine Armmuskeln treten unter seinem schwarzen T-Shirt hervor, das er mit einer Biker-Kutte kombiniert hat. Sie schiebt ihm das Glas zu, woraufhin er ihr Geld gibt.

Stevie legt es jedoch nicht sofort in die Kasse, sondern stützt die Unterarme auf dem Tresen ab und lehnt sich zu dem Mann vor.

Mir fällt auf, dass sie ein ähnliches Outfit trägt wie am Abend der Wohltätigkeitsveranstaltung. Als sie sich vorbeugt, starre ich ihr jedoch nicht ins Dekolleté, sondern beobachte mit zusammengekniffenen Augen den Biker, der auf ihre Brüste stiert.

Sofort breitet sich ein unbehagliches Brennen in meiner Magengegend aus, doch ich weiß, dass so etwas eben zu ihrem Job dazugehört. Ich bin nur ein wenig beunruhigt, als ich sehe, wie der Biker ihr noch etwas mehr Geld zuschiebt, das Stevie in eine Trinkgeldbüchse steckt, dann streckt sie ihm ihre Faust entgegen und er stößt seine dagegen.

„Komm schon", sage ich zu Bain, der nicht von meiner Seite gewichen ist.

Wir gehen ans Ende des Tresens, an dem Camden auf einem Barhocker sitzt, während der neben ihm noch frei ist. Ich lasse mich darauf nieder und Bain stellt sich auf die andere Seite neben Camden. Eine Barkeeperin kommt auf uns zu. Sie ist eine hübsche Blondine, an die ich mich von dem Abend der Wohltätigkeitsveranstaltung erinnern kann.

Sie erkennt mich wieder. Bain und Camden waren neulich Abend nicht hier, doch sie betrachtet die beiden mit einem wissenden Blick. Offenbar ist sie ein Eishockeyfan.

„Tolles Spiel heute Abend", trällert sie, als sie drei Bierdeckel vor uns auf den Tresen legt. „Die erste Runde geht auf mich."

Camden zückt seine Brieftasche. „Eigentlich … wollte ich eine Kneipenrunde ausgeben."

Wir geben unsere Bestellung auf und Camden reicht der Barkeeperin seine Kreditkarte. Bevor sie sich abwenden kann, rufe ich ihr zu: „Kannst du deiner Chefin Bescheid geben, dass wir hier sind, und sie zu uns schicken?"

„Aber sicher", antwortet sie mit einem Lächeln.

Ich beobachte, wie sie zu Stevie hinübergeht, die gerade mit dem Spülen von Gläsern beschäftigt ist. Die Blondine stößt sie mit der Hüfte an und sagt etwas zu ihr, woraufhin Stevie ruckartig in meine Richtung blickt und überrascht die Augen aufreißt.

Sie schenkt mir ein Lächeln und streckt einen seifigen Finger in die Luft, um mir zu signalisieren, dass sie in einer Minute zu uns kommen wird. Ich zwinkere ihr zu.

Ich wusste nicht, wie sie es aufnehmen würde, wenn ich spontan hier auftauche. Da sie sich nicht zwei Abende hintereinander freinehmen wollte, hat sie meine Einladung für heute abgelehnt, die eine Eintrittskarte für das Spiel und ein spätes Abendessen beinhaltet hat. Wir haben jedoch vor, morgen auszugehen, denn danach werde ich für mehrere Tage nicht in der Stadt sein, da wir zwei Auswärtsspiele in Nashville bestreiten werden.

„Ist sie das?“, will Bain wissen.

„Ja“, antworte ich, ohne den Blick von Stevie abzuwenden.

Ich habe Camden und Bain gesagt, dass ich heute Abend nach dem Spiel nicht ins Mario's gehen würde, sondern diese Kneipe besuchen wollte, um ein Mädchen zu treffen. Dabei habe ich ihnen kurz erzählt, wie wir uns kennengelernt haben. Ich habe sie eingeladen, mich zu begleiten, weil ich nicht wie ein schmieriger Kerl wirken wollte, indem ich an der Bar herumhänge und mein Bier trinke, während ich das Mädchen anstarre, das mir seit ein paar Tagen nicht mehr aus dem Kopf geht.

Unsere erste Verabredung war großartig.

Besser als großartig. Ich würde sogar behaupten, dass es mein bisher bestes erstes Date war, einschließlich des Moments, in dem Stevies Vater mich davon abgehalten hat, sie zum Abschied zu küssen. Meiner Meinung nach war es urkomisch, und die Art, wie Stevie ihre Lippen zu einem breiten Grinsen verzog, während ihr Dad finster dreinblickte, verriet mir alles, was ich über sie wissen musste.

Mir ist jetzt schon klar, dass ich in ihrer Gesellschaft eine Menge Spaß haben werde, und deshalb bin ich heute Abend hier. Obwohl sie arbeiten muss und mir nur hier und da ein Lächeln schenken oder ein paar

Worte mit mir wechseln kann, verbringe ich den Abend gern in dieser Kneipe.

„Sie ist sexy“, bemerkt Camden. „Auf eine völlig andere Art als Tracy.“

Ich wirble herum und starre ihn an. „Wie meinst du das?“

„Wenn das Tracy hinter der Bar wäre, würde sie versuchen, deine Aufmerksamkeit zu erregen. Sie hätte sich vor dich an den Tresen gestellt, mit den Wimpern geklimpert und dir ihre Titten ins Gesicht gestreckt. Aber dein Mädchen spült schmutzige Gläser und hat dich nicht einmal wirklich eines Blickes gewürdigt. Sie ist souverän und selbstsicher, was sie sexy macht, aber eben auf eine völlig andere Art als Tracy.“

Die Barkeeperin bringt unsere Getränke, woraufhin mehrere Gäste sich bei Camden für die Runde bedanken. Wie nicht anders zu erwarten, werden wir von einigen erkannt, und die Leute geben uns ein Bier nach dem anderen aus. Irgendwann beginnt die Barkeeperin, uns für jedes spendierte Bier eine Gutscheinmünze aus Holz zu geben, damit wir unsere Getränke einfordern können, sobald wir bereit dazu sind. Andernfalls hätten wir eine ganze Reihe gezapfter, warmer Biere vor uns stehen.

Es erscheint mir wie eine halbe Ewigkeit, aber wahrscheinlich vergehen nicht mehr als zehn Minuten, bevor Stevie zu uns kommt. Zugegeben … ich habe sie so ziemlich die ganze Zeit über angestarrt.

Stevie wirft einen flüchtigen Blick auf Bain und Camden, bevor sie mir tief in die Augen sieht. Sie stützt einen Arm auf den Tresen und mustert uns alle drei. „Das ist eine angenehme Überraschung. Aber vielleicht bist du auch nur ein Stalker. Ich kann mich nicht ganz entscheiden.“

Bain lacht und zieht damit Stevies Aufmerksamkeit auf sich. Sie streckt ihm ihre Hand entgegen. „Stevie.“

„Bain“, stellt er sich vor, bevor er ihre Hand schüttelt.

Mit der anderen Hand deutet sie auf den Flachbildfernseher hinter der Bar. „Ich weiß. Das war eine großartige Leistung heute Abend.“ Dann streckt sie Camden ihre Hand entgegen. „Von euch beiden. Herzlichen Glückwunsch.“

Wir haben die Chicago Bobcats 1:0 geschlagen, doch unsere Verteidigung musste sich richtig ins Zeug legen, und ich persönlich habe hervorragend gespielt. Ich warte darauf, dass Stevie mich ebenfalls lobt, doch stattdessen deutet sie auf uns drei und fragt: „Ist das hier die Defensemen-Runde? Geht ihr zusammen einen trinken, weil ihr alle auf derselben Position spielt?“

Ich schüttle den Kopf und zeige mit dem Daumen auf meine Mannschaftskameraden. „Nein. Ich mag sie eigentlich nicht besonders. Ich habe sie nur gebeten, mich zu begleiten, weil ich weiß, dass sie mir nicht auf die Nerven gehen, während ich mit dir flirte.“

Camden und Bain lachen, während Stevie die Augen verdreht. Für einen Moment glaube ich schon, sie will davongehen, weil sie es mir nicht ganz so leicht machen will, doch dann wendet sie sich mir zu und lehnt sich über den Tresen. „In etwa zwanzig Minuten kann ich eine Pause machen. Wir beide könnten gegen deine Freunde eine Partie Billard spielen. Falls sie dumm genug sind, wetten sie mit uns um Geld.“

„Der Vorschlag gefällt mir“, erwidere ich mit einem verschwörerischen Grinsen. Ich schäme mich nicht im Geringsten dafür, dass ich Stevie gern dabei zusehe, wie sie sich beim Spielen vorbeugt. Ich kann immer noch nicht recht glauben, dass ich sie neulich geschlagen habe, denn mit ihren sexy Kurven hat sie mich gehörig abgelenkt.

„Du hast übrigens ebenfalls großartig gespielt“, fügt sie leise hinzu. „Ich konnte mich kaum auf die Arbeit konzentrieren.“ Stevie dreht sich um und schlendert den Tresen entlang, wobei sie nach leeren Gläsern Ausschau hält.

Ich starre ihr hinterher, bis Bain mir einen Schlag auf den Arm gibt. „Kumpel … dich hat es ja schwer erwischt."

„Ich mag sie", erklärt Camden, als er mir eine Hand auf die Schulter legt und sie drückt. „Und nur fürs Protokoll: Ich habe die Klette gehasst."

„Ja, das ist mir klar", erwidere ich, wohl wissend, wie meine Mannschaftskameraden über meine ehemalige Freundin denken.

„Die Klette?", hakt Bain nach.

„Tracy war viel zu anhänglich", meldet Camden sich wieder zu Wort. „Und sie war nie glücklich. Sie hatte an allem etwas auszusetzen."

„Nicht an allem", werfe ich ein und verspüre plötzlich das seltsame Bedürfnis, Tracy zu verteidigen. Wahrscheinlich will ich dadurch nur meinen Mangel an gesundem Menschenverstand rechtfertigen, weil ich überhaupt mit so einer Frau zusammen war.

„An allem", entgegnet Camden mit einem vielsagenden Blick. „Sie hat sogar …"

Wir werden von einem lauten Knall am anderen Ende der Bar unterbrochen und wirbeln herum, nur um zu sehen, wie zwei Männer aufeinander losgehen. Die beiden groß gewachsenen Biker in Lederkluft sind mit Tattoos und Narben übersät. Sie schubsen sich gegenseitig hin und her und beschimpfen sich lauthals, woraufhin die anderen Gäste auseinanderstieben. Einer der beiden Männer hat eine Glatze und verpasst dem anderen, der seine langen Haare zu einem Zopf zusammengebunden hat, einen Kinnhaken. Er ist ein Bär von einem Mann und scheint sich von dem Schlag kaum aus der Ruhe bringen zu lassen. Er wirkt fast ein wenig belustigt, bevor ein eiskalter, rachsüchtiger Ausdruck in seine Augen tritt.

Im nächsten Moment beobachte ich zu meinem Entsetzen, wie Stevie mit einem Baseballschläger in der Hand über den Tresen springt. Mit wutentbrannter Miene stürmt sie auf die beiden Biker zu. Ich bin schockiert zu sehen, wie die Leute beiseitetreten, um ihr Platz zu machen.

„Scheiße", murmle ich und eile auf sie zu, um sie aufzuhalten, bevor sie verletzt wird.

Doch ich komme zu spät. Sie stürzt sich ins Getümmel und rammt einem der Kerle den Ellenbogen mit Wucht in die Rippen, sodass er vor Schmerz aufstöhnt. Mit beiden Händen umklammert sie den Schläger und stößt dem anderen Kerl damit gegen die Brust, bis er zurückweicht.

„Was soll der Scheiß, Louis?", schreit sie den Glatzkopf an, der sofort abwehrend die Hände hebt. „Ich habe dir doch gesagt, dass ich dir den Schädel einschlage, wenn du noch einmal so ein Theater machst."

Der Mann sieht aus, als hätte er einige Zeit wegen Körperverletzung im Gefängnis gesessen, doch er scheint sich ein wenig zu beruhigen. Dennoch gehe ich kein Risiko ein und packe Stevie sanft am Arm, um sie hinter mich zu ziehen. Dann trete ich einen Schritt zurück, um etwas Abstand zwischen uns und die Raufbolde zu bringen. Im nächsten Moment sind Bain und Camden an meiner Seite und bilden mit mir eine schützende Wand.

„Seid ihr die Schutzbrigade?", fragt der Glatzkopf namens Louis und beäugt uns angespannt.

„Ja, das sind wir", antworte ich, denn ich weiß, dass Bain, Camden und ich es mit diesem Kerl ohne Weiteres aufnehmen können.

„Dann schulde ich dir ein Bier", erwidert Louis und verzieht die Lippen zu einem Grinsen. „Denn es hat nicht viel gefehlt und Stevie wäre mit dem Schläger auf mich losgegangen."

„Ich hätte dir in die Eier getreten", verkündet Stevie und drängt sich zwischen mir und Camden nach vorn, um sich wieder vor Louis aufzubauen. „Verschwinde von hier. Für den Rest des Abends hast du Hausverbot."

Halb verwirrt, halb fasziniert beobachte ich, wie der Mann ohne Widerrede zur Tür geht. Dann wendet sie sich dem Mann mit dem Zopf zu. „Dich sollte ich ebenfalls rauswerfen, Jimmy."

„Er hat angefangen", entgegnet der Mann mit einem Knurren, woraufhin ich einen Schritt auf Stevie zutrete.

„Das hat er tatsächlich", stimmt Stevie seufzend zu. „Ich gebe dir ein Bier aus."

„In Ordnung", sagt Jimmy und setzt sich zurück auf seinen Barhocker, als wäre nichts geschehen.

„Alter", meldet sich Bain mit gedämpfter Stimme zu Wort, als er sich zu uns vorbeugt. „Mit deinem Mädchen ist nicht zu spaßen. Ich habe ein bisschen Angst vor ihr."

„Und mich törnt sie an", erklärt Camden ehrfürchtig.

Ich hätte gelacht, wenn ich nicht immer noch versuchen würde, das Geschehene zu verarbeiten. Stevie hat sich gerade ohne zu zögern mitten in eine Schlägerei gestürzt.

Sie will sich gerade wieder hinter den Tresen stellen, doch ich packe sie am Arm. „Was zum Teufel war das?", frage ich.

Sie scheint jedoch nicht gekränkt zu sein, sondern sieht nur mit einem neugierigen Ausdruck in den Augen zu mir auf.

„Du hättest ernsthaft verletzt werden können", bemerke ich.

Sie schenkt mir ein strahlendes Lächeln, dann tätschelt sie mir mit einer Hand die Wange. „Es ist wirklich niedlich, dass du glaubst, ich wüsste nicht, was ich tue."

„Aber ..."

„Kein Aber“, unterbricht sie mich und lässt ihre Hand an meine Brust gleiten, um sie auf mein rasendes Herz zu legen. „Und jetzt geh und bereite einen der Billardtische vor. Ich gebe Jimmy ein Bier aus, hole mir selbst eins und wir spielen ein paar Runden, in Ordnung?“

Ich kann nur stumm nicken, denn ich beginne zu verstehen, dass Stevie noch faszinierender ist, als ich ursprünglich dachte. Zugegeben, es behagt mir nicht sonderlich, dass sie Kneipenschlägereien beenden muss, und ich weiß, dass ich später eine Million Fragen haben werde, aber im Moment muss ich einfach darauf vertrauen, dass sie weiß, was sie tut.

***

Stevie versenkt die Acht und Bain wirft seinen Queue auf den Tisch. „Das war's. Ich bin betrunken und habe es satt, zu verlieren. Ich haue ab.“

„Ich auch“, stimmt Camden zu, hebt Bains Queue auf und stellt es zusammen mit seinem eigenen zurück ins Wandregal.

Ich werfe einen Blick auf die Uhr und stelle fest, dass es fast zwei Uhr ist. Bis auf uns und einen alten Mann, der am Tresen sitzt und den letzten Rest seines Biers trinkt, ist die Kneipe leer. Die Barkeeperin steht an der Kasse, zählt das Geld und macht sich Notizen auf einem Notizblock, bevor sie den Inhalt in eine Banktasche packt.

Stevie schraubt ihren Queue auseinander. Ich gerate in Panik, denn ich bin noch nicht bereit, den Abend enden zu lassen. Ich hatte noch nicht einmal Zeit, mich mit ihr unter vier Augen zu unterhalten. Während der vergangenen Stunden haben wir etwas zusammen getrunken und Billard gespielt. Hin und wieder ging Stevie durch die Kneipe und half, leere Gläser und Bierflaschen einzusammeln, aber sie schenkte keine weiteren Getränke aus.

„Es ist gegen das Gesetz, Alkohol zu trinken und auszuschenken“, erklärte sie. „Aber die Kneipe leert sich langsam und Giada kann die restlichen Gäste allein bewirten.“

Ich war begeistert, denn das bedeutete, dass sie den Rest des Abends mit mir und meinen Kumpels verbringen konnte.

Doch diese ziehen sich gerade ihre Jacken an und ich will mich noch nicht auf den Heimweg machen. Vielleicht ist es das Bier, das aus mir spricht, aber ehe ich mich versehe, sage ich zu Stevie: „Lass uns noch eine Partie spielen.“

Sie begegnet meinem Blick, bevor sie Bain und Camden ansieht. „Aber deine Freunde gehen gerade.“

Ich trete einen Schritt auf sie zu. „Und ich bin froh darüber. Bisher hatte ich noch keine Gelegenheit, etwas Zeit mit dir allein zu verbringen.“

Sie zieht eine dunkle Augenbraue in die Höhe und ein Lächeln umspielt ihre Lippen. „Zeit mit mir allein?“

„Du weißt schon“, erwidere ich und nicke in Richtung Billardtisch. „Vielleicht willst du ja eine Revanche für das Spiel von neulich Abend.“

„Soll das etwa ein Code für etwas anderes sein?“, will sie mit einem amüsierten Lächeln wissen. In ihren Augen liegt ein Funkeln, und ich frage mich, wie viel davon dem Alkohol zuzuschreiben ist.

Ich trete noch einen Schritt auf sie zu und lege eine Hand an ihre Hüfte. „Nein, ich spreche nicht in Codes. Wenn du also Ehrlichkeit willst, dann kann ich dir sagen, dass ich zumindest den Kuss will, den dein Vater ruiniert hat.“

„Zumindest?“, wiederholt sie und kommt näher. „Das würde ja implizieren, dass du vielleicht mehr willst.“

Um die Distanz zwischen uns zu verringern, beuge ich mich vor. „Ich will dir ein Geheimnis verraten … Wenn es um dich geht, werde ich immer mehr wollen, und ich werde mir alles nehmen, was du mir zu geben bereit bist."

Wow, das waren gewichtige Worte, wenn man bedenkt, dass ich diese Frau erst seit drei Tagen kenne. Dennoch weiß ich tief im Inneren, dass ich es ernst meine und nicht der Alkohol aus mir spricht.

Und ich bin mir nicht einmal sicher, ob ich dabei über Sex rede.

Also schön, zugegeben, ich rede über Sex, aber falls sie nur Zeit hat, mit mir noch eine Partie Billard zu spielen, und wir den Abend mit einem Kuss beenden, bin ich damit ebenfalls zufrieden.

Sie ist keinesfalls nur jemand, mit dem ich mich über Tracy hinwegtrösten will. Denn nach der Trennung habe ich weder unter einem gebrochenen Herzen gelitten noch muss ich eine Leere füllen.

Was auch immer diese Sache zwischen Stevie und mir ist, es ist etwas völlig Neues und hat nichts damit zu tun, was vorher in meinem Leben vorgefallen ist. Ich habe keine Ahnung, was daraus werden könnte, doch ich habe auch keine Erwartungen. Da ich bei dem Versuch, mich an Tracy zu binden, nicht gerade die besten Erfahrungen gemacht habe, bin ich nicht unbedingt auf der Suche nach einer festen Beziehung. Aber ich weiß, dass noch nie eine Frau mein Interesse so sehr geweckt hat wie Stevie.

„Verabschiede dich von deinen Freunden", sagt Stevie mit einem verschmitzten und vielleicht auch herausfordernden Funkeln in den Augen. Ich weiß immer noch nicht, inwieweit der Alkohol eine Rolle spielt, aber ich glaube nicht, dass Stevie sich Mut antrinken muss, um ihre Wünsche zu äußern.

„Macht's gut, Jungs", sage ich zu Bain und Camden, ohne den Blick von Stevie abzuwenden.

Sie lachen, dann ruft Bain: „Hat mich gefreut, Stevie."

„Gleichfalls", antwortet sie, während sie mich weiterhin anstarrt.

„Tolle Kneipe", lobt Camden. „Wir kommen wieder."

„Bis bald", erwidert Stevie nur und senkt den Blick auf meinen Mund.

Es ist ganz ausgeschlossen, dass wir noch eine Partie Billard spielen werden. Außerdem werde ich keine Sekunde länger warten, sie zu küssen.

Ich lasse meine Hand von ihrer Hüfte an ihren schlanken Nacken gleiten. Sie spannt die Muskeln an und entspannt sie gleich wieder, bevor sie sich auf die Zehenspitzen stellt. Mir ist es völlig egal, ob Bain und Camden bereits gegangen sind oder ob sie uns beobachten. Ich zögere nicht und presse sanft meine Lippen auf ihre, bevor ich sie leidenschaftlich küsse.

Stevie seufzt in meinen Mund. Aus Hingabe? Lust? Oder ist es beides?

Der Raum scheint sich um uns herum zu drehen und alles tritt in den Hintergrund. Die Bar, meine Mannschaftskameraden, der alte Mann, der mit seinem letzten Bier am Tresen sitzt. Es zählt nur noch die Wärme ihrer Lippen, die eine Welle der Lust durch meinen Körper strömen lässt.

Ein Kuss wird nicht genug sein.

Wird er ihr genügen?

Ich lasse meine Hände in ihr Haar gleiten und vertiefe den Kuss. Sie erwidert ihn mit einer ebensolchen Leidenschaft und hakt ihre Finger in die Gürtelschlaufen meiner Jeans, um mich dichter an sich zu ziehen. Wenn sie so weitermacht und sich an mich schmiegt, wird sie spüren können, was dieser Kuss in mir auslöst.

Im nächsten Moment wendet Stevie das Gesicht ab und ich presse meine Lippen an ihre Schläfe, während sie tief durchatmet. Dann ziehe ich den Kopf zurück, um sie anzusehen. Als sie meinem Blick begegnet und mich mit unverhohlener Begierde in den Augen ansieht, bekomme ich weiche Knie.

„Und wenn ich dich bitten würde, mich nach Hause zu begleiten?", flüstert sie.

„Dazu habe ich nur eine Frage … Wird dein Vater dort sein?"

Sie stößt ein leises Lachen aus. „Er ist heute Abend bei sich zu Hause. Wir sind ganz allein … mit meinem Fisch Shenanigans."

„Du hast einen Fisch namens Shenanigans?"

„Ja … Ich werde ihn dir vorstellen. Wenn du mit mir nach Hause kommst."

Ich antworte mit einem zärtlichen Kuss. „Dann lass uns die Kneipe aufräumen, damit wir von hier verschwinden können."

Kapitel 7

Stevie

Ich weiß, ich sollte meine Entscheidung überdenken, doch ich tue es nicht. Ich will Hendrix Bateman mehr, als ich je einen Mann gewollt habe. Zwar hatte ich noch nicht viele Männer in meinem Leben, aber immerhin einige wenige. Ohne Zweifel spürte ich zu ihnen eine Verbindung, andernfalls wäre ich nicht mit ihnen im Bett gelandet. Aber ich habe noch nie mit jemandem geschlafen, den ich gerade erst kennengelernt habe. Für gewöhnlich brauche ich Zeit, um mich einem Menschen auf einer tieferen Ebene zu öffnen.

Mit Hendrix ist es anders. Er hat im Handumdrehen mein Vertrauen gewonnen, und ich höre immer auf mein Bauchgefühl.

Ich mache mir keine Vorwürfe, weil ich im Rausch gehandelt habe. Im Grunde hat mir das Bier sogar dabei geholfen, schneller zu einer Entscheidung zu gelangen.

Wir nehmen einen Uber zu meinem Haus, das nur fünf Minuten von der Kneipe entfernt liegt. Fünf Minuten, in denen wir auf dem Rücksitz knutschen, ohne Rücksicht darauf, ob der Fahrer uns zusieht oder die Scheiben beschlagen.

Es ist eiskalt draußen, doch die Kälte scheint mir nichts anhaben zu können, als wir Hand in Hand die Verandatreppe hinaufeilen. Noch nie zuvor habe ich meine Tür so schnell aufgeschlossen wie jetzt. Dann schiebt Hendrix mich ins Haus und schlägt die Tür hinter uns zu. Wir reißen uns die Jacken vom Leib und werfen sie auf den Boden.

Meine Lippen kribbeln immer noch von dem Kuss im Wagen. Doch jetzt, da wir endlich bei mir zu Hause sind, verschwenden wir keine Zeit mehr.

Mit flinken Fingern zieht er mir das Oberteil aus und wirft es achtlos über seine Schulter. Er hält inne und lässt seinen Blick über meinen Körper schweifen. Ich trage nur noch eine Jeans und einen einfachen schwarzen Sport-BH aus Baumwolle. Er betrachtet meine Brüste, die sich heftig heben und senken.

Ich warte darauf, dass er etwas unternimmt … etwas sagt … und ich weiß genau, dass er sich jeden Moment auf mich stürzen wird.

Er hebt den Kopf und begegnet meinem Blick. „Da ich ein Gentleman bin, werde ich dich ein Mal fragen, ob du dir wirklich sicher bist", sagt er mit tiefer Stimme, die vor Begierde ganz heiser ist und mir einen erregenden Schauer über den Rücken jagt. „Du weißt schon … in Anbetracht der Tatsache, dass wir schon ein paar Biere getrunken haben."

„Ich bin mir sicher", antworte ich, woraufhin ein erleichterter Ausdruck in seinen Augen aufblitzt.

„Gott sei Dank", murmelt er und zieht mich an sich.

Ich springe in seine Arme, denn ich weiß instinktiv, dass er mich auffangen wird. Während wir uns küssen, schlinge ich die Beine um seine Taille und zeige ihm den Weg zur Treppe. Er schafft es, mich nach oben zu tragen, ohne dass wir uns beide das Genick brechen, und beweist damit, wie stark er ist. Ich kann seine Muskeln spüren, während ich mit den Fingern seine Schultern und seinen Rücken erkunde.

In meinem Schlafzimmer angekommen, setzt Hendrix mich ab, wobei er mich langsam an seinem Körper hinabgleiten lässt. Dabei kann ich deutlich spüren, wie sehr er mich will.

Bis auf einen Lichtstrahl, der vom Flur hereindringt, liegt der Raum im Dunkeln. Hendrix geht zu meinem Nachttisch und knipst die Lampe an. Dann tritt er einen Schritt zurück. „Zieh dich aus, Stevie", befiehlt er mit begierigem Tonfall. „Ich will dir dabei zusehen."

„Oh Gott“, wimmere ich, doch ich setze mich bereits auf das Bett, um mir die Stiefel und Socken abzustreifen. Dann stehe ich auf und mache mich daran, mir die Jeans auszuziehen. Es ist mir ein wenig peinlich, auf diese Weise von ihm beobachtet zu werden. Er steht einfach nur da und lässt seine Arme locker an seinem Körper herabhängen, während er die Hände zu Fäusten geballt hat.

Obwohl ich nervös bin, fühle ich mich auf seltsame Weise ermutigt. An seinem Gesichtsausdruck kann ich erkennen, dass er mich auf eine Weise begehrt, die womöglich über ein rein körperliches Verlangen hinausgeht. Es ist, als wollte er in mich hineinkriechen, aber nicht nur, um die Begierde zu befriedigen, sondern um mich auf einer tieferen Ebene kennenzulernen, die niemand sonst je verstehen wird.

Hendrix steht reglos da und beobachtet mich aufmerksam, als ich mir die Jeans von den Hüften schiebe. Es ist schon seltsam, doch ich fühle mich keineswegs unsicher, als ich in meinem schlichten BH und Höschen vor ihm stehe, vielmehr vermittelt er mir ein beruhigendes Gefühl, während er mich von oben bis unten betrachtet. Lediglich an dem schnellen Heben und Senken seines Brustkorbs kann ich sehen, wie sehr ihn der Anblick erregt. Er beißt sich auf die Unterlippe, als würde er überlegen, was er als Nächstes tun soll.

Wieder lässt Hendrix seinen Blick über meinen Körper schweifen, bis er schließlich auf meiner Brust verharrt. „Zieh dich ganz aus, Stevie.“

Das begierige Timbre in seiner Stimme, die vor Verlangen ganz heiser ist, versetzt mein Innerstes in Schwingung. Ich lege die Hände an den vorderen Verschluss meines BHs und öffne ihn, um mich des Baumwollstoffs zu entledigen, während ich Hendrix dabei anschaue, wie er mich beobachtet.

Sobald er meine Brustwarzenpiercings sieht, entfährt ihm ein Stöhnen, und er beginnt, sich über die Erektion in seiner Jeans zu reiben, sodass ich glaube, jeden Moment in Flammen aufgehen zu müssen.

„Du bist so verdammt sexy", murmelt er und übt Druck auf seinen Schwanz aus, als wollte er ihn unter Kontrolle bringen. Allein der Anblick seiner Erregung lässt meine Nippel steif werden.

„Auch das Höschen", befiehlt er.

Mein Herz hämmert wild in meiner Brust, als wollte es explodieren. Ich lasse meine Finger unter den Bund meines Slips gleiten und schiebe den Baumwollstoff über meine Hüften. Sobald er meine Knie erreicht hat, wackle ich mit den Beinen, damit die Schwerkraft den Rest erledigen kann. Ich steige mit einem Fuß aus dem Höschen und kicke es dann beiseite. Nun bin ich splitternackt.

Wir stehen einander gegenüber und ich warte auf seine nächsten Anweisungen. Es kommt mir nicht einmal in den Sinn, den ersten Schritt zu unternehmen, denn ich genieße seine gebieterische Art. Ich lasse mir gern von ihm sagen, was ich tun soll, obwohl das ganz im Gegensatz zu meiner unabhängigen und entschlossenen Natur zu stehen scheint.

„Komm her", sagt er und streckt mir eine Hand entgegen.

Ich lege meine Hand in seine und lasse mich von ihm zum Bett führen. Er setzt sich auf die Kante und spreizt die Beine. Als er seine Arme um mich schlingt und sich dann vorbeugt, um seine Lippen an meinen Bauch zu pressen, schnappe ich nach Luft. Mir läuft ein Schauer über den Rücken und ich klammere mich an seine Schultern, um das Gleichgewicht nicht zu verlieren, als er mit dem Mund meinen Brustkorb liebkost. Am liebsten würde ich mit ihm verschmelzen.

Hendrix lässt seine Lippen weiter nach oben wandern, streicht mit seiner stoppeligen Wange über die Unterseite einer meiner Brüste und umkreist mit der Zunge das Piercing in meiner Brustwarze.

Ich stöhne auf, als ich von einer unbändigen Begierde durchströmt werde, die zwischen meinen Schenkeln mündet und einen heftigen Schmerz des Verlangens in meinem Unterleib hervorruft.

Hendrix stößt ein beifälliges Brummen aus und lässt seine Lippen an meine andere Brustwarze gleiten, wobei ich meine Finger in seinem seidigen Haar vergrabe. Er scheint es nicht eilig zu haben und streicht mit der Zunge gemächlich über mein Piercing. Ich explodiere fast, als er es mit den Zähnen umfasst und daran zieht. Unwillkürlich kralle ich mich in sein Haar, um ihn festzuhalten, denn ich habe das Gefühl, sterben zu müssen, falls er damit aufhört.

Im nächsten Moment lässt er den Ring jedoch los und leckt noch einmal über meinen Nippel, bevor er den Kopf zurückzieht und zu mir aufblickt. Er legt die Hände an meinen Hintern und drückt meine Pobacken. „Du bist das sinnlichste, schönste Ding, das ich je gesehen habe.“

Mein Herz macht einen Satz, denn ich kann an seiner Stimme hören, wie aufrichtig er ist. Ich sehe es an seinem Blick. Noch nie hat mich jemand sinnlich oder schön genannt. Ich bin das toughe und starke Mädchen, das sich nicht unterkriegen lässt. Man könnte mich als niedlich bezeichnen, aber schön?

Nein … auf keinen Fall.

„Ich würde das Kompliment ja zurückgeben“, murmle ich und spüre, wie ich erröte, „aber du bist immer noch angezogen.“

Mit einem Grinsen steht Hendrix vom Bett auf und ich trete einen Schritt zurück. Er streckt die Hände von sich und sagt: „Dann mach dich an die Arbeit.“

Das muss ich mir nicht zweimal sagen lassen. Ich packe den Saum seines T-Shirts und schiebe es ihm über den Oberkörper. Allerdings muss er mir helfen, denn er ist viel zu groß, als dass ich es ihm über den Kopf ziehen könnte. Ich knöpfe seine Jeans auf und genieße es, wie er mit den Hüften zuckt, als ich seinen Schwanz mit einer Hand umschließe.

Ich neige den Kopf zurück, um zu ihm aufzublicken, und sehe den brennenden, begierigen Ausdruck in seinen Augen. Er stöhnt auf, als ich beginne, seinen Schaft zu massieren. In seinem Gesicht spiegelt sich unbändiges Verlangen wider und ich werde erneut von einer Woge der Lust durchströmt.

Instinktiv beuge ich die Knie, als ich von dem unstillbaren Bedürfnis gepackt werde, seinen Schwanz in meinen Mund zu nehmen.

Hendrix gebietet mir jedoch Einhalt, indem er eine Hand um meine Kehle schlingt und den Kopf schüttelt. „Später.“

Er lässt seine Hand an meinen Nacken gleiten und zieht mich wieder hoch, um mich zu küssen. Mir schwirrt der Kopf, als er seine Zunge tief in meinen Mund schiebt und mit seiner anderen Hand über meinen Rücken und meinen Hintern streicht, um dann meinen Oberschenkel zu packen und mein Bein anzuheben. Ich kann den Beweis seiner Erregung spüren, als er mich auf die Matratze drückt.

„Nicht bewegen“, sagt er mit einem vielsagenden Blick. Am liebsten würde ich mich auf ihn stürzen und mit den Händen seinen Körper erkunden, doch ich gehorche und bleibe reglos liegen, während ich ihn anstarre. Ich beobachte ihn, wie er sich zwar zügig des Rests seiner Kleidung entledigt, mir dabei aber eine unterhaltsame Show bietet. Sein Körper ist eine atemberaubende Kombination aus schlanken Muskeln, gebräunter Haut und einer Vielzahl von Tätowierungen, die ich später genauer unter die Lupe nehmen werde.

Und dann sehe ich es … direkt über seinem Herzen.

Rachel.

Der Name seiner Schwester mit einem Datum darunter … der achtzehnte April. Ich nehme an, das ist ihr Todestag. Mein Herz krampft sich voller Mitgefühl zusammen.

Mein Blick fällt nicht sofort auf seinen Schwanz, sondern auf seinen linken Hüftknochen, der von dem ersten Tattoo geziert wird, das er sich mit sechzehn hat stechen lassen.

Der Tasmanische Teufel.

Es ist hinreißend und ganz und gar ein Tattoo, das sich ein Teenager heimlich stechen lassen würde.

Dann nehme ich eine Bewegung wahr, als Hendrix mit einer Hand seinen Schwanz umfasst und beginnt, ihn zu massieren, während er in der anderen Hand eine Kondompackung hält. Er tritt ans Bett und stellt sich direkt vor mich, damit ich ihn aus der Nähe begutachten kann. Mit seiner Selbstsicherheit ruft er in mir widersprüchliche Emotionen hervor. Auf der einen Seite fühle ich mich im Vergleich zu seinem sexuellen Selbstvertrauen unerfahren, doch auf der anderen Seite erregt es mich ungemein.

Hendrix reißt die Packung mit den Zähnen auf und streift sich das Kondom mit einer geschmeidigen Bewegung über, die von Erfahrung zeugt. Dabei denke ich jedoch nicht daran, mit wie vielen Frauen er vor mir zusammen war, sondern erfreue mich daran, dass er über einen reichen Erfahrungsschatz verfügt. Allein die Tatsache, dass er sich zutraut, mit seinen Zähnen an meinem Brustwarzenpiercing zu ziehen, verrät mir, dass er weiß, was er tut.

Hendrix kniet zwischen meine Schenkel und stützt seine Hände zu beiden Seiten meines Kopfs auf der Matratze ab, um auf mich herabzustarren.

„Hast du überhaupt eine Ahnung, was ich alles mit dir anstellen will?"

Ich schnappe nach Luft und schüttle den Kopf, denn ich bin nicht in der Lage, die richtigen Worte zu finden. Vor Schreck hätte ich fast meine Zunge verschluckt.

Noch nie hat ein Mann so mit mir gesprochen, doch statt ihm Einhalt zu gebieten, würde ich ihn am liebsten auffordern, fortzufahren.

„Ich weiß wirklich nicht, wo ich anfangen soll", sinniert er und lässt seinen Blick nach unten zwischen unsere Körper gleiten. Seine Augen leuchten und er verzieht den Mund zu einem verruchten Grinsen. „Wahrscheinlich sollte ich zuerst ein paar Dinge ausprobieren."

„Was zum Beispiel?", keuche ich.

Statt einer Antwort zeigt er es mir, indem er eine Hand meinen Bauch hinunter und zwischen meine Beine gleiten lässt. Ich stöhne auf, als er mit einem langen Finger tief in mich eindringt.

Hendrix stößt ein Zischen aus, während in seinen Augen ein begieriger Ausdruck auflodert. „Du bist ja ganz nass, Stevie. Was genau hat dich so erregt?", will er mit einem Grollen wissen.

„Du."

„Ja … aber was habe ich getan, um dich an diesen Punkt zu bringen?" Er zieht seinen Finger aus mir heraus, um ihn erneut langsam in mich zu stoßen. „Sag es mir."

Ich lasse die Hüften kreisen und lecke mir über die Lippen. „Vorhin in der Kneipe hast du mir gesagt, dass du immer mehr von mir wollen wirst."

Hendrix stößt ein leises, lustvolles Lachen aus. „Und du warst die ganze Zeit über feucht für mich?"

Ich antworte nicht, sondern lasse wieder meine Hüfte kreisen, um ihm zu verstehen zu geben, dass ich mehr will.

Indem er sich weiter mit den Ellbogen abstützt, beugt Hendrix sich zu mir hinunter und küsst mich so bedächtig, dass er mir fast den Verstand raubt. Ich kann seinen großen Schwanz zwischen meinen Schenkeln spüren und bäume die Hüften auf, um die ersehnte Reibung zu erzeugen.

Daraufhin murmelt er an meinen Lippen: „Du bist aber gierig.“

Ich beiße ihm in die Unterlippe und er stößt einen Fluch aus.

Im nächsten Moment lacht er, hebt meinen Schenkel an und legt ihn um seine Hüfte. Mit einer Hand packt er seinen Schwanz und presst ihn an mein heißes Geschlecht, um dann sanft bis zum Anschlag in mich einzudringen.

„Mhm.“ Meine Augenlider beginnen zu flattern, während ich mein anderes Bein um seine Taille schlinge und meine Hüften kreisen lasse. „Das fühlt sich gut an.“

„Verdammt gut“, murmelt er und presst mir einen Kuss auf die Schläfe, bevor er den Oberkörper anhebt. Er neigt den Kopf nach vorn und lässt den Blick zwischen uns hinabgleiten. „Sieh uns an … wie wir miteinander verbunden sind. Ich … tief in dir.“

Fast habe ich Angst, hinzusehen, doch ich komme seiner Aufforderung nach, indem ich mich in seinen Bizeps kralle und den Blick senke. Der Anblick, der sich mir bietet, ist so erotisch, dass ich unwillkürlich die Muskeln anspanne.

Hendrix stöhnt: „Verdammt.“

Ich beginne zu lachen, doch Hendrix zieht sich zurück und dringt mit einem so kraftvollen Stoß in mich ein, dass mir das Lachen im Halse stecken bleibt. „Oh Gott … genau so.“

Während er mich leidenschaftlich küsst, beginnt Hendrix, immer wieder in mich hineinzustoßen, und ich schließe die Augen, um mich dem Moment hinzugeben. Er presst seinen Oberkörper auf meinen und schlingt einen Arm um meinen Rücken, um mich an sich zu drücken. Dann lässt er seine Lippen von meiner Wange an mein Kinn gleiten, bevor er seine Schläfe an meine schmiegt.

Ich fühle seine Atemstöße an meinem Hals und bekomme eine Gänsehaut, als er immer schneller wird.

Und härter.

Ich gebe mich dem erotischen Tanz zwischen uns hin, indem ich jedem seiner Stöße entgegenkomme. Wir bewegen uns in perfektem Einklang, als wäre er ein Teil von mir geworden. Immer wieder dringt er tief in mich ein, bis mir ein Flehen ungehindert über die Lippen kommt: „Hendrix … bitte hör nicht auf. Es fühlt sich so gut an.“

„Vertrau mir“, flüstert er mir ins Ohr und lässt eine Hand zwischen unsere Körper gleiten, um sie auf meine Klitoris zu pressen. „Ich werde dich kommen lassen.“

Mit seiner Berührung jagt er mir einen elektrisierenden Schauer durch den ganzen Körper, der mich zum Explodieren bringt.

Ich stöhne auf und spanne mich am ganzen Körper an, als ich von einer Welle der Lust mitgerissen werde. Meine Muskeln beginnen, um seinen Schwanz herum zu zucken, woraufhin Hendrix noch härter zustößt, bis mir schwindelig wird.

„Verdammt … ich komme auch“, knurrt er und zieht mich dicht an sich, als er ebenfalls über den Abgrund der Ekstase fällt.

Dicht aneinandergeschmiegt ergehen wir uns in einem lustvollen Rausch, während er am ganzen Körper bebt. Er stößt noch einmal tief in mich hinein und keucht: „Das ist so verdammt gut, Stevie.“

Nichts hat sich je besser angefühlt.

Ich genieße das Gewicht von Hendrix' Körper auf meinem und fühle mich sicher und geborgen im Kokon seiner starken Arme. Im nächsten Moment werde ich jedoch in die Realität zurückgeholt, als er den Oberkörper anhebt und die kühle Luft meine schweißnasse Haut berührt.

Mit einem zärtlichen Ausdruck in den Augen fragt er: „Geht es dir gut?"

In meiner Brust breitet sich ein warmes Gefühl aus und ich antworte mit einem Lächeln: „Ich bin völlig fertig, aber ich kann mich nicht beschweren."

Hendrix lacht und drückt mir dann einen sanften Kuss auf die Lippen. „Das war unglaublich."

„Mehr als unglaublich."

Er sieht mich nachdenklich an. „Willst du, dass ich gehe?"

Ich schüttle den Kopf. „Ich will, dass du bleibst. Es ist schon so spät oder besser gesagt, früh am Morgen. Du solltest eine Runde schlafen."

„Ich weiß nicht, ob ich ein Auge zutun werde, solange ich neben dir liege."

Mir gefällt der verschmitzte Tonfall in seiner Stimme, doch offenbar meint er es ernst. „Du kannst es ja versuchen."

„Um zehn Uhr muss ich zum Training in der Arena sein, das bedeutet, dass ich um neun Uhr gehen muss."

„Ich werde den Wecker stellen", versichere ich ihm.

Als wir ein wenig später aneinandergekuschelt in der Löffelchenstellung unter der Decke liegen, drückt Hendrix meine Hüfte. „Denk nicht einmal daran, unser Date heute Abend abzusagen."

Ich muss kichern, denn es wäre möglich, dass er mich besser kennt, als ich dachte. Insgeheim habe ich mich bereits gefragt, ob er mich überhaupt wiedersehen will, nachdem wir unserer Begierde nachgegeben und noch vor unserer zweiten Verabredung miteinander geschlafen haben.

„Der Gedanke ist mir schon gekommen", gestehe ich.

„Nun, dann vergiss ihn wieder. Ich fahre für drei Tage weg und will zuvor noch einmal mit dir essen gehen."

Ein warmes Gefühl durchströmt mich bei der Erkenntnis, dass er noch mehr Zeit mit mir verbringen will. Und dabei ist er nicht nur auf Sex aus, sondern auch auf ein gemeinsames Essen, das eine Unterhaltung beinhaltet. Ich bin froh, dass dieses überstürzte Abenteuer unserem Wunsch, einander besser kennenzulernen, keinen Abbruch getan hat.

„Schon vergessen", flüstere ich und drehe mich in seinen Armen um, um ihn anzublicken. Wir haben die Nachttischlampen ausgeschaltet, doch aus dem Badezimmer im Flur dringt noch Licht und beleuchtet sein Gesicht. Ich finde mich zwar im Dunkeln in meinem Haus zurecht, doch ich wollte verhindern, dass Hendrix aus Versehen die Treppe hinunterfällt.

Ich lege meine Hände an seine Brust, auf der Rachels Name prangt. „Wann hast du dir das Tattoo stechen lassen?"

„Vor etwa drei Monaten", antwortet er.

„Wirklich? Erst vor drei Monaten?"

„Sagen wir einfach, meine früheren Tattoos haben keine große Bedeutung."

„Ich habe den Tasmanischen Teufel auf deiner Hüfte gesehen."

Hendrix verzieht die Lippen zu einem Grinsen. „Mein sechzehnjähriges Ich hat nicht gerade die besten Entscheidungen getroffen. Aber um deine Frage zu beantworten: Nach dem Flugzeugunglück habe ich begonnen, etwas eindringlicher über Rachels Tod nachzudenken."

Ich schlinge einen Arm um seinen Rücken und halte ihn fest. „Warum?"

Hendrix zuckt mit einer Schulter, als wüsste er nicht genau, wie er darauf antworten soll. „Ich habe um meine Schwester getrauert und tue es immer noch. Meine Familie und ich sind zu einer Therapie gegangen, haben ihren Tod verarbeitet und können heute alle über sie sprechen. Doch erst nachdem ich dem Tod selbst so nahegekommen bin, habe ich erkannt, wie zerbrechlich das Leben wirklich ist. Ich denke, vorher war mir das nie bewusst. Und da ich es nie wieder vergessen will, habe ich ihren Namen über meinem Herzen verewigt.“

„Du bist mit dem Tod in Berührung gekommen, weil du nicht im Flugzeug saßt“, interpretiere ich seine Worte.

„Klingt das zu dramatisch?“

Ich schüttle nachdrücklich den Kopf. „Ganz und gar nicht. Ich weiß nicht, warum du nicht in dem Flugzeug warst, aber du hättest durchaus bei deiner Mannschaft sein können.“

„Ich war verletzt. Nachdem ich mir eine leichte Leistenzerrung zugezogen hatte, war ich für dieses eine Spiel ausgefallen. Tatsächlich wäre ich sogar fast mitgeflogen, doch die Trainer hatten beschlossen, mir noch einen Abend Ruhe zu gönnen.“

„Dann war es eine glückliche Fügung des Schicksals, die dich vor dem Tod bewahrt hat.“ Mir läuft ein Schauer über den Rücken, als ich mir vor Augen führe, dass wir von einem Moment auf den anderen nicht mehr auf dieser Erde verweilen könnten. „Wie ist es dir seit dem Flugzeugunglück ergangen? Immerhin bist du nicht nur dem Tod entkommen. Du hast auch enge Freunde verloren.“

„Zu viele enge Freunde“, murmelt er so leise, dass ich die Worte fast nicht gehört hätte. Wären wir draußen gewesen, wäre seine Stimme im Wind untergegangen.

„Ich kann mir gar nicht vorstellen, wie schwer das für dich war." Ich streiche mit den Fingern über sein Schlüsselbein, über seine Schulter und dann seinen Arm hinunter. „Wie hast du es geschafft, mit diesem Verlust fertigzuwerden?"

„Mit einer Therapie", erklärt er und ich blicke zu ihm auf. Er hat nicht eine Sekunde gezögert, mir davon zu erzählen. „Nur Coen, Camden und ich haben überlebt. Und Coen ist völlig entgleist."

Tatsächlich habe ich alles über Coens Probleme nach dem Unglück gelesen. „Aber mittlerweile scheint er sich wieder im Griff zu haben."

„Ja. Es geht ihm gut. Er hat eine Frau getroffen, die sein Herz geheilt hat."

„Glaubst du denn, dass so etwas möglich ist?", will ich wissen.

„Du meinst, dass eine Frau zu so etwas fähig ist?", fragt Hendrix.

„Dass die Liebe derart heilende Kräfte besitzt." In diesem Moment frage ich mich, ob ich meine Mutter heilen könnte, wenn ich ihr nur genügend Liebe entgegenbrächte.

„Ich weiß nur, dass ein Herz geheilt werden kann. Und ich nehme an, dass die Liebe einer anderen Person dazu fähig sein könnte. Zu dem Zeitpunkt hatte ich zwar keine Freundin, aber meine Eltern waren für mich da. Außerdem hatte ich einen guten Therapeuten namens Pete."

Ich lache und versuche mir vorzustellen, wie Pete aussieht. „Und Camden geht es gut?"

„Ich weiß es nicht", gesteht er, wobei ein selbstkritischer Unterton in seiner Stimme mitschwingt. „Wir haben schon so lange nicht mehr darüber gesprochen."

Ich hebe den Kopf und sehe ihm in die Augen. „Niemand sagt, dass du das tun musst, wenn du es nicht willst."

„Ja … ich weiß. Aber … es scheint ihm gut zu gehen und er fragt mich nie danach. In dieser Saison hat seine Leistung etwas nachgelassen, aber während der letzten Saison schien alles in Ordnung zu sein. Also wer weiß.“

Ich lege den Kopf zurück auf das Kissen und wäge meine nächsten Worte ab. „War unter den Spielern im Flugzeug auch ein enger Freund von dir? Ich kann mir vorstellen, dass du all deinen Mannschaftskameraden nahestandest, aber war unter ihnen auch jemand, mit dem du eng befreundet warst?“

Ich spüre, wie Hendrix leicht zusammenzuckt, ehe er einen leisen Seufzer ausstößt. „Ja … Jason Heinen. Er war Defenseman in der First Line. Tatsächlich hat er mich von meinem Platz verdrängt und mich in die Second Line befördert, als er vor zwei Jahren zur Mannschaft stieß. Er war so gut, dass ich deshalb nicht einmal verärgert war. Wir haben uns auf Anhieb verstanden, haben einen Großteil unserer Freizeit miteinander verbracht und sind im Sommer sogar zusammen verreist. Bei seiner Beerdigung war ich Sargträger. Es war mit das Schwerste, was ich je tun musste. Mir wurde klar, dass ich nicht weiterleben konnte, ohne das Beste aus meinem Leben zu machen.“

„Es tut mir leid, dass du so viele Menschen verloren hast.“ Ich weiß nicht, was ich ihm sonst noch sagen soll, also drücke ich ihm einen Kuss auf den Hals.

„Auf jeden Fall“, fährt Hendrix mit rauer Stimme fort, „werde ich mir die Namen aller Kameraden, die im Flugzeug saßen, tätowieren lassen. Wahrscheinlich entlang meiner Rippen.“

Ich zucke zusammen. „Das wird verdammt wehtun.“

„Das hoffe ich. Denn auf diese Weise würde es sogar noch an Bedeutung gewinnen.“

Seine Worte veranlassen mich dazu, mich näher an ihn zu schmiegen und meinen Arm fest um ihn zu schlingen. Er erwidert die Umarmung mit sanftem Druck

und ich lege mein Ohr an seine Brust, um dem gleichmäßigen Pochen seines Herzens zu lauschen.

„Meinst du, dein Vater würde mich tätowieren?", fragt
er.

Ich muss lächeln, denn die Geste ist rührend. Mir ist
klar, dass Hendrix sich überall tätowieren lassen
könnte. „Gegen das Geld hätte er sicher nichts einzuwenden, aber er wird es vielleicht noch etwas schmerz-
hafter gestalten, weil du mit seiner Tochter zusammen
bist."

„Aber ich werde keine Schwäche zeigen und so bei
ihm Pluspunkte sammeln."

„Wahrscheinlich", räume ich ein.

Kapitel 8

Hendrix

Wir sind in ausgelassener Stimmung, als wir aus dem Bus steigen, mit dem wir gerade von der Badgers Arena zu unserem Hotel gefahren sind. Das erste der beiden aufeinanderfolgenden Spiele in Nashville haben wir 2:1 gewonnen und uns damit einen weiteren Sieg hart erkämpft. Die reguläre Saison läuft nun schon seit fast acht Wochen und niemand kann mehr behaupten, dass wir all unsere Siege dem Zufall zu verdanken haben.

Brienne Norcross und Callum Derringer haben ein konkurrenzfähiges Team aufgebaut, das sich schneller als erwartet in die oberen Ränge der Tabelle gespielt hat. Als ursprüngliches Mitglied der Titans kann ich bezeugen, dass vieles davon der Tatsache zu verdanken ist, wie gut all diese Talente auch auf menschlicher Ebene miteinander agieren. Wir haben eine so enge Bindung zueinander, wie ich sie noch nie zuvor bei einem anderen Profiteam gesehen habe. Das liegt möglicherweise daran, dass die gesamte Organisation wie ein Phönix aus der Asche auferstanden ist. Vielleicht ist es einfach nur verdammtes Glück.

Vielleicht beides.

Zumindest glauben wir mittlerweile alle, dass wir mit den Besten der Besten mithalten können, denn Nashville steht momentan an der Spitze der Conference.

Da wir morgen Abend erneut gegen sie spielen werden, hat Coach West uns dringend geraten, heute nicht zu spät ins Bett zu gehen. Mehr hat er jedoch nicht gesagt. Andere Trainer hätten uns verboten, nach dem Spiel noch zu feiern, doch West lässt uns unsere eigenen Entscheidungen treffen. Er weiß, dass wir alle erwachsen sind und die Konsequenzen tragen werden, falls wir Mist bauen.

Wir sind uns alle einig, dass wir nicht ausgehen werden, um zu feiern, aber einige von uns beschließen, noch ein Bier in der Hotelbar zu trinken. Abgesehen von einem leichten Training am Vormittag haben wir morgen den ganzen Tag über Zeit, uns zu entspannen, also können ein paar Drinks nicht schaden.

Ich trinke gerade mein zweites Bier, knabbere ein paar Cracker und surfe auf meinem Handy. Erneut lese ich die Zeilen, die ich und Stevie uns heute geschickt haben. Im Grunde wollten wir nur wissen, wie es dem anderen geht, wir haben ein wenig miteinander geschäkert und sie hat mir vor dem Spiel Glück gewünscht, doch jede einzelne Nachricht hat mir ein Lächeln ins Gesicht gezaubert.

Ich werfe auch einen Blick auf die letzten Zeilen, die ich von Tracy erhalten habe, nachdem wir uns voneinander getrennt hatten. Sie wollte wissen, ob wir miteinander reden können, doch ich habe sie auf Distanz gehalten und ihr verständlich gemacht, dass wir nicht glücklich miteinander waren. Danach hat sie nicht mehr geantwortet, daher nehme ich an, dass sie sich damit abgefunden hat.

Ich lege mein Handy beiseite und sehe mich um. Fast die ganze Mannschaft hat sich hier versammelt. Die Trainer haben sich uns nicht angeschlossen, doch nach den Spielen verbringen sie im Grunde nie Zeit mit uns. Drake ist ebenfalls nicht anwesend, was wohl daran liegt, dass Brienne mit dem Team nach Nashville gereist ist. Auch die Frauen und Lebensgefährtinnen einiger anderer Spieler sind gekommen, was bedeutet, dass sie alle direkt auf ihre Zimmer gegangen sind. Wenn Stevie jetzt hier wäre, würde ich es ihnen gleichtun.

Es ist schon seltsam, aber Tracy habe ich nie gebeten, mich zu einem Auswärtsspiel zu begleiten. Mir wäre so etwas nicht einmal in den Sinn gekommen, was wahrscheinlich daran liegt, dass die Reisen für mich immer eine willkommene Auszeit von ihr waren. Auf diese Weise hatte ich zumindest Gelegenheit, meine Freiheit zu genießen und Zeit mit meinen Freunden zu verbringen.

Allein deshalb hätte ich wissen müssen, dass die Beziehung nicht funktionieren würde.

Im Gegensatz dazu würde ich dafür töten, Stevie dabeizuhaben. Auswärtsspiele sind nie leicht, denn wir haben immer mit einem zusätzlichen Mitglied der gegnerischen Mannschaft zu kämpfen – den Fans. Daher kann es einen großen Unterschied machen, wenn dieser eine besondere Fan auf der Tribüne steht und dich anfeuert. Zwar kannst du ihn nicht hören, aber du spürst ihn. Zumindest behaupten das einige der Jungs, deren Lebensgefährtinnen dabei sind, um sie anzufeuern.

Ich bin überzeugt davon, dass es mir in Stevies Fall auch so gehen würde. Sie ist die Art von Frau, die dir immer den Rücken freihält, solange sie an deiner Seite ist. Das wird zunehmend deutlicher, je besser ich sie kennenlerne. Dabei spielt es sicher eine Rolle, dass sie allein von ihrem Vater großgezogen wurde, der ein Biker ist und als Tätowierer arbeitet. Dem Benehmen nach ist er ein großartiger Vater und hat sich bestens geschlagen, nachdem ihre Mutter beschlossen hat, dass sie die Last als Elternteil nicht auf sich nehmen konnte.

Was bewirkt so etwas bei einem Kind? Dennoch steht Stevie der Sache mit einem gewissen Stoizismus gegenüber. Wahrscheinlich versteht sie ihre Mutter besser als diese sich selbst. Stevie ist zu einer starken und unabhängigen Erwachsenen herangereift, die durch ihre Fürsorge, Zärtlichkeit und Liebenswürdigkeit besticht.

All diese Eigenschaften habe ich an ihr entdecken können, als wir uns über das Fehlen einer Mutterfigur in ihrem Leben und den Verlust meiner Schwester unterhalten haben.

Am meisten berührt mich dabei, dass das kleine Mädchen in ihr insgeheim immer noch darauf hofft, ihre Mutter könnte ihr irgendwann eine wirkliche Mutter sein. Wenn ich daran denke, habe ich ein bisschen Angst um Stevie, doch sie ist Optimistin und hat die Hoffnung, dass sie und ihre Mom eines Tages eine aufrichtige Beziehung zueinander haben werden.

„Kumpel." Ich spüre eine Hand an meiner Schulter und zucke zusammen. Als ich aufblicke, sehe ich, dass Bain neben mir steht. „Du bist ganz in Gedanken versunken."

„Ich habe an Stevie gedacht." Warum sollte ich lügen?

Ich erwarte fast, dass er mich deshalb aufzieht, doch stattdessen sagt er: „Sie ist ziemlich cool."

„Ja, das ist sie."

„Aber … sie ist nicht hier. Also komm rüber und schließe dich unserer kleinen Party an."

Grinsend schnappe ich mir mein Bier vom Tresen und folge Bain in den hinteren Bereich der Hotelbar, in dem sich meine Teamkameraden versammelt haben. Zu meiner Überraschung haben sich einige Mädchen unter die Spieler gemischt und nippen an ihren Sektgläsern.

„Offenbar sind die Puck-Häschen aus ihren Löchern gekrochen", stelle ich fest, als wir uns der Gruppe nähern.

„Das sind keine Puck-Häschen", erklärt Bain und deutet mit einem Nicken auf ein paar Frauen an der Bar zu seiner Rechten, von denen eine eine Krone auf dem Kopf und eine Schärpe mit der Aufschrift *Zukünftige Braut* trägt. „Die Junggesellinnenparty fängt gerade erst an. Offenbar wohnen sie auch hier im Hotel und feiern heute die Nacht durch. Sie wollten hier nur noch etwas trinken, bevor sie losziehen.“

„Ich wette hundert Dollar, dass sie nicht ausgehen werden, solange Eishockeyspieler sich hier herumtreiben“, vermute ich, während ich beobachte, dass einige meiner Mannschaftskameraden heftig mit den Frauen flirten.

Ich folge Bain und geselle mich mit ihm zu Kirill, Boone und Camden, die gerade mit einigen der Mädchen herumschäkern. Sie stellen mich den Frauen vor und ich erfahre, dass die große Rothaarige Harper, die ebenso große Blondine Mimi und die kleinere Blondine Marisol heißt.

„Ihr Mädels solltet einfach hierbleiben, um eure Junggesellinnenparty zu feiern“, sagt Kirill, woraufhin ich Bain angrinse.

„Nun“, erwidert Mimi mit einem koketten Lächeln. „Wir hatten gehofft, heute Abend ein paar männliche Stripper zu sehen. Aber wenn ihr bereit wärt, euch auszuziehen, dann …“

„Den Wunsch können wir euch auf jeden Fall erfüllen“, unterbricht Kirill sie.

Mittlerweile kenne ich den Mann gut genug, um zu wissen, dass er seine Worte ernst meint. Belustigt schüttle ich den Kopf, trinke einen Schluck von meinem Bier und wende mich dann dem großen Fernseher an der Wand zu, auf dem gerade ESPN läuft. Sie zeigen die Zusammenfassung der Ligaspiele von heute Abend, insbesondere eine Schlägerei zwischen den Montreal Wizards und den New York Phantoms, bei der sämtliche Spieler von der Bank aufs Eis gestürmt sind. Meine Finger kribbeln, als ich mir vor Augen führe, wie ich heute Abend die Handschuhe fallen ließ und meinem Gegner einen kräftigen rechten Haken gegen das Kinn verpasst habe, bevor wir beide aufs Eis stürzten. Ich habe die fünfminütige Strafe gern abgesessen, vor allem, da wir in Unterzahl kein Tor kassiert haben.

„Bist du der Kämpfer im Team?"

Ich drehe den Kopf und sehe die Rothaarige vor mir stehen. Da ich mir Namen gut merken kann, erinnere ich mich, dass sie Harper heißt. Sie trägt ein silberfarbenes Kleid, das kaum ihren Körper bedeckt, und nippt mit einem Strohhalm an einem Fruchtcocktail.

„Ich bin Defenseman", erkläre ich freundlich und wende mich ihr zu. „Und ich bin bekannt dafür, dass ich auch mal zuschlagen kann, wenn es die Situation erfordert."

Sie starrt mich abschätzend an. „Wir überlegen, ob wir heute Abend nicht einfach hierbleiben. Vielleicht kannst du mich auf einen Drink einladen?"

Ich blinzle sie überrascht an. Es ist zwar nicht ungewöhnlich, dass Frauen mit mir flirten, denn das Leben als Profisportler hat durchaus seine Reize. Aber mich durchfährt ein Anflug von Panik, weil ich nicht weiß, wie ich reagieren soll. Bisher war ich zweimal mit Stevie aus und wir hatten Sex.

Jede Menge unglaublichen Sex.

Und ich habe vor, mich mit ihr zu treffen, wenn ich zurück in Pittsburgh bin.

Aber wir haben einander keinerlei Versprechungen gemacht. Zwar haben wir nicht darüber gesprochen, aber tief in meinem Inneren habe ich das Gefühl, sie erwartet von mir, dass ich meinen Schwanz in der Hose lasse.

Für einen kurzen Moment frage ich mich, wie ich reagieren würde, wenn ich herausfände, dass Stevie heute Nacht mit jemand anderem im Bett war. Das Brennen in meiner Magengegend verrät mir, dass mir das kein bisschen gefallen würde.

Außerdem ist Harper zwar sündhaft attraktiv, aber ich habe nicht das Bedürfnis, sie zu ficken.

Ich will mich nicht einmal mit ihr unterhalten.

Also brauche ich keine zwanzig Sekunden, um festzustellen, dass ich mich Stevie gegenüber genug verpflichtet fühle, um monogam zu sein. Nicht aus Loyalität, sondern weil ich außer ihr einfach keine andere Frau begehre.

„Ich muss dir sagen, dass ich mit jemandem zusammen bin“, erkläre ich mit einem entschuldigenden Lächeln.

„Und?“, entgegnet Harper und nippt an ihrem Drink.

Da ich mich ihr gegenüber nicht rechtfertigen muss, nicke ich nur. „Es war schön, dich kennenzulernen, Harper. Ich werde jetzt auf mein Zimmer gehen.“

„Ich könnte dich begleiten“, schlägt sie vor.

„Nein, das kannst du nicht.“

Sie blinzelt mich überrascht an. „Meinst du das ernst? Deine Freundin würde es nie erfahren.“

Wenn ich ein gefühlloser Mistkerl wäre, würde ich ihr sagen, dass ich mich einfach nicht zu ihr hingezogen fühle, aber ich freue mich zu sehr über den Titel, den sie Stevie gerade gegeben hat.

Meine Freundin.

Ich grinse über das ganze Gesicht und nicke ihr zu. „Ich wünsche dir einen schönen Abend.“

„Idiot“, murmelt sie, als ich ihr den Rücken zuwende.

Ich stelle mein halb getrunkenes Bier auf den Tresen und verlasse die Bar. Beim Hinausgehen drehe ich mich noch einmal zu meinen Freunden um und begegne Bains Blick. Ich hebe zum Abschied die Hand, woraufhin er mir zunickt.

In meinem Zimmer angekommen, entledige ich mich meines Anzugs und schlüpfe in eine Trainingshose und ein T-Shirt. Ich putze mir die Zähne und schalte den Fernseher ein, stelle ihn jedoch auf stumm, als ich mich aufs Bett fallen lasse.

Ich weiß, dass Stevie gerade bei der Arbeit ist, doch ich frage mich, ob sie meinen Anruf annehmen würde. Wir haben uns im Laufe des Tages einige Nachrichten geschickt, doch keine davon war sonderlich tiefgründig. Immerhin waren wir beide sehr beschäftigt, da sie arbeitet und ich ein Spiel hatte.

Aber jetzt will ich mehr.

Gestern Abend waren wir essen und dieses zweite Date war sogar noch besser als das erste. Die Mahlzeit war köstlich und die Unterhaltung fesselnd, am Ende sind wir wieder bei ihr zu Hause gelandet, wo wir fast ihr Bettgestell ruiniert hätten. Ich kann nicht genug von Stevie bekommen, weder von ihrem Körper noch von ihrem Verstand. Mit Tracy habe ich nie derart aufrichtige Gespräche geführt, doch es fällt mir unglaublich leicht, mich Stevie gegenüber zu öffnen. Bisher habe ich mit ihr mehr über meine Schwester Rachel und das Flugzeugunglück gesprochen als mit sonst irgendjemandem – abgesehen von dem Therapeuten, den ich nach beiden Tragödien aufgesucht habe.

Ich habe keine Ahnung, ob Stevie anderen Menschen gegenüber genauso offen ist, aber sie hat nicht gezögert, mir zu erzählen, wie sehr es sie verletzt hat, dass ihre Mutter sie verlassen hat. Sie hat mir sogar verraten, dass sie mir vor allem eine Chance gegeben hat, weil ich mich so sehr um die Beziehung mit Tracy bemüht habe, bevor ich mich schließlich von ihr trennte. Dabei wusste sie es vor allem zu schätzen, dass mir bewusst ist, wie hart man zuweilen an einer Beziehung zwischen zwei Menschen arbeiten muss, sei es nun die zwischen einem Mann und einer Frau oder, wie in ihrem Fall, zwischen einer Mutter und ihrem Kind.

„Scheiß drauf", murmle ich und wähle Stevies Nummer.

Ich lasse es viermal klingeln und will gerade auflegen, als sie abnimmt. „Hey, du."

Im Hintergrund höre ich gedämpft die Musik aus der Jukebox. „Versteckst du dich im Lagerraum, damit dein Vater nicht erfährt, dass du mit mir telefonierst?"

Sie stößt ein heiseres Lachen aus. Es ist eines der Dinge, die ich besonders an ihr mag. „Er ist zu Hause, aber ich habe mich hierher zurückgezogen, um meine Ruhe zu haben. Du hast toll gespielt heute Abend."

„Dann hast du dir das Spiel also angesehen?"

„Ja, während ich Biergläser herumgeschleppt habe. Mir hat vor allem dein rechter Haken gefallen."

„Ich bin zwar nicht so tough wie du, aber ich war zufrieden."

Für eine Weile herrscht geselliges Schweigen, bei dem ich nicht verzweifelt nach Worten ringen muss. Ich genieße einfach die angenehme Atmosphäre, die zwischen mir und Tracy nie zustande kam. Mir ist klar geworden, dass sie nicht gelassen genug war, um einen derart unbeschwerten Humor zu haben. Obwohl ich diese Vergleiche nur ungern anstelle, bestätigen sie mich darin, dass es die richtige Entscheidung war, die Beziehung zu beenden.

Mehr noch, es war die absolut richtige Entscheidung, Stevie hinterherzujagen.

„Ich kann es kaum erwarten, dich Montag Abend zu sehen. Steht unsere Verabredung noch?", frage ich. Als unser zweites Date zu Ende ging, habe ich sie um ein drittes gebeten.

Am anderen Ende der Leitung herrscht Schweigen und für einen entmutigenden Moment frage ich mich, ob es falsch ist, mein Herz derart auf der Zunge zu tragen.

Dann erwidert sie mit sanfter Stimme: „Ich muss immerzu an dich denken. Ich kann es kaum erwarten."

Da.

Das wollte ich hören. „Mir geht es genauso."

„Ich muss jetzt wieder an die Arbeit“, sagt sie mit bedauerndem Tonfall. „Aber ich habe mir überlegt … wie wäre es, wenn wir nicht ausgehen und ich stattdessen etwas für dich koche?“

„Ich weiß nicht“, erwidere ich zögernd. „Kannst du denn kochen?“

Stevie lacht. „Das wirst du schon sehen.“

„Zur Not können wir uns eine Pizza bestellen. Willst du zu mir kommen? Wir könnten uns in meinem Whirlpool entspannen.“

„Das klingt gut“, murmelt sie mit heiserer Stimme. Schon jetzt weiß ich, dass ich kaum dazu kommen werde, mich zu entspannen. „Du solltest dich jetzt ausruhen.“

„Ich rufe dich morgen an. Wie früh ist zu früh? Immerhin musst du noch ein paar Stunden arbeiten.“

„Es ist nie zu früh. Melde dich, wann du willst.“

Ich lächle bei dem Gedanken, sie am frühen Morgen zu wecken, und weiß, dass sie verschlafen und verwirrt sein wird. Ich kann ihr einen Guten Morgen wünschen, woraufhin sie noch einmal einschlafen wird. Wenn sie dann später aufwacht, wird sie sich fragen, ob es nur ein Traum war.

„Gute Nacht, Stevie.“

„Schlaf gut, Hendrix.“

Kapitel 9

Es klingelt an der Tür und ich blicke auf. Durch die drei rechteckigen, diagonalen Glaseinsätze in der Tür sehe ich, dass meine Mutter auf der Veranda steht.

Stirnrunzelnd speichere ich die Monatsabrechnung ab und stelle den Laptop beiseite. Ich stehe vom Sofa auf, durchquere das Wohnzimmer und reiße die Tür auf. „Mom … was machst du denn hier?"

„Ich muss mit dir reden", erwidert sie und drängt sich an mir vorbei.

Ich seufze frustriert. Sie hat mir heute Morgen eine Nachricht geschickt und wollte sich mit mir zum Mittagessen treffen, aber ich habe zu viel zu tun. Heute Abend muss ich schon früher zur Arbeit, um einen neuen Barkeeper einzuarbeiten.

„Ich bin ziemlich beschäftigt", erkläre ich, um sie daran zu erinnern, dass ich nicht viel Zeit habe. Außerdem würde ich sie gern abwimmeln, denn ich bin mir nicht sicher, ob ich hören will, was sie zu sagen hat. Sie bombardiert mich jeden Tag mit Nachrichten über ihre „Situation" und zerrt damit an meinen Nerven, da ich keine Lösung für sie habe.

„Ich werde nicht lange bleiben", entgegnet sie, streift ihre Handtasche von der Schulter und zieht ihren Mantel aus.

Ich gehe zurück zum Sofa und bedeute meiner Mutter mit einer Geste, sich zu setzen. Sie tut wie gefordert und sieht sich interessiert um. Seit wir einander „wiedergefunden" haben, war sie erst ein paarmal hier. Ihr Blick fällt auf den Couchtisch und bleibt an meinem in Leder gebundenen Tagebuch hängen. Es liegt aufgeschlagen und umgedreht auf dem Tisch, da ich mir gerade erst heute Morgen bei einer Tasse Kaffee ein paar Notizen gemacht habe. Das war direkt nachdem Hendrix mich angerufen und aus dem Tiefschlaf gerissen hat. Wir haben uns nett, wenn auch nur sehr kurz miteinander unterhalten und er hat mir einen schönen Tag gewünscht. Statt danach wieder einzuschlafen, bin ich aufgestanden und habe über ihn geschrieben.

Seit ich zehn Jahre alt bin, führe ich Tagebuch. Zu Anfang bot es mir eine Möglichkeit, all meine düsteren Gedanken loszuwerden, die vor allem um die Frau kreisten, die jetzt neben mir sitzt. Im Laufe der Jahre hat es mir geholfen, Ereignisse, zufällige Gedanken, Träume und Ziele festzuhalten.

Und heute Morgen drehte sich alles um den neuen Mann in meinem Leben.

Meine Mutter streckt eine Hand danach aus. „Was ist das?“

Ich stürze nach vorn und reiße es an mich. „Das ist mein Tagebuch.“

„Oh“, murmelt sie, als ich es schließe und den Lederriemen darum befestige. Wenn sie jemals die Einträge in meinen älteren Tagebüchern zu Gesicht bekäme, die ich im Alter von zehn über sie geschrieben habe, wäre sie sicher entsetzt über die Gefühle, die ich zu Papier gebracht habe.

Ich lehne mich zur Seite und lege das Buch auf den Beistelltisch zu meiner Linken.

„Also, was ist los?“, frage ich und bete insgeheim, dass sie auf wundersame Weise einen Weg aus dem Schlamassel gefunden hat und nur gekommen ist, um mir die gute Nachricht zu überbringen.

„Ich wollte dich wissen lassen, dass Randy uns etwas Zeit verschafft hat.“

„Was soll das bedeuten?“

„Er hat ihnen irgendeinen Blödsinn darüber aufgetischt, dass wir die Zeitspanne zwischen Kauf und Rückgabe vergrößern und unser Gebiet ausweiten mussten, um kein Misstrauen zu erwecken. Sie waren ganz und gar nicht glücklich darüber, aber sie haben Randy noch mehr schmutziges Geld gegeben, das wir waschen sollen. Daher denke ich, dass sie ihm geglaubt haben.“

Ich bin mir nicht sicher, was das alles zu bedeuten hat, aber im Grunde will ich es gar nicht wissen. „Das sind doch gute Neuigkeiten, oder nicht?“

„Nein“, blafft sie verärgert. „Ich habe ständig das Gefühl, jemand könnte mich überfallen und mir wehtun. Es ist furchtbar, nicht zu wissen, wann sie das Geld einfordern werden. Aber Randy sagt, wir haben dreißig Tage Zeit, also muss ich mich auf sein Wort verlassen.“

Ich mag Randy nicht. Bisher habe ich ihn nur einmal getroffen, doch er schien mir ein zwielichtiges Wiesel zu sein. Und jetzt hat er meine Mutter in diesen Schlamassel mit hineingezogen.

„Aber ich denke, dass wir im Moment nichts zu befürchten haben. Immerhin haben sie uns noch mehr schmutziges Geld gegeben, das wir in Umlauf bringen sollen. Das bedeutet, dass sie uns immer noch vertrauen, nicht wahr?“

„Mom“, erwidere ich und ergreife ihre Hand. „So kannst du nicht weitermachen. Wenn du erwischt wirst, kommst du ins Gefängnis.“

„Mach dir keine Sorgen“, sagt sie und drückt meine Hand. „Ich bringe nur die Sachen zurück, die Randy kauft. Falls sie ihn schnappen, werde ich mich dumm stellen, und er wird mich decken.“

„Er wird dich verraten“, entgegne ich und ziehe die Hand zurück, um mir den Nacken zu reiben.

„Diese Diskussion ist sowieso hinfällig, falls wir das verlorene Geld nicht auftreiben können, oder?“ Sie hält inne und schnieft, wobei sie sich eine zitternde Hand an den Hals legt. „Als Randy ihnen sagte, dass wir uns mit der Zahlung verspäten würden, haben sie ihm wehgetan."

„Wie?", frage ich, wobei sich mir der Magen umdreht.

Sie zieht ihr Handy aus der Handtasche und blättert durch die Fotos, ehe sie das Display in meine Richtung dreht. „Sie haben ihn zusammengeschlagen", berichtet sie mit zittriger Stimme.

Ich zucke zusammen, als ich Randys geschwollenes Gesicht, die Veilchen und die aufgeplatzte Lippe begutachte.

„Sie sagten, es sei nur ein Vorgeschmack auf das, was geschehen wird, wenn er in dreißig Tagen nicht mit dem ganzen Geld wiederkommt – einschließlich der neuen Scheine, die sie ihm gegeben haben."

„Mein Gott." Bei dem Gedanken, dass jemand so etwas auch meiner Mutter antun könnte, wird mir übel.

„Hast du einen Weg gefunden, mir das Geld zu besorgen?", will sie wissen, wobei ihre Augen sich mit Tränen füllen.

„Nein", antworte ich und fühle mich völlig hilflos. „Ich habe dir doch gesagt, dass ich nicht so viel Geld habe, Mom. Kannst du denn nicht zur Polizei gehen?"

„Um was zu tun?", fragt sie mit brüchiger Stimme. „Soll ich in den Knast gehen? Willst du wirklich, dass ich im Gefängnis lande?"

„Es ist besser, als verletzt zu werden."

Wieder klingelt es an der Tür und ich atme tief durch, bevor ich mich von der Couch erhebe. Durch die Glaseinsätze erkenne ich einen Mann, der etwas in der Hand hält.

Als ich die Tür öffne, sehe ich, dass er einen riesigen Strauß weißer Rosen in einer blauen Vase bei sich hat. „Stevie Kisner?"

„Ja, das bin ich."

Er reicht mir die Vase, die so groß ist, dass ich sie kaum halten kann. Darin befinden sich mindestens ein Dutzend Rosen, vielleicht sogar mehr.

„Viel Spaß damit", sagt er.

Mit klopfendem Herzen schließe ich die Tür und trage die Blumen zum Couchtisch. Es gibt nur eine Person, die mir ein solches Geschenk machen würde. Meine Hand zittert ein wenig, als ich die Karte aus der Plastikhülle ziehe.

Noch nie hat mir jemand Blumen geschickt und obwohl ich keine Floristin bin, vermute ich, dass so viele Rosen ein kleines Vermögen kosten.

Ich schlage die Karte auf und lese die maschinengeschriebene Nachricht: *Trage diese Halskette als Erinnerung an unsere erste Begegnung. Hendrix.*

Halskette?

Ich lasse meinen Blick zurück zu dem Strauß gleiten, in dessen Mitte eine weiße Schachtel liegt. Sie ist mit einem hellen Satinband versehen, das zu einer hübschen Schleife gebunden ist. Ich atme tief durch, um mein Herz zu beruhigen, als ich mit einer zitternden Hand die Schatulle ergreife.

Ich löse die Schleife, hebe den Deckel an und stoße ein freudiges Lachen aus, als ich die Silberkette mit Anhänger erblicke. Letzterer besteht aus einer gelb-weiß bemalten Porzellankugel, auf der die Nummer Neun prangt. Sie ist ein Symbol für unsere erste Partie Billard, bei der er zehn Minuten meiner Zeit gewonnen hat, woraufhin ich einwilligte, mit ihm auszugehen.

Ich nehme die Kette aus der Schachtel und streiche mit den Fingerspitzen über das Schmuckstück.

„Von wem ist das?", will meine Mutter wissen und ich zucke zusammen.

Ich habe völlig vergessen, dass sie nur einen Meter von mir entfernt auf der Couch sitzt, so hingerissen war ich von der romantischen Geste.

„Hendrix“, murmle ich. „Er ist gerade in Nashville zu Auswärtsspielen.“

„Oh, wow“, sagt meine Mutter und greift nach der Kette. Ich reiche sie ihr und lese noch einmal die Karte. „Was hat die Kugel zu bedeuten?“

„Wir haben eine Partie Neun-Ball gespielt, als wir uns kennenlernten.“

Ich lese die Karte ein drittes Mal und kann ein Lächeln einfach nicht unterdrücken.

„Dann wird es wohl ernst zwischen euch beiden“, vermutet meine Mutter, woraufhin ich mich ihr zuwende. Mit einem wissenden Lächeln gibt sie mir die Kette zurück. „Ich freue mich so für dich, Stevie.“

„Nein“, entgegne ich sofort. „Wir sind noch nicht einmal eine Woche zusammen.“

„Und er schickt dir bereits Rosen und Schmuck. Dabei handelt es sich nicht um irgendein Schmuckstück, sondern es hat eine tiefere Bedeutung. Ich frage mich, wie er eine Halskette mit einer Kugel mit der Nummer neun auftreiben konnte, während er auf Reisen ist. Er hat sich wirklich ganz schön ins Zeug gelegt.“

Ihre Worte lassen mich vor Freude erröten und ich betrachte noch einmal die Blumen. Er hat sich wirklich Mühe mit dem Geschenk gegeben, während er sich obendrein in einem anderen Staat befindet. Ich weiß, dass seit unserer ersten Begegnung erst sechs Tage vergangen sind, aber vielleicht wird es tatsächlich ernst zwischen uns. Spielt Zeit denn eine Rolle, solange man eine wirklich gute Verbindung zueinander hat?

Wir führen wunderbare Gespräche, und wenn wir schweigen, kommt nie betretene Stille auf. Außerdem ist der Sex durch und durch unglaublich. Ich sehne mich nach ihm wie ein hungriges Tier.

„Du könntest dir das Geld von Hendrix besorgen“, sagt meine Mutter plötzlich.

Ich blicke ruckartig in ihre Richtung und rufe erstaunt aus: „Wie bitte?“

Sie zuckt mit den Schultern. „Er ist ein reicher Mann und mag dich offensichtlich sehr. Ich bin sicher, er würde dir, ohne mit der Wimper zu zucken, zehntausend Dollar geben.“

Mir steht vor Staunen der Mund offen und ich schüttle den Kopf. „Hörst du dich eigentlich manchmal selbst reden?“

„Warum? Was ist falsch daran? Er ist reich, zehntausend haben für ihn keine Bedeutung.“

„Sie haben sogar eine große Bedeutung“, entgegne ich schroff. „Es würde bedeuten, dass er *meinen* Charakter falsch eingeschätzt hat, denn er weiß, dass ich mir nichts aus Geld mache. Willst du wirklich von mir verlangen, dass ich mich in eine Lage begebe, die ihn dazu veranlassen könnte, in mir einen unehrlichen Menschen zu sehen?“

Meine Mutter verschränkt die Arme vor dem Bauch und sackt in sich zusammen. Sie wiegt sich hin und her und verzieht das Gesicht zu einer furchtsamen Grimasse. „Ich habe Angst, Stevie, und du bist der einzige Mensch auf der Welt, der sich um mich sorgt. Ich bin verzweifelt und fürchte mich davor, verletzt oder getötet zu werden – oder was auch immer sie mit mir anstellen werden, wenn wir das Geld nicht auftreiben. Außer dir habe ich niemanden, an den ich mich wenden könnte.“

Ich falle fast rücklings auf die Couch, als meine Mutter sich in meine Arme wirft und zu schluchzen beginnt. Da ich Emotionen anderer gut einschätzen kann, weiß ich, dass ihre Tränen echt sind.

Sie zittert am ganzen Körper, während sie jammert: „Ich habe eine Scheißangst. Mir ist klar, dass es dumm war, mich auf so etwas einzulassen, aber so bin ich nun einmal. Mein ganzes Leben lang habe ich nur dumme

Entscheidungen getroffen." Sie hebt den Kopf und starrt mich mit tränennassen Augen an. „Sieh nur, was ich meiner eigenen Tochter angetan habe. Ich bin der schlechteste Mensch der Welt, weil ich ein so kostbares Wesen wie dich im Stich gelassen habe. Jetzt bin ich hier und bitte dich, mir zu helfen, obwohl ich dich nie unterstützt habe. Du solltest mich auf der Stelle aus dem Haus werfen und die Tür hinter mir verschließen. Du hast es nicht verdient, dass ich so etwas von dir verlange. Stevie. Du musst mich von dir stoßen, denn ich bin zu willensschwach und werde immer wieder zu dir zurückkommen und dich um Hilfe bitten."

Jedes einzelne Wort ist wie ein Messer, das sich in mein Herz bohrt. So wütend ich auch auf sie sein mag, ich habe Mitleid mit ihr.

Meine Mutter hat unglaublich viele Fehler und hat in ihrem Leben abscheuliche Entscheidungen getroffen, aber sie ist ein Mensch, der leidet, und ich will nicht, dass sie Angst hat.

Ich ziehe sie wieder in meine Arme und gebe ihr ein Versprechen, von dem ich nicht einmal weiß, wie ich es halten soll. „Irgendwie werde ich das Geld auftreiben. Ich werde dir helfen und dafür sorgen, dass du sicher bist. Das schwöre ich dir."

***

Ich habe meine Mutter nicht hinausgebeten, sondern gewartet, bis sie sich ausgeweint hat. Nachdem ich ihr das Versprechen gegeben hatte, ihr zu helfen, beruhigte sie sich wieder und hatte nicht länger das Bedürfnis, mich mit Vorschlägen für ihre Rettung zu überhäufen.

Da sie nun gegangen ist, lasse ich mich auf meiner Couch nieder und werfe einen finsteren Blick auf meinen Computer. Ich sollte mich wieder an meine Monatsabrechnung setzen, aber mir schwirren unzählige Gedanken im Kopf herum.

Also greife ich nach meinem Tagebuch und schlage die Seite mit meinem letzten Eintrag auf.

Ich lese ihn noch einmal durch.

6. Dezember, 7:20 Uhr: Hendrix hat mich heute Morgen angerufen und mich aus einem tiefen Schlaf geweckt. Er hatte mich schon vorgewarnt, dass er sich vielleicht schon früh melden würde. Obwohl ich gestern Nacht erst gegen drei Uhr eingeschlafen bin, war ich hellwach, als ich seinen Anruf annahm. Er war so lieb und wollte mir nur einen Guten Morgen wünschen. Dann sagte er, dass ich noch eine Runde schlafen solle. Nun, ich habe nicht mehr geschlafen. Also sitze ich jetzt hier, nippe an meinem Kaffee und frage mich, wie ich so viel Glück haben konnte, einen so wunderbaren Mann zu treffen. Ich werde ihn morgen wiedersehen und bin schon ganz aufgeregt.

Ich blättere zu dem vorherigen Eintrag, der von seinem Anruf nach dem ersten Spiel in Nashville handelt.

Dann widme ich mich dem Eintrag davor, den ich über unser zweites Date verfasst habe. Dabei habe ich mich weniger auf unser Essen als vielmehr auf den Sex konzentriert, der unglaublich intensiv war. Meine Wangen laufen rot an, als ich mir die detaillierte Beschreibung noch einmal durchlese.

Verdammt, er weiß genau, wie er mich auf den Gipfel der Ekstase treiben kann. Gestern Abend habe ich meine Spielzeuge dazu benutzt, die Erinnerungen wiederaufleben zu lassen. Und heute Abend wird es nicht anders sein.

Ich blättere zurück zu dem Eintrag, den ich nach unserer ersten gemeinsamen Nacht verfasst habe. Dabei habe ich weniger über den Sex geschrieben, als vielmehr das Gespräch danach festgehalten. Die körperliche Intimität sprengte jegliche Hemmungen, die uns beide womöglich davon abgehalten hätten, uns dem anderen gegenüber zu öffnen. Ich erzählte ihm mehr von meiner Mutter und er schüttete mir sein Herz über Rachel und seine Mannschaftskameraden aus, die er verloren hatte.

Er brachte mich dazu, darüber nachzudenken, wie vergänglich das Leben ist und dass wir das Beste aus unseren Möglichkeiten machen müssen. Ich lese den gesamten Eintrag noch einmal durch, um mich daran zu erinnern, dass wir in diesem Moment eine Bindung zueinander aufgebaut haben.

3. Dezember, 8:22 Uhr: Ich habe mit Hendrix geschlafen. Ich würde es gern auf den knieerweichenden Kuss in der Kneipe schieben, aber ich war seit unserem ersten Gespräch im Lagerraum darauf vorbereitet. Der Sex war unglaublich, aber ich will mich an dieser Stelle meinen Gedanken über den Mann selbst widmen. Unsere Leben verlaufen nicht gerade parallel zueinander, aber wir haben beide Verluste erlitten und sind auf vergleichbare Art und Weise damit umgegangen. Diese Verluste haben die Werte geprägt, nach denen wir leben, und darin sind wir uns sehr ähnlich. Nach dem Tod seiner Schwester Rachel konnte Hendrix die Zerbrechlichkeit des Lebens noch nicht richtig fassen. Er war noch ein Kind und trauerte, aber er erholte sich wieder. Erst als ein Flugzeug mit seinen Freunden verunglückte, begriff er. Durch diese Tragödie und eine Therapie mit einem Mann namens Pete erkannte er, dass er ein bedeutungsvolleres Leben führen musste. Als er mir sagte, dass es nicht verwerflich ist, wenn ich versuche, ein Band zu meiner Mutter zu knüpfen, hörte ich ihm zu. Ich kann nicht einfach darauf warten, dass sich irgendwann einmal eine bedeutungsvolle Beziehung zwischen uns entwickelt. Ich muss jetzt etwas dafür tun.

Ich lese die letzte Zeile noch einmal. *Ich muss jetzt etwas dafür tun.*

Ich klicke mit dem Kugelschreiber und lasse meinen Blick zu den Blumen schweifen, während ich die andere Hand hebe, um mit dem Anhänger an meinem Hals zu spielen. Darüber sollte ich auch etwas schreiben, doch das kann ich später noch tun. Zuerst muss ich ein paar düstere Gefühle loswerden, die die Begegnung mit meiner Mutter in mir ausgelöst hat.

6. Dezember, 11:43 Uhr: Mom war gerade hier. Sie ist völlig am Boden zerstört. Diese Leute haben ihr dreißig Tage Zeit gegeben, um das Geld aufzutreiben. Das hat sie allerdings nicht davon abgehalten, Randy zu verprügeln, und das Bild, das Mom mir gezeigt hat, war schockierend. Ich kann den Gedanken nicht ertragen, dass so etwas auch ihr widerfahren könnte. Ich habe eine schreckliche Angst um sie, aber ich bin auch wütend, weil es nun auch zu meinem Problem geworden ist. Als sie wieder in mein Leben getreten ist, habe ich gehofft, dass wir Freunde sein könnten. Ich habe nicht erwartet, dass sie mir eine fürsorgliche, liebende Mutter sein würde, aber ich bin erwachsen und dachte, dass sich zumindest eine ungezwungene Freundschaft zwischen uns entwickeln könnte. Es ist jedoch alles andere als ungezwungen, weil sie mich in ihren Schlamassel mit hineinzieht. Jetzt muss ich einen Weg finden, sie davor zu bewahren, verletzt oder vielleicht sogar getötet zu werden. Mir kommen zwar einige Möglichkeiten in den Sinn, aber keine davon ist sonderlich praktikabel. Ich könnte meine Kreditkarte belasten … vielleicht würde ich ein paar tausend Dollar bekommen, doch das würde nicht reichen. Aber vielleicht könnte sie diese Leute damit noch etwas hinhalten. Zudem könnte ich mein Auto verkaufen. Möglicherweise würde es noch fünftausend Dollar bringen, immerhin ist es bereits zwölf Jahre alt. Dann müsste ich mir ein neues Auto kaufen, und dafür habe ich kein Geld. Ich könnte meinen Vater um Hilfe bitten. Doch damit würde ich sicher einen Krieg vom Zaun brechen und er würde wahrscheinlich Nein sagen. Er hat sich ein Bein ausgerissen, um mich großzuziehen, nachdem Mom uns im Stich gelassen hat, und allein durch die Frage würde ich unsere Beziehung belasten. Ich würde sogar sagen, dass es unsere Beziehung ruinieren könnte, und ich weiß nicht, ob ich das ertragen kann. Es gibt so viel zu bedenken.

Seufzend kaue ich auf meinem Kugelschreiber herum und überlege, ob ich über die Blumen und die Halskette schreiben soll. Ich entscheide mich dagegen, da ich immer noch von düsteren Empfindungen durchströmt werde und diese nicht in die Worte mit einfließen lassen will. Ich lese häufig in meinem Tagebuch. So sehr es hilft, sich die negativen Gefühle von der Seele zu schreiben, so sehr rufen die angenehmen Einträge auch die Erinnerung an wunderbare Gefühle in mir hervor.

Die Blumen und die Halskette haben in mir einige angenehme Emotionen ausgelöst und ich möchte sicherstellen, dass ich sie wahrheitsgemäß zu Papier bringe. Ohne Zweifel werde ich diesen Eintrag noch viele Male lesen. Genauso wie ich die Zeilen über meine erste Begegnung mit Hendrix, über die Zusammenfassung unseres ersten Dates, über den ersten Kuss in der Kneipe und das erste Mal, als wir Sex hatten, noch einmal gelesen habe. Und über unsere zweite gemeinsame Nacht.

Auf jenen Seiten beschreibe ich den neuen Weg, den ich mit Hendrix beschreite, und ich habe das Gefühl, dass es ein langer, beständiger sein wird.

Kapitel 10

Hendrix

Als ich mit Einkaufstüten beladen dicht gefolgt von Stevie mein Haus durch die Garagentür betrete, wird mir plötzlich bewusst, wie wohl ich mich dabei fühle. Es ist schön, in meinem Heim gemeinsam mit einem Menschen eine Mahlzeit zu kochen, den ich wirklich mag.

Wir haben keine sonderlich ausgeklügelten Pläne geschmiedet und wollten einfach nur einen entspannten Abend miteinander verbringen.

Heute Morgen hatte ich Training und Stevie hat tagsüber gearbeitet. Um sechzehn Uhr hat sie Feierabend gemacht und ich habe sie abgeholt. Anschließend sind wir in den Supermarkt gefahren, wo ich den Wagen schob, während sie sämtliche Zutaten hineinwarf. Einige Leute baten mich um ein Autogramm. Ein älterer Mann in einem Titans-Sweatshirt bedauerte wiederholt, dass sein Enkel nicht bei ihm war, um mich zu sehen. Stevie schoss ein Foto von uns mit dem Handy des Mannes, damit er es dem Jungen zeigen könnte.

Stevie bewies erneut, wie cool sie ist, als zwei sehr attraktive Frauen mich um ein Foto baten. Als sie sich zu beiden Seiten von mir aufstellten, konnte ich nur an Tracy denken, die mir befohlen hätte, die Fans nicht zu berühren. Ich erstarrte augenblicklich und streckte unbeholfen die Arme aus, während Stevie das Handy hob, um uns anzuvisieren.

„Zieh sie näher an dich heran", befahl sie. „Sie beißen nicht."

Ich tat wie geheißen, legte die Arme über ihre Schultern und zog sie an mich.

„Und jetzt lächeln", rief Stevie.

Als die beiden davongingen und ich wieder den Wagen schob, stieß Stevie mich mit der Hüfte an und sagte: „Das war cool.“

Ja … das war es in der Tat.

Stevie war noch nie bei mir zu Hause, also führe ich sie herum, nachdem wir die Tüten auf der Anrichte abgestellt haben. Ich war sehr stolz, als ich dieses Haus vor drei Jahren kaufte, denn damals verkörperte es den Höhepunkt meines finanziellen Erfolgs. Ich war ein junger Mann, hatte gerade ein paar Jahre in der Profiliga gespielt und konnte mir schon ein großes Anwesen leisten. Ich fuhr zwar bereits Sportwagen und trug teure Kleidung, aber ein Eigenheim war eine Investition, die ich meinen Eltern und Tante Rory vorführen konnte, damit sie stolz auf mich sein würden.

Natürlich sind sie immer stolz auf alles, was ich tue.

Im Erdgeschoss befindet sich eine offene Küche mit einer Frühstücksecke, die nahtlos in einen Wohnbereich übergeht. Stevie ist vor allem beeindruckt von der Speisekammer, die sich hinter den maßgefertigten Schränken verbirgt. Sie mündet in einen weiteren großen Raum mit Regalen und einem langen Tresen, auf dem eine hochwertige Espressomaschine steht.

Links von der Küche verläuft ein Flur, der in ein Spielzimmer mit einem Billardtisch mündet. Dahinter grenzt eine große, geschlossene Terrasse an, mit Feuerstelle, Pool und, wie versprochen, einem Whirlpool.

„Sieh mal einer an, du hast einen Billardtisch“, neckt Stevie mich.

Ich kann nicht anders und schenke ihr ein selbstzufriedenes Lächeln. „Ich habe kein schlechtes Gewissen, weil ich dir nicht verraten habe, wie gut ich spiele, als wir unsere Wette abgeschlossen haben.“

Ich führe sie nach oben und zeige ihr die drei Gästezimmer und einen weiteren Raum, den ich in ein Büro verwandelt habe.

„Ein Büro?", fragt Stevie ungläubig. „Ich will dich wirklich nicht beleidigen, aber du scheinst mir nicht der Typ für ein Büro zu sein."

Lachend schüttle ich den Kopf. „Es ist für meine Tante Rory, damit sie einen Ort hat, an dem sie schreiben kann."

Ich habe Stevie alles über Rory erzählt, daher weiß sie, dass sie eine recht erfolgreiche Krimiautorin ist. Sie lebt in Columbus, woher auch der Rest meiner Familie stammt. Oft kommt sie zu Besuch, da Pittsburgh nur ein paar Stunden entfernt ist. Höchstwahrscheinlich werde ich sie eher früher als später mit Stevie bekannt machen, und ich weiß, dass sie sie lieben wird. Das wird sie lautstark zum Ausdruck bringen, denn sie steckt gern ihre Nase in mein Liebesleben. Wie meine Mannschaftskameraden auch hat sie mit ihrer Meinung über Tracy nicht hinter dem Berg gehalten.

Ich führe Stevie von Rorys Büro den Flur hinunter ins Hauptschlafzimmer. Darin ist mehr Platz, als ich je brauchen werde, zudem verfügt es über ein eigenes Badezimmer und einen begehbaren Kleiderschrank, der fast größer ist als das Schlafzimmer selbst.

Meine Mom und Rory haben mir bei der Einrichtung des ganzen Hauses geholfen, doch dieses Schlafzimmer habe ich selbst gestaltet. Die gebeizten Ebenholzmöbel mit silbernen Beschlägen sind hochmodern und minimalistisch. Über dem cremefarbenen Kopfteil aus Leder hängt das einzige Kunstwerk im Raum. Meine Mutter und Rory verabscheuen es, da es ihrer Meinung nach viel zu kalt ist, aber auf mich hat es eine beruhigende Wirkung.

„In diesem Zimmer werde ich dich nach dem Essen ficken", sage ich zu Stevie, wobei ich nur halbwegs scherze.

Stevie, die gerade den Kopf ins Badezimmer steckt, hustet und wirbelt zu mir herum.

Ich lehne mich an den Türrahmen, stecke die Hände in die Hosentaschen und zucke mit den Schultern. „Was denn? Du weißt, dass es wahr ist."

Falls ich darauf gehofft habe, dass sie errötet oder verlegen stammelt, werde ich enttäuscht. Sie verzieht die Lippen zu einem Lächeln und schlendert zu meinem Bett hinüber, wo sie beide Hände auf die Matratze legt und kurz auf und ab wippt, um sie zu testen. „Warum bis nach dem Abendessen warten?"

Mehr muss ich nicht hören.

Mit wenigen Schritten durchquere ich das Zimmer und küsse sie leidenschaftlich, wobei ich meine Hände unter ihren Pullover schiebe. Stevie stößt ein frustriertes Schnauben aus, als wir uns voneinander lösen müssen, um ihn ihr auszuziehen.

Ich werfe ihn zu Boden und mein Blick fällt auf die Kette mit der Billardkugel, die ich ihr geschenkt habe. Nachdem sie sie zusammen mit den Blumen erhalten hat, hat sie sich mit einer Nachricht bei mir bedankt, und dann noch einmal mit einer zärtlichen Umarmung, als ich sie vorhin abgeholt habe.

Doch der Anblick der Kette auf ihrer nackten Haut löst etwas in mir aus. Ich strecke die Hand aus, um sie zu berühren. „Ich sollte dir einen Eishockeypuck dazu besorgen."

Sie umschließt meine Hand mit ihrer. „Das würde die Geschichte abrunden. Aber wie wäre es, wenn wir uns zuerst unserer Klamotten entledigen?"

Mit hektischen Bewegungen reißen wir einander die Kleider vom Leib, bis wir beide splitternackt sind, dann versetze ich ihr einen leichten Stoß.

Und verdammt … der Anblick von Stevie, die vor mir nackt auf meinem Bett liegt, ist …

Als sie sich ungeniert auf den Ellbogen abstützt, betrachte ich die Tätowierungen auf ihrer blassen Haut und ihre gepiercten Brustwarzen, die im Widerspruch zu ihrem ungeschminkten Gesicht zu stehen scheinen. Sie hat mir nicht gesagt, warum sie heute auf ihr dramatisches Augen-Make-up verzichtet hat, und ich kann es mir nur damit erklären, dass wir schon seit heute Nachmittag zusammen sind. Vielleicht schminkt sie sich nur, wenn sie abends arbeitet oder zu einer Verabredung geht.

Wie dem auch sei, sie braucht kein Make-up. Allein ihr dunkles Haar und ihre sturmblauen Augen machen sie zu einer unvergleichlichen Schönheit.

Momentan wirken ihre Iriden dunkler und noch unruhiger als sonst, da in ihnen ein begieriger Ausdruck tobt. Sie beißt sich auf die Unterlippe und lässt ihren Blick unverhohlen über meinen Körper gleiten.

Ihr Blick fällt auf meinen Schwanz, der hart und bereit ist, in sie einzudringen. „Wirst du damit in Aktion treten?"

Mit einem Schnauben knie ich mich zwischen ihre Schenkel. „Früher oder später. Aber zuerst habe ich noch etwas anderes im Sinn."

„Und das wäre?", fragt sie neugierig.

Statt ihre Frage zu beantworten, ziehe ich ein Kondom aus meiner Nachttischschublade und streife es über. Ich spreize ihre Beine und lasse meine Hände an den Innenseiten ihrer geschmeidigen Schenkel hinaufgleiten. Mit einem leisen Stöhnen fällt Stevie auf das Bett zurück, denn sie weiß genau, was ich vorhabe. Als wir das letzte Mal zusammen waren, habe ich ihr gesagt, dass ich es nicht erwarten kann, sie zu schmecken.

Ich beuge mich über sie und streiche mit den Lippen über ihren Bauch, um dann meine stoppelige Wange über ihren Venushügel gleiten zu lassen, bis ich meinen Körper leicht verlagere und meine Lippen fest auf ihr Geschlecht presse.

Stevie stößt einen erstickten Schrei aus, der meinen Schwanz schmerzhaft durchzuckt, bevor sie ihre

Hände in meinem Haar vergräbt und mich noch dichter an sich zieht. Sie lässt ihre Hüften kreisen und zeigt mir, was sie will. Für mich gibt es kein Halten mehr.

Ich lecke einmal über ihre feuchte Spalte und entlocke ihr ein lustvolles Seufzen. Dann gebe ich ihr alles, indem ich sie mit meinen Zähnen, meinen Lippen und meinen Fingern liebkose. Ich lasse meine Zunge kreisen und an ihrer Klitoris flattern, während ich mit dem Daumen tief in sie eindringe. In Sekundenschnelle explodiert sie und kommt mit Wucht zum Höhepunkt. Während sie immer noch am ganzen Körper bebend den Rausch ihrer Ekstase genießt, rutsche ich nach oben.

Und stoße so heftig in sie hinein, dass das ganze Bett wackelt.

„Ist alles in Ordnung?“, frage ich mit vor Lust erstickter Stimme.

Stevie nickt, lässt ihre Hüften kreisen und packt mit beiden Händen meinen Hintern. „Alles bestens. Und jetzt fick mich.“

Ich tue wie befohlen und ficke sie hart und schnell. Währenddessen küsse ich sie leidenschaftlich, damit sie den Saft ihrer Erregung schmecken kann. Sie lässt ihre Zunge mit meiner tanzen, doch ich kann mich nur darauf konzentrieren, wie verdammt eng und feucht sie ist.

Ich hatte schon häufiger großartigen Sex in meinem Leben, doch Stevie hat etwas Unvergleichliches an sich. Sie ist genauso schön und sexy wie jede andere Frau, mit der ich je zusammen war, aber sowohl ihr Verstand als auch ihr Herz machen sie unendlich attraktiver. Auf jeden Fall ist sie einzigartig und interessanter als die meisten Menschen, die ich kenne.

Was in mir jedoch den Wunsch weckt, mich in ihr zu ergießen, ist die Tatsache, dass bereits Gefühle im Spiel sind. Wir hatten zwei magische Abendessen, bei denen wir lange, sehr persönliche Gespräche geführt und von unserem Schmerz erzählt haben. Dazu kommt noch eine unglaublich sexuelle Chemie, und ja … nach dieser Art von Sex könnte ich süchtig werden und ich lasse mich bereitwillig darauf ein.

Ich stoße bis zum Anschlag in sie hinein und halte dann inne, um ihr Gesicht zu betrachten. Ihre Augen sind geschlossen und ihre Wangen gerötet.

Im nächsten Moment öffnet sie die Lider und begegnet meinem Blick. Ich wünschte, ich könnte jetzt ein Foto von ihr machen, um diesen Ausdruck voller Verlangen, Freude und Zärtlichkeit zu verewigen. Er beweist, dass dieser Augenblick für sie genauso einzigartig ist wie für mich.

Ich ziehe meinen Schwanz fast ganz aus ihr heraus und dringe dann wieder langsam in sie ein. Dabei beobachte ich das Zusammenspiel der Emotionen in ihrem Gesicht, das mir eine Geschichte erzählt.

Stevie legt eine Hand an meine Wange. „Du fühlst dich so gut an."

Wenn ich das Kompliment mit diesen Worten zurückgeben würde, würde ich maßlos untertreiben. Stattdessen wende ich mein Gesicht ihrer Handfläche zu und küsse sie. Dann ergreife ich ihre Hand mit meiner und führe sie zwischen unsere Körper. Ich presse ihre Fingerspitzen an ihre Klitoris und schenke ihr ein Lächeln. „Ich will, dass du noch einmal kommst. Mit mir gemeinsam, in Ordnung?"

Sie nickt entschlossen.

Ich stütze mich auf den Ellbogen ab und küsse Stevie, während ich immer wieder langsam und gleichmäßig in sie stoße und gleichzeitig mit der Zunge ihren Mund ficke. Ich spüre, wie sich ihre Hand zwischen uns bewegt, um ihre Lust noch zu steigern.

Sie beginnt, heftig mit den Hüften zu zucken, und stöhnt in meinen Mund. Ich keuche vor Anstrengung und bemühe mich nach Kräften, meinen Orgasmus hinauszuzögern.

Ich will, dass sie mit mir gemeinsam zum Höhepunkt kommt.

Diese intensive, emotionale Bindung zwischen uns gebietet es.

Stevie dreht ihren Kopf zur Seite und keucht: „Ich komme gleich, Hendrix. Sag mir, dass du auch kommst."

Ich stoße immer heftiger in sie hinein. „Ich bin bei dir", presse ich mit zusammengebissenen Zähnen hervor. „Komm für mich, Baby."

Sie umschlingt mit den Beinen meine Taille, während sie ihre Finger immer schneller zwischen uns bewegt. Dann bäumt sie sich auf und schreit: „Oh … verdammt, Hendrix. So gut … so gut."

Sowohl ihre Worte als auch das Zucken ihrer Muschi um meinen Schwanz treiben mich über den Abgrund. Eine Welle der Ekstase durchströmt mit Wucht meinen Körper und raubt mir die Sinne. Ich stoße noch einmal in Stevie hinein, schlinge meine Arme um sie und vergrabe mein Gesicht an ihrem Nacken, während ich mit einer nie da gewesenen Intensität zum Höhepunkt komme, die beängstigend und wunderschön zugleich ist.

Keuchend ringe ich nach Atem und zucke mit den Hüften. „Stevie", stöhne ich heiser. „Verdammt. Mach, dass es niemals aufhört."

„Auf keinen Fall", verspricht sie mir, wobei sie sich in mein Haar krallt und lustvoll ihr Becken kreisen lässt.

Eine halbe Ewigkeit scheint zu vergehen, bis die Woge der Ekstase verebbt ist. Ich sacke auf Stevie zusammen, wobei ich zwar den Großteil meines Gewichts abstütze, aber nicht sicher bin, wie lange ich mich noch in dieser Position halten kann. Ich bin völlig erschöpft.

Stevie stößt einen tiefen Seufzer aus, woraufhin ich den Oberkörper anhebe, um sie anzusehen. Sie schenkt mir ein sanftes Lächeln und presst eine Hand an meine Brust. „Ich kann nicht glauben, dass ich dich erst vor einer Woche kennengelernt habe. Wie kann es sein, dass ich in deinem Bett liege und gerade zwei Orgasmen hatte, die mich fast zerstört hätten?"

„Weil du so ein leichtes Mädchen bist?", frage ich grinsend.

Sie erwidert mein Grinsen. Genau das mag ich so sehr an ihr. Wir können miteinander scherzen und sie weiß, dass ich sie nur necken will. „Also schön, Opa … ich bin mir ziemlich sicher, dass der Ausdruck *leichtes Mädchen* schon vor Jahren aus der Mode gekommen ist."

Trotz all der Frotzeleien nehme ich ihre Frage ernst. Ich beuge mich vor und presse meine Lippen auf ihre. „Ich bin selbst noch dabei, mir darüber klar zu werden, was das zwischen uns ist."

„Es ist nicht normal, nicht wahr?"

„Ich habe so etwas noch nie erlebt."

Sie lässt ihre Fingerspitzen über die Haare in meinem Nacken gleiten. „Nicht einmal mit Tracy?"

Es ist das erste Mal, dass sie sich mit Tracy vergleicht, doch bevor ich sie beschwichtigen kann, legt sie mir eine Hand auf den Mund und schüttelt den Kopf. „Nein. Antworte gar nicht erst darauf. Das war eine dumme, banale Frage."

Ich beiße ihr zärtlich in die Hand und sie weicht zurück. „Ich werde die Frage nicht beantworten, aber ich will dir ein Geheimnis verraten. Ich habe noch nie mit einer Frau, mit der ich geschlafen habe, über Rachel oder das Flugzeugunglück gesprochen."

Stevies Augen leuchten auf, ehe ihr Blick weich wird. „Wirklich? Außer mit Harlow habe ich noch nie mit jemandem über meine Mutter gesprochen. Ich rede nicht mal mit meinem Vater über sie, denn ich will seine Gefühle nicht verletzen, indem ich ihm gestehe, dass ich …"

Sie verstummt, doch ich beende den Satz für sie: „Gefühle für sie hege? Es ist nicht verwerflich, wenn du sie liebst, weißt du?"

„Ja, aber … ich habe keine Ahnung, ob ich sie liebe." Sie runzelt verwirrt die Stirn und wendet kurz den Blick ab. Als sie mich wieder ansieht, sagt sie: „Als Kind habe ich begonnen, ein Tagebuch zu führen. Mein Vater hatte mich damals zu einem Therapeuten geschickt, der mir helfen sollte, meine Emotionen hinsichtlich meiner Mutter zu verarbeiten. Er schlug vor, dass ich meine Gefühle zu Papier bringe. Seitdem schreibe ich sie regelmäßig auf, aber wenn ich die Einträge heute noch einmal lesen würde, würde ich in keinem einzigen das Wort *Liebe* im Zusammenhang mit ihr finden."

„Es ist genauso wenig verwerflich, sie nicht zu lieben. Aber es ist in Ordnung, wenn sie dir etwas bedeutet und du dir mehr von eurer Beziehung erhoffst."

„Ich glaube nicht, dass mein Vater das auch so sehen würde."

Ich presse einen Kuss auf ihre Lippen. „Dein Vater ist ein guter Mann, das kann ich sehen. Vielleicht ist er nicht damit einverstanden, aber er wird dich nicht daran hindern, deinen eigenen Weg zu gehen."

„Ja", sagt sie mit einem so liebevollen Tonfall, dass ihre Stimme ganz wehmütig klingt. „Ich weiß."

Plötzlich kommt mir ein Gedanke und ich beuge mich vor. „Stehe ich auch in deinem Tagebuch?"

Stevie errötet. „Möglicherweise."

„Was hast du über mich geschrieben?"

„Das geht dich nichts an", erwidert sie und reckt stolz das Kinn in die Höhe. „Das sind meine privaten Gedanken."

Ich lache, ehe ich sie leidenschaftlich küsse. „Das ist dein gutes Recht. Wie wäre es, wenn wir jetzt aufstehen und etwas essen? Ich bin am Verhungern. Danach entspannen wir uns im Whirlpool und anschließend werde ich dich noch einmal ficken. Wie klingt das?“

„Das klingt fantastisch.“

Ich reibe meine Nase an ihrer. „Eine Sache noch.“

„Und die wäre?“

„Komm morgen zum Spiel.“

„Ich kann nicht …“

Um sie zum Schweigen zu bringen, presse ich meinen Mund auf ihren. „Ich habe bereits zwei Karten besorgt. Eine für dich und eine für deinen Vater. Ich will ihn dazu bringen, mich zu mögen. Danach gehen wir zusammen aus.“

„Aber ich muss arbeiten und …“

Ich küsse sie erneut. „Bitte.“

„Hendrix, ich kann nicht …“

Ich gebe ihr noch einen Kuss. „Ich flehe dich an.“

Ein warmherziger, nachgiebiger Ausdruck tritt in Stevies Augen, in dem aber auch ein Anflug von Tadel mitschwingt. „Du weißt, dass ich einen Job habe, und dazu gehört auch, Bier auszuschenken.“

„Ich will deine Verantwortung keineswegs schmälern, aber du bist die Chefin. Wäre es nicht möglich, dass du tagsüber statt nachts arbeitest, damit wir die Abende gemeinsam verbringen können?“

„Ich meine … das wäre machbar. Das Mädchen von der Tagschicht würde liebend gern die Nachtschicht übernehmen, da das Trinkgeld zu der Tageszeit besser ist. Ich habe immer spät gearbeitet, weil ich eine Nachteule bin.“

„Dann tausche deine Schicht, nicht nur für mich, sondern für uns. Wir haben ohnehin schon so wenig Zeit miteinander, weil ich so oft herumreise. Es tut mir leid, dass du dein Leben umstellen musst. Ich würde es auch tun, aber leider bin ich nicht so flexibel wie du. Dennoch würde ich dieser Sache zwischen uns gern eine Chance geben."

In Stevies Augen leuchtet ein Funkeln auf. „Du willst doch nur nicht auf den regelmäßigen Sex verzichten."

„Da hast du recht. Aber vor allem will ich auf dich nicht verzichten."

Stevie schlingt ihre Hände um meinen Nacken und zieht mich zu sich herunter, um mich zu küssen. Doch der Kuss ist nicht sanft, sondern stürmisch. Sie lässt ihre Zunge direkt in meinen Mund gleiten und bringt meinen Schwanz zum Zucken. Sie äußert es zwar nicht mit Worten, doch mit ihrer leidenschaftlichen Liebkosung gibt sie mir zu verstehen, dass sie alles in ihrer Macht Stehende tun wird, um sich ganz und gar in diese Beziehung einzubringen.

Genau wie ich.

Kapitel 11

Stevie

„**D**ir ist doch klar, dass er nur versucht, sich mein Einverständnis zu erkaufen", brummt mein Vater, als wir im Stadion die Stufen zu unseren Plätzen hinuntergehen. Wir gehen immer weiter, bis wir schließlich die zweite Reihe hinter der Spielerbank der Titans erreichen. „Ich meine … sieh dir nur an, wo wir sitzen. Wenn das keine Bestechung ist."

Ich gluckse, als ich die Reihe entlang zu unseren Sitzen gehe. Beide Teams befinden sich bereits auf dem Eis und wärmen sich auf. Mit meinem Bier in der Hand setze ich mich vorsichtig auf meinen Platz, während ich nach Hendrix Ausschau halte. Dann entdecke ich ihn.

Nummer dreiundsechzig.

Wir beobachten schweigend, wie die Spieler zum Aufwärmen Zwei-gegen-eins-Übungen absolvieren und dann einzeln aufs Tor zulaufen und schießen. In meinem ganzen Leben habe ich mir nur eine Handvoll Spiele im Stadion angesehen. Die Eintrittskarten sind sehr teuer, sodass ich sie mir in meiner Kindheit nicht leisten konnte. Und seit ich erwachsen bin, gehe ich nur in die Arena, wenn mich jemand einlädt. Bisher war ich zweimal mit Harlow hier, einmal in der letzten und einmal in dieser Saison. Heute ist das erste Mal seit Jahren, dass mein Vater und ich gemeinsam ein Spiel sehen. Er hat ein Faible für Eishockey, aber seine wahre Liebe gilt dem Football. Wenn er also viel Geld für einen Sport in Pittsburgh ausgibt, dann nur, um sich ein Footballspiel anzusehen.

Es besteht ein großer Unterschied darin, Hendrix im Fernsehen zu sehen und ihn auf dem Eis zu erleben. Wenn ich ihn auf dem Bildschirm verfolge, habe ich immer das Gefühl, als befände sich eine Art Schild zwischen uns. Aber nun, da ich zwei Reihen hinter der Bank sitze und genauso wie er die Kälte der Eisfläche spüre, wird mir erst richtig bewusst, dass ich mit einem Eishockeystar zusammen bin. Ich lasse meinen Blick durchs Stadion schweifen und für einen seltsamen Moment habe ich das Gefühl, dass mein Leben nicht real ist. In einer Million Jahren hätte ich mir nicht träumen lassen, dass ich jemals einen Spieler der Titans treffen, geschweige denn mit ihm ausgehen würde.

Und ich hätte nie gedacht, dass ich einmal in seinem Bett liegen und von ihm gefickt werden würde, als gäbe es kein Morgen.

Meine Wangen laufen rot an, als ich bemerke, dass mein Dad mich beobachtet.

„Dein Typ schaut ständig zu dir rüber", murmelt er, bevor er einen Schluck von seinem Bier nimmt.

Ich werfe einen Blick aufs Eis, aber Hendrix sieht mich nicht an. Er gleitet auf seinen Schlittschuhen hin und her, während er sich mit Bain unterhält. Letzteren kann ich zwar aufgrund seines Helms nicht erkennen, aber sein Nachname Hillridge steht auf der Rückseite seines Trikots.

Und dann passiert es. Hendrix wendet sich von Bain ab und sieht in meine Richtung. Ich verziehe die Lippen zu einem Lächeln, als unsere Blicke sich begegnen, dann zwinkert er mir zu, bevor er sich wieder auf Bain konzentriert.

„Mein Gott, seid ihr beiden niedlich", murrt mein Vater.

„Warum kannst du ihn nicht leiden?", will ich wissen und mustere ihn.

„Es geht nicht darum, ob ich ihn leiden kann oder nicht, sondern dass du ihn magst."

Ich runzle die Stirn und wende mich ihm zu. „Das ergibt absolut keinen Sinn."

„Doch, das tut es, Carrots." Er löst seinen Blick von der Eisfläche und starrt mich an. „Ich habe noch nie erlebt, dass du einen Mann auf diese Weise ansiehst. Und ich habe dich noch nie über einen Mann auf diese Art reden hören. Ich weiß also, dass es zwischen euch ernst ist. Da es ernst ist, ist es für mich von großer Bedeutung. Ich werde ihn dazu bringen, sich zu beweisen, und zwar nicht vor mir, sondern vor dir. Und bis es so weit ist, werde ich mich mit meinem Urteil zurückhalten", erklärt er und stößt mich mit der Schulter an. „Du verdienst nur das Allerbeste."

Ich grinse meinen Vater an und erwidere mit sanfter Stimme: „Ich liebe dich, Peas."

Mit einem Brummen wendet er seine Aufmerksamkeit wieder dem Eis zu und ich tue es ihm gleich. Dann räumt er mit gedämpfter Stimme ein: „Es war nett, uns so gute Plätze zu besorgen. Das ist ein Pluspunkt für ihn."

Lachend beobachte ich, wie Hendrix sich den Puck schnappt und mit einem Handgelenkschuss auf Drake McGinn schießt, der ihn mit Leichtigkeit abwehrt. „Er hat auch ein paar Pluspunkte bei mir gesammelt."

Das veranlasst meinen Dad, sich wieder mir zuzuwenden. Ich habe ihm zwar erzählt, wie meine Verabredungen mit Hendrix verlaufen sind – wobei ich den Sex natürlich ausgelassen habe –, aber ich habe nie mit ihm darüber gesprochen, welche Gefühle er in mir hervorruft.

Also mache ich es ihm verständlich, indem ich es kurz und bündig zusammenfasse: „Er ist das genaue Gegenteil von Mom."

„Aha", erwidert mein Vater und reibt sich nachdenklich über seinen Bart. „Das bedeutet, er ist reif, emotional stabil, aufrichtig, fürsorglich, hat eine solide Arbeitsmoral und gibt nicht so schnell auf."

„So in etwa."

„Was hält er von deiner Mutter?", fragt mein Vater neugierig.

An dieser Stelle hätte Hendrix bei meinem Vater punkten können, wenn er mir geraten hätte, so weit wie möglich von Mandi davonzulaufen, aber ich beschließe, ehrlich zu sein. „Er hat gesagt, dass es in Ordnung ist, wenn ich eine Beziehung zu ihr aufbauen möchte."

Mit einem Brummen wendet mein Vater sich wieder dem Eis zu. Seine Miene ist teilnahmslos und ich bin froh, dass er Hendrix nicht mit bösen Blicken durchbohrt.

„Er hat mir auch gesagt, dass es nicht verwerflich ist, wenn ich sie nicht liebe." Mein Vater wendet sich mir wieder zu. „Im Grunde hat er mir zu verstehen gegeben, dass ich alle möglichen verkorksten Gefühle ihr gegenüber empfinden darf und versuchen soll, sie zu bewältigen, um etwas Wertvolles zwischen uns aufzubauen."

Mein Vater stößt einen tiefen Seufzer aus und legt seinen Arm um meine Schultern. Dann lehnt er sich dicht an mich heran und sieht mir in die Augen. „Du weißt, dass ich deine Mutter nicht leiden kann."

„Das ist eine Untertreibung", murmle ich. Dies ist einer der vielen Gründe dafür, dass ich ihn bezüglich des Geldes für sie nicht um Rat gebeten habe. Er würde mir nur raten, mich von ihr abzuwenden, und wäre dann enttäuscht, wenn ich es nicht tue.

„Aber ich will, dass du das bekommst, was dich glücklich macht", erklärt er und deutet auf Hendrix. „Und wenn der Junge dich glücklich macht, dann solltest du mit ihm zusammen sein." Er bohrt mir einen Zeigefinger in die Brust, direkt unter meinem Schlüsselbein. „Wenn du in deinem Herzen Platz für deine Mutter machen willst, dann öffne es für sie. Und wenn du ihr Grenzen setzen musst, dann werde ich dafür sorgen, dass sie sie einhält." Er wendet sich erneut den Spielern auf dem Eis zu. „Aber wenn du willst, dass ich mit dir und deiner Mutter gemeinsam zu Abend esse, dann musst du dir das aus dem Kopf schlagen."

Ich fange schallend an zu lachen und schmiege mich an ihn. „Darum würde ich dich nie bitten."

Genauso wenig wie ich ihn darum bitten würde, mir zu helfen, einen Ausweg aus dem Schlamassel zu finden, in dem sie steckt. Mein Vater hat es nicht verdient, dass ich ihn mit diesem Mist belaste.

„Und falls der Schönling dir je wehtun sollte, bringe ich ihn um", bemerkt er unwirsch.

„Das kannst du ihm selbst sagen. Ich werde mich nicht einmischen, wenn du den überfürsorglichen Vater spielen willst."

Mein Dad lacht leise, dann schweigt er einen Moment, bevor er mich sanft von sich schiebt, woraufhin ich an meinem Bier nippe. Ich könnte wetten, dass er Hendrix genau dieselben Worte heute Abend nach dem Spiel an den Kopf werfen wird.

Nachdem die Jungs sich aufgewärmt haben, beobachte ich, wie Hendrix vom Eis geht. Das Spiel beginnt erst in zwanzig Minuten und bisher hat noch niemand die Plätze vor uns eingenommen. Ich lege meine gestiefelten Füße auf die Lehne vor mir. „Also schön, ich erzähle dir alles über Hendrix, sowohl die guten als auch die schlechten Eigenschaften, damit du dir jetzt schon überlegen kannst, wie du ihm am besten drohst."

Ich erzähle meinem Vater so gut wie alles, was ich während der vergangenen Woche über Hendrix in Erfahrung gebracht habe. Vor allem berichte ich über seine Familie. Meinem Vater gefällt es, dass Hendrix' Tante ein ebenso großer Fan von Stevie Nicks ist wie er selbst.

Bei Spielbeginn gibt mein Vater zähneknirschend zu, dass ich möglicherweise jemanden gefunden habe, der seine hohen Erwartungen gerecht werden könnte. Ich erinnere ihn daran, dass ich eigentlich niemanden gesucht habe, meine Begegnung mit Hendrix aber eine glückliche Fügung des Schicksals ist.

Das Spiel ist intensiv. Die Titans haben die letzte Partie gegen Nashville verloren, daher spielen sie heute Abend mit einer Entschlossenheit, die fast greifbar ist. Es hat den Anschein, als würden sie ihre Gegner noch härter als gewöhnlich gegen die Bande checken und forciert auf das gegnerische Tor zuspielen.

Als das Spiel mit einem 3:1-Sieg gegen die San Diego Renegades zu Ende geht, kann ich sehen, wie erschöpft die ganze Mannschaft ist. Kurz nach Abpfiff richtet Hendrix seinen Blick noch einmal auf mich. In den letzten Sekunden des Spiels saß er auf der Bank und bevor er aufs Eis geht, um seinen Kameraden zu gratulieren, schenkt er mir ein Lächeln.

Ich strecke beide Daumen in die Höhe, um ihm zu verstehen zu geben, wie sehr ich mich über seinen Sieg freue, woraufhin er einen flüchtigen Blick auf meinen Vater wirft.

Wie geplant verlassen wir die untere Ebene und folgen Hendrix' Anweisungen zu einem Aufzug, der sich auf halber Strecke entlang des umlaufenden Korridors befindet. Wir treffen zwei Angestellte der Titans. Einer ist ein älterer Mann in schwarzer Kleidung mit einer lila Weste, auf der das Logo der Titans prangt. Er hält ein iPad in der Hand, während der andere einen Stapel Besucherausweise bei sich hat. Wir nennen ihm unsere Namen und er findet uns problemlos.

„Nehmen Sie den Aufzug ins Untergeschoss. Ein Platzanweiser wird Sie zur Familienlounge der Spieler führen."

Hendrix hat mir von der Lounge erzählt. Die Geschäftsführung der Titans hat den Raum für Familienmitglieder und Freunde der Spieler eingerichtet. In erster Linie dient er zwar als Treffpunkt für Familien, die von außerhalb anreisen, doch er wird auch von allen anderen als Aufenthaltsraum vor und nach den Spielen genutzt. Er ist mit runden Tischen und Stühlen ausgestattet, wobei vereinzelt auch ein paar Sofas herumstehen.

Beim Betreten der Lounge fällt mein Blick sofort auf Harlow, die sich auf der anderen Seite des Raumes gerade mit einer blonden Frau mit einer kurvigen Figur und lockigem Haar unterhält. Ich gehe auf sie zu und mein Vater folgt mir.

Als Harlow uns bemerkt, verzieht sie die Lippen zu einem breiten Lächeln. Sie umarmt zuerst mich und dann meinen Vater, bevor sie uns Coens Freundin Tillie Marshall vorstellt. Hendrix hat mir erzählt, dass sie seit diesem Sommer ein Paar sind. Sie haben sich kennengelernt, als Coen ein Haus in Coudersport, Pennsylvania, kaufte. Tillie lebt offenbar immer noch dort. Hendrix nannte zwar keine Einzelheiten, aber er hat durchsickern lassen, dass Coen von Tillie behauptet, sie sei der einzige Mensch, der ihm geholfen hat, seinen Kopf aus dem Arsch zu ziehen, nachdem er suspendiert wurde und den Eishockeysport an den Nagel hängen wollte.

„Es freut mich riesig, dich kennenzulernen", sagt Tillie, die meinem Vater die Hand geschüttelt hat und nun mich begrüßt. „Hendrix hat Coen alles über dich erzählt und der hat es an mich weitergegeben. Mir hat vor allem die Geschichte gefallen, wie er zehn Minuten deiner Zeit gewonnen und dich dann überzeugt hat, mit ihm auszugehen. Allerdings will er weder Coen noch einem von den anderen Jungs erzählen, was in diesen zehn Minuten passiert ist."

„Ich würde auch gerne wissen, was in diesen zehn Minuten geschehen ist", brummt mein Vater, woraufhin wir alle in Gelächter ausbrechen.

„Das geht nur mich und Hendrix etwas an. Ich kann euch nur so viel verraten, dass er sich nicht allzu sehr anstrengen musste. Er hat etwas gesagt, was bei mir einen Nerv getroffen hat.“

Harlow legt ihren Arm um meine Schultern. „Wer hätte gedacht, dass wir beide einmal mit einem Eishockeyspieler liiert sein würden, hm?“

„Ich bitte dich“, erwidere ich und versetze ihr mit dem Ellbogen einen leichten Stoß in die Rippen. „Du könntest jeden Mann auf diesem Planeten haben.“

Zwar äußere ich die Worte nur im Scherz, doch es ist wahr. Harlow ist bildhübsch und zudem eine erfolgreiche Anwältin, die aus einer wohlhabenden Familie stammt.

Harlow schnaubt, doch sie tadelt mich nicht für die Bemerkung. Sie wird es später nachholen, wenn wir unter uns sind, und dafür liebe ich sie. Sie hat mir in der Highschool immer den Rücken gestärkt, wenn ich Probleme mit meinem Selbstbewusstsein hatte. Mein Vater konnte mir in dieser Hinsicht nicht helfen, aber Harlow gab mir immer das Gefühl, hübsch und interessant zu sein.

„Geht ihr heute Abend noch ins Mario’s?“, will Tillie wissen.

„Soweit ich weiß, werden so ziemlich alle dort sein“, antwortet Harlow.

Aus diesem Grund wollte Hendrix unbedingt, dass mein Vater und ich heute Abend ins Stadion kommen. Obwohl einige der Spieler häufiger nach einem Match noch ausgehen, kommt es nicht oft vor, dass die meisten Teammitglieder einschließlich ihrer Lebensgefährtinnen gemeinsam feiern. Die meisten Freundinnen und Ehefrauen arbeiten Vollzeit oder kümmern sich um die Kinder, daher sind feuchtfröhliche Abende für sie ein Luxus.

Tillie legt eine Hand an meinen Arm. „Ich habe Coen gebeten, mich in deine Kneipe mitzunehmen. Er hat sich dort so gut amüsiert, und ich weiß, dass einige der anderen Jungs auch dort waren. Wer weiß … vielleicht wird sie der neue Treffpunkt nach den Spielen.“

„Nicht doch“, erwidere ich und winke ab. „Die Kneipe liegt viel zu weit vom Stadion entfernt. Aber vielleicht kommen sie ja an den Abenden vorbei, an denen kein Spiel stattfindet.“

„Wie dem auch sei, Coen und ich wollten in den kommenden Wochen etwas mit euch unternehmen. An einem Abend, an dem du nicht arbeiten musst.“

„Tatsächlich werde ich ab jetzt die Tagschicht übernehmen, um meine Abende mit Hendrix verbringen zu können.“ Bei den Worten sehe ich meinen Vater an, der jedoch nicht im Geringsten beunruhigt wirkt. Wahrscheinlich hat er begriffen, dass Hendrix nun eine feste Größe in meinem Leben ist und so wie es aussieht, wird Dad abwarten und sich die Sache ansehen.

Kapitel 12

Hendrix

Eigentlich sollte ich gerade auf Wolke sieben schweben. Wir haben die Renegades geschlagen, Stevie ist zum Spiel gekommen und ich bin umgeben von meinen besten Freunden und den Frauen, die sie glücklich machen.

Dennoch fühle ich mich nicht ganz wohl in meiner Haut. Stevies Vater war bei unserer ersten Begegnung in der Familienlounge durchaus nett zu mir. Nach dem Duschen hatte ich mir legere Klamotten angezogen und wir schüttelten einander die Hände.

„Danke für die Karten. Tolle Plätze", bemerkte er.

Mehr sagte er nicht.

Selbst hier im Mario's verhält er sich mir gegenüber nach wie vor unterkühlt und distanziert. Er nippt an seinem Bier und verwickelt alle möglichen Leute in ein Gespräch. Momentan hat er sich gerade zu Drake vorgebeugt und unterhält sich bereits seit zehn Minuten mit ihm über Motorräder. Würden sie sich nicht durch ihre Haarfarbe unterscheiden, könnte man die beiden dank ihrer langen Haare, Bärte und Tattoos glatt für Verwandte halten.

Ich habe verzweifelt nach einem Thema gesucht, über das ich mich mit ihm unterhalten könnte, doch mir ist nicht wirklich etwas eingefallen. Unser gemeinsamer Nenner ist offensichtlich Stevie, doch das ist zu einfach. Vielleicht könnte ich mit ihm über das Tattoo mit den Namen der Spieler reden, aber das erscheint mir zu berechnend.

Ich werfe einen Blick auf Stevie und muss unwillkürlich lächeln. Sie ist völlig anders gekleidet als die Frauen, mit denen sie sich gerade unterhält. Sie steht mit Harlow, Tillie, Gages Freundin Jenna, Badens Verlobter

Sophie und Brienne Norcross in einer Gruppe. Letztere ist die Berüchtigtste im Bunde und die Eigentümerin der Pittsburgh Titans.

Manche sind sicher der Meinung, dass sie heute Abend nur hier ist, weil sie mit unserem Star-Torwart Drake McGinn liiert ist, aber sie ist schon lange mit Jenna und den anderen Frauen befreundet. Mit anderen Worten: Brienne sitzt nicht auf irgendeinem Thron in ihrem Elfenbeinturm, sondern mischt sich auch ab und an unters Volk. Aber ich bezweifle, dass sie lange hier sein wird. Sie und Drake bleiben immer nur auf einen Drink und igeln sich bevorzugt in ihren eigenen vier Wänden ein.

In der Frauengruppe sticht Stevie heraus wie ein bunter Hund. Aber nicht im negativen Sinne, sondern eher wie jemand, der seinen eigenen Stil hat und dem es egal ist, was andere über ihn denken. Sie besticht durch ihre übliche Biker-Chic-Kleidung, die aus einem Harley-T-Shirt, zerrissener Jeans, einem Paar Stiefel und einer schwarzen Lederjacke besteht, während die anderen Frauen Trikots oder andere Oberteile mit dem Logo der Titans tragen. Bei der Gelegenheit mache ich mir im Geiste eine Notiz, dass ich Stevie fragen muss, ob sie ebenfalls gern ein Trikot hätte. Ich werde ihr nicht ungefragt eins schenken, denn ich habe keine Ahnung, ob sie für Sportbekleidung überhaupt etwas übrighat. Außerdem mag ich ihren einzigartigen Look und will ihr nicht das Gefühl geben, dass ich von ihr erwarte, ein Outfit der Titans zu tragen, nur weil ich für das Team spiele. Ich weiß, dass sie mich anfeuert und hinter mir steht, das allein genügt mir.

Ich denke daran, mich Stevie anzuschließen, was bedeutet, dass ich mich in die Unterhaltung der Frauen einmische muss. Doch der Gedanke gefällt mir, denn was das angeht, bin ich ein Rebell.

Davor muss ich jedoch zur Toilette. Der Gang durch die Kneipe kann zwar lästig werden, da ich häufig von Leuten angesprochen werde, die ein Autogramm oder ein Foto mit mir wollen. Aber das gehört zum Ruhm dazu und da die meisten Fans wirklich nett und respektvoll sind, macht es mir nichts aus. Heute Abend wird es jedoch meine gemeinsame Zeit mit Stevie beschneiden und davon haben wir ohnehin nicht viel.

Ich steuere den hinteren Bereich der Kneipe an und halte meinen Blick gesenkt, um zumindest die etwas schüchternen Fans davon abzuhalten, sich mir zu nähern. Das bedeutet nicht, dass ich mich wie ein Arschloch verhalten will, und ich werde natürlich stehen bleiben, falls mich jemand anspricht.

Aber ich erreiche die Toiletten ohne Zwischenfälle und abgesehen von einem kurzen Wortwechsel mit einem Kerl am Waschbecken bin ich im Handumdrehen wieder draußen. Auf dem Weg zurück in die Kneipe komme ich an Bear vorbei, der ebenfalls auf dem Weg zum hinteren Bereich ist, doch er sieht mich nicht einmal an.

Scheiß drauf ... ich werde ihn in ein Gespräch verwickeln, sobald er zurück ist und ein weiteres Bier in der Hand hält. Nein, ich werde ihm sogar eins ausgeben.

Ich bin gerade auf halbem Weg zu unseren Tischen, die nach jedem Heimspiel für uns aufgebaut werden, als mich jemand um ein Autogramm bittet. Schon bald lasse ich mich mit einigen Fans ablichten und unterschreibe noch weitere Trikots mit dem Edding, den immer jemand parat zu haben scheint. Nachdem ich mehrere Male in die Kamera gelächelt habe, entschuldige ich mich: „Tut mir leid, Leute, aber ich muss jetzt zurück zu meinen Freunden.“

Ich reiße mich los und setze mich wieder in Bewegung, doch im nächsten Moment stellt sich mir eine Frau in den Weg. Mit ihrem honigblonden Haar, das ihr in langen Wellen über die Schultern wallt, ist sie eine Frau von klassischer Schönheit. Sie trägt eine Jeans, hochhackige Stiefel und einen tief ausgeschnittenen, violetten Pullover. „Hendrix … hallo … wie geht es dir?“

Die Begrüßung mutet seltsam an. Für gewöhnlich reden die Fans mich nicht mit Namen an, sondern bitten mich direkt um ein Autogramm.

Und sie fragen mich definitiv nicht nach meinem Befinden, was ein gewisses Maß an Vertrautheit voraussetzt.

„Es geht mir gut“, antworte ich mit einem zaghaften Lächeln. Sie gebärdet sich, als würde sie mich kennen, aber ich kann mich beim besten Willen nicht an sie erinnern.

„Äh“, beginnt sie und schaut über ihre Schulter. Ich folge ihrem Blick zu einer Frau, die an einem Tisch sitzt. „Ich habe mich gefragt, ob du mit mir und meiner Freundin etwas trinken willst.“

Als ich wieder ihrem Blick begegne, schenkt sie mir ein verführerisches Lächeln, das mich sofort verärgert. Hätte sie mich wirklich nur auf einen Drink eingeladen, hätte ich mich nicht einmal daran gestört, doch der berechnende Blick in ihren Augen besagt etwas anderes. Für so etwas habe ich heute Abend keine Geduld.

Vor allem, da ich weder an ihr noch an ihrer Freundin interessiert bin.

„Eigentlich war ich gerade auf dem Weg …“

Mit einer blitzschnellen Bewegung macht die Frau einen Schritt auf mich zu und ist mir plötzlich so nah, dass ich ihren Atem auf meinem Gesicht spüren kann. Sie legt eine Hand auf meine Brust und sagt mit gedämpfter Stimme: „Ich will ganz offen sein. Meine Freundin und ich haben uns gefragt, ob du vielleicht Lust auf einen Dreier mit uns hättest. Wir müssen noch nicht einmal etwas trinken … und können sofort gehen.“

Ich bin beim besten Willen nicht prüde und vor einiger Zeit hätte ich das Angebot noch angenommen. Aber ihre Direktheit ist überaus irritierend. Um einen solchen Vorschlag zu unterbreiten, sind für gewöhnlich erst ein Drink, eine Unterhaltung und ein wenig Zeit nötig, um herauszufinden, ob überhaupt eine gegenseitige Anziehungskraft besteht.

Ich trete zurück, um etwas Distanz zwischen uns zu schaffen, doch sie lässt nicht von mir ab. Also löse ich ihre Hand selbst von meiner Brust. „Ich bin nicht interessiert.“

Sie zieht einen Schmollmund. „Nur einen Drink.“

„Ich bin mit meiner Freundin hier.“

„Ja, ich habe dich mit ihr gesehen“, erwidert sie und legt erneut die Hand an meine Brust. „So einen Typ Frau hätte ich dir gar nicht zugetraut. Komm schon, lass die kleine Möchtegern-Joan-Jett sitzen und hab ein bisschen Spaß mit zwei Frauen …“

„Was stimmt denn nicht mit dir?“, knurre ich, schiebe ihre Hand von mir und trete einen großen Schritt zurück. Dabei pralle ich mit dem Rücken gegen jemandes Brust, doch ich drehe mich nicht um. Ich bin viel zu wütend, weil diese Frau gerade eine abfällige Bemerkung über Stevies äußere Erscheinung gemacht hat. „Warum habt ihr Frauen es eigentlich nötig, andere Frauen schlechtzumachen? Glaubst du, dass du etwas Besseres bist? Fühlst du dich in irgendeiner Weise überlegen?“

Der Frau steht vor Schreck der Mund offen.

„Nur zu deiner Information, meine Freundin ist unendlich attraktiver, als du es mit deinem schmierigen Angebot je sein könntest. Hauptsächlich liegt das daran, dass sie aufrichtig und freundlich ist. Zugegeben, sie würde sich in eine Kneipenschlägerei einmischen, um die Raufbolde auseinanderzubringen, daher würde sie dir sicher in den Hintern treten, wenn sie von deinem Angebot erfahren würde. Aber sie hat ein Herz aus Gold."

Ihr steht immer noch der Mund offen, doch dann fängt sie sich wieder. „Du hättest einfach ablehnen können. Es war nicht nötig, dass du dich gleich wie ein Arschloch verhältst."

„Nein, wahrscheinlich war es das nicht, aber es hat Spaß gemacht."

Die Frau macht auf dem Absatz kehrt und marschiert davon. Ich drehe mich um, um mich bei demjenigen zu entschuldigen, gegen dessen Brust ich geprallt bin, doch ich stelle fest, dass Bear hinter mir steht. Das bedeutet, dass er die Unterhaltung mitgehört hat.

„Werden dir solche Angebote häufiger unterbreitet?", will er wissen.

Ich werfe einen Blick auf den Tisch, an dem die Frau wieder mit ihrer Freundin sitzt, und sehe, dass sie beide mich anstarren. „Nicht so oft, wie man es als professioneller Eishockeyspieler erwarten könnte." Plötzlich kommt mir ein Gedanke und ich wende mich wieder Bear zu. „Kann es sein, dass du das eingefädelt hast? Nur um zu sehen, wie ich reagiere?"

Bear stößt ein Schnauben aus und klopft mir mit seiner großen Hand auf die Schulter. „Meine Tochter hat es nicht nötig, dass ich mich in ihr Liebesleben einmische. Sie kann selbst auf sich aufpassen. Wie du schon sagtest, sie ist stark genug, um eine Kneipenschlägerei zu verhindern."

„Dann warst du also nur zufällig da?", frage ich immer noch skeptisch.

„Ganz zufällig", bestätigt er mit einem Nicken. Er drückt mir die Schulter und dreht mich um, um mit mir zurück zu unserer Gruppe zu gehen. „Komm, ich lade dich auf ein Bier ein."

Auf dem Weg zurück habe ich ein Grinsen im Gesicht. Der ungewollte Schlagabtausch hat zwar an meinen Nerven gezerrt, doch ich hatte unglaubliches Glück, dass ausgerechnet Stevies Vater bezeugt hat, wie ich die Frau in ihre Schranken gewiesen habe. Es hat eine Menge zu bedeuten, dass er mir ein Bier spendiert.

***

Seit zehn Minuten sitze ich knutschend mit Stevie auf der Couch. Sobald wir durch die Tür gekommen sind, setzte ich mich aufs Sofa und zog sie rittlings auf meinen Schoß, um sie zu küssen.

Ich habe noch nie mit einer Frau auf diese Weise gekuschelt – indem wir uns innig küssen und zwischendurch immer wieder ein paar Worte wechseln, um uns dann erneut zu liebkosen.

Ich bin verdammt erregt und mein Schwanz ist steinhart, seit Stevie sich auf mich gesetzt hat. Aber das Warten hat doch auch etwas für sich, nicht wahr?

Ich streiche mit meinen Lippen über ihren Hals und sage: „Dein Dad mag mich mittlerweile.“

Stevie lacht, schlingt ihre Arme um meinen Nacken und drückt mich an sich. „Mir ist aufgefallen, dass ihr beide miteinander warm werdet. Wie ist das passiert?“

„Er hat zufällig gehört, wie ich eine ernsthaft gestörte Frau, die mir einen Dreier angeboten hat, in ihre Schranken gewiesen habe.“

Stevie zuckt in meinen Armen zusammen, legt die Hände an meine Brust und schiebt mich von sich. „Wie bitte?“

Ich versuche, sie wieder an mich zu ziehen, aber sie hat die Arme durchgedrückt und hält mich auf Abstand. Sie zieht eine Augenbraue in die Höhe und betrachtet mich mit einem eifersüchtigen Ausdruck in den Augen, der ihre Iriden so dunkel wie ihre Jeans färbt.

Der Anblick ist reizend, doch ich will sie wieder küssen, also erkläre ich hastig: „Eine Frau hat mich angesprochen, als ich von der Toilette kam. Sie war sehr aufdringlich und bot mir einen Dreier an. Ich habe abgelehnt und dein Vater hat alles mitbekommen."

„Mm-mm", sagt sie und schüttelt den Kopf. „Das allein hätte meinen Vater nicht beeindruckt."

Ich habe keine Ahnung, ob er davon beeindruckt gewesen wäre oder nicht, also muss ich ihr in diesem Punkt vertrauen. „Es wäre möglich, dass ich dich erwähnt habe."

Sie legt den Kopf schief und bedenkt mich mit einem neugierigen Blick. „Was hast du gesagt?"

„Genug, um deinen Vater dazu zu bringen, mir ein Bier zu spendieren", antworte ich ausweichend.

Ich erwarte, dass sie Einzelheiten hören will, doch ihr Blick wird sofort weicher. Stevie beugt sich vor und streift mit ihrem Mund über meinen. „Danke", murmelt sie, „das war lieb von dir."

Nun lehne ich mich überrascht zurück. „Du weißt ja nicht einmal, was ich gesagt habe."

„Offenbar genug, um meinen Dad dazu zu veranlassen, dich zu mögen. Das spricht Bände."

Und genau das ist der Grund, warum mich das Angebot der Frau nicht interessiert hat und warum Stevie mich jeden verdammten Tag aufs Neue fasziniert.

Sie presst ihre Lippen wieder auf meine und schiebt ihre Zunge in meinen Mund. Dann lässt sie ihr Becken kreisen und reibt sich an meinem Schwanz, wobei ich ihre Hüften packe, um sicherzustellen, dass sie nicht damit aufhört.

Im nächsten Moment klettert sie jedoch von meinem Schoß und kniet sich zwischen meine Beine. Ich will sie schon fragen, was das zu bedeuten hat, doch dann macht sie sich am Knopf meiner Jeans zu schaffen und

hat in Sekundenschnelle auch den Reißverschluss geöffnet. Ich hebe die Hüften an, damit sie mir die Hose
weit genug herunterziehen kann, um meiner Männlich-
keit zur Freiheit zu verhelfen.

Ich stoße bebend den Atem aus und lehne mich zurück, um sie mit Adleraugen zu beobachten.

Stevie umfasst meinen harten Schaft mit einer warmen
Hand. Sie drückt zu und massiert mich gemächlich, woraufhin mir ein begieriges Stöhnen entfährt. Ich lasse
meinen Kopf nach hinten fallen und starre an die Decke, während ich das Gefühl genieße, von ihr verwöhnt
zu werden. Langsam lässt sie ihren Daumen fast schon
ein wenig zu sanft über meine Eichel wandern, um
mich zu reizen.

Im nächsten Moment wird mein Schaft von einer
feuchten Hitze umhüllt und ich verschlucke mich beinahe, als ich ruckartig den Kopf hebe. Stevie ist über
meinen Schoß gebeugt und ihr Haar versperrt mir die
Sicht, doch ich spüre, wie mein Schwanz gegen ihren
Rachen stößt.

„Verdammt“, knurre ich und streiche ihr mit den
Händen die Haare aus dem Gesicht. Sie sieht zu mir auf
und ich kann das entschlossene Funkeln und das verschmitzte Lächeln in ihren Augen erkennen. Sie wippt
mit dem Kopf auf und ab, während sie meinen
Schwanz fest zwischen ihre Zunge und ihren Gaumen
presst. Ich fasse ihr Haar zusammen, damit ich sie dabei
beobachten kann, wie sie mich immer tiefer in sich auf-
nimmt.

Unwillkürlich zucke ich mit den Hüften und komme
ihr mit meinen Stößen entgegen. Sie schlingt eine Hand
um den Ansatz meines Schafts und meine Hoden beginnen zu kribbeln. Dann entfährt ihr ein leises Brummen, das mich fast zum Explodieren bringt. Mein

Schwanz schwillt an und scheint noch härter zu werden. Stevie gibt ein würgendes Geräusch von sich, als ich mich endgültig gehen lasse.

Ich lasse meine Finger in ihr Haar gleiten und versuche, sie von mir zu ziehen, doch sie stößt ein Knurren aus und lässt meinen Schwanz noch tiefer in ihren Rachen gleiten.

„Scheiße", presse ich hervor, als ich die Hüften aufbäume und mich in ihrer Kehle ergieße. Brennende Wogen der Lust durchströmen meinen Körper, während Stevie den Saft meiner Erregung schluckt. „Oh Baby … mein Gott … Verdammt."

Ich keuche heftig und schnappe nach Luft, wobei ich Stevie unter den Achseln packe und sie wieder auf meinen Schoß ziehe, um sie leidenschaftlich zu küssen. Dabei kann ich mich selbst auf ihrer Zunge schmecken. Dann lasse ich mich zurückfallen und schlinge meine Arme um sie. Ich genieße das intime Gefühl, das eine Welle von Emotionen in mir auslöst und mein Herz höherschlagen lässt.

„Du bist unglaublich", murmle ich und streichle ihr über den Hinterkopf.

„Das sind nur die Nachwehen des glückseligen Orgasmus, die da aus dir sprechen", lacht sie.

„Möglicherweise", gestehe ich und drücke ihr einen Kuss auf die Schläfe. „Aber das macht es nicht weniger wahr."

Stevie schmiegt sich an mich und ich kann an ihrer Körpersprache erkennen, dass sie sich über mein Kompliment freut. „Ich bin müde. Lass uns ins Bett gehen."

Ich bin zwar völlig befriedigt und erschöpft, aber ich bin keineswegs schläfrig. „Von wegen, das kommt gar nicht infrage."

Sie hebt den Kopf und sieht mich an. Ein besorgter Ausdruck huscht über ihr Gesicht, als erwartete sie, dass ich sie jeden Moment aus meinem Haus werfe. Ich betrachte sie mit einem tadelnden Blick und tippe ihr auf die Nase. „Wir werden kein Auge zutun, bis ich nicht mit dir fertig bin.“

„Oh“, erwidert sie und ich nutze die Gelegenheit, um sie zu küssen.

Ich schiebe meine Zunge in ihren Mund und mache da weiter, wo wir angefangen haben.

Kapitel 13

Stevie

Ich springe von der Couch auf und trete näher an den Fernseher heran. Die letzten Sekunden des Spiels sind angebrochen und ich habe die Hände zu Fäusten geballt.

„Geh aus dem Weg", brummt mein Vater und ich weiche zur Seite, um ihm nicht die Sicht zu versperren. Er sitzt auf der Kante der Couch und lehnt sich so weit nach vorn, dass ich schon Angst habe, er könnte herunterfallen.

„… und der Torwart der Eagles, Lindgren, fängt den Puck zehn Sekunden vor Schluss", ruft Denise Milano.

Von Hendrix habe ich erfahren, dass sie die einzige weibliche Sportreporterin in der Liga ist und weiß, was sie tut. Er hat es mir eines Abends erzählt, während er mich auch über einige andere Dinge informierte, die sich hinter den Kulissen abspielen.

„Die Titans haben wahrscheinlich noch eine Chance", fügt Denise' Partner, Larry Sprung, hinzu.

Die beiden sind ein großartiges Team und ergänzen sich wunderbar, doch das habe ich nie bemerkt, bis Hendrix begann, mir mehr über den Sport beizubringen.

Ich will einen Schritt auf den Fernseher zugehen, doch mein Vater stößt ein Knurren aus und ich halte inne. Wir liegen 4:3 zurück und haben nur noch elf Sekunden zu spielen.

„Coach West nimmt eine Auszeit. Die Titans werden sie brauchen, um den Ausgleich zu schaffen und das Spiel in die Verlängerung zu bringen", sagt Sprung.

„Es sieht so aus, als würde McGinn auf der Bank bleiben. Ich will mir gar nicht ausmalen, was ihm durch den Kopf geht. Trotz des 4:3-Rückstands der Titans hat er verdammt gut gespielt“, berichtet Milano. „Larry, es sieht so aus, als würde Coach West Hendrix Bateman als einzigen Verteidiger für die letzten Sekunden aufstellen, in denen es um alles oder nichts geht.“

In Larrys Stimme schwingt ein beifälliger Tonfall mit. „Das ergibt Sinn. Die Titans könnten den Punkt wirklich gut gebrauchen und ein Unentschieden würde ihnen die Chance auf einen zweiten Punkt in der Verlängerung geben.“

Ich knabbere an einem meiner Fingernägel und widerstehe dem Drang, auf und ab zu laufen, während die Spieler sich zum Bully im gegnerischen Drittel aufstellen und darauf warten, dass der Puck fällt.

Milano berichtet weiter: „Macinnis gewinnt den Puck und spielt ihn zu Bateman an der blauen Linie. Bateman spielt den Puck zu Cermak, der ihn zu Nicholson abgibt, aber auf dessen schwache Seite. Nicholson schießt“, ruft sie mit angespanntem Tonfall, „doch der Puck prallt an Lindgrens Schoner ab.“ Die Energie auf dem Eis spiegelt sich in Milanos Stimme wider. „Der Puck liegt vor dem Tor. Cermak und Nicholson schieben und stoßen, Lindgren scheint den Puck nicht zu sehen.“

„Kommt schon!“, schreie ich den Fernseher an, während sich die Spieler vor dem Tor zusammenrotten.

„Den Titans läuft die Zeit davon … Der Buzzer ertönt und damit ist das Spiel zu Ende, meine Damen und Herren. Die Titans verlieren gegen die Eagles mit 4:3.“

„Scheiße“, rufe ich wütend und mache mir augenblicklich Sorgen darüber, wie Hendrix mit der Niederlage umgehen wird. Derartige Misserfolge sind nie schön und Hendrix nimmt sie sicher nicht auf die leichte Schulter, doch er war zum Schluss auf dem Eis und hat versucht, ein Tor zu erzielen. Er ist extrem verantwortungsbewusst, daher weiß ich, dass er seine Leistung genau unter die Lupe nehmen und sich selbst die Schuld geben wird.

„Nun", sagt mein Vater gedehnt und steht auf, wobei er seine zwei leeren Bierflaschen vom Tisch nimmt. „Das war ein hart umkämpftes Spiel."

„Ja, aber die Eagles sind das Schlusslicht unserer Conference", erwidere ich mürrisch. Mein Vater betrachtet mich mit einem Funkeln in den Augen, denn seit ich mit Hendrix zusammen bin, stehe ich voll und ganz hinter dem Team. „Wir hätten sie ohne Probleme schlagen müssen."

„Das ist leicht gesagt für einen Fan, der gemütlich zu Hause vor dem Fernseher sitzt", tadelt er und geht in die Küche.

Ich folge ihm und schnappe mir auf dem Weg meine beiden leeren Flaschen. Normalerweise sehen mein Vater und ich uns jeden Sonntag ein Footballspiel zusammen an, doch ich finde es großartig, dass wir nun auch Eishockey zu unserer Liste an bevorzugten Sportarten hinzugefügt haben. Für den heutigen Abend habe ich Tacos gemacht, ich habe mexikanisches Bier gekauft und wir haben gemeinsam die Titans angefeuert.

Mein Vater spült zuerst seine Flaschen aus und dann meine. Ich werfe alle vier in den Mülleimer und bringe ihn zur Tür. Er schlingt einen Arm um meinen Nacken und zieht mich an seine Brust. Dann drückt er mir einen Kuss auf den Kopf, wobei sein langer Bart meine Wange kitzelt.

„Ich liebe dich", sagt er, als er sich von mir löst und sich seinen Mantel vom Haken schnappt.

Ich öffne ihm die Tür. „Kommst du morgen Abend?"

„Ja. Bist du sicher, dass du keine Hilfe brauchst? Ich kann hinter dem Tresen arbeiten."

Er redet davon, dass die Titans alle ins Jerry's kommen werden. Sie haben einen ganzen Tag und Abend frei, weil sie momentan mitten in einer besonderen Auswärtsspieleserie stecken: Die Spiele finden alle in Städten statt, die nicht allzu weit entfernt liegen, daher fliegen sie morgens hin und sind abends schon wieder zu Hause.

Ursprünglich hatten Tillie, Coen, Harlow und Stone geplant, morgen Abend mit mir und Hendrix in der Bar ein paar Bier zu trinken und eine Runde Billard zu spielen. Doch dann haben sich noch weitere Mitglieder der Mannschaft angeschlossen, sodass ein Großteil des Teams in der Kneipe erscheinen wird. Ich habe die Werbetrommel nicht gerührt, aber ich weiß, dass es sich herumsprechen wird, sobald die Gäste die Spieler der Titans sehen.

„Ich habe zwei zusätzliche Barkeeper und eine zusätzliche Kellnerin engagiert", antworte ich, teils belustigt über seine Besorgnis, da er immer überfürsorglich ist. Zum Teil bin ich aber auch verärgert, denn er weiß sicher, dass ich alles durchdacht habe. „Ich will, dass du dich mit uns amüsierst."

„Ist es für dich nicht merkwürdig, wenn dein Vater mit dir abhängt?", fragt er, tritt auf die Veranda und zieht seine Jacke zu.

Ich mache eine abwinkende Handbewegung. „Natürlich ist es merkwürdig, aber die Leute werden sich schon an dich gewöhnen."

„Klugscheißerin", brummt er und stapft die Treppe hinunter.

Ich schaue ihm nach, wie er in sein Auto steigt und mit einem leisen Hupen davonfährt.

Nachdem ich die Tür verschlossen habe, gehe ich zurück ins Wohnzimmer und hole mein Tagebuch hervor. In den Drittelpausen habe ich darin gekritzelt, während Dad und ich uns unterhielten. Mein Vater hat über die Jahre beobachtet, wie ich ein Tagebuch nach dem anderen gefüllt habe. Er wusste, dass ich darin nicht nur meine Gefühle, sondern auch Ausschnitte aus meinem Leben festhalte, um weder die guten noch die schlechten Ereignisse zu vergessen. Meist waren es gute.

Natürlich hat es gutgetan, über meine Mutter und unsere Bemühungen, eine Beziehung zueinander aufzubauen, zu schreiben. Hauptsächlich bringe ich jedoch Momente aus meinem Leben zu Papier, in denen es mir gut geht und in denen die Welt in Ordnung ist.

Ich notiere das Datum oben auf der Seite mit den Kritzeleien, die aus dem Titans-Logo und der Skizze eines Tattoos bestehen, das ich mir auf den Rücken stechen lassen will. Es ist eine dreidimensionale Darstellung von Hendrix' Namen, die von Herzen umgeben ist. Ich kichere leise vor mich hin. Manchmal fühle ich mich wie ein Schulmädchen, wenn ich an ihn denke.

Mein Handy klingelt und ich bücke mich, um es vom Couchtisch aufzuheben. Es verblüfft mich, Hendrix' Nummer auf dem Display zu sehen. Heute hat er das vierte Auswärtsspiel absolviert, seit wir zusammen sind, doch bisher hat er mich nur einmal aus Nashville angerufen.

„Hey", sage ich, als das Gespräch annehme. „Wie geht es dir?"

Er stößt einen müden Seufzer aus und ich sehe förmlich vor mir, wie er sich mit der Hand durch sein verschwitztes Haar fährt. „Ich bin verärgert, weil wir verloren haben."

Ich komme gar nicht auf die Idee, ihm zu sagen, dass er gut gespielt oder das Team hart gekämpft hat. Es wird ihm sicher nicht helfen, wenn ich das Spiel analysiere oder seine bedrückenden Emotionen beschwichtige, vor allem, da er sich selbst die Schuld gibt.

Ich kann ihn nur in seinen Gefühlen bestätigen. „Das ist völlig verständlich. Du steckst dein Herzblut in deinen Job. Ich weiß, dass jeder Verlust schmerzhaft ist."

Hendrix schweigt einen Moment, bevor er sagt: „Ich will nicht lügen, allein deine Stimme zu hören, macht alles besser."

„Es freut mich, dass du angerufen hast. Ich weiß nicht einmal, was du nach dem Spiel machst, aber ich hätte nicht gedacht, dass du die Zeit finden würdest, dich zu melden."

„Eigentlich sollte ich nicht telefonieren", gesteht er. „Ich muss unter die Dusche und dann in den Bus steigen. Aber ich wollte dich wissen lassen, dass ich an dich denke."

Ich werde von einer Woge der Emotionen gepackt, die mir Tränen in die Augen treibt. Hendrix hat gerade eine Niederlage eingesteckt und fühlt sich beschissen. Dennoch nimmt er sich die Zeit, um meine Stimme zu hören. Ich glaube nicht, dass ich je jemandem so wichtig war, abgesehen von meinem Vater, und diese Erkenntnis füllt einen Teil der Lücke, die meine Mutter hinterlassen hat. Natürlich ist es schmerzhaft, dass sie nicht für mich da war, wenn ich sie brauchte, doch am meisten hat mich verletzt, dass sie offensichtlich die Liebe ihres Kindes nicht wollte.

Hendrix' Anruf hat mir vor Augen geführt, dass ich mich geschätzt fühle, wenn ich gebraucht werde. Es gibt mir ein gutes Gefühl, für einen anderen Menschen wichtig zu sein.

„Danke", murmle ich.

„Wofür?", fragt er.

„Dafür, dass du du bist. Bis morgen Abend."

„Ich freue mich schon darauf. Gute Nacht, Stevie."

„Gute Nacht, Hendrix."

Wir beenden das Gespräch und ich presse das Handy an mein freudig pochendes Herz. Im Geiste lasse ich unsere kurze Unterhaltung noch einmal Revue passieren und weiß, dass ich sie in meinem Tagebuch festhalten muss, weil sie mich so glücklich macht.

Ich lege mein Handy zurück auf den Tisch und schlage mein Tagebuch nach der Seite mit den Kritzeleien auf.

13. Dezember, 22:00 Uhr: Hendrix hat mich nach seinem Spiel in Boston angerufen. Sie haben 4:3 gegen die Eagles verloren. Ich bin gar nicht auf die Idee gekommen, ihn zu fragen, wo er sich gerade befindet, aber ich vermute, dass er vor der Umkleidekabine stand, da ich im Hintergrund keine Geräusche hören konnte. Die Niederlage hat ihn enttäuscht und wie ich ihn kenne, hat er die Verantwortung dafür auf seine Schultern geladen. Er rief an, um mich wissen zu lassen, dass er an mich denkt. Dann sagte er, dass er sich schon besser fühle, nachdem er meine Stimme gehört hat. Ich weiß, dass ich wegen dieser Worte nicht so sehr aus dem Häuschen sein sollte, doch ich fühle mich dadurch so geschätzt.

Ich hatte es weder erwartet noch hatte ich es für möglich gehalten, aber wow ... ich habe mich in diesen Mann verliebt und zwar heftig.

Ich habe es mir zur Gewohnheit gemacht, jedes Mal ein paar Seiten zurückzublättern und die letzten Einträge zu lesen. Darin geht es hauptsächlich um Hendrix. Vor ein paar Tagen habe ich mit Harlow ein weiteres Heimspiel besucht. Danach bin ich mit Hendrix zurück zu seinem Haus gefahren und er hat mir mit seinem Vorspiel fast den Verstand geraubt, bis ich ihn förmlich angefleht habe, mich zu ficken. Als ich die Zeilen nun in meinem Tagebuch lese, kribbelt meine Haut geradezu.

Dann ist da noch der Eintrag von dem Abend im Mario's, an dem diese Frau ihm einen Dreier anbot. Ich weiß zwar nicht genau, was er ihr daraufhin an den Kopf geworfen hat, aber es hat ausgereicht, um meinen Vater auf seine Seite zu ziehen.

Immerhin hat der Mann eine Nacht voll wildem Sex mit zwei Frauen abgelehnt, weil ihn irgendetwas an mir mehr fasziniert.

Einen weiteren Eintrag habe ich verfasst, nachdem ich meine Mutter angerufen hatte, um mich nach ihr zu erkundigen. Ich erzählte ihr, dass ich mein Auto zum Verkauf angeboten habe und meine Kreditkarte belasten könne. Sie war unendlich dankbar und brach in Tränen aus. Ich erinnerte mich an die Gefühle, die ich während des Telefonats empfand, und muss nun schockiert feststellen, dass sie den Emotionen ähneln, die mich gerade im Hinblick auf Hendrix durchströmt haben.

Es ist geradezu berauschend, für jemanden auf gewisse Weise unentbehrlich zu sein. Dabei ist mir natürlich bewusst, dass meine Gefühle für Hendrix von Anfang an nur positiver Natur waren.

Im Hinblick auf meine Mutter geht es mir nicht darum, etwas zu heilen, was zwischen uns zerbrochen ist. Vielmehr will ich etwas Positives zwischen uns erschaffen, das mich an meinen Bemühungen festhalten lässt, eine Beziehung zu ihr aufzubauen. Vielleicht kann ich dadurch den Verlust kompensieren, den ich empfand, als sie mich im Stich gelassen hat.

Ich platziere den Kugelschreiber in meinem Tagebuch und klappe es zu, bevor ich es auf den Tisch lege. Dann lese ich die Nachrichten auf meinem Handy und beantworte einige Anfragen zu meinem Wagen. Die Angebote liegen allerdings deutlich unter dem Preis, den ich im Internet gepostet habe. Ich kann es mir nicht leisten, den Preis noch weiter zu senken, doch ich lasse die potenziellen Käufer wissen, dass er bis zu einem gewissen Grad verhandelbar ist.

Mein Handy klingelt erneut, doch ich komme gar nicht dazu, mich über einen möglichen Anruf von Hendrix zu freuen, denn auf dem Display erscheint ein Foto meiner Mutter.

Nichtsdestotrotz empfinde ich tief im Inneren eine Art Glücksgefühl. „Hi, Mom.“

„Stevie", ruft sie aus, wobei ihre Stimme vor lauter Aufregung bebt.

„Was ist los?"

„Ich habe die Lösung für mein Problem gefunden", schwärmt sie.

Ich setze mich aufrecht auf die Couch und kann es kaum erwarten, ihren Vorschlag zu hören, der verhindern könnte, dass ich mein Auto verkaufen oder meine Kreditkarte belasten muss. „Und wie lautet die?"

„Okay … hör zu … Randys Cousin kennt diesen Typen, der freiberuflich als Journalist arbeitet. Er ist bereit, viel Geld für eine gute Story zu zahlen. Damit wären wir ganz leicht aus der Klemme."

„Also… wirst du ihnen eine Geschichte über die Geldwäsche auftischen?", frage ich zögerlich, denn die Idee gefällt mir ganz und gar nicht.

„Nein, Dummerchen", gurrt sie ins Telefon. „Ich möchte, dass du ihnen eine Geschichte erzählst."

„Ich? Warum sollte ich etwas haben, was von Interesse für sie ist?"

„Stevie", sagt meine Mutter in mahnendem Tonfall. „Komm schon. Du bist zufällig mit einem der interessantesten Männer in Pittsburgh zusammen. Er ist einer der Glücklichen Drei."

Für den Bruchteil einer Sekunde verstehe ich nicht ganz, was sie mir sagen will, doch dann trifft es mich wie ein Schlag. „Nein. Auf keinen Fall."

„Stevie … es ist die perfekte Lösung."

„Soll das ein verdammter Scherz sein, Mom? Du willst, dass ich einem Reporter eine Story über Hendrix gebe? Weißt du überhaupt, wie armselig es von dir ist, mich überhaupt um so etwas zu bitten? Und außerdem … was könnte an der Geschichte so interessant sein, dass sie so viel Geld dafür bezahlen würden?"

„Er ist einer der drei Spieler, die den Crash überlebt haben", erwidert meine Mutter schnippisch. „Du kannst mir nicht erzählen, dass er kein schweres Trauma davongetragen hat. Und sicher hat er dir auch von Coens Zusammenbruch im letzten Jahr und seiner Suspendierung berichtet. Ich wette, er kennt jede Menge toller Geschichten, die er in der Umkleidekabine aufgeschnappt hat.“

„Allein der Vorschlag ist absurd. Das würde meine Beziehung zu Hendrix ruinieren …“

„Er würde es nie erfahren. Die Informationen könnten aus einer anonymen Quelle stammen.“

„Aber ich würde es wissen“, blaffe ich. „Das ist einfach widerlich.“

„Stevie“, versucht sie, mich zu beschwichtigen.

„Nein. Ich lege jetzt auf.“

„Stevie“, sagt sie etwas lauter. „Hör mir einfach zu. Vielleicht hast du Informationen, die ihm nicht einmal schaden würden. Es müsste kein Geheimnis sein, sondern einfach etwas, über das die Teammitglieder Bescheid wissen, das aber aus irgendeinem Grund nie an die Öffentlichkeit gelangt ist.“

„In einer Million Jahren würde mir dazu nichts einfallen.“

„Vielleicht könntest du einfach mit dem Reporter sprechen. Du musst gar nichts tun, wenn du nicht willst. Rede erst mal mit ihm.“

„Nein.“

„Für die richtige Geschichte zahlt er zehntausend in bar.“

„Nein“, wiederhole ich verärgert. „Und sprich mich nicht noch einmal darauf an. Hier ziehe ich die Grenze und du wirst sie nicht überschreiten. Verstanden?“

„Stevie … bitte.“

„Hast du das verstanden?“, blaffe ich.

„Ja, also schön, in Ordnung“, raunzt sie zurück. „Ich dachte, du sorgst dich um mich und wolltest mir helfen. Ich dachte …“

„Komm mir nicht mit diesem Mist. Dazu hast du kein Recht. Ich lege jetzt auf und …“

„Okay, warte, Stevie“, ruft meine Mutter. „Es tut mir leid. Ich bin verzweifelt, und obwohl ich es nicht bereue, dir den Vorschlag gemacht zu haben, kann ich verstehen, warum du dagegen bist. Ich verstehe es … wirklich.“

„Das war verachtenswert.“

„Es tut mir leid“, murmelt sie. „Ich will kein Zerwürfnis zwischen dir und Hendrix herbeiführen. Das war nicht meine Absicht. Ich klammere mich nur an jeden Strohhalm.“

„Bitte verlange so etwas nie wieder von mir, Mom.“

„Das werde ich nicht, versprochen. Ich bin so dankbar, dass du überhaupt versuchst, mir zu helfen.“

Nachdem wir das Gespräch beendet haben, bin ich immer noch verbittert. Ich kann nicht glauben, dass sie versucht, mir ein schlechtes Gewissen einzureden, damit ich ihr helfe, obwohl meine Beziehung zu Hendrix dabei in die Brüche gehen könnte.

Es ist verdammt egoistisch. So wie ich mich im Moment fühle, ist es mir wirklich egal, ob ich meine Mutter jemals wiedersehe. Ich kann keine Beziehung zu jemandem aufbauen, der nicht immer das Beste für mich will.

Momentan kann ich nur eines tun. Ich muss diese unangenehmen Emotionen zu Papier bringen, bevor sie mich innerlich auffressen. Also nehme ich mein Tagebuch zur Hand und schlage die nächste Seite auf.

Kapitel 14

Hendrix

Ich ziehe die Glastür zu Jerry's auf und trete zur Seite, um Tante Rory den Vortritt zu lassen. Sie ist heute spontan angereist, weil ich sie darum gebeten habe. Ich wünsche mir ganz einfach, dass sie Stevie kennenlernt.

Natürlich möchte ich Stevie auch meinen Eltern vorstellen, doch aufgrund ihrer Jobs sind sie weniger flexibel als Rory, die als freiberufliche Autorin jederzeit ihre Sachen packen und losfahren kann. Eine dreieinhalbstündige Fahrt nach Pittsburgh ist daher nichts für die beiden.

Natürlich habe ich ihr gleich nach unserem ersten Date von Stevie erzählt. Bei der Gelegenheit habe ich auch erwähnt, dass ich mit Tracy Schluss gemacht habe. Rory ist überglücklich. Zum einen weiß sie, dass ich Stevie wirklich mag und zum anderen ist sie begeistert, weil sie eine Kneipe besitzt und nach Stevie Nicks benannt wurde. Sie sagte, das alles seien „kosmische Zeichen, die man unmöglich ignorieren kann". Ich musste lachen. Rory ist und bleibt ein Hippie und dafür liebe ich sie.

„Die Kneipe ist fabelhaft", sagt sie, knöpft ihren Mantel auf und lässt ihren Blick durch den Raum schweifen. Wie immer sind hier vor allem Biker, Handwerker und allgemein Menschen aus der Arbeiterklasse anzutreffen. Ärzte, Anwälte oder Buchhalter verirren sich nicht hierher, dafür heute Abend aber ein paar Eishockeyspieler der Titans.

Ich helfe ihr, den Mantel auszuziehen, welchen sie sich über den Arm legt.

„Komm", sage ich, „Stevie stellt sicher gerade die Tische für uns im hinteren Bereich auf."

Wir schlängeln uns an den Gästen vorbei. Bisher ist noch nicht viel los, aber es ist noch früh am Abend.

Ich entdecke Stevie, bevor sie mich erblickt. Sie unterhält sich gerade mit Harlow und Stone. Ein flüchtiger Blick in die Runde verrät mir, dass eine Handvoll meiner Mannschaftskameraden bereits eingetroffen ist, und einige von ihnen ihre Freundinnen mitgebracht haben.

Als ich näher komme, dreht sich Stevie in meine Richtung. Ihre Augen leuchten auf und ein Lächeln breitet sich auf ihrem Gesicht aus. Ich vergesse völlig, dass Rory hinter mir ist, und beachte weder Harlow, Stone noch meine anderen Freunde. Ich denke nicht einmal daran, dass Stevies Bär von einem Vater wahrscheinlich irgendwo in der Nähe sein könnte.

Ich gehe direkt auf Stevie zu, schlinge eine Hand um ihren Nacken und den anderen Arm um ihren Rücken. Dann presse ich meinen Mund auf ihre Lippen und küsse sie leidenschaftlich, wobei ich ihren Kopf nach hinten beuge.

Vage höre ich das Gejubel und die Pfiffe der anderen. Stevie lacht in meinen Mund hinein und ich ziehe sie wieder in eine aufrechte Position. Dabei fallen mir das Funkeln in ihren Augen und die Röte ihrer Wangen auf, die mir ausnehmend gut gefallen.

„Hallo, du", murmelt sie. Zu meiner Überraschung krallt sie sich sofort wieder in mein Hemd und zieht mich an sich, um mich erneut zu küssen.

Ich ergreife ihre Hände und presse meine Stirn an ihre, um ihr zuzuflüstern: „Können wir nicht einfach von hier verschwinden und zu dir gehen?"

„Mein Gott, ich wünschte, das könnten wir. Aber es war deine Idee, heute Abend alle hierher einzuladen."

Mit einem gespielt frustrierten Stöhnen presse ich meine Lippen noch einmal auf ihre. „Ich möchte dir jemanden vorstellen."

Stevie legt den Kopf schief. „Wirklich?"

Ich lasse eine ihrer Hände los und drehe mich mit ihr zu Rory um. Stevie erkennt sie auf Anhieb, denn sie hat Fotos von ihr bei mir zu Hause gesehen. „Oh mein Gott, du bist Tante Rory."

So viel dazu, dass ich sie offiziell miteinander bekannt machen wollte. Rory und Stevie fallen einander in die Arme, als wären sie alte Freundinnen.

„Hendrix hat mir schon so viel von dir erzählt, aber ich kann es kaum erwarten, mit dir ein Bier zu trinken und dich kennenzulernen", sagt Rory.

„Wie lange bleibst du?", fragt Stevie. „Vielleicht können wir morgen vor meiner Schicht zusammen frühstücken?"

„Das wäre schön. Aber was muss eine Frau tun, um hier ein Bier zu bekommen?"

Stevie lacht und hakt sich bei Rory ein. „Komm schon. Ich gebe dir eins aus und stelle dich meinem Vater vor."

Ich werfe einen Blick zur Bar. John hat einen Ellbogen lässig auf den Tresen gestützt und hält in der anderen Hand ein Bier.

Er betrachtet Rory mit beifälligem Blick, als Stevie mit ihr in seine Richtung geht, um sie einander vorzustellen.

O nein, auf gar keinen Fall.

Ich will ihnen gerade folgen, als jemand eine Hand auf meine Schulter legt. „Hendrix … du musst uns sagen, wer von uns beiden recht hat."

Ich drehe mich um und sehe Bain und Kirill vor mir stehen.

„Sag ihm, dass *Stirb langsam* ein Weihnachtsfilm ist", verlangt Kirill, wobei er auf Bain zeigt.

Bain schüttelt belustigt den Kopf. „Es ist kein Weihnachtsfilm."

Ich drehe mich um und werfe einen Blick auf die Bar, als John gerade Rory die Hand schüttelt.

„Doch", beharrt Kirill und zieht meine Aufmerksamkeit wieder auf sich.

„Es ist nicht die Art Weihnachtsfilm, bei dem du deine Freundin vernaschen kannst", erwidert Bain.

Jetzt werde ich hellhörig. „Was hat *Stirb langsam* als Weihnachtsfilm mit Sex zu tun?"

„Da ist dieses Mädchen", erklärt Kirill mit einem Schmunzeln. „Ich habe sie um ein Date gebeten und vorgeschlagen, dass wir bei mir zu Hause zu Abend essen könnten. Daraufhin hat sie mich gefragt, ob wir uns einen Weihnachtsfilm ansehen können. Ich habe zugesagt. Also werde ich *Stirb langsam* ausleihen."

„Vergiss es … ich bin auf Bains Seite", erkläre ich und zeige mit dem Daumen auf Letzteren. „Damit wirst du sie nicht vernaschen können. Versuch's mal mit *Ist das Leben nicht schön.*"

„Was ist das?", will Kirill wissen.

Ich gebe ihm einen leichten Klaps auf die Schulter. „Kumpel … du hast es nicht verdient, flachgelegt zu werden."

Ich drehe mich um und gehe zur Bar, nur um festzustellen, dass Stevie nirgends zu sehen ist. Rory lacht über etwas, was John gerade gesagt hat, und … steht ganz dicht vor ihm.

Während er sie mit offensichtlichem Interesse anstarrt.

„Scheiße", murmle ich, dann setze ich ein freundliches Lächeln auf, bevor ich zu ihnen gehe.

„Oh, Hendrix", ruft Rory aus und legt eine Hand an meinen Arm. „John hat mir gerade eine lustige Geschichte über eines seiner Tattoos erzählt, das nicht so geworden ist, wie er es sich vorgestellt hat."

„Diese Geschichte würde ich irgendwann auch liebend gern hören, aber wo ist Stevie?"

John zeigt mit dem Kinn in Richtung Lagerraum. „Sie will noch mehr Bier in den Kühlschrank stellen und holt gerade ein paar Kästen."

Ich bedenke ihn mit einem finsteren Blick. „Warum hat sie mich nicht um Hilfe gebeten?"

John zieht eine Augenbraue in die Höhe und erwidert mit schroffer Stimme: „Denkst du etwa, mein kleines Mädchen kann das nicht allein erledigen?"

Ich verdrehe die Augen. „Dein kleines Mädchen könnte jedem in dieser Kneipe in den Hintern treten. Das heißt aber nicht, dass ich ihr nicht helfen will."

Aufgrund seines Barts kann ich es nicht genau erkennen, aber ich glaube, John lächeln zu sehen. „Gute Antwort."

Für einen Moment überlege ich, ob ich hierbleiben und Rory im Auge behalten oder Stevie helfen soll.

Ich brauche nicht einmal eine halbe Sekunde, um mich zu entscheiden. Rory ist mehr als fähig, auf sich selbst aufzupassen, und obwohl ich das auch von Stevie behaupten kann, will ich ein paar Minuten mit ihr allein verbringen.

Ich gehe zum Lagerraum und komme gerade rechtzeitig, als Stevie zwei Kästen Bud Light in die Höhe stemmt.

„Langsam, langsam", ermahne ich sie und lasse die Tür hinter mir zufallen. „Du wirst dir noch den Rücken verrenken, wenn du so schwer hebst."

Sie grinst. „Ich passe schon auf."

Ich nehme ihr die Kästen ab und stelle sie auf den Boden. Dann ziehe ich sie mit einem Ruck in meine Arme. „Aber ich habe heute Abend noch etwas mit dir vor und dafür musst du in bester körperlicher Verfassung sein."

„Ach wirklich?", fragt sie mit heiserer Stimme, in der ein verspielter Unterton mitschwingt. „Was genau hast du denn vor?"

„Zuerst", sage ich und beuge mich vor, um sie direkt unter dem Ohr zu küssen, „werde ich dich deiner Kleider entledigen."

„Das klingt gut. Und weiter?"

„Ich werde dich auf mein Bett legen und deine Beine weit für mich spreizen."

„Mm."

Ich lasse meine Zähne über ihren Hals gleiten. „Dann werde ich dich lecken, bis du schreist und mich anflehst, dich kommen zu lassen."

„Meine Güte, Hendrix", murmelt sie und stößt mich von sich. „Jetzt kann ich mich den Rest des Abends nicht mehr konzentrieren."

Ich schiebe meinen anschwellenden Schwanz ein Stück nach links, um ihm etwas mehr Platz zu schaffen. Mit einem Grinsen ziehe ich Stevie wieder an mich und lege die Hände an ihre Hüften. „Warum musst du dich denn konzentrieren?"

„Weil … ich heute die Gelegenheit habe, deine Mannschaftskameraden und ihre Frauen und Freundinnen kennenzulernen. Ich will, dass sie mich mögen."

„Sie mögen dich bereits", erkläre ich wahrheitsgemäß. All meine Kameraden, die in der vergangenen Woche mit uns im Mario's waren, haben sich riesig gefreut, sie kennenzulernen. Während des Trainings am nächsten Tag haben sie alle ein Loblied auf sie gesungen.

„Und ich möchte, dass es so bleibt. Außerdem sind sie hier in meiner Kneipe, ich will, dass sie sich amüsieren."

„Sie werden sich bestens amüsieren, das verspreche ich dir." Ich beuge mich vor und presse meine Lippen auf ihre. „Jetzt sag mir, wie viel Bier du brauchst, und ich bringe es dir. Du kannst dich unters Volk mischen."

„Zwei Kästen Bud Light, drei Kästen Bud und einen Kasten Michelob Ultra."

„Verstanden", erwidere ich und gehe, um die beiden Kästen hochzuheben, die ich ihr zuvor abgenommen habe. Auf halbem Weg drehe ich mich noch einmal zu ihr um. „Dein Vater.“

„Was ist mit ihm?“, fragt sie.

„Er, äh … nun ja, es sieht aus, als wäre er an Rory interessiert.“

Stevie verschränkt die Arme vor der Brust und bedenkt mich mit einem argwöhnischen Blick. „Und?“

Ich kann sehen, dass sie ihren Vater in Schutz nehmen will, da er in ihren Augen der beste Mann der Welt ist, daher schwenke ich sofort um.

Schließlich bin ich nicht auf den Kopf gefallen.

„Du solltest ihn besser vorwarnen … sie ist ein ziemlicher Hitzkopf.“

Stevie lacht und wedelt mit dem Zeigefinger. Sie weiß, dass ich mir eher Sorgen um Rory und weniger um ihren Vater mache. „Ich denke, die beiden werden schon zurechtkommen.“

Mag sein.

Aber ich werde heute Abend ein Auge auf John „Bear“ Kisner haben.

***

„Du machst Witze!“, ruft Stevie aus und reißt ihren Blick von Coen los, um mich um Bestätigung heischend anzusehen. Da sie auf meinem Schoß sitzt und ihren Arm um meine Schulter geschlungen hat, ist ihr Gesicht meinem ganz nah. „Coen hat deinen Porsche zu Schrott gefahren?“

„Und es hat ihm nicht einmal leidgetan“, bestätige ich und werfe einen Blick auf meinen Mannschaftskameraden neben uns. Tillie sitzt neben ihm auf einem Stuhl.

Stevie würde jetzt auch auf einem Stuhl sitzen, wenn ich es zugelassen hätte, doch als sie an mir vorbeiging, habe ich sie kurzerhand auf meinen Schoß gezogen. Nun will ich sie nicht mehr loslassen und sie scheint nichts dagegen einzuwenden zu haben. Es ist seltsam, aber es fühlt sich richtig an, meine Zuneigung zu ihr öffentlich zur Schau zu stellen. Mit Tracy habe ich so etwas nie gemacht, doch das lag weniger daran, dass ich Angst vor der Meinung anderer hatte, sondern vielmehr daran, dass ich nie das Bedürfnis verspürte, sie so nah bei mir zu haben.

Genauso wenig wie jede andere Frau vor Stevie.

Harlow zieht eine Augenbraue in die Höhe und fragt sich sicher – wie alle anderen auch –, wie ernst die Sache zwischen uns ist. Dabei hat sie jedoch ein Lächeln im Gesicht, das mir verrät, dass sie sich für uns freut. Ich habe keinen Zweifel daran, dass sie Stevie nach Einzelheiten ausquetschen wird, falls sie es nicht längst getan hat.

„Ich dachte, Hendrix würde mich umbringen", erzählt Coen, nimmt sein Bier und trinkt einen Schluck.

„Ich war nicht einmal sauer, weil du den Wagen zu Schrott gefahren hast, Kumpel", werfe ich ein und ergreife meine eigene Bierflasche, um ihm damit zuzuprosten. „Aber es war dir scheißegal."

„Es war mir nicht egal", erklärt er leise. „Doch meine Reue war irgendwo tief in mir vergraben."

Tillie legt eine Hand auf Coens Schulter und schmiegt ihren Kopf an seinen Bizeps, als wollte sie damit sagen: „Jeder wusste, dass du mit den Dämonen in deinem Inneren zu kämpfen hattest, Liebling. Ich liebe dich trotz allem."

„Ich bin froh, dass du keinen Porsche mehr hast", verkündet Stevie lachend. Mittlerweile ist sie leicht angetrunken. „So ein Wagen ist nur eine Kompensation für einen kleinen Schwanz."

„Wie bitte?", frage ich leicht gekränkt, denn ich habe dieses Auto geliebt.

Stevie macht eine abwinkende Geste. „Oh, das ist nur ein Spruch, den mein Vater und seine Biker-Kumpel über Sportwagen zum Besten geben." Dann senkt sie die Stimme, um ihren Vater zu imitieren. „Wenn du ein richtiger Mann sein willst, dann solltest du eine Harley zwischen den Beinen haben."

Ich muss so heftig lachen, dass ich mich an meinem Bier verschlucke. „Hat er das wirklich gesagt?"

Sie schenkt mir ein schelmisches Lächeln. „Zumindest als er jünger war. Aber wenn du ihn mal ein bisschen ärgern willst, musst du ihm nur erzählen, dass du ein Porsche-Tattoo willst. Du wirst ja sehen, wie er darauf reagiert."

Ich drehe mich mit Stevie auf meinem Schoß ein Stück zur Seite und werfe einen Blick ans Ende der Bar, wo Rory auf einem Hocker sitzt, während John neben ihr steht. Sie sind in ein Gespräch vertieft und er hat eine Hand an die Rückenlehne ihres Hockers gelegt. Vor etwa einer Stunde hat er einen Haufen Geld in die Jukebox geworfen und jeden Stevie-Nicks-Song ausgewählt. Ich habe den leisen Verdacht, dass er vorhat, sie damit zu verführen. Ich dachte daran, ihn zur Seite zu nehmen und ihm zu sagen, dass er sich von Rory fernhalten soll. Doch soweit ich John Kisner bisher kenne, würde er sich dann erst recht ins Zeug legen, nur um mich zu ärgern.

Stevie zieht meine Aufmerksamkeit auf sich, indem sie beide Hände an mein Gesicht legt und ihre Nase fast an meine schmiegt. „Lass sie in Ruhe. Rory geht es gut."

„Ich weiß", murmle ich. „Sie ist erwachsen. Und dein Dad ist ein anständiger Kerl."

„Falls du eine Ablenkung brauchst, könnte ich dich küssen", schlägt sie vor.

Sofort schlinge ich die Arme um ihre Taille. „Ich brauche definitiv Ablenkung."

Es ist ein wunderbares Gefühl, ihre Lippen auf den meinen zu spüren. Plötzlich scheint die Musik aus der Jukebox zu verebben und meine Freunde treten in den

Hintergrund. Außerdem ist es mir völlig egal, ob Tante Rory und John sich für einen Quickie in den Lagerraum zurückziehen wollen.

Als Stevie den Kopf zurückzieht, höre ich Bain lachen. „Tut mir leid, dass ich störe“, erklärt er. Er steht auf ein Billardqueue gestützt neben uns und grinst mich an. „Aber kann Stevie mit uns Billard spielen?“

„Sehr gern“, antwortet sie und springt von meinem Schoß.

„Ich mache mit.“

Bain schüttelt den Kopf. „Tut mir leid, Kumpel … Ich will Stevie als Partner. Wir spielen gegen Gage und Liam.“

Ich muss lachen. Die beiden sind heute zum ersten Mal hier und haben keine Ahnung, wie gut Stevie ist. „In Ordnung. Dann komme ich mit und feuere sie an.“

Sie spielen eine Partie 8-Ball und Gage macht den ersten Stoß. Es stellt sich heraus, dass er ein wirklich guter Spieler ist, schon bald hat sich das ganze Team um den Tisch versammelt und beobachtet aufmerksam das Geschehen.

Dabei feuern sie vor allem Stevie an, denn obwohl die anderen drei gut sind, gelingen ihr beeindruckende Kunststöße. Mir wird klar, dass ich verdammtes Glück hatte, sie bei unserem ersten Spiel geschlagen zu haben.

Oder hat sie absichtlich verloren, weil sie mir zehn Minuten ihrer Zeit schenken *wollte*?

Mir gefällt der Gedanke und ich werde sie heute Abend auf jeden Fall danach fragen. Ohne Zweifel wird sie mir die Wahrheit sagen, doch sie wird mich erst etwas zappeln lassen.

Jemand versetzt mir einen leichten Stoß mit der Schulter. Ich drehe mich zur Seite und erblicke Harlow, die neben mir steht. „Da Stevie gerade anderweitig beschäftigt ist, will ich als besorgte Freundin mit dir reden.“

„Was macht dir denn Sorgen?", will ich wissen, während ich das Spiel im Auge behalte. Vor allem beobachte ich dabei Stevie, die gerade die weiße Kugel über eine andere Kugel hat springen lassen, um ihren Stoß zu auszuführen.

„Nur das Übliche", antwortet Harlow mit einem Schmunzeln. „Ich will mich nur vergewissern, dass du sie gut behandeln und ihr nicht wehtun wirst, andernfalls wird Bear nicht der Einzige sein, der dir in den Arsch tritt."

Ich werfe ihr einen Blick aus dem Augenwinkel zu. „Du weißt verdammt gut, dass du meine Zusicherung nicht brauchst."

Harlow mustert mich. „Aber ich kann dich durchaus anhand der Frau beurteilen, mit der du vorher zusammen warst."

Ich lache und schüttle den Kopf. „Aber gerade weil ich mit ihr zusammen war und mich so sehr um die Beziehung bemüht habe, hat Stevie mir überhaupt eine Chance gegeben. Sie hat mich dafür bewundert, dass ich nicht aufgegeben habe, als es Probleme gab."

Harlow reißt die Augen auf. „Wirklich?"

„Wirklich. Aber das brauche ich dir nicht zu sagen. Du weißt, dass ich ein guter Kerl bin."

„Ich weiß es nicht, aber Stone hat sich für dich verbürgt."

„Na, da hast du es ja." Ich wende mich ihr zu, damit sie weiß, wie ernst es mir ist. „Aber ganz ehrlich … ich mag Stevie sehr. Sie ruft in mir Gefühle hervor, die ich bisher für keine andere Frau empfunden habe. Sie ist die Richtige."

Harlow blickt sich kurz um und beugt sich dann zu mir vor. „Ich kann dir verraten, dass Stevie deinetwegen selbst ganz hin und weg ist. Sie mag dich ebenfalls."

„Und woher weißt du das?", frage ich sie, denn ich hoffe, dass ihr das nicht nur ihr Instinkt sagt.

„Weil sie es mir gesagt hat. Außerdem kann ich es an ihrem Verhalten sehen, wenn sie bei dir ist. Ich habe sie mit sämtlichen Männern gesehen, mit denen sie je zusammen war, doch du bist anders. Also solltest du dafür sorgen, dass eure Beziehung funktioniert, andernfalls …"

„Ja, ja, ja … andernfalls wird zuerst Bear mir in den Arsch treten und dann du."

„Und dann werde ich Stone dazu bringen, dir ebenfalls einen Arschtritt zu verpassen", fügt sie mit entschlossener Miene hinzu.

Ich verziehe die Lippen zu einem Grinsen. „Verstanden."

Harlow stößt mich mit der Hüfte an. „Aber ich glaube, ich muss mir keine Sorgen machen."

Ich richte den Blick wieder auf Stevie, die gerade mit Gage und Liam scherzt, und sehe, wie gut sie sich in die Gruppe einfügt. Also sage ich zu Harlow: „Nein, das musst du nicht."

Kapitel 15

Stevie

Ich betrete das Diner und lasse meinen Blick durch das Restaurant schweifen, während ich meine Handschuhe ausziehe. Rory sitzt an einem der hinteren Tische und winkt mir zu, um meine Aufmerksamkeit zu erregen. Als ich auf sie zugehe, steht sie auf.

Mit ihrem langen, gewellten blonden Haar, das ihr bis zum unteren Rücken reicht, und einem Pony, der ihr fast bis über die Augen fällt, sieht sie Stevie Nicks tatsächlich ähnlich. Sie ist groß und besticht durch weibliche Kurven, die in einem fließenden Kleid im Boho-Stil stecken, das sie mit einem langen Spitzen-Kimono kombiniert hat. Dazu trägt sie mehrere Armreifen und große ringförmige Ohrringe.

„Stevie", ruft sie und breitet die Arme aus.

Die Geste wäre gar nicht nötig gewesen, denn ich hätte auch so gewusst, dass sie eine Umarmung erwartet. Gestern Abend, bevor sie mit Hendrix die Kneipe verlassen hat, hat sie mich zum Abschied fest an sich gedrückt.

Ihr Überraschungsbesuch hat dazu geführt, dass Hendrix und ich letzte Nacht in getrennten Betten geschlafen haben. Rory wollte zwar mit einem Uber nach Hause fahren, damit er bei mir übernachten konnte, doch wir beide waren strikt dagegen. Natürlich war Hendrix nicht mehr in der Lage, zu fahren, daher hat er sie nach Hause begleitet. Wir waren uns einig, dass es unhöflich wäre, einen Hausgast allein zu lassen.

Hendrix hat mich zwar eingeladen, ihn zu begleiten, doch bei dem Gedanken, dass er mich heute Morgen den ganzen Weg zu mir nach Hause fahren muss, war mir unbehaglich zumute. Er hat heute Vormittag ein leichtes Training und ich wollte, dass er ausgeschlafen ist.

Also habe ich die Nacht allein verbracht, doch ich könnte nicht glücklicher sein, denn ich hatte immerhin die Gelegenheit, Rory kennenzulernen, bevor sie wieder abreist. Und heute Abend werden mein Dad und Hendrix zum Essen kommen, damit sie sich etwas besser kennenlernen können. Es war Hendrix' Idee. Als er uns den Vorschlag gestern Abend unterbreitet hat, hatte mein Vater nur ein mürrisches Brummen dafür übrig, doch ich konnte sehen, wie er sich insgeheim darüber freute, dass der Mann in meinem Leben die Initiative ergriff. So etwas ist noch nie vorgekommen, da meine früheren Freunde sich alle von meinem Dad eingeschüchtert fühlten.

„Ich bin so froh, dass du heute Morgen Zeit für mich hast", sagt Rory, als wir uns voneinander lösen. Ich ziehe meine Jacke aus und setze mich ihr gegenüber an den Tisch. „Gestern Abend hatten wir bei dem ganzen Trubel keine Gelegenheit, uns eingehender miteinander zu unterhalten."

„Nun ja", erwidere ich und habe keine Skrupel, sie ein wenig zu necken. „Es hat so ausgesehen, als hättest du einiges mit meinem Dad zu besprechen."

Ich beobachte Rory aufmerksam, um ihre Reaktion abzuwägen. Es enttäuscht mich keineswegs, als sie mir ein verschwörerisches Grinsen schenkt, statt vor Scham zu erröten. „Dein Vater ist ein faszinierender Mann und ich habe mich hervorragend unterhalten."

„Er ist der Beste."

Eine Kellnerin kommt an unseren Tisch, woraufhin ich meine umgestülpte Kaffeetasse umdrehe, um ihr zu verstehen zu geben, dass sie mir aus der Kanne einschenken kann, die sie in der Hand hält. „Möchten Sie schon etwas bestellen?"

Ich werfe einen Blick auf Rory und greife nach einer Speisekarte. „Weißt du schon, was du möchtest? Du kannst gern schon bestellen, ich brauche nicht lange."

Nachdem die Kellnerin wieder gegangen ist und ich viel Milch und ein wenig Zucker in meinen Kaffee gerührt habe, sage ich zu Rory: „Ich muss es einfach loswerden … immerhin bist du das erste Mitglied seiner Familie, das ich kennenlerne, aber Hendrix ist einfach …"

Für einen Moment fehlen mir die Worte und ich werfe einen Blick aus dem Fenster. Rory wartet geduldig, bis ich mich ihr wieder zuwende. „Er ist … unglaublich. Nein, warte. Das wird ihm nicht gerecht. Mir fällt wohl kein passendes Wort ein, mit dem ich ihn beschreiben könnte. Selbst mein Vater mag ihn und das will etwas heißen."

„Wir haben einen tollen Jungen großgezogen", stimmt sie mir zu.

Ich nippe an meinem Kaffee und ziehe fragend die Augenbrauen in die Höhe.

Sie lacht und streicht mit der Fingerspitze über den Rand ihrer eigenen Tasse. „Nun, es ist hauptsächlich meiner Schwester und ihrem Mann zu verdanken, aber ich war nicht ganz unbeteiligt. Und obwohl ich es meinen anderen Nichten und Neffen gegenüber nicht zugeben kann, ist er bei Weitem mein Liebling."

„Er spricht ständig von dir. Als Kind hattest du einen großen Einfluss auf ihn, und selbst heute … betet er dich an."

„Dich aber auch", erwidert sie, woraufhin ich erröte.

Ich freue mich mehr, als mir zusteht. „Wirklich?"

Rory neigt den Kopf zur Seite. „Kannst du es denn nicht sehen, Stevie? Du scheinst eine selbstbewusste Frau zu sein. Du musst es doch auch spüren."

„Ich denke schon", räume ich ein, während ich das Besteck aus meiner Serviette wickle und Letztere auf meinem Schoß ausbreite. Dabei versuche ich, meine Gedanken zu ordnen. „Aber … ich bin vorbelastet und habe manchmal Schwierigkeiten, solche Dinge richtig einzuschätzen."

„Wurdest du schon einmal betrogen?", fragt sie mitfühlend.

Ich lache und schüttle den Kopf. „Nein, gar nicht. Die wenigen ernsthaften romantischen Beziehungen, die ich hatte, sind einfach im Sande verlaufen."

„Warum das?"

„Dafür gibt es zwei Gründe. Zum einen waren meine Gefühle nie stark genug zum anderen konnten sie nicht damit umgehen, dass ich eine Kneipe besitze und meine beruflichen Verpflichtungen manchmal Vorrang haben. Ich arbeite sehr viel."

„Hendrix ist stolz auf dein Engagement, außerdem ist er selbst sehr beschäftigt. Aber das sollte für euch beide kein Problem sein."

„Ganz und gar nicht", versichere ich ihr. „Wir haben beide unsere Karriere, doch wir machen das Beste aus der Zeit, die wir zusammen verbringen."

„Ich habe immer noch ein schlechtes Gewissen, dass Hendrix gestern Abend darauf bestanden hat, mit mir zurückzufahren."

Ich schüttle den Kopf und hebe abwehrend eine Hand in die Höhe. „Nicht doch. Hendrix und ich haben alle Zeit der Welt und wir waren uns einig, dass er dich nach Hause begleiten sollte."

„Ihr seid wirklich sehr lieb", sagt sie leise. „Aber lass uns über den anderen Grund sprechen, warum deine vorherigen Beziehungen im Sande verlaufen sind. Du hast gesagt, deine Gefühle für sie waren nicht stark genug."

Ich werfe ihr einen mahnenden Blick zu. „Willst du wissen, was ich tief in meinem Herzen für deinen Neffen empfinde?"

„Das tue ich in der Tat“, erwidert sie und hebt das Kinn an.

Ich glucke und beuge mich vor, wobei ich mit beiden Händen meine warme Tasse umfasse. In der Therapie und beim Schreiben von Tagebüchern habe ich früh gelernt, wie wichtig es ist, meine Gefühle klar zum Ausdruck zu bringen. „Ich empfinde sehr viel für Hendrix, mehr als ich je zuvor für einen Mann empfunden habe. Ich meine, es ist alles noch neu und aufregend, aber etwas zwischen uns fühlt sich sehr vertraut und gefestigt an. Ich bin mir nicht sicher, ob das einen Sinn ergibt. Erstens bin ich mir unserer Beziehung vollkommen sicher, zweitens verschlägt es mir in seiner Nähe ständig den Atem und ich habe jedes Mal das Gefühl, als würde ich unter Strom stehen.“

„Sieh an, sieh an“, murmelt Rory, wobei sie sich zurücklehnt und mich mit einem Blick fixiert. „Vielleicht habt ihr den Partner fürs Leben gefunden.“

„Wir sind erst ein paar Wochen zusammen“, erinnere ich sie.

„Solange beide mit ihren Gefühlen nicht hinter dem Berg halten, kann man so etwas schon nach wenigen Stunden wissen.“

Plötzlich muss ich daran denken, wie Hendrix mich in den Lagerraum gezerrt hat. „An dem Abend unserer ersten Begegnung hat mich etwas an ihm tief berührt.“

Hendrix hat Rory zwar schon von unserer ersten Partie Billard berichtet, doch ich erzähle ihr die Geschichte noch einmal. Dabei verrate ich ihr, wie er mich dazu gebracht hat, zuzugeben, dass ich mich zu ihm hingezogen fühlte.

„Und dann habe ich ihn gefragt, warum er so lange mit Tracy zusammen war, wenn es doch so schlecht zwischen ihnen lief. Zu jenem Zeitpunkt war meine größte Sorge, dass er nur jemanden brauchte, um sich über Tracy hinwegzutrösten. Aber er versicherte mir, dass das nicht der Fall sei."

„Das kann ich bestätigen. Er hat Tracy nicht geliebt und ich bin mir nicht einmal sicher, ob er sie wirklich mochte."

Ich nicke verständnisvoll. „Er hat mir erzählt, dass er hart an der Beziehung zu ihr gearbeitet hat und nicht bedauerte, sie schließlich verlassen zu haben, da er alles in seiner Macht Stehende getan hatte. Das bedeutete mir viel, denn da wusste ich, dass er nicht der Typ Mann ist, der gleich vor Problemen davonläuft."

„Und für dich war das aufgrund persönlicher Erfahrungen wichtig?", fragt Rory.

Ich weiß, dass Hendrix Rory nichts von meiner Mutter erzählt hat. Zwar habe ich ihn nicht darum gebeten, es geheim zu halten, aber ich bin mir sicher, dass er so persönliche Details nicht einfach ausplaudert. Genauso wenig würde ich die privaten Dinge, die er mir offenbart hat, mit jemandem teilen.

„Meine Mutter hat mich verlassen, als ich zwei war."

„Dein Vater hat mir erzählt, dass er dich großgezogen hat, aber er hat nichts über deine Mutter gesagt."

„Das liegt daran, dass er ein moralisch aufrechter Mensch ist. Mein Vater verachtet meine Mutter, aber er würde nie schlecht über sie in Gegenwart eines Außenstehenden reden, der sie nicht persönlich kennt und weiß, was sie getan hat. Er ist der Meinung, dass man Menschen nach ihren Taten beurteilen sollte."

„Ich verurteile deine Mutter schon allein dafür, dass sie dich im Stich gelassen hat", bemerkt Rory. „Es ist mir unbegreiflich, wie eine Mutter so etwas tun kann."

„Diese Unterhaltung sollten wir eher bei einem Drink führen, aber es genügt wohl, wenn ich sage, dass sie wieder in meinem Leben aufgetaucht ist und wir versuchen, eine Beziehung zueinander aufzubauen. Allerdings ist sie keine sonderlich starke Frau. Sie weiß einfach nicht, wie man hart für etwas arbeitet. Das beweist allein schon die Tatsache, dass sie einfach aufgegeben hat, als ihr die Kindererziehung zu anstrengend wurde. Und nun hat sie sich in einen Schlamassel geritten und hofft, dass ich ihr aus der Patsche helfe. Was immer wir zwischen uns aufbauen können, es wird nicht viel Substanz haben und bei der kleinsten Erschütterung zerbröckeln, denn ich bin mir sicher, dass sie mich wieder enttäuschen wird."

„Das klingt ganz so, als hättest du das alles gut durchdacht. Du bist ein kluges Köpfchen."

„Ich weiß nicht, ob das stimmt, aber ich tue mein Bestes."

Nachdem die Kellnerin unser Frühstück gebracht hat, unterhalten wir uns über Rorys Leben. Dabei stellte sie mir auch immer wieder Fragen über mich, doch ich weiß, dass sie im Grunde nur mehr über meinen Vater in Erfahrung bringen will. Offensichtlich mag sie ihn und ich konnte sehen, dass er sie auch gut leiden konnte. Ich bin mir sogar ziemlich sicher, dass mein Dad ihr Avancen gemacht hätte, wenn Hendrix sie nicht am Ende des Abends in Windeseile nach Hause gebracht hätte. Diesen Gedanken behalte ich jedoch für mich.

„Ich habe eines deiner Bücher gelesen", sage ich, nachdem die Kellnerin meinen Teller abgeräumt und mir Kaffee nachgeschenkt hat. Ich greife in meine Tasche, die ich neben mir abgelegt habe. „Würdest du es für mich signieren?"

„Oh, Liebes … natürlich. Es ist mir eine Ehre." Sie nimmt das Buch entgegen und betrachtet den Einband. „Das ist mein erstes Werk."

„Es war so gut. Ich habe noch nie Krimis gelesen, aber ich war ganz und gar gefesselt."

Rory zieht einen Filzstift aus ihrer Handtasche und schreibt etwas auf die erste Seite, bevor sie mir das Buch zurückgibt.

Stevie,

ich freue mich so, deine Bekanntschaft gemacht zu haben. Ich bin überglücklich, dass du ein Teil von Hendrix' Leben bist.

XOXO,

Rory Valentine

„Danke", flüstere ich und presse das Buch an meine Brust. „Ich werde es immer in Ehren halten."

„Sorge dafür, dass mein Junge weiterhin so glücklich ist, und ich werde dich mit signierten Büchern überhäufen, in Ordnung? Ich werde noch eines bei ihm zu Hause für dich hinterlegen, da ich, wie du weißt, später am Tag wieder abreisen werde."

„Nicht doch, du solltest wirklich noch etwas bleiben", erwidere ich und stecke das Buch in meine Tasche.

Sie macht eine abwinkende Geste. „Ich habe mich schon lange genug aufgedrängt."

„Ganz und gar nicht", versichere ich ihr. „Bitte bleib doch noch ein bisschen."

„Das ist lieb von dir, aber nein … ich werde mich wieder auf den Weg machen." Sie hebt eine Hand, um der Kellnerin zu signalisieren, dass sie zahlen möchte. Als ihr Blick wieder auf mich fällt, sagt sie: „Aber im Ernst … ich freue mich wirklich für Hendrix. Du bist absolut reizend und genau das, was er braucht."

Ich runzle die Stirn. „Was genau braucht er denn?"

„Dich", antwortet sie.

Ich grinse. „Aber warum? Er scheint doch alles zu haben, was er braucht. Er hat auch ohne mich ein tolles Leben."

Die Kellnerin kommt an unseren Tisch und übergibt Rory die Rechnung, woraufhin ich mein Portemonnaie zücke.

„Ich lade dich ein", sagt Rory.

„Aber …“

„Du kannst das nächste Frühstück bezahlen. Ich bin sicher, dass es noch ein weiteres geben wird. Aber zurück zu Hendrix. Du hast mich gefragt, warum er dich braucht.“

Ich nicke und stecke mein Portemonnaie zurück in die Handtasche.

„Weil du genau das bist, wonach er gesucht hat. Und glaube mir, er hat wirklich gesucht.“

„Was meinst du damit?“, will ich wissen, da das alles ziemlich vage klingt.

„Was weißt du über Profisportler?“

Ich überlege und zucke mit den Schultern. „Dass sie wohlhabend sind?“

„Ja, und die meisten von ihnen sind jung. Sie stehen direkt nach dem College oder sogar schon früher im Rampenlicht, haben eine Menge Geld und einen Haufen Fans, die sie bewundern und ihr Ego streicheln. Zudem stehen die Frauen bei ihnen Schlange.“

Ich zucke zusammen. „Das ruft in mir nicht gerade ein angenehmes Gefühl hervor.“

„Und das wäre auch gut so, wenn du dich vor ein paar Jahren für Hendrix interessiert hättest. Glaub mir … der Junge fuhr schicke Sportwagen und hatte eine nach der anderen …“

Ich halte eine Hand in die Höhe, um ihr Einhalt zu gebieten. „Das kann ich mir denken.“

Rory lacht. „Tut mir leid. Wie auch immer, er hat sich verändert. Er ist bereit, sesshaft zu werden. Deshalb hat er sich mit Tracy auch so viel Mühe gegeben – er will eine Partnerin fürs Leben finden.“

„Umso mehr verwirrt es mich, warum er sich ausgerechnet für mich interessiert. Tracy und ich sind, nach allem, was ich gehört habe, so unterschiedlich wie Tag und Nacht.“

„Ihr habt absolut nichts gemeinsam“, bekräftigt Rory. „Sie wollte nur wegen seines Geldes und seines Ruhmes mit Hendrix zusammen sein. Außerdem brauchte sie ständig seine volle Aufmerksamkeit und wollte, dass er sie anbetet. Wenn er sie nicht die ganze Zeit über im Blick hatte, fühlte sie sich sofort gekränkt. Und wenn er nicht jede Minute seiner Freizeit mit ihr verbrachte, war sie verärgert. Sie verlangte ihm alles ab, ohne ihm etwas zurückzugeben. Du bist das genaue Gegenteil, außerdem bist du eine Million Mal hübscher als sie.“

Da bin ich mir nicht so sicher. Ich weiß zwar nicht viel über Hendrix’ frühere Freundin, aber ich habe sie an dem Abend in der Kneipe gesehen. Sie ist wunderschön. Aber ich bin selbstsicher genug, um zu wissen, dass Hendrix sich zu mir hingezogen fühlt.

Außerdem hat Rory mir gerade bestätigt, dass Hendrix mehr als nur meine äußere Erscheinung mag.

Rory holt ihr Portemonnaie aus der Tasche und legt einen Fünfzigdollarschein auf den Tisch. Das ist weit mehr, als das Frühstück kostet, und ein großzügiges Trinkgeld, aber sie schiebt den Schein zur Seite, um zu zeigen, dass sie kein Wechselgeld will.

„Aber schlussendlich ist es doch so“, sagt Rory und streckt den Arm über den Tisch, um meine Hand zu ergreifen. „Ich vertraue Hendrix und merke, wie er dich ansieht. Es ist offensichtlich, wie glücklich er ist, wenn er mit dir spricht oder von dir erzählt. Daher ist es absolut nicht nötig, die Sache noch weiter zu zerreden … du bist für ihn die Richtige.“

Ihre Worte sind gewichtig, doch statt mir Rückhalt zu bieten, beunruhigen sie mich eher. „Aber … wir kennen uns erst seit zwei Wochen.“

„Was hat das denn damit zu tun?“ Sie gibt mir keine Gelegenheit, zu antworten, sondern rutscht aus der Nische. Ich schnappe mir meine Jacke und meine Tasche und tue es ihr gleich. Rory legt die Hände auf meine

Schulter und begegnet meinem Blick. „Vertrau mir einfach … du bist die Richtige für ihn. Und wenn du dir selbst gestattest, dein Herz für diese Möglichkeit zu öffnen, dann wirst du feststellen, dass er der Richtige für dich ist."

Ich stimme ihr nicht zu, denn im Hinterkopf muss ich immer wieder denken, dass es Mütter gibt, die ihre kleinen Töchter verlassen. Wie viel einfacher wäre es da für einen Mann, dasselbe einer erwachsenen Frau anzutun?

Ich bin noch nicht bereit, mich von diesen Ängsten zu befreien, also schenke ich ihr stattdessen ein Lächeln. „Ich hoffe, du hast recht."

Rory zieht mich in ihre Arme und drückt mich an sich, bevor wir das Diner verlassen. Draußen umarmen wir uns noch einmal und geben einander das Versprechen, in Kontakt zu bleiben, dann geht sie Richtung Westen zu ihrem Wagen, während ich mich in die entgegengesetzte Richtung aufmache.

Ich habe mich gerade in mein Auto gesetzt und mich angeschnallt, als mein Handy klingelt. Als ich es aus der Tasche ziehe, sehe ich, dass es meine Mutter ist. Da ich nach dem Treffen mit Rory bester Stimmung bin, nehme ich das Gespräch an und sage mit fröhlicher Stimme: „Hi, Mom."

„Stevie." Mein Name klingt aus ihrem Mund wie ein gequältes Schluchzen und mir stehen sofort die Nackenhaare zu Berge.

„Was ist los?", will ich wissen.

„Äh … ich bin … vor … deinem … Haus …" Ihre abgehackten Worte verstummen, als sie in Tränen ausbricht.

„Mom", schreie ich ins Telefon, während ich den Motor anwerfe.

Obwohl sie immer noch weint, scheint sie die Kontrolle wiederzugewinnen. „Es tut mir so leid. Ich wusste nicht, wohin ich gehen sollte. Sie haben mich hier abgesetzt."

„Wer hat dich abgesetzt? Was ist passiert?"

„Sie haben mich verprügelt … um ihren Standpunkt klarzumachen. Ich blute und weiß nicht, was ich tun soll."

Mein Magen krampft sich zusammen. „Ich bin etwa zehn Minuten von zu Hause entfernt. An der Unterseite des ersten Schaukelstuhls klebt ein Schlüssel. Geh ins Haus, ich bin gleich da."

„In Ordnung", sagt sie mit zittriger Stimme. „Okay … das mache ich."

„Ich bin sofort da."

Sie antwortet nicht und ich lausche angestrengt, doch ich denke, dass sie das Gespräch beendet hat. Zumindest hoffe ich das. Sie sagte, sie würde bluten, aber ich habe keine Ahnung, ob sie nur eine aufgeplatzte Lippe oder eine Messerwunde am Bauch hat.

Ich überlege, den Notdienst zu rufen, entscheide mich aber dagegen. Sie hätte mir gesagt, wenn sie lebensbedrohlich verletzt wäre. Da bin ich mir fast sicher.

Ein Notruf würde die Polizei und einen Krankenwagen alarmieren, was meine Mutter in ernsthafte Schwierigkeiten bringen könnte. Am besten wäre es, abzuwarten und sich erst einmal einen Überblick über die Situation zu verschaffen.

Ich lege den ersten Gang ein, werfe einen Blick in den Rückspiegel und lenke den Wagen auf die Straße in der Hoffnung, dass ich die richtige Entscheidung treffe.

Kapitel 16

Ich parke vor meinem Haus, statt durch die hintere Gasse in die Garage zu fahren. Der Wagen meiner Mutter ist nirgends zu sehen, doch sie hat gesagt, dass jemand sie hierhergebracht hat. Aus diesem Grund blicke ich mich argwöhnisch um, als ich aus meinem Auto steige.

Ich laufe die Verandastufen hinauf, stecke meinen Schlüssel ins Schloss und gehe ins Haus. Sofort schließe ich die Tür hinter mir, schiebe den Riegel vor und werfe einen kurzen Blick durch die Glasscheibe, um die Straße in Augenschein zu nehmen. Ich kann jedoch nichts Verdächtiges erkennen.

„Mom", rufe ich und drehe mich um. Im nächsten Moment entdecke ich sie an meinem Küchentisch sitzend, wie sie sich ein Tuch aufs Auge drückt.

Ich lasse meine Tasche fallen und eile zu ihr. Mir kommen fast die Tränen, als ich vor ihr in die Hocke gehe und den leeren Ausdruck in ihren Augen sehe. Ich strecke eine Hand aus, um das Tuch vorsichtig beiseitezuziehen, und erschrecke, als ich den Rest ihres Gesichts begutachte.

Sie ist mehrere Male geschlagen worden. Eine Wange ist geschwollen und blutunterlaufen, die Haut um ihre Augen hat sich bereits violett verfärbt und die Nasenlöcher sind blutverkrustet.

„Ist es so schlimm?", murmelt sie und verzieht den Mund zu einem schiefen Lächeln, bei dem ich sehe, dass ihre Zähne blutverschmiert sind.

„Wer hat dir das angetan?", frage ich und hebe eine zitternde Hand, um ihre Wange zu berühren. Ich ziehe sie jedoch sofort wieder zurück, weil ich Angst habe, ihr wehzutun.

„Ich kenne ihre Namen nicht und habe sie zuvor noch nie gesehen. Sie haben mich vor dem Lebensmittelladen überfallen und in ihr Auto geworfen. Ein Mann saß auf dem Rücksitz und schlug auf mich ein. Sie wollten mich nicht zurück zum Supermarkt bringen, also fragten sie mich, wo sie mich absetzen sollen. Ich habe ihnen deine Adresse gegeben."

Ich bin entsetzt und wütend, weil diese Leute nun wissen, wo ich wohne, doch damit kann ich mich später noch befassen.

„Sie sagten, es würde noch viel schlimmer kommen, wenn ich das Geld nicht auftreibe. Sie …"

Ich lege eine Hand auf ihre Schulter, aber ich drücke sie nicht, da ich davon ausgehe, dass sie nicht nur ins Gesicht geschlagen wurde. „Also schön, wir werden später darüber reden, aber zuerst muss ich dich ins Krankenhaus bringen."

„Nein. Dort werden sie die Polizei rufen, dann bin ich auf jeden Fall geliefert."

„Mom … du bist schwer verletzt."

Ihr treten Tränen in die Augen. „Ich weiß. Flick mich einfach wieder zusammen, so gut du kannst."

Sie dreht sich auf ihrem Stuhl zur Seite und zuckt bei der Bewegung zusammen.

„Mom … haben sie dich …"

Sie blinzelt gegen die Tränen an und schüttelt den Kopf. „Nein … sie haben mich nicht angerührt. Nur mit ihren Fäusten. Ich werde überall blaue Flecken davontragen."

Seufzend richte ich mich auf und hebe beschwichtigend eine Hand. „Also schön … kein Krankenhaus, keine Polizei. Aber ich muss von oben etwas Verbandsmaterial holen. Ich glaube nicht, dass du in diesem Zustand die Treppe hinaufgehen solltest."

Meine Mutter nickt und senkt dann den Kopf, um mit ausdrucksloser Miene auf den Tisch zu starren.

Ich laufe die Treppe hinauf und gehe ins Badezimmer, um das Nötigste aus dem kleinen Schränkchen zu holen.

Wieder unten angekommen, wische ich ihr so behutsam wie möglich das Blut von der Nase. Die Innenseite ihrer Wange ist durch einen Fausthieb oder eine Ohrfeige von ihren Zähnen verletzt worden. Ich könnte wetten, dass es sich dabei um denselben Schlag handelt, der ihren Wangenknochen geprellt hat. Um die Wunden zu spülen, gebe ich ihr etwas warmes Salzwasser. Da ich die Verletzungen nicht verbinden kann, hole ich eine Tüte mit gefrorenen Erbsen aus dem Gefrierfach und schlage mehrere Male darauf, bis sie formbar ist. Dann reiche ich sie ihr, damit sie damit ihr Gesicht kühlen kann. „Presse sie alle paar Minuten auf eine andere Stelle", weise ich sie an, da sich bereits blaue Flecken bilden. „Soll ich mir deinen Körper ansehen?"

Sie schüttelt den Kopf. „Nein. Es ist nichts gebrochen und nichts blutet. Da bin ich mir sicher."

„Dann koche ich einen Tee."

Ich setze den Teekessel auf und betrachte ihn schweigend, statt meine Mutter nach weiteren Einzelheiten auszuquetschen. Sie presst derweil die Tüte an ihr Gesicht und hält den Blick starr auf den Tisch gerichtet.

Sobald ich den Kamillentee für sie aufgebrüht habe, legt sie die Tüte beiseite und schlingt ihre Hand um die warme Tasse.

„Warum hast du dich von ihnen hierher bringen lassen?", will ich wissen, als ich mich neben sie setze.

„Ich weiß es nicht", antwortet sie, während sie mit zitternden Händen die warme Tasse festhält. „Ich wusste, dass ich Hilfe brauche, und hatte Angst."

„Was haben sie wegen des Geldes gesagt?"

„Nur, dass das bloß ein Vorgeschmack war, falls wir die Summe nicht zahlen." Ihre Augen füllen sich wieder mit Tränen. „Aber ganz ehrlich, Stevie, ich denke, sie werden uns töten. Zehntausend Dollar sind zwar nichts für diese Leute – daher dachten wir auch, wir kämen damit durch –, aber ich habe das ungute Gefühl, dass wir es nicht überleben werden, falls wir das Geld nicht auftreiben.“

Ich stütze die Ellbogen auf den Tisch, vergrabe mein Gesicht in den Händen und kneife die Augen fest zusammen, um nicht in Tränen auszubrechen. Das alles ist plötzlich viel zu real geworden und ich habe wirklich Angst.

Seufzend lasse ich die Hände sinken und frage meine Mutter: „Wann ist das Geld fällig?“

„In zwei Wochen.“

„Ich kann sofort zweitausend mit der Kreditkarte holen. Werden sie das akzeptieren?“

„Als vollständige Zahlung?“, fragt sie mit einem freudlosen Lachen. „Stevie, wach auf. Eher würden sie uns umbringen, um an uns für die anderen Lakaien ein Exempel zu statuieren.“

Ich springe von meinem Stuhl auf und gehe in der Küche auf und ab. „Ich habe meinen Wagen zum Verkauf angeboten, doch niemand will den angemessenen Preis zahlen. Aber ich könnte ihn senken und vielleicht noch dreitausend dafür bekommen.“

Ich stütze die Hände an der Spüle ab und starre durchs Fenster in den Garten. Bis eben habe ich noch gar nicht bemerkt, wie grau und bewölkt es heute ist. Beim Frühstück war ich noch glücklich und so guter Stimmung, dass ich das trübe Wetter gar nicht bemerkt hatte.

Jetzt spüre ich es bis in die Knochen.

„Du könntest dich mit diesem Reporter treffen“, schlägt meine Mutter vor, woraufhin ich mich am ganzen Körper anspanne. „Er hat behauptet, er würde zehntausend für einen Insiderbericht über die Titans zahlen.“

Es ist gerade einmal eineinhalb Wochen her, dass meine Mutter mir den Vorschlag unterbreitete. Ich lehnte ihn augenblicklich ab und kochte vor Wut.

Doch jetzt … sage ich nicht sofort Nein.

Ich drehe mich zu ihr um und frage: „Was genau soll das heißen … ein Insiderbericht über die Titans?"

Sie zuckt mit den Schultern und krümmt sich sofort vor Schmerzen. Der Anblick versetzt mir einen Stich im Herzen. „Ich weiß es nicht. Er scheint keiner von diesen durchtriebenen Schmierreportern zu sein. Ich glaube, er will die Spieler nur von einer persönlichen Seite zeigen."

Ich schweige, weil ich dem Urteilsvermögen meiner Mutter nicht unbedingt trauen kann. Immerhin wurde sie gerade von ein paar zwielichtigen Schlägern verprügelt, weil sie Geld von einem Geldwäscher gestohlen hat.

„Mom", sage ich und setze mich wieder zu ihr an den Tisch. Ich stütze einen Arm auf die Tischplatte und beuge mich zu ihr vor. „Hendrix liegt mir wirklich am Herzen. Ich werde nichts tun, was ihm schaden könnte."

„Das verlange ich auch gar nicht von dir. Aber vielleicht könntest du erst einmal mit dem Reporter reden und sehen, was er will. Du musst dich zu nichts verpflichten. Außerdem hat er gesagt, dass er seine Quellen schützt, also wird niemand erfahren, dass er die Informationen von dir hat."

Wieder schweige ich. Hendrix hat mir Dinge erzählt, von denen sonst niemand weiß, doch diese Geheimnisse würde ich niemals preisgeben. Selbst wenn ich dadurch das Leben meiner Mutter riskiere.

Möglicherweise verfüge ich über Informationen, die so harmlos sind, dass der Reporter sich zwar dafür interessiert, sie aber nicht auf mich zurückfallen würden.

Ich habe in den letzten Wochen einiges gesehen und gehört, das vielleicht ausreichen würde.

Wenn der Reporter wirklich eine Summe zahlt, die meiner Mutter aus der Klemme helfen könnte, und ich dabei nicht entdeckt werde, dann könnte es funktionieren.

Doch noch während ich darüber nachdenke, ist mir bewusst, dass es falsch ist. Es ist so verdammt falsch, dass mir übel wird, dennoch ertappe ich mich dabei, wie ich sage: „Ich werde mich mit dem Kerl treffen, aber zu mehr werde ich mich nicht verpflichten. Gib ihm zu verstehen, dass ich ihm nichts erzählen werde, mir aber anhören werde, was er zu sagen hat."

Meine Mutter richtet sich auf, lächelt und stöhnt vor Schmerzen. Sie presst eine Hand an ihre Wange und steht auf, dann geht sie zur Spüle und spuckt Blut aus. Ich eile zu ihr, um ihr zu helfen, und bereite noch mehr Salzwasser zu, mit dem sie ihren Mund ausspülen kann.

Als sie fertig ist, dreht sie sich zu mir um. „Es bedeutet mir sehr viel, dass du mir hilfst. Ich wünschte, ich könnte behaupten, dass es zum Teil mir zu verdanken ist, dass eine so erstaunliche Frau aus dir geworden ist, doch das ist alles das Verdienst deines Vaters. Ich wünschte, ich hätte mehr für dich getan."

„Du bist jetzt hier", erwidere ich, wobei ich zugleich überlege, wie viel Wahrheitsgehalt in diesen Worten steckt. Eigentlich sollte es mir genügen, doch tief im Inneren will ich mehr von ihr. „Mom ... du musst mir versprechen, dass du nie wieder etwas Illegales tust, nachdem diese Sache ausgestanden ist."

Sie schüttelt den Kopf, sieht mir in die Augen und sagt: „Meine kriminellen Tage sind vorbei, ich schwöre es."

***

Als Randy meine Mutter bei mir zu Hause abholt, erzählt sie ihm, dass ich mit dem Reporter sprechen werde, was ihn zu freuen scheint.

Nachdem sie gegangen sind, werfe ich einen Blick auf die Uhr und verziehe das Gesicht. Ich sollte mich auf den Weg in die Kneipe machen. Da heute Donnerstag ist, wird es nicht allzu voll werden, aber ich stehe allein hinter dem Tresen.

Doch dann höre ich mein Tagebuch, das im Wohnzimmer auf dem Couchtisch liegt, förmlich nach mir rufen: „Du musst dich unbedingt von dem Mist befreien, bevor du gehst."

Es hat recht.

Der Vormittag mit Rory war wundervoll, doch meine Mutter hat alles verdorben. Obwohl ich dankbar bin, dass sie nicht noch schlimmer verletzt wurde, und ich vielleicht einen Ausweg aus ihrer Misere gefunden habe, schießen mir weiterhin alle möglichen schädlichen Gedanken durch den Kopf.

Ich gehe ins Wohnzimmer, nehme das Tagebuch und setze mich damit an den Küchentisch. Dort schlage ich die erste leere Seite auf, klicke auf den Kugelschreiber und beginne in unordentlicher Schrift, meinen Schmerz aufs Papier zu ergießen.

17. Dezember, 10:25 Uhr: Ich hasse dich, Mom. Nicht wirklich.

Aber manchmal verachte ich dich. Nicht nur dafür, dass du mich verlassen hast, als ich klein war, sondern auch dafür, dass du mich jetzt, da ich erwachsen bin, immer und immer wieder verlässt. Zuerst tauchst du einfach auf und gibst vor, mir eine Mutter sein zu wollen. Für eine Weile bist du da, doch dann tust du irgendetwas, was eine Mutter niemals tun sollte, und verschwindest wieder.

Ich will einfach nur, dass du ein Mensch bist, den ich mögen kann. Du kannst mich nicht in eine derart furchtbare Lage versetzen. Kannst du nicht ein einziges Mal mich an die erste Stelle setzen?

Ich lese die Zeilen noch einmal, analysiere meine Gefühle und stelle fest, dass mir sonst nichts mehr einfällt, was ich noch schreiben könnte.

Dann reiße ich das Blatt heraus.

Ich schnappe mir ein Feuerzeug aus der Schublade, gehe nach draußen und zünde das Papier an. Um mich von den dunklen Gedanken zu befreien, lege ich es auf den Bürgersteig und beobachte, wie es zu Asche verbrennt. Schon als Kind habe ich gelernt, auf diese Weise loszulassen, wobei damals mein Vater das Papier für mich angezündet hat.

Zurück im Haus setze ich mich wieder an den Tisch und beginne einen neuen Tagebucheintrag.

17. Dezember, 10:32 Uhr: Hendrix kommt heute Abend zum Essen. Mein Vater ebenfalls. Ich bin so aufgeregt, daher weiß ich, dass der Tag wie im Flug vergehen wird.

Ich tippe mir mit dem Stift ans Kinn und werfe einen Blick auf die Uhr. Mir fällt so viel ein, was ich noch hinzufügen könnte. Ich könnte stundenlang über Hendrix schreiben und darüber, was er für meine Zukunft bedeutet, aber ich darf nicht zu spät zur Arbeit kommen.

Also werfe ich den Stift zwischen die Seiten des Tagebuchs und klappe es zu.

Kapitel 17

Hendrix

Ich biege in die Gasse hinter Stevies Haus ein und lächle, als ich sehe, dass ihr Vater bereits da ist. Also parke ich hinter seinem Pick-up, dessen Ladefläche mit mehreren Kisten beladen ist.

Stevie ist immer noch bei der Arbeit und wird erst in drei Stunden zurück sein, um das Abendessen zu kochen. John und ich haben gestern Abend in der Kneipe jedoch heimlich einen Plan geschmiedet. Ich habe gewartet, bis Stevie zur Toilette ging, und habe dann John meinen Vorschlag unterbreitet.

Als ich auf ihn zuging, wirkte er verärgert, da ich seine Unterhaltung mit Rory störte. Ich hatte jedoch keine Zeit, ihn deshalb aufzuziehen, und warf noch einen Blick zur Toilettentür, hinter der Stevie gerade verschwunden war. „Ich habe eine Idee", erklärte ich hastig, „aber ich brauche deine Hilfe."

Er hörte mir zu, stellte nur eine Frage und sagte zu.

Ich steige aus meinem Wagen und gehe auf Stevies Vater zu, wobei ich mir voller Vorfreude die Hände reibe. „Bist du bereit, einen Einbruch zu begehen?"

John schnaubt und klopft auf eine der Kisten auf der Ladefläche seines Trucks. „Ich habe noch mehr Zeug besorgt."

„Du weißt noch nicht einmal, was wir zur Verfügung haben, und hast trotzdem noch mehr gekauft?"

„Man kann gar nicht genug Weihnachtslichter haben", knurrt er.

Ich zucke mit den Schultern. „Wahrscheinlich nicht. Lass uns loslegen."

In den nächsten drei Stunden legen wir uns richtig ins Zeug und dekorieren Stevies Haus. Als ich sie letzte Woche fragte, warum sie noch keinen Baum dekoriert hat, antwortete sie schlicht, dass sie für so etwas keine Zeit hat. Letzte Woche beteuerte sie halbherzig, sie würde einen aufstellen, doch sie hat es nie getan. Da meine Freundin zu sehr mit ihrer Kneipe beschäftigt ist und dann auch noch Zeit für mich in ihrem Leben schafft, beschloss ich, ihr zu helfen und sie in Weihnachtsstimmung zu versetzen.

John wusste, dass sie die nötigsten Dekorationen gekauft hatte, als sie ihr erstes Weihnachten in diesem Haus feierte. Unter anderem besitzt sie einen künstlichen Baum mit der passenden Beleuchtung und einem Satz Christbaumschmuck, einen Kranz für die Eingangstür und eine Girlande für die Treppe. All das hat sie in ihrer Garage verstaut, daher konnten wir die Sachen problemlos anbringen. Mit den Lichtern, die John gekauft hatte, schmückten wir die Außenseite des Hauses und die Sträucher. Er stand auf der Leiter, um mit dem Tacker die Kabel zu befestigen, während ich ihm eine Lichterkette nach der anderen reichte, bis wir jeden Winkel mit bunten Kugeln geschmückt haben.

Gerade als wir die Leiter wegräumen und die Kartons in der Garage verstauen, erhalte ich eine Nachricht von Stevie, in der sie mir mitteilt, dass sie auf dem Weg hierher ist.

„Sie wird in etwa fünf Minuten hier sein", sage ich zu ihrem Vater, als wir wieder ins Haus gehen. „Wir können uns ein Bier holen und auf der Veranda auf sie warten."

Er brummt zustimmend, dann setzen wir uns beide mit einem Bier in der Hand in einen Schaukelstuhl. Hier draußen ist es eiskalt, aber wir wollen Stevies Reaktion nicht verpassen. Es wird langsam dunkel und die Beleuchtung kommt richtig zur Geltung, und ich muss sagen, dass wir verdammt gute Arbeit geleistet haben.

„Danke für deine Mühe“, sagt John, während wir die Straße im Auge behalten und auf die Ankunft seiner Tochter warten.

„Du hast genauso viel dazu beigetragen wie ich“, erwidere ich.

„Aber es war deine Idee, also danke.“

„Gern.“

Wir sitzen schweigend da und warten. Es fällt mir nicht leicht, John Kisner in eine Unterhaltung zu verwickeln. Rory behauptet zwar das Gegenteil und hat gestern Abend ständig von ihm gesprochen, doch als Freund seiner Tochter fühle ich mich mehr als nur ein bisschen eingeschüchtert.

Dennoch mache ich einen Versuch. „Ich will mir ein Tattoo stechen lassen und ich würde mich freuen, wenn du das übernehmen könntest.“

John wendet sich mir zu und mustert mich. „Und was für ein Tattoo soll es sein?“

Mit der Hand, in der ich mein Bier halte, deute ich auf den Bizeps meines anderen Arms. „Das Porsche-Logo … genau hier.“

Trotz seines Barts kann ich sehen, wie er angewidert die Lippen verzieht, und ich muss mich beherrschen, um nicht in schallendes Gelächter auszubrechen.

„Du willst mich wohl verarschen.“

„Nein, Sir. Es ist mein Lieblingswagen. Ich hatte sogar mal einen, bevor ihn jemand zu Schrott gefahren hat.“

John schnaubt verächtlich. „Stevie wird dich in die Wüste schicken, falls du dir so ein Tattoo stechen lässt. Das ist doch nur was für Schlappschwänze.“

Es fällt mir schwer, ernst zu bleiben. „Was ist denn so schlimm an einem Porsche? Ich weiß zwar, dass er nicht so männlich ist wie eine Harley zwischen den Beinen, aber er ist doch kein schlechtes Auto.“

John runzelt die Stirn und fixiert mich mit einem durchdringenden Blick. „Ist das dein Ernst?“

Ich grinse über das ganze Gesicht. „Nein ... nicht, was den Porsche angeht. Aber ich will mir tatsächlich ein Tattoo stechen lassen.“

„Arschloch“, murmelt John.

„Spaß beiseite ... Ich möchte mir die Namen der Titans tätowieren lassen, die in dem Flugzeug gestorben sind.“ Ich zeige auf meine Rippen. „Genau hier.“

Ich hätte es nicht für möglich gehalten, aber Johns Miene wird plötzlich weich und ein zärtlicher Ausdruck huscht über sein Gesicht. „Ja, sicher ... es wäre mir eine Ehre. Wir machen gleich einen Termin.“

Zu meiner Überraschung zückt John sein Handy, um eine Sitzung zu vereinbaren.

„In Ordnung“, sage ich, als ich den Termin eingetragen habe. „Übernächste Woche. 29. Dezember, zehn Uhr.“

„Bring Frühstück mit“, fordert er, als er das Handy zurück in die Tasche steckt.

„Donuts?“

„In Ordnung“, antwortet er und zeigt dann mit einem Nicken auf die Straße. „Da kommt sie.“

John steht auf und ich erhebe mich ebenfalls. Wir stellen uns an die Verandatreppe und beobachten, wie Stevies Wagen immer langsamer wird. Für gewöhnlich würde sie an der nächsten Kreuzung links abbiegen, um dann noch einmal links in die Gasse hinter ihrem Haus einzubiegen. Stattdessen hält sie jedoch auf der Straße und kurbelt das Fenster hinunter.

Ihr steht der Mund offen, während sie die Lichter an ihrem Haus betrachtet. „Oh mein Gott, ich kann es nicht glauben! Habt ihr beide das alles aufgehängt?“

Ich lege einen Arm um Johns Schultern, obwohl ich weiß, dass ich damit wahrscheinlich an seinen Nerven zerre. „Dein Vater hat mir geholfen.“

Er schüttelt meinen Arm ab. „Es war seine Idee, aber die harte Arbeit habe ich erledigt.“

Stevie verzieht die Lippen zu einem Lächeln. Selbst aus der Entfernung kann ich sehen, wie ihr Tränen in die Augen steigen. Sie räuspert sich. „Dann sollte ich euch beiden wohl ein Festmahl zaubern, nicht wahr?"

„Wir treffen uns drinnen", sage ich, woraufhin sie ihr Fenster hochkurbelt und weiterfährt. Ich versetze ihrem Vater einen Stoß mit dem Ellbogen. „Wir haben sie zum Weinen gebracht."

„Darauf können wir stolz sein", bestätigt er.

„Komm schon … wir können uns noch ein Bier genehmigen, während sie uns von vorne bis hinten bedient. Schließlich haben wir es verdient, wie Könige behandelt zu werden."

Als wir wieder im Haus sind, lehnen wir uns jedoch nicht zurück, sondern gehen zu Stevie in die Küche, wo sie uns Anweisungen gibt.

Sie holt frische Zutaten aus dem Kühlschrank, um damit die Fladenbrotpizzen zu belegen, als ich eine Tüte aufgetauter Erbsen auf der Anrichte finde. „Willst du das etwa auf die Pizza geben? Denn dann mache ich mich lieber aus dem Staub."

Stevie wirft mir einen Blick über die Schulter zu. „Nicht doch … die habe ich nur aus Versehen dort liegen lassen. Wirf sie einfach in den Müll."

„Hast du dich etwa verletzt?", will John wissen, als ich die Erbsen entsorge.

„Äh … ja, ich habe mir beim Hinuntergehen das Knie am Treppengeländer gestoßen. Es war einfacher, die Erbsen aus dem Gefrierfach zu holen, als mir einen Eiswickel zu machen."

„Ist alles in Ordnung?", will John wissen.

„Ja … es geht mir gut. Wie läuft es bei der Arbeit?" Ich sehe Stevie stirnrunzelnd an, denn irgendetwas an ihrem Tonfall kommt mir merkwürdig vor. Sie scheint müde zu sein, doch in ihrer Stimme schwingt auch ein

angespannter Unterton mit. Für mein Empfinden hat
sie gerade etwas übereilt das Thema gewechselt.

Vielleicht bilde ich es mir auch nur ein, denn sie unterhält sich ganz ungezwungen mit ihrem Vater über
eine seiner Angestellten, die offenbar recht jung ist und
ihn ständig anbaggert.

„Du musst sie feuern", sagt Stevie.

„Das sagst du nur, weil du sie nicht magst", entgegnet
John, während er Pfeffersalami aufschneidet.

Ich wurde zum Zwiebelschneiden verdonnert, was bedeutet, dass ich in der Hierarchie unter ihrem Vater
stehe.

„Es ist wahr. Ich mag sie nicht. Das liegt daran, dass
sie in meinem Alter ist und sich nur so aufreizend kleidet, um deine Aufmerksamkeit zu erregen."

„Leider ist sie eine verdammt gute Tätowierkünstle-
rin", erklärt John achselzuckend. „Aber ich werde mit
ihr reden und ihr sagen, dass sie sich zurückhalten soll.
Ich kann so einen Mist an meinem Arbeitsplatz nicht
gebrauchen."

„Wenn du willst, unterhalte ich mich mal mit ihr", erwidert Stevie mit einem hämischen Lachen.

Ja, es scheint ihr wirklich gut zu gehen.

„Kommt gar nicht infrage", entgegnet John und wendet sich mir zu. „Hat sich Rory heute ohne Probleme
wieder auf den Heimweg gemacht?"

„Ja, wir haben zu Mittag gegessen, dann ist sie losge-
fahren." Ich blinzle gegen die Tränen an, die mir dank
der Zwiebeln in die Augen treten.

„Kommt sie bald mal wieder?", will er wissen.

Stevie und ich tauschen einen Blick aus und grinsen
einander an. Ich stelle mich dumm. „Nein … sie hat
mir nicht gesagt, wann sie das nächste Mal Zeit hat."

„Du hättest sie einfach nach ihrer Telefonnummer
fragen sollen, wenn du so an ihr interessiert bist", neckt
Stevie ihn.

„Ich habe ihre Telefonnummer", erwidert John, woraufhin Stevie und ich erneut einen Blick wechseln und die Augenbrauen in die Höhe ziehen.

Dann zuckt Stevie mit den Schultern und ich widme mich wieder den Zwiebeln. John ist zweifellos an meiner Tante interessiert, aber ich habe keine Ahnung, ob er den Unnahbaren spielt oder nur nicht weiß, wie er mit Rory umgehen soll. Wie dem auch sei, ich amüsiere mich königlich darüber, dass er etwas aus dem Gleichgewicht geraten zu sein scheint.

„Hast du in letzter Zeit mit deiner Mutter gesprochen?", fragt John Stevie.

Das nenne ich einen Themenwechsel.

„Wie bitte?", ruft Stevie aus und zuckt zusammen. „Warum fragst du mich danach?"

Und da ist es wieder. Sie ist angespannt und die Frage nach ihrer Mutter hat sie in diesen Zustand versetzt.

John muss es auch gespürt haben, denn er hält inne und sieht seine Tochter an. „Normalerweise siehst du sie etwa einmal die Woche und telefonierst hin und wieder mit ihr. Aber seit einiger Zeit hast du nicht mehr von ihr geredet, und ich habe mich gefragt, ob sie wieder verschwunden ist. Das würde ihr ähnlich sehen."

Ich halte den Kopf gesenkt. Zwar weiß ich über Stevies Vergangenheit mit ihrer Mutter Bescheid, aber bei dieser Unterhaltung prallen Johns Verachtung und Stevies aufkeimende Gefühle für ihre Mutter aufeinander.

Stevie scheint ihre Mutter jedoch nicht in Schutz nehmen zu wollen. Stattdessen wendet sie sich wieder dem Kühlschrank zu. „Ich hatte viel zu tun, aber ja … wir haben uns heute kurz unterhalten."

Ich begegne Johns Blick und sehe den beunruhigten Ausdruck in seinem Gesicht, der zu sagen scheint: *Spürst du auch, dass hier etwas nicht stimmt?*

Ja … ich spüre es. Aber ich kann sehen, dass Stevie angespannt ist und offensichtlich nicht darüber sprechen möchte.

Ich schüttle kaum merklich den Kopf. *Lass es, John.*

Er hebt zustimmend das Kinn. *Ich werde nicht mehr davon reden.*

„Dein Dad wird mir das Tattoo stechen", verkünde ich, um erneut das Thema zu wechseln.

Stevie dreht sich zu mir um und lächelt mich an. „Wirklich?"

John antwortet an meiner Stelle. „Ja. Offenbar will er das Porsche-Logo auf seinem Bizeps."

Sie sieht mich ungläubig an und ich zwinkere ihr zu. „Er wird mir die Namen auf die Rippen tätowieren."

Ihr Blick wird weich und sie seufzt. „Es wird wunderschön werden."

„Ich hatte einmal eine Kundin, die die Namen all ihrer Ex-Freunde tätowiert haben wollte", erzählt John, als er gerade das letzte Stück Pfeffersalami abschneidet. „Sie sagte, es würde sie daran erinnern, von wem sie sich fernhalten muss. Etwa vier Monate später kam sie erneut und wollte einen weiteren Namen hinzufügen. Und sechs Monate danach noch einen."

Ich lache und schüttle den Kopf. „Manche Leute lernen es wohl nie."

John stößt ein Glucksen aus und ich glaube, es ist das erste Mal, dass ich diesen Laut aus seinem Mund höre. „Sie kommt immer noch zu mir. Mittlerweile ist die Liste vierzehn Namen lang."

Wir brechen in Gelächter aus und für den Rest des Abends ist die Stimmung ausgelassen. Ich habe noch nie einen Abend mit dem Elternteil einer meiner Freundinnen verbracht. Obwohl John nach außen hin ruppig und abweisend wirkt, lachen wir überraschenderweise viel miteinander. Was auch immer Stevie zuvor beunruhigt hat, scheint wie weggeblasen zu sein.

Schon bald nachdem wir die Küche aufgeräumt haben, verabschiedet sich John. Ich weiß, er tut es, damit wir Zeit für uns haben. Er hat zwar einen Großteil unsers gemeinsamen Abends vereinnahmt, aber ich bin mehr als glücklich darüber. Indem wir ihr Haus dekoriert haben, haben wir Stevie ein tolles Geschenk gemacht, und ich bin froh, dass wir es gemeinsam tun konnten. Auf diese Weise verbringen wir gezwungenermaßen Zeit zusammen, was ihn schließlich dazu veranlassen wird, mich zu mögen.

An der Tür umarmt Stevie ihren Vater und sagt: „Ich danke dir. Du bist der beste Vater, den ein Kind sich wünschen kann.“

„Ja“, erwidert er schroff und drückt sie fest an sich. „Du warst ja auch wirklich ein schwer erziehbares Kind.“

Der sarkastische Unterton in seiner Stimme verrät mir, dass sie wohl eher ein Engel war, doch das habe ich mir bereits gedacht. Sie sieht vielleicht aus wie eine harte Rockerbraut, doch im Grunde ist sie sanft wie ein Lamm.

Außer in den Momenten, in denen sie einen Baseballschläger schwingt, um ein paar Raufbolden die Köpfe zurechtzurücken.

Nachdem sie die Tür verriegelt hat, schmiegt Stevie sich an mich. Sie schlingt ihre Arme um meinen Hals und küsst mich, bevor sie den Kopf zurückzieht, um den Weihnachtsbaum zu betrachten. „Ich kann immer noch nicht glauben, dass ihr beide mein Haus geschmückt habt.“

Ich neige den Kopf und folge ihrem Blick.

„Ich hätte ihn nie aufgestellt“, gesteht sie und kuschelt sich an mich. „Und doch frage ich mich jetzt, warum ich mir nicht die Zeit dafür genommen habe. Ich habe ganz vergessen, wie zauberhaft es ist.“

Es ist wirklich zauberhaft. Ich habe Weihnachten immer geliebt.

„Komm her", sage ich und führe sie zur Couch. Ich setze mich und ziehe sie neben mich, halb auf meinen Schoß, um mit ihr den Baum zu betrachten. „Nächstes Jahr schmücken wir den Baum gemeinsam an Thanksgiving, wenn wir beide etwas Zeit haben."

„Nächstes Jahr, hm?", murmelt sie und streicht mit den Fingerspitzen über meinen Arm. „Meinst du nicht, wir sollten uns erst überlegen, was wir nächste Woche tun werden?"

„Nein. Ich weiß schon, was wir nächste Woche machen. Und die Woche danach und die Woche danach, bis um diese Zeit im nächsten Jahr. Ist das für dich in Ordnung?"

Ich beuge mich vor und sie reckt den Hals, um meinem Blick zu begegnen. „Ja … das ist in Ordnung."

Ich muss mich ein wenig strecken, um mit den Lippen über ihre zu streichen. „Ich wünschte, du könntest an Weihnachten mit mir nach Hause fahren."

„Nächstes Jahr werden wir besser planen", verspricht sie, was bedeutet, dass sie sich die Zukunft genau wie ich ausgemalt hat.

Jerry's Lounge hat am ersten Weihnachtstag immer geöffnet, um die Menschen zu bedienen, die sonst nirgendwo feiern können. Stevie arbeitet an diesem Tag, weil sie ihre Angestellten nicht darum bitten will. Es ist schade, denn es ist mein Lieblingsfeiertag und ich möchte ihn mit ihr verbringen, aber ich kann auch nicht auf meine Familie verzichten. Meine Freundin ist in vielerlei Hinsicht unkonventionell und das bedeutet in diesem Fall, dass sie am ersten Weihnachtstag Bier ausschenkt. Wir werden dennoch einen Weg finden, gemeinsam zu feiern.

Kapitel 18

Stevie

Meine Hände sind so verschwitzt, dass mir das Handy entgleitet, als ich es in meine Handtasche stecken will. Ich beuge mich vor, um es vom Boden meines Wagens aufzuheben, und atme tief durch. „Es ist nur ein Treffen. Mehr nicht."

Ich hole noch einmal Luft und stoße dann den Atem wieder aus.

Das Ganze wiederhole ich noch dreimal, doch ich bin immer noch nicht ruhiger, also murmle ich: „Scheiß drauf."

Nachdem ich mein Handy in meiner Handtasche verstaut habe, wische ich mir die Hände an meiner Jeans ab und steige aus dem Wagen.

Das kleine Café liegt in einer mir vertrauten Gegend von Pittsburgh, da ich nicht weit von hier zur Highschool gegangen bin. Als ich eintrete, suche ich den Raum ab, und entdecke den Reporter Carmine Betta an einem der Tische im hinteren Bereich. Ich erkenne ihn nur so schnell, da er in Begleitung meiner Mutter ist, die ich hier nicht erwartet hätte.

Sie winkt mir mit einem breiten Lächeln zu und mein Magen krampft sich zusammen. Ich will schon umdrehen und wieder zur Tür hinausgehen, als Carmine aufsteht und mich mit einer Geste zu sich bittet. Mit bleiernen Füßen schlängle ich mich zwischen den Tischen hindurch. Da der morgendliche Ansturm bereits nachgelassen hat, ist das Café nur halb gefüllt.

„Ms. Kisner", begrüßt er mich und streckt mir eine Hand entgegen, während meine Mutter sitzen bleibt. „Carmine Betta."

Er reicht mir eine Visitenkarte. Ich werfe einen flüchtigen Blick darauf, bevor ich sie in meine Handtasche stecke.

„Hallo“, sage ich und schüttle ihm die Hand, während ich mich darüber ärgere, dass ich meine verschwitzten Hände nicht noch einmal abgewischt habe. Er scheint es entweder nicht zu bemerken oder er ist zu höflich, um es zu erwähnen.

Obwohl ich noch nie einen Boulevardjournalisten getroffen habe, wirkt der Kerl ganz und gar nicht wie ein Schmierreporter. Mit einer dunklen Jeans, einem weißen Hemd, einer braunen Cordjacke und einem grün karierten Kaschmirschal ist er gut, wenn auch leger gekleidet. Er trägt eine randlose Bifokalbrille und sein dunkles, gewelltes Haar ist mit grauen Strähnen durchzogen. Ich schätze ihn auf Ende fünfzig.

„Bitte, nehmen Sie Platz. Kann ich Ihnen einen Kaffee oder etwas anderes bestellen?“

„Nein, ich möchte nichts.“ Ich setze mich und werfe einen Blick auf meine Mutter. „Was tust du denn hier?“

Sie weicht zurück, als sie den unterkühlten Unterton in meiner Stimme hört. Ihr starkes Make-up verdeckt zwar ihre blauen Flecken, doch die Schwellung an ihrer Wange ist noch zu erkennen. Ich frage mich, ob Carmine über die schmutzigen Details Bescheid weiß, wegen derer meine Mutter das Geld braucht.

Der Reporter setzt sich und zieht seine Kaffeetasse zu sich, bevor er ein Bein über das andere schlägt. „Danke, dass Sie sich mit mir treffen. Ich habe gehört, Sie sind mit Hendrix Bateman zusammen.“

Scheiße. Was haben meine Mutter und Randy dem Kerl erzählt? Mir ist gar nicht in den Sinn gekommen, sie danach zu fragen.

Ich wage es nicht, sie anzusehen, denn ich will den Typen nicht wissen lassen, wie nervös ich bin. „Ich sollte Sie vorweg darüber informieren, dass ich zu diesem Zeitpunkt nicht zu einem Interview bereit bin, weder über einen der Spieler der Titans noch über die Organisation selbst. Alles, was ich hier sage, ist vertraulich."

Carmine hebt abwehrend die Hände. „Natürlich. Ich wollte mich nur mit Ihnen treffen, um herauszufinden, ob sie überhaupt etwas Lohnenswertes für mich haben und welche Bedingungen Sie stellen."

„Bedingungen? Ich dachte, Sie würden zehntausend für eine Story zahlen."

„Für eine exklusive Geschichte voller interessanter Informationen, die sonst niemand kennt", stellt er klar und lässt die Hände wieder sinken.

„So etwas kann ich Ihnen nicht bieten."

Carmine lächelt wissend. „Natürlich können Sie das. Die Frage ist nur, ob Sie bereit sind, mir die Informationen auszuhändigen. Falls es Sie beruhigt, ich schütze meine Quellen, komme, was da wolle. Das bedeutet, dass ich Ihren Namen nicht preisgeben würde, selbst wenn ein Richter mich unter Androhung einer Gefängnisstrafe dazu zwingen würde. Mit anderen Worten, ich würde eher ins Gefängnis gehen, statt Sie zu verraten."

„Das wäre wohl kaum von Bedeutung", entgegne ich mit verbittertem Tonfall. „Fall die Geschichte eine pikante Exklusivstory über Hendrix Bateman ist, wäre es offensichtlich, dass sie von mir stammt."

„Dann sind Sie also mit Hendrix zusammen?", fragt er. Als ich schweige, winkt er nur ab. „Es spielt keine Rolle. Ich könnte es leicht überprüfen. Aber lassen Sie uns darüber reden, ob Sie etwas haben, was für mich von Interesse sein könnte."

„Was genau suchen Sie denn?", frage ich zögernd. Ich hasse mich augenblicklich dafür, dass ich die Frage überhaupt gestellt habe. Dadurch mache ich mich des

Verrats an Hendrix und seinen Freunden offiziell mitschuldig.

„Etwas, über das die Öffentlichkeit nichts weiß. Dabei ist es kein Problem, falls innerhalb der Organisation jemand Kenntnis davon hat, die Sache jedoch aus bestimmten Gründen geheim gehalten wurde."

Hendrix hat mir alles Mögliche darüber erzählt, wie schwer das letzte Jahr nach dem Flugzeugunglück war. Nicht nur für ihn, Camden und Coen als die Glücklichen Drei, sondern auch für alle anderen, die versuchten, das Team wieder aufzubauen. Sie waren einem immensen Druck ausgesetzt. Das verrate ich dem Reporter jedoch nicht.

„Oooh", ruft meine Mutter aus und klopft mit der Hand auf den Tisch. „Erzähl ihm davon, wie Stone Harlow einen Heiratsantrag gemacht hat."

„Mom", rufe ich entsetzt aus und wende mich ihr zu. „Hör auf damit. Das ist privat und persönlich." Ich wende mich an Carmine. „Darüber dürfen Sie nicht berichten. Sie können unmöglich …"

„Ganz ruhig", beschwichtigt mich Carmine. „Sie haben doch gesagt, dass alles, was Sie hier sagen, vertraulich ist."

„Außerdem weiß meine Mutter nur davon, weil ich es ihr erzählt habe. Sie kann nicht bestätigen, ob es wahr ist oder nicht, also ist sie auch keine verlässliche Quelle." Ich wende mich an sie. „Und jetzt sei bitte still oder ich gehe."

„In Ordnung", erwidert meine Mutter und macht eine Geste, als würde sie ihren Mund mit einem Reißverschluss zuziehen. Doch im nächsten Moment reißt sie ihn wieder auf. „Hör zu … versuch, dich an etwas zu erinnern, was du vielleicht in der Kneipe gehört hast, als das Team dort war. Etwas, von dem andere wissen könnten, damit du nicht als einzige Quelle ersichtlich bist."

Carmine lehnt sich vor. „Wie ich schon sagte … Sie müssen nicht die Einzige sein, die es weiß. Nur die Einzige, die bereit ist, es zu erzählen.“

Mir kommt ein Gedanke. „Alles, was ich sage, ist vertraulich, richtig?“

„Absolut“, bestätigt Carmine.

„Ich gebe Ihnen nicht die Erlaubnis, die Geschichte zu verwenden, aber zum Beispiel hatte jemand letztes Jahr einen Unfall und hat dabei den Wagen eines Teamkollegen zu Schrott gefahren, was einige Probleme nach sich zog. Meinen Sie so etwas?“

Ich fühle mich nicht schlecht dabei, ihm davon zu erzählen, denn Hendrix hat mir gesagt, dass ein offizieller Unfallbericht ausgefüllt wurde. Daher ist es kein Geheimnis.

„Ja, genau so etwas“, erwidert Carmine aufgeregt, wobei ein undefinierbarer Ausdruck über sein Gesicht huscht. „Wenn Sie mir genau berichten, was passiert ist …“

„Moment mal“, werfe ich ein und mustere ihn für einen langen Moment, wobei ein anzügliches Funkeln in seinen Augen aufblitzt. Bisher wirkte er äußerst professionell, doch plötzlich bekomme ich ein ungutes Gefühl.

Hinzu kommt, dass es mir fast das Herz zerreißt, weil ich hier sitze und diese verrückte Idee überhaupt in Erwägung ziehe.

„Schatz“, meldet sich meine Mutter zu Wort. Zweifellos erkennt sie an der Art, wie ich die Schultern hängen lasse, dass ich Zweifel hege. Sie packt meinen Arm. „Das ist die einzige Möglichkeit, um sicherzustellen, dass ich das Geld bekomme“, sagt sie und festigt ihren Griff. Dann beugt sie sich vor und senkt ihre Stimme zu einem Flüstern, damit Carmine sie nicht hören kann: „Es ist der einzige Weg, um mir das Leben zu retten.“

Ich habe ein Gefühl, als wäre eine Herde Elefanten auf meiner Brust herumgetrampelt. Mir dreht sich der Magen um, als unzählige Emotionen auf mich einstürmen. Ich habe ein schlechtes Gewissen, denn ich könnte Hendrix ernsthaft schaden. Zudem bin ich wütend auf meine Mutter, weil sie mich in diese Situation gebracht hat, und ich bin verwirrt, weil ich nicht weiß, wie ich ihr helfen und gleichzeitig meine Integrität bewahren soll.

Plötzlich trifft es mich wie ein Blitz.

Es ist ganz einfach. Ich kann unmöglich meine moralischen Werte und Prinzipien wahren, wenn ich dieses Interview gebe.

Plötzlich werde ich von einem tiefen Bedauern übermannt, das sich fast in Form eines Schluchzens Bahn bricht. Ich schnappe mir meine Handtasche und stehe so hastig auf, dass ich dabei meinen Stuhl umwerfe. Dann wende ich mich meiner Mutter zu. „Es tut mir leid. Ich kann das nicht tun. Du verlangst von mir, dass ich das Vertrauen eines Mannes missbrauche, der mir wichtig ist, und das kann ich unmöglich tun.“

„Selbst wenn du mir damit schaden könntest?“, fragt sie. „Ich könnte verletzt werden … oder sogar getötet.“

„Ich werde einen anderen Weg finden“, murmle ich, trete einen Schritt zurück und hebe den Stuhl auf. „Es tut mir leid.“

Dann mache ich auf dem Absatz kehrt und stürme aus dem Café. Draußen bleibe ich stehen und atme die kalte Luft ein. Vornübergebeugt schnappe ich nach Luft und frage mich, ob ich die richtige Entscheidung getroffen habe. Ich versuche, tief durchzuatmen, und glaube, am Rande einer Panikattacke zu stehen. Zwar habe ich noch nie zuvor eine erlitten, aber ich habe das Gefühl, mit einer Fingerspitze einen Stapel Teller zu balancieren, der jeden Moment auf dem Boden zerschellen wird.

„Wie konntest du das nur tun, Stevie?“

Ich wirble herum und stelle fest, dass meine Mutter mir nach draußen gefolgt ist. Als ich den wütenden Ausdruck in ihren Augen sehe, drücke ich den Rücken durch und straffe die Schultern. „Es tut mir leid, aber du kannst so etwas nicht von mir verlangen. Damit würde ich mir selbst schaden. Ich werde mir etwas anderes einfallen lassen.“

„Du hattest bereits zwei Wochen Zeit“, blafft sie mich an.

„Ich werde versuchen, einen Kredit aufzunehmen.“

„Das dauert viel zu lange.“

Ich werde von Wut gepackt. „Verdammt noch mal, Mom. Es ist nicht mein Problem, sondern deins. Mein ganzes Leben lang hast du mir keinen Grund gegeben, weshalb ich dir jetzt helfen sollte, und trotzdem versuche ich mein Bestes. Wie kannst du es wagen, die Gekränkte zu spielen, weil ich nicht in der Lage bin, zehntausend Dollar aus dem Nichts herbeizuzaubern?“

Sie macht einen Schritt auf mich zu, während ihre Miene weicher wird und ihr Tränen in die Augen steigen. „Ich bin vielleicht keine gute Mutter gewesen, aber ich bin immer noch deine Mutter. Du bist mein Fleisch und Blut. Zuvor war ich zwar nicht für dich da, doch jetzt bin ich es. Ich bemühe mich wirklich.“

Ich atme tief durch. „Ja, ich weiß. Aber ich habe meine Grenzen, was die Dinge angeht, die ich bereit bin, für dich zu tun, und mit diesem Reporter würde ich diese Grenzen überschreiten.“

„Undankbare Göre“, zischt sie. Ich bin so verblüfft von dem plötzlichen Sinneswandel, dass ich einen Schritt zurückweiche. „Und du fragst dich, warum ich dich verlassen habe? Genau deshalb. Du warst ein kleines Monster, hast immer nur gejammert und an mir gezerrt. Du und deine Halbschwestern … ihr wart schniefende kleine Gören und habt meine ganze Zeit in Anspruch genommen.“

„Sei still“, flüstere ich.

„Du weißt, dass es wahr ist. Wenn du ein besseres
Kind gewesen wärst, wäre ich vielleicht geblieben.“ Sie
macht wieder einen Schritt auf mich zu und presst wütend die Lippen zu einer dünnen Linie zusammen. „Du
bist zu nichts nutze, Stevie. Ein absoluter Taugenichts.“

Viele Menschen würden an ihren Vorwürfen zerbrechen, doch dank meines Vaters bin ich aus härterem
Holz geschnitzt. Die jahrelange Therapie, die unzähligen Einträge in mein Tagebuch und ein gutes Vorbild
haben mich auf diesen Tag vorbereitet. Den Tag, an
dem ich mich meiner Mutter und ihren Fehlern stellen
muss – wieder einmal.

Im Grunde meines Herzens weiß ich, dass ihre Worte
nicht der Wahrheit entsprechen. Mit ihrer hasserfüllten
Schimpftirade wird sie nicht in der Lage sein, mich zu
brechen. Insgeheim bemitleide ich sie sogar.

Aber ich bin verletzt, weil ich glaubte, wir könnten
eine Art von Beziehung zueinander aufbauen. Mit einem Mal werden all meine Hoffnungen zu Staub zermahlen, und ich habe das Gefühl, daran zu ersticken.

Aber ich bin keine Masochistin und weiß, wann es
Zeit ist, zu gehen. Ich mache auf dem Absatz kehrt und
gehe in Richtung meines Wagens.

„Lauf nicht weg“, ruft sie mir nach.

Ich ignoriere sie, werfe zuerst einen Blick nach links
und dann nach rechts und danke dem Himmel, dass gerade kein Auto kommt. Noch während ich über die
Straße jogge, greife ich in meine Handtasche, um meine
Schlüssel herauszuziehen.

„Du undankbare Schlampe!“, schreit sie, als ich meinen Wagen erreiche. Ich muss tatsächlich lachen.

Ich bin die Undankbare? Das ist die pure Ironie.

Ohne sie eines weiteren Blickes zu würdigen, steige ich in meinen Wagen, starte den Motor und fädle mich in den Verkehr ein. Dann fahre ich direkt zum Tattoo-Studio meines Vaters.

***

Statt den Laden durch die Kneipe zu betreten, gehe ich durch die Vordertür. Ich hatte geplant, mir den Tag freizunehmen, weil ich nicht sicher war, wie das Treffen heute Morgen verlaufen würde, und ich habe die richtige Entscheidung getroffen. Jetzt, da das Adrenalin langsam nachlässt, bin ich ziemlich aufgewühlt.

Einer der Tätowierer namens Samuel sitzt am Empfang und liest eine Zeitschrift. Er sieht auf und lächelt. „Hey, Stevie. Suchst du deinen Vater?"

„Ja. Ist er bei einem Kunden?"

Samuel schüttelt den Kopf. „Er ist gerade fertig geworden und ist im Pausenraum."

„Danke." Ich gehe nach hinten, wobei ich mehrere Liegen passiere, von denen einige besetzt sind. Das Studio ist von frühmorgens bis Mitternacht geöffnet, daher arbeiten die Künstler in verschiedenen Schichten.

Als ich die Tür zum Pausenraum aufstoße, fällt mein Blick sofort auf meinen Vater, der an der Spüle lehnt. Er hat die Arme vor der Brust verschränkt und hört einem seiner Angestellten zu, der gerade etwas erzählt.

Er braucht nicht einmal eine Sekunde, um zu erkennen, dass etwas nicht stimmt. „Alle raus", knurrt er.

Die Angestellten schieben blitzschnell ihre Stühle zurück und drängen sich hastig an mir vorbei. Als die Tür hinter mir ins Schloss fällt, fragt mein Vater: „Was ist los?"

Noch vor wenigen Minuten habe ich mich stark gefühlt. Ich hatte mich behauptet, meine Moral bewahrt mich gegen eine giftige Mutter durchgesetzt. Jetzt, wo ich in der Gegenwart meines Vaters bin und die Liebe und Sorge in seinen Augen sehe, verliere ich die Fassung. Er kennt mich einfach zu gut und weiß, dass etwas nicht stimmt.

Ich breche in Tränen aus, die mir ungehindert über die Wangen kullern, während ich mich krümme und die Arme um meinen Bauch schlinge.

„Verdammte Scheiße", brummt mein Vater und im nächsten Moment hält er mich im Arm. Er wiegt mich hin und her und redet mit sanfter Stimme auf mich ein. „Es ist alles gut. Lass es raus. Was auch immer passiert ist, ich stehe hinter dir, Carrots."

Ich schüttle den Kopf, schlinge meine Arme um seine Taille und vergrabe mein Gesicht an seiner Brust.

„Hat dieses Arschloch dir wehgetan?", knurrt er.

Mit den Worten bringt er mich tatsächlich zum Lachen und ich drehe meinen Kopf zur Seite. „Nein … es hat nichts mit Hendrix zu tun. Er ist wunderbar und du weißt, dass er kein Arschloch ist."

„Dann ist es deine Mutter", stellt er mit bestimmter Stimme fest.

Er weiß es.

„Es ist furchtbar, Dad." Ich neige den Kopf zurück und sehe ihn an. „Es ist sogar noch schlimmer, als du dir vorstellen kannst."

„Wahrscheinlich hat sie dich in irgendein betrügerisches Vorhaben oder Drama verwickelt", vermutet er leise.

Ich blinzle überrascht und löse mich aus seiner Umarmung.

„Denkst du etwa, ich kenne diese Frau nicht?", brummt er. „Mein Gott, Stevie. Ich habe gesehen, wie sie den kostbarsten Engel der Welt verlassen hat, also weiß ich, dass sie ein paar Schrauben locker hat."

Ich schäme mich dafür, dass ich mich von ihr in diese Sache habe hineinziehen lassen.

„Willst du mir davon erzählen?“, fragt er.

„Äh …“ Ich sehe zu ihm auf und begegne seinem Blick. „Nein, ich glaube nicht. Ich habe es selbst in geregelt. Es ist vorbei.“

„Vorbei?“

„Das soll heißen, dass ich unmöglich eine Beziehung zu ihr aufbauen kann. Der Grund ist nebensächlich.“

Mein Vater hakt nicht weiter nach. Er weiß, dass ich mich ihm anvertrauen werde, falls ich es mir von der Seele reden muss.

Mein Fels in der Brandung.

„Also schön. Wenn du damit klarkommst, komme ich es auch.“

„Es geht mir gut“, sage ich und wäge meine Emotionen ab. Im Grunde bin ich mit mir im Reinen, weil ich weiß, dass ich alles versucht habe, um zu meiner Mutter eine Beziehung aufzubauen, und dass mein Vater, wie immer, hinter mir steht.

„Willst du mir dabei zusehen, wie ich jemandem den Rücken tätowiere?“, fragt er.

„Gern“, antworte ich mit einem Lächeln, schließlich habe ich sonst nichts zu tun, bis es Zeit ist, ins Stadion zu fahren. Brienne Norcross hat mich eingeladen, mir das Spiel mit ihr und den anderen Frauen anzusehen, die ich durch Harlow letzte Woche im Mario’s kennengelernt habe.

Ich freue mich schon sehr auf den Abend. Nicht nur, weil ich in der Eigentümerloge sitzen werde, sondern auch, weil ich Zeit mit Harlow verbringen kann. In den vergangenen Jahren waren wir beide sehr beschäftigt. Sie hat ihre eigene Anwaltskanzlei eröffnet und ich hatte alle Hände mit der Kneipe zu tun, sodass wir uns nicht allzu oft treffen konnten. Dadurch, dass wir beide mit einem Spieler der Titans zusammen sind, können wir uns zumindest bei Heimspielen sehen.

Hendrix und ich haben vor, nach dem Spiel auszugehen. Ich will mit ihm mit der Standseilbahn Duquesne Incline fahren, und danach übernachten wir der Einfachheit halber bei ihm zu Hause.

Später, nachdem Hendrix und ich das Bett dann fast zum Einsturz gebracht haben, werde ich meine trübe Stimmung, die meine Mutter verursacht hat, hoffentlich überwunden haben. Und morgen wird die Sonne wieder scheinen.

Kapitel 19

Stevie nackt in meinen Armen zu haben, ist zweifellos das beste Gefühl der Welt. Die Titans haben heute Abend gegen die Winnipeg Rebels gewonnen, die eine wirklich starke Mannschaft ist. Danach hat Stevie mich zur Duquesne Incline mitgenommen. Ich spiele nun schon seit vier Jahren für die Titans, aber ich bin noch nie mit der historischen Standseilbahn den Hügel hinaufgefahren, von dem aus man eine fantastische Aussicht hat.

Es war magisch, das mit jemandem zu erleben, der mir so viel bedeutet. Dicke Schneeflocken fielen träge vom Himmel, während wir uns auf der Aussichtsplattform aneinander kuschelten und die Skyline von Pittsburgh bewunderten. Die Lichter der beleuchteten Gebäude spiegelten sich funkelnd im Wasser der drei Flüsse, die an diesem Punkt zusammenfließen. Ich musste lachen, als Stevie einen kleinen Flachmann mit Bourbon aus der Tasche zog.

Wir nippten daran, während wir uns über alles Mögliche unterhielten. Das Spiel, das Leben, über meinen Nachbarn, der es sich zur Aufgabe gemacht hat, vor Ankunft der Müllabfuhr alle Mülltonnen in unserer Straße gerade zu rücken, und über Stevies Barkeeper, der heute vier Stunden durchgehend Schluckauf hatte.

So zauberhaft es war, mit einer schönen, klugen, humorvollen und bezaubernden Frau Zeit zu verbringen, nichts ist besser, als sie nackt in meinen Armen zu haben.

Wir liegen jetzt schon eine Weile einander zugewandt in meinem Bett, küssen und berühren uns, lachen miteinander und werden dann wieder ernst, wenn die Erregung überhandnimmt.

Ich lasse eine Hand über ihren Rücken und ihren Hintern gleiten, dann schiebe ich sie zwischen ihre Schenkel und in ihre feuchte Spalte. Unsere Lippen sind miteinander verschmolzen, während wir uns leidenschaftlich küssen und sie mit einer Hand meinen Schwanz streichelt.

Ich lasse meine Lippen über ihr Kinn und ihre Kieferpartie gleiten, bevor ich mit den Zähnen ihren Hals liebkose. „Du bist so verdammt sexy. Gerade wenn ich denke, dass du nicht noch sinnlicher sein könntest, übertriffst du dich selbst.“

Stevie stößt ein heiseres Lachen aus und drückt grob meinen Schaft, sodass mir unwillkürlich ein erregtes Knurren entfährt. Sie zieht den Kopf zurück und neigt ihn nach vorn, um an unseren Körpern hinunterzublicken. Ich folge ihrem Blick und beobachte, wie ihre Hand meinen Schwanz massiert, um dann mit dem Daumen die ersten Lusttropfen von meiner Eichel zu streichen.

Einen Moment starrt sie meinen Schwanz nur an, und ich frage mich, ob sie darüber nachdenkt, mich mit dem Mund zu verwöhnen. Stevie beherrscht die Kunst des Oralsex meisterlich, genau wie ich, daher ergänzen wir einander perfekt. Und falls sie mir jetzt wirklich einen blasen will, werde ich mich bereitwillig auf den Rücken legen und sie gewähren lassen. Wahrscheinlich werde ich sie auf mich ziehen und mich mit ihr in der Neunundsechzig-Stellung vergnügen.

Doch zu meinem Erstaunen tut sie etwas, was meinen Schwanz härter werden lässt, als ich es je für möglich gehalten hätte. Sie führt ihren Daumen an ihre Unterlippe und benetzt sie mit dem Saft meiner Erregung.

Ich stöhne auf, als ich ihren feucht glänzenden Mund betrachte. Sie rutscht näher an mich heran, wobei sie immer noch meinen Schaft streichelt, und flüstert: „Küss mich.“

Meine Güte, das ist so sexy. Ohne zu zögern, presse ich meinen Mund auf ihren und lasse meine Hand an ihren Hinterkopf wandern, um sie festzuhalten. Als ich mich selbst auf ihren Lippen schmecke, verspüre ich den unbändigen Drang, sie zu verschlingen.

Ich drehe mich auf den Rücken und ziehe Stevie so plötzlich auf mir hoch, sodass sie überrascht aufschreit. Dann rutsche ich ein Stück auf der Matratze hinunter und gebe ihr einen Klaps auf den Hintern. „Ich will, dass du mein Gesicht reitest, Baby."

„Hendrix", keucht sie, als ich ihre Hüften packe, um sie in Position zu bringen. Sie greift jedoch nach dem Kopfteil und streckt die Arme durch, um sich gegen die Bewegung zu wehren. „Ich kann das nicht. Es ist zu viel."

„Und ob du das kannst. Ich werde dich jetzt mit meinem Mund verwöhnen und dann wirst du meinen Schwanz reiten."

Ich spüre, wie sie sich entspannt. Sie wehrt sich nicht, als ich sie weiter nach oben ziehe, doch dann gebietet sie mir noch einmal Einhalt, indem sie die Hand an mein Kinn legt und leicht zudrückt, um meine Aufmerksamkeit auf sich zu ziehen.

Ich lasse meinen Blick über ihren Bauch und ihre fantastischen Brüste nach oben gleiten und stelle fest, dass sie auf mich hinabstarrt. „So etwas habe ich noch nie erlebt."

Meine Brust fühlt sich plötzlich so leicht an, als wäre sie mit Helium gefüllt. Ich löse meinen Griff um ihre Hüften und ergreife ihre Hand, um ihr einen Kuss auf die Handfläche zu drücken. „Was meinst du?"

„Diese Intensität. Wenn wir zusammen sind, habe ich das Gefühl, dass zwischen uns eine elektrische Spannung herrscht. Manchmal sind deine Berührungen so erregend, dass ich fast befürchte, ich könnte sie nicht ertragen."

Mit einem Lächeln schiebe ich ihre Hand zwischen ihre Schenkel, damit sie sich selbst streichelt. Sie schließt die Augen und stöhnt auf.

„Mir geht es genauso, Stevie. Noch nie zuvor hat mich jemand so tief berührt. Und es gibt kein besseres Gefühl als das, das ich empfinde, wenn ich in dir komme. Es hat den Anschein, als würde diese Sache zwischen uns sogar besser und besser werden, nicht wahr?"

Sie öffnet die Augen und begegnet meinem Blick. „Da hast du recht. Besser und besser."

„Dir ist es also auch nicht entgangen. Wir respektieren beide diese Verbindung zwischen uns und lassen sie nicht mehr los. Wir halten sie fest."

Sie löst die Finger von ihrer Scham und schlingt ihre Finger um die meinen, um meine Hand fest zu drücken. „Wir halten sie fest."

Ich packe erneut ihre Hüften und drücke zu. „Und jetzt sei ein braves Mädchen und setz dich auf mein Gesicht."

***

Ich streichle sanft über Stevies Rücken, während sie auf mir liegt. Sie hat sich nicht mehr gerührt, seit sie vor Minuten auf mir zusammengesackt ist, nachdem sie uns beide in den Himmel der Ekstase katapultiert hat.

Sie bot einen wunderbaren Anblick, als sie mich hemmungslos ritt. Ich bewundere ihre Ausdauer, vor allem, da ich sie kurz zuvor noch mit meinem Mund befriedigt habe.

„Lebst du noch?", frage ich sie.

„Ich bin mir nicht sicher", murmelt sie. „Ich glaube, ich wurde in eine andere Dimension transportiert. Es wäre möglich, dass ich zurück bin. Wer weiß?"

Lachend schlinge ich meine Arme um sie und drücke ihr einen Kuss auf den Kopf, bevor ich uns auf die Seite drehe. Sie verschlingt ihre Beine mit meinen und legt eine Hand an meine Brust, direkt über mein Herz, das nun wieder in einem gleichmäßigen Rhythmus schlägt.

„Und jetzt solltest du mir sagen, was dich bedrückt", sage ich und unterbreche damit den innigen Moment.

Sie zuckt zusammen und zieht den Kopf zurück, um mich mit einem sowohl überraschten als auch argwöhnischen Ausdruck in den Augen zu mustern. „Wie kommst du darauf, dass etwas nicht stimmt?"

Ich beuge mich vor und drücke ihr einen Kuss auf die Nasenspitze. „Du musst doch verstehen, dass ich merke, wenn etwas nicht stimmt. Wir beide haben viele intime Stunden miteinander verbracht – sowohl in diesem Bett als auch außerhalb. Dabei haben wir unzählige Gespräche geführt. Du bist ein Kunstwerk, Stevie, also betrachte ich dich genau. Ich beobachte deine Mimik und deine Körperhaltung und präge mir alles ins Gedächtnis ein. Mich interessiert alles an dir, daher ist es für mich offensichtlich, wenn du dich anders verhältst als sonst."

Der misstrauische Ausdruck in ihren Augen weicht einem sanften. „Du bist wirklich ein guter Freund. Ich weiß nicht, womit ich dich verdient habe, aber wenn ich es herausgefunden habe, werde ich es wiedergutmachen."

Ich ziehe die Augenbrauen in die Höhe, während ein Lächeln meine Lippen umspielt. „Ein guter Freund? Katapultieren gute Freunde dich denn in den Himmel der Ekstase?"

Ein Grinsen breitet sich auf ihrem Gesicht aus. „Mein Freund schon. Er heißt Hendrix Bateman und ist der beste Liebhaber, den ich je hatte. Er bringt mich dazu, vor Lust in tausend Stücke zu zerspringen, setzt mich dann wieder zusammen, weil er jedes kleine Detail an mir beobachtet und bemerkt, wenn etwas nicht stimmt.

Jede Frau sollte so glücklich sein, jemanden wie ihn ihren Freund nennen zu können."

Ich lege einen Finger unter ihr Kinn und vergewissere mich, dass sie meinem Blick begegnet, bevor ich sage: „Also schön, Freundin … dann erzähl mir, was los ist."

Stevie zuckt mit den Schultern und lässt ihren Blick auf meine Brust wandern, über die sie ihre Fingerspitzen kreisen lässt. „Ich möchte wirklich nicht über die Einzelheiten sprechen."

„Ich muss die Einzelheiten nicht hören. Sag mir einfach, wie du dich fühlst."

Sie sieht mir wieder in die Augen und betrachtet mich mit einem Blick, mit dem sie zu fragen scheint: *Bist du wirklich real?*

„Sag es mir. Ich will wissen, wie es in dir aussieht."

Stevie lächelt traurig und stößt einen schweren Seufzer aus. „Es ist die gleiche alte Geschichte. Ich wurde schon wieder im Stich gelassen. Das bisschen Vertrauen, das ich gefasst hatte, wurde zerstört. Ich hatte Loyalität erwartet, wurde aber enttäuscht. Und die Hoffnung auf eine Beziehung – vielleicht sogar auf Liebe – ist zu Asche verbrannt."

Es fällt mir nicht schwer, zu erkennen, wer dafür verantwortlich ist. „Deine Mutter?"

„Ja. Ich glaube nicht …" Sie verstummt, und ich gebe ihr einen Moment Zeit, um ihre Gedanken zu sammeln. Als sie fortfährt, schwingen unzählige Emotionen in ihrer Stimme mit. „Ich glaube nicht, dass meine Mutter fähig ist, mir irgendetwas zu geben. Sie kann mir nicht einmal einen Hauch von Fürsorge zuteilwerden lassen."

„Es tut mir leid, Baby." Ich ziehe sie zu mir und drücke sie fest an mich. „Ich weiß, es tut weh."

Ich spüre ihren Atem an meiner Brust, als sie fragt: „Was soll ich tun?"

Ich denke einen Moment darüber nach und gehe im Geiste alles durch, was ich über Stevie und ihre schwierige Vergangenheit mit ihrer Mutter weiß. Zwar kenne ich die Umstände nicht, die zu ihrer erneuten Enttäuschung geführt haben, aber ich höre in ihrer gequälten Stimme, wie verletzt sie ist.

Sie will wissen, ob sie sich weiterhin um ihre Mutter bemühen soll. Und sie fragt mich, weil sie weiß, dass wir dieselben Werte teilen und jemanden nicht so einfach aufgeben. Verdammt, Stevie ist nur mit mir ausgegangen, weil ich hart an einer brüchigen Beziehung mit Tracy gearbeitet habe, obwohl ich verdammt gut wusste, dass sie nicht die Richtige für mich war.

„Ich denke, es ist an der Zeit, dass du loslässt“, antworte ich schließlich. „Wahrscheinlich solltest du langsam aufhören, auf eine Zukunft mit ihr zu hoffen.“

„Ja“, sagt sie leise. „Ich denke, du hast recht.“

Kapitel 20

Stevie

„Das hier ist zweifellos der bessere Teil der Stadt", murmle ich ehrfürchtig, als wir an der Villa von Brienne Norcross vorbeifahren. Sie ist hell erleuchtet, in den Fenstern hängen weihnachtliche Kränze mit silbernen Schleifen und die Büsche sind mit funkelnden Lichterketten geschmückt. Wahrscheinlich habe ich noch nie etwas Magischeres gesehen.

Hendrix findet einen Parkplatz einen Häuserblock weit entfernt. Wir gehen Arm in Arm zum Haus und schmiegen uns aneinander, um uns gegen die Kälte zu schützen. Heute feiert das ganze Team zusammen Weihnachten, ganz im Stil der Titans.

Hendrix ist erst in den frühen Morgenstunden von einem Auswärtsspiel aus Vegas zurückgekommen und hat den heutigen Tag damit verbracht, etwas Schlaf nachzuholen, Wäsche zu waschen und Rechnungen zu bezahlen. Das bedeutet, dass ich ihn eineinhalb Tage lang nicht gesehen habe, die mir jedoch wie ein Monat erschienen sind. Ich will meinen Arm nie wieder von seinem lösen.

Ja, unsere Beziehung ist zwar eine stürmische Romanze, aber meine Gefühle für Hendrix sind alles andere als flüchtig. Außer für meinen Vater habe ich noch nie für einen Menschen derart tiefe und starke Verbundenheit empfunden.

Und ich weiß, dass es ihm genauso geht. Hendrix scheut sich nicht, offen über seine Emotionen zu sprechen und zu sagen, was er denkt.

Das Einzige, was mein Glück manchmal trübt, ist die Angst vor dem Verlassenwerden, die in mir hin und wieder aufflammt. Je mehr ich für ihn empfinde, desto mehr wird mir bewusst, wie schmerzhaft es wäre, falls er sich je von mir trennen würde. In solchen Momenten muss ich jedoch logisch denken, denn tief im Inneren weiß ich, dass er nicht der Typ Mann ist, der eine Frau einfach verlässt. Er sucht eine solide, feste Beziehung und ich bin bereit, sie ihm zu geben.

Aber wenn eine Mutter ihr kleines Mädchen im Stich lassen kann, dann …

„… deinem Vater ein Geschenk zu besorgen.“

„Wie bitte?“, frage ich und sehe Hendrix an, als mir bewusstwird, dass ich in Gedanken versunken war.

„Wäre es in Ordnung, wenn ich deinem Vater etwas zu Weihnachten schenke?“ Als wir uns der Villa nähern, löst er seinen Arm von meinem und ergreift meine Hand. „Ich will ihn nicht in Verlegenheit bringen und will sicher keine Gegenleistung, aber ich dachte, ich könnte ihm zehn Tickets für Titans-Spiele schenken.“

„Er wäre begeistert“, versichere ich ihm. „Und er wird auf jeden Fall verlegen sein und sich fragen, ob er dir ebenfalls etwas hätte schenken sollen, denn er wird dir sicher nichts besorgen. Er ist nicht sonderlich gut in solchen Dingen, aber ich kann dir versichern, dass er dich wirklich mag.“

Hendrix lacht und drückt meine Hand. „Mehr will ich auch gar nicht.“

Wir stapfen die Veranda hinauf und betreten Briennes Haus. Da wir etwa zehn Minuten zu spät sind, ist die Party bereits in vollem Gange. Während der ersten fünf Minuten machen wir einen kleinen Rundgang, bei dem mir die Kinnlade herunterfällt. Die Räume sind mit Kristallleuchtern, hochwertigen Kunstgegenständen, geschnitzten Möbeln und wunderschönen Teppichen ausgestattet, während die Zierleisten mit komplizierten Mustern versehen sind, die mit Hand in das Holz geätzt wurden.

Einmal schiebt Hendrix sogar einen Finger unter mein Kinn, um meinen Mund zu schließen.

Mit einem Lachen flüstere ich ihm zu: „Ich hätte nie gedacht, dass ich einmal mit einem Eishockeyprofi ausgehen würde, doch jetzt bin ich hier mit einer ganzen Mannschaft, in der Villa einer der reichsten Frauen der Welt."

„Aber das Beste daran ist doch, dass du mit mir zusammen bist, nicht wahr?", fragt Hendrix.

„Bei Weitem das Beste", antworte ich mit einem Nicken.

„Gut."

Hendrix und ich holen uns an der Bar etwas zu trinken und sehen uns die verschiedenen Büfetts an, die überall im Haus verteilt sind. Wir entschließen uns, uns zuerst unters Volk zu mischen und erst später etwas zu essen.

Ich weiß, dass die Spieler, die zusammen in einer Line aufgestellt sind, auch abseits der Eisfläche eine enge Verbindung zueinander haben. Hendrix ist in der Second Line mit Foster Macinnis, Liam Nicholson, Darius Cermak und Camden Poe, und mit ihnen verbringt er für gewöhnlich auch ein Teil seiner Freizeit.

Heute Abend haben sich jedoch alle um ihre Partnerinnen versammelt.

Ich wurde in der Gruppe von Frauen willkommen geheißen und bin nun eine von ihnen. Brienne hat uns alle zusammen in die Eigentümerloge eingeladen, zudem findet offenbar einmal im Monat ein Mittagessen statt, dem ich ebenfalls beiwohnen soll. Jetzt stehe ich mit Brienne, Harlow, Tillie, Jenna und Sophie in einer Runde.

Und die Männer haben sich ihren Frauen angeschlossen – Drake, Stone, Coen, Gage und Baden. Drei von ihnen sind Spieler und zwei Trainer, doch darum schert sich im Moment niemand, denn sie alle feiern Weihnachten als Freunde zusammen.

„Da ist ja der Mann der Stunde“, ruft Gage aus.

Wir drehen uns alle um und erblicken Coach West, der mit seiner Freundin Ava an der Hand auf uns zukommt. Ich habe die beiden noch nie getroffen, doch die anderen Frauen sind offensichtlich mit Ava bekannt, denn sie umarmen sie, während Coach West allen die Hand schüttelt.

Als er uns erreicht, stellt Hendrix mich vor. „Coach, das ist meine Freundin Stevie.“

Wir schütteln einander die Hände und er sagt: „Es freut mich sehr, Stevie.“

„Es ist mir eine Freude, Sie kennenzulernen, Coach West.“

„Cannon“, erwidert er streng und verzieht dann die Lippen zu einem Grinsen. „Zumindest, solange wir uns auf einer Weihnachtsparty befinden.“

Ich werde Ava vorgestellt, bevor die Männer sich uns wieder anschließen. Nach einer Weile stehen wir alle in kleineren Gruppen zusammen, schmieden Pläne und entscheiden uns schließlich dazu, uns etwas zu essen zu holen.

Hendrix und ich laden unsere Teller voll, füllen unsere Gläser nach und setzen uns mit Tillie und Coen in eine Ecke.

„Wir überlegen, ob wir morgen nach dem Spiel in deine Bar kommen“, bemerkt Tillie.

„Oh, das wäre großartig. Ich werde euch einen Tisch reservieren.“

„Wir brauchen eine Abwechslung vom Mario’s“, erklärt Coen, während Hendrix nickt. „Der Laden ist toll und die Fans sind wunderbar, aber es ist alles …“

„Überwältigend“, beendet Hendrix den Satz für ihn. „Wenn wir Singles wären, die sich von den Fans bejubeln lassen wollen, wäre Mario’s der richtige Ort für uns.“

Als Hendrix nichts Weiteres sagt, fährt Coen fort: „Aber da wir mit supersexy Frauen zusammen sind, die unsere ganze Aufmerksamkeit in Anspruch nehmen, ist uns die entspanntere Atmosphäre im Jerry's lieber."

Tillie und ich tauschen einen Blick aus und sie schnaubt: „Ihr seid ja völlig verrückt."

„Das bin ich wirklich, ich bin verrückt nach ihr", gesteht Hendrix, beugt sich zu mir vor und küsst mich sanft.

Mein Herz schmilzt dahin, weil er seine Gefühle ungeniert vor seinem Mannschaftskameraden offenbart. „Zum Glück bin ich auch verrückt nach ihm", murmle ich.

„Meine Güte, es ist ja schon widerlich, wie zuckersüß ihr beiden seid", murmelt Coen mit angewiderter Miene.

Hendrix schüttelt den Kopf. „Oh, nicht doch, du musst gerade etwas sagen, Kumpel. Wir haben uns auch deine endlose Schwärmerei über Tillie anhören müssen, als du zum Team zurückgekehrt bist. Also reiß dich zusammen."

„Nun", erwidert Coen mit einem verschmitzten Lächeln, wobei er einen Arm um Tillies Schultern schlingt und sie an sich zieht. „Ihr werdet noch mehr zu hören bekommen, denn ich habe sie endlich dazu überredet, nach Pittsburgh zu ziehen."

„Wirklich?", rufe ich freudig aus. „Das ist ja großartig."

Tillie hat mir von ihrer Fernbeziehung mit Coen erzählt und erwähnt, wie viel Kummer es ihr bereitet, getrennt von ihm zu leben. Es ist schwer genug, eine Beziehung mit jemandem zu führen, der so oft auf Reisen ist, doch es ist noch anstrengender, wenn einer der Partner eine dreieinhalbstündige Fahrt entfernt wohnt.

Tillie strahlt über das ganze Gesicht. „Ich habe jemanden gefunden, der mir hilft, meine Kurse zu geben. Außerdem kann ich meine Termine abstimmen, wenn ich hin und wieder für längere Zeit nach Coudersport muss.“

„Ich dachte mir schon, dass es so kommen würde“, lacht Hendrix.

„Mann, ich hatte es gehofft“, erwidert Coen.

Ich freue mich so sehr für Tillie. Wie auch Hendrix hält Coen nicht hinter dem Berg, wenn es um seine Freundin geht. Im Unterschied zu Hendrix war Coen zuvor jedoch sehr verschlossen, daher ist diese Zurschaustellung seiner Gefühle eher ungewöhnlich für ihn. Bevor ich Hendrix begegnet bin, wusste ich natürlich nichts über ihn, aber mittlerweile kenne ich ihn gut genug, und ich weiß auch von seiner Tante Rory, dass er schon immer offen über seine Gefühle gesprochen hat.

Nachdem wir mit dem Essen fertig sind, mischen wir uns noch etwas unter die Gäste, bis alle Anwesenden dazu angehalten werden, sich in der großen Eingangshalle zu versammeln. Das Haus ist zwar riesig, aber um alle unterzubringen, ist das Foyer am besten geeignet, da die angrenzenden Zimmer auf beiden Seiten über große Eingänge verfügen. Von der Halle aus führt eine große Treppe ins obere Stockwerk, wobei sie sich in einem weiten Bogen symmetrisch nach links und rechts teilt. Sobald sich die Gäste eingefunden haben, schreitet Brienne Norcross fünf Stufen hinauf, damit alle sie sehen können.

Sie dreht sich um, verschränkt die Hände und lächelt strahlend. „Unsere erste Weihnachtsfeier“, verkündet sie und lässt ihren Blick langsam über die Runde schweifen, um ihren Worten Nachdruck zu verleihen. Dies ist zwar nicht die erste Weihnachtsfeier, die die Familie Norcross für die Titans ausrichtet, doch es ist die erste, die sie in der neuen Konstellation feiern. „Ich will ehrlich sein … als ich dieses Team übernahm, hatte ich eine Scheißangst.“

Damit erntet sie einige Lacher. „Ich hatte nicht geglaubt, dass ich das Zeug dazu hätte, dieses Team wieder aufzubauen. Adam war von uns derjenige, der sich mit Eishockey auskannte, während ich kaum verstanden habe, was ein Icing ist. Aber ich wusste, dass ich mich darauf stützen musste, was unser Vater Adam und mir beigebracht hat, nämlich hart zu arbeiten und nicht aufzugeben, bis der Job erledigt ist. Aber selbst mit harter Arbeit kommt man nicht weit, solange man nicht hervorragende Leute im Team hat. Und aus diesem Grund arbeite ich nur mit den Besten zusammen. Wir haben es vor allem Callum Derringer und seinen klugen Entscheidungen zu verdanken, dass wir heute hier stehen. Denn er hat euch alle eingestellt und mit euch ein hervorragendes Team aufgebaut.“

Ein tosender Applaus durchflutet das Foyer und ich lehne mich vor, um einen Blick auf den General Manager zu werfen. Er hebt anerkennend die Hand, wobei er allerdings ein wenig verlegen wirkt.

Brienne lässt ihren Blick über die Menge schweifen. „Wo ist Cannon West?“

Er steht links von Hendrix, und als er die Hand hebt, sieht Brienne in unsere Richtung, wobei ihre Augen belustigt funkeln. „Nun, mit unserem ersten Cheftrainer hatten wir keinen guten Start.“ Wieder lachen die Anwesenden, denn der erste Trainer, Matt Keller, war ein Idiot, der so ziemlich von allen gehasst wurde. Hendrix hat mir einmal erzählt, dass Keller eine schreckliche Bemerkung über Jennas Narben machte, woraufhin Gage die Nerven verlor. Keller wurde kurz darauf gefeuert und dafür respektiere ich Brienne umso mehr.

Sie fährt fort. „Coach West war das letzte Puzzlestück, das wir brauchten, um ein Team zuerschaffen, das die

Meisterschaft gewinnen könnte. Und ich denke, unsere Bilanz in dieser Saison spricht für sich selbst. Bisher können wir dreiundzwanzig Siege, acht Niederlagen und dreiundfünfzig Punkte verzeichnen. Wir sind Zweiter in unserer Division und liegen nur drei Punkte hinter dem Erstplatzierten."

Ein Jubeln schallt durch die Eingangshalle, woraufhin Brienne grinsend versucht, die Menge mit einer Geste wieder zur Ruhe zu bringen. „Ich möchte diese Gelegenheit nutzen, um offiziell zu verkünden, dass ich die Adam Norcross Charitable Foundation gegründet habe, deren Hauptziel es sein wird, Angehörige von Profisportlern, die entweder verstorben oder arbeitsunfähig geworden sind, zu unterstützen. Es handelt sich um eine Wohltätigkeitsorganisation, die weltweit agiert und alle professionellen und semiprofessionellen Sportarten abdecken wird. Durch den Flugzeugcrash wissen wir aus eigener Erfahrung, wie ein Unglück Witwen und Kinder zurücklassen kann. Es ist unglaublich schwer für jemanden, das Leben allein zu meistern, nachdem einem ein Familienmitglied von einem Moment auf den anderen entrissen wurde. Ich möchte euch Danica Brandt vorstellen, deren Ehemann Mitch unser Second Line Left Winger war und ebenfalls im Flugzeug saß. Danica, komm bitte her."

Ich drehe mich ruckartig zu Hendrix um. Er spielt ebenfalls in der Second Line und tat das auch, als das Flugzeug verunglückte. Er starrt mich mit einem von Trauer erfüllten Blick an und flüstert: „Er war ein guter Mann. Sie haben einen Sohn, Travis."

„Oh nein. Der arme Junge."

„Ja", murmelt er und richtet den Blick wieder auf Brienne. „Ich werde dir Danica vorstellen. Du wirst sie mögen."

Ich lege meinen Arm um seine Taille, während wir beobachten, wie eine zierliche junge Frau mit langen braunen Haaren die Treppe hinaufgeht und sich neben Brienne stellt. Sie hat vor gerade einmal zehn Monaten ihren Mann verloren und ich kann mir nicht einmal ansatzweise vorstellen, wie viel Schmerz sie empfinden muss. Nichtsdestotrotz lächelt sie selbstbewusst in die Menge.

Brienne schlingt ihren Arm um Danicas Taille, die die Geste erwidert. Es ist offensichtlich, dass die beiden gute Freundinnen sind. „Danica und ich gehen zu einer kleinen Selbsthilfegruppe, die für diejenigen gegründet wurde, die bei dem Flugzeugunglück einen geliebten Menschen verloren haben. Ich habe gesehen, wie sie nach Mitchs Tod nicht nur mit ihrer eigenen Trauer und der ihres Sohnes zu kämpfen hatte, sondern sich auch als alleinerziehende Mutter ohne Einkommen durchschlagen musste. Und sie ist nur ein Beispiel für die vielen Frauen – und auch Männer, denn es gibt auch weibliche Profisportlerinnen –, die die Scherben aufsammeln und versuchen müssen, ihr Leben nach einem solchen Verlust zu meistern. Ich verkünde mit Stolz, dass Danica die Leiterin dieser neuen, nach meinem Bruder benannten Wohltätigkeitsorganisation sein wird.“

Die Menge spendet Applaus, obwohl er aufgrund der traurigen Natur der Ankündigung etwas verhalten ist. Die Emotionen im Raum sind deutlich zu spüren.

„Ich würde mich freuen, wenn alle Spieler, die Danica noch nicht kennen, sich ihr vorstellen würden. Ihr werdet noch häufiger mit ihr zu tun haben, denn um Spenden zu sammeln, werde ich das gesamte Team verpflichten, ob ihr wollt oder nicht.“ Sie lächelte verschmitzt, als jemand aus der hinteren Reihe ruft: „Das gefällt uns!“

„Also schön, Leute“, wendet sich Brienne wieder an die Anwesenden. „Genießt Essen und Trinken. Falls ihr am Ende des Abends zu viel Alkohol getrunken habt, lasst eure Autoschlüssel hier. Ich werde euch ein Uber rufen und ihr könnt eure Fahrzeuge morgen abholen. Danke, dass ihr heute Abend alle gekommen seid.“

Brienne und Danica gehen die Treppe hinunter und die Menge zerstreut sich, als jemand ruft: „Wartet noch einen Moment.“

Ich erkenne Stones Stimme, und als Nächstes erblicke ich, wie er die Treppe hinaufjoggt, damit alle ihn sehen können. Ich werfe einen Blick auf Harlow, die wegen ihrer leuchtend roten Haare leicht zu erkennen ist. Sie scheint völlig verwirrt zu sein.

Aber ich weiß, was er vorhat. Ich habe auf diesen Moment gewartet.

„Ihr wisst alle, dass ich früher ein mürrisches Arschloch war und keinen von euch besonders mochte.“ Alle lachen über die selbstironischen Worte. Ich habe Stone durch Harlow getroffen und ihn während der letzten Monate ziemlich gut kennengelernt. Zwar hätte ich es nie für möglich gehalten, aber laut Harlow war er ein ziemlich reizbarer Kerl, als er dem Team beitrat. „Doch dann habe ich diesen sexy Rotschopf getroffen, der mir gegenüber wohnte und mich nach und nach aus meinem Schneckenhaus herauslockte. Diese Frau ist Harlow und ihr kennt sie alle. Daher wisst ihr auch, dass ich sie über alles liebe.“

Stone greift in seine Tasche, und noch bevor er die Ringschachtel herausziehen kann, jubeln alle vor Freude und Überraschung.

Hendrix beugt sich zu mir hinüber und flüstert: „Wusstest du davon?“

Mein Blick bleibt auf Harlow haften, deren Mund vor Schreck weit offen steht. „In gewisser Weise. Ich wusste, dass er um ihre Hand anhalten will, doch ich hatte keine Ahnung, wann und wie er es tun würde. Sieh sie dir an … ich glaube, ihr fallen gleich die Augen aus dem Kopf."

„Harlow", sagt Stone, woraufhin ich meine Aufmerksamkeit wieder ihm zuwende. In seiner Hand hält er die schwarze Samtschachtel, in der ein Diamantring funkelt. „Du kannst dir gar nicht vorstellen, wie lange ich schon darüber nachdenke, wie ich diesen Moment endlich wahrmachen kann. Schließlich habe ich mich dazu entschieden, es hier zu tun … vor meinen Mannschaftskameraden. Denn wir spielen nicht nur Eishockey zusammen, sie sind auch ein Teil meiner Familie. Und ich möchte, dass sie an meiner Freude teilhaben, wenn ich dich bitte, mich zu heiraten. Erfülle mir diesen Weihnachtstraum, Harlow, und werde meine Frau."

Stone stürmt die Treppe hinunter auf Harlow zu, woraufhin alle auseinanderstieben, um ihm Platz zu machen. Er ergreift ihre Hand und sinkt auf ein Knie. Ich kann die Tränen in Harlows Augen glitzern sehen und bekomme selbst feuchte Augen.

Hendrix schlingt einen Arm um meine Taille und drückt mich leicht.

Obwohl sie ihm offiziell nicht geantwortet hat, steckt Stone Harlow den Ring an den Finger. Sie wirft kaum einen Blick drauf, sondern packt den Kragen seines Hemds und zieht ihn hoch, um mit Wucht ihre Lippen auf seine zu pressen.

„Ich nehme an, das heißt Ja", lacht Hendrix.

Stone hebt Harlow hoch und wirbelt sie herum, wobei er sein Gesicht an ihrem Hals vergraben hat. Falls es in diesem Haus noch jemanden gibt, der in diesem Moment nicht dahinschmilzt, dann hat er ein Herz aus Stein.

Die nächste Stunde verbringen Hendrix und ich getrennt voneinander. Wie die meisten anderen Frauen eile ich sofort zu Harlow, um den Ring aus der Nähe zu betrachten. Ich lerne Danica und weitere Spieler kennen, bis ich irgendwann mit Callum Derringer in eine Unterhaltung über meine Kneipe verwickelt bin. Er hat von Jerry's Lounge gehört und würde sie sich gern ansehen. Nicht viele Leute wissen, dass sein Vater früher ein Biker war und Callum eine Harley besitzt. Wir vereinbaren einen Besuch, bei dem er meinen Vater treffen und vielleicht eine Runde mit ihm drehen kann.

Ich blicke mich suchend nach Hendrix um, aber er findet mich zuerst. Er schmiegt sich an meinen Rücken und legt seine Hände an meine Hüften, während er in mein Ohr flüstert: „Ich will dir etwas zeigen.“

„Was denn?“, will ich wissen, doch er ergreift nur meine Hand und zieht mich einen Flur hinunter in ein Musikzimmer, in dem sich eine Handvoll Gäste tummeln.

Hendrix führt mich in eine Ecke, in der ein wunderschönes Klavier aus Ebenholz steht. Er setzt sich auf einen Hocker und zieht mich zu sich, bevor er sich mir zuwendet.

Ich ziehe fragend eine Augenbraue in die Höhe. „Was tust du denn da? Ich weiß, dass du nicht Klavier spielen kannst, genauso wenig wie ich. Wir haben doch bereits darüber gesprochen, dass keiner von uns ein Instrument spielt.“

Hendrix grinst und zeigt nach oben. An einem Kronleuchter direkt über unseren Köpfen hängt ein mit rotem Samtband gebundener Mistelzweig. „Ich habe gehofft, wir könnten ein bisschen rumknutschen.“

Lachend versetze ich ihm spielerisch einen Stoß, doch er ergreift meine Handgelenke und zieht mich zu sich. Er presst seine Lippen ganz zärtlich auf meine, bevor er den Kopf wieder zurückzieht. „Ich habe gedacht …“

„Wenigstens einer von uns, denn ich kann keinen klaren Gedanken fassen, wenn du mich küsst.“

Hendrix lacht. „Ich hatte mir überlegt, Heiligabend hierzubleiben und erst am Morgen des ersten Weihnachtstages nach Hause zu fahren. Aber ich wollte mich nicht einfach aufdrängen und davon ausgehen, dass du willst, dass ich bei dir bleibe. Daher ...“

„Ja!“, rufe ich aus, beuge mich vor und küsse ihn. Da ich am ersten Weihnachtstag arbeiten muss, wollte Hendrix schon an Heiligabend nach Hause fahren. Doch dieser Vorschlag gefällt mir viel besser. „Ich werde für mich und meinen Vater kochen und würde mich freuen, wenn du mit uns feiern könntest.“

Hendrix grinst und küsst mich leidenschaftlich. „Dann haben wir also ein Date.“

Kapitel 21

Hendrix

Stevie lehnt am Türrahmen und schenkt mir ein Lächeln, bei dessen Anblick ich mich am liebsten auf sie stürzen würde. Ihr Vater ist gerade gegangen, nachdem wir zusammen mit ihm ein weihnachtliches, wenn auch einfaches Mahl genossen haben. Es gab Schinken, Kartoffelgratin und einen Auflauf mit grünen Bohnen, auf den ich allerdings verzichtet habe, da ich grüne Bohnen hasse.

Der Nachtisch hat mich jedoch mehr als entschädigt, denn Stevie hat einen Schokoladenkuchen mit Pekannussglasur gebacken. Sie hat ihn mir zuliebe gemacht, da sie weiß, dass es mein Lieblingskuchen ist. Ich hatte es während unseres ersten Dates beiläufig erwähnt und sie hat sich daran erinnert. Er war köstlich und mein Bauch ist voll.

So wie mein Herz.

Heiligabend mit ihr zu verbringen, ist etwas ganz Besonderes. Ich kann das Gefühl kaum beschreiben. Als ich meiner Familie erzählte, dass ich heute Abend nicht bei ihnen sein würde, haben sie es mit Fassung getragen. Sie waren jedoch nicht überrascht, denn ich habe sie über Stevie auf dem Laufenden gehalten. Mitte Januar werden sie alle hierherkommen, um sich ein Spiel anzusehen und sie kennenzulernen.

„Ich kann wohl mit Sicherheit behaupten, dass dein Geschenk für meinen Dad ein Hit war", murmelt Stevie, als sie sich vom Türrahmen abstößt.

„Ja … sein Brummen und sein anerkennendes Nicken haben mich tief im Herzen berührt", erkläre ich und schlage mir mit der Faust auf die Brust.

Stevie bricht in Gelächter aus, denn er hat mir noch etwas mehr Anerkennung gezollt. Er hat zwar nicht gerade überschwänglich reagiert, doch er hat sich sichtlich gefreut und als er sich bedankte, konnte ich sehen, dass er es wirklich ernst meinte.

Aber dann fügte er hinzu: „Von mir kannst du nichts erwarten. Außer Stevie schenke ich niemandem etwas."

„Verstanden", antwortete ich.

Ich eile auf sie zu, schlinge meine Arme um ihre Taille und frage: „Können wir jetzt unsere Geschenke austauschen?"

„Hatten wir etwas von Geschenken gesagt?"

Ich beuge mich vor und küsse sie leidenschaftlich. „Klugscheißer. Du hast doch gesehen, wie ich dir bei meiner Ankunft eines unter den Baum gelegt habe."

„Das heißt aber nicht, dass ich auch eins für dich habe", antwortet sie mit gespielt säuerlicher Stimme.

„Ich habe ein bisschen herumgeschnüffelt. Unter dem Baum liegt ein Päckchen, auf dem mein Name steht." Ich ziehe die Arme zurück und schiebe sie in Richtung Küche. „Hol den Eierlikör. Ich hole den Bourbon."

Wir mischen den Likör mit dem Whiskey in Gläsern und Stevie streut Muskatnuss darüber. Sie lässt klassische Weihnachtsmusik aus ihren Wi-Fi-Lautsprechern erklingen und wir lauschen Burl Ives, der „Holly Jolly Christmas" singt. Stevie schaltet die beiden Lampen im Wohnzimmer aus, sodass nur noch der Weihnachtsbaum erleuchtet ist.

„Setz dich", befehle ich ihr, während ich mein Getränk auf dem Couchtisch abstelle. „Ich hole die Geschenke."

Als ich mich wieder zu ihr umdrehe, hat sie sich an dem Ende der Couch zusammengerollt, das dem Baum am nächsten ist. Im Schein der bunten Lichter sieht sie zauberhaft aus. Bis auf ein paar lose Strähnen hat sie ihr

Haar hochgesteckt und die Frisur verleiht ihr ein frisches, jugendliches Aussehen. Sie trägt eine grüne Leggings, die mit winzigen Zuckerstangen bedruckt ist, und einen weißen, schulterfreien Pullover. Mit einem Paar weißen Flauschsocken an den Füßen macht sie den Eindruck, als sei ihr äußerst behaglich zumute, als wollte sie sich zurücklehnen, um ein Buch zu lesen oder sich mit mir in einer tiefgründigen Unterhaltung zu verlieren.

Darüber hinaus sieht sie zum Anbeißen aus, doch Sex steht bei mir im Moment nicht ganz oben auf der Tagesordnung. Ich möchte einfach nur mit ihr zusammen die weihnachtliche Stimmung genießen.

Ich ziehe die beiden Geschenke hervor. Das für mich ist eine Schachtel, die in rotes Geschenkpapier gewickelt und mit einer Satinschleife versehen ist. Die Schachtel ist etwa zwanzig Zentimeter lang, zehn Zentimeter breit und leicht wie eine Feder.

Auf dem Schildchen steht: Für Hendrix, von Stevie.

Das andere Geschenk ist von mir für sie. Da ich nicht gerade ein Meister im Verpacken bin, bekommt sie eine weihnachtliche Tüte, die mit einem Klebeband verschlossen ist.

Ich überreiche sie ihr mit einem verlegenen Lächeln. „Tut mir leid, dass mein Geschenk nicht so hübsch ist wie deins.“

„Ich schlafe ja auch nicht mit dir, weil du so toll Geschenke verpacken kannst, Hendrix“, erklärt sie mit einem Augenzwinkern.

Ich breche in Gelächter aus, lasse mich neben ihr auf die Couch fallen und drehe die rote Schachtel in meinen Händen um. Ich schüttle sie, kann aber nichts hören.

Ich lege sie auf meinen Schoß und zeige mit einem Nicken auf ihre Geschenktüte. „Du zuerst.“

„In Ordnung“, sagt sie vergnügt und reißt das Klebeband ab.

Ich beobachte ihren Gesichtsausdruck, als sie zwei Schmuckschatullen aus Samt herauszieht. Ich tippe auf das etwas kleinere Kästchen. „Mach das hier zuerst auf."

„Ist es das bessere Geschenk?", fragt sie mit einem verschmitzten Funkeln in den Augen.

„Es ist das teurere", versichere ich ihr.

„Du musst doch für mich nicht so viel …"

Ich beuge mich vor und küsse sie, um sie zum Schweigen zu bringen. „Ich kaufe dir, was immer ich will, also halt die Klappe."

Stevie wirft mir einen tadelnden Blick zu, klappt aber die Schachtel auf. Sie schnappt nach Luft und schlägt sich die Hand vor den Mund. „Hendrix … sie sind … umwerfend."

Das sind sie tatsächlich. Es sind Diamant-Ohrstecker, etwas mehr als ein Karat pro Stück.

Sie sieht zu mir auf und legt eine Hand an meine Wange. „Ich weiß nicht, was ich sagen soll."

„Ein Danke reicht völlig."

Sie beugt sich vor und drückt mir einen sanften Kuss auf die Lippen. „Danke", haucht sie in meinen Mund. „Du bist viel zu gut zu mir."

Ich nehme ihr die Schachtel ab und zeige mit einem Kopfnicken auf die andere. „Und jetzt mach diese hier auf. Das ist das beste Geschenk."

Die Diamanten sind zwar wunderschön und beweisen, wie ernst es mir mit ihr ist, aber sie sind nicht so persönlich wie das andere Schmuckstück.

Stevie hebt den Deckel an und verzieht die Lippen zu einem breiten Grinsen. „Oh mein Gott! Ich liebe es", ruft sie aus und nimmt einen Anhänger, den sie ihrer Kette hinzufügen kann, von dem Samtkissen.

Sie hält ihn hoch, um ihn zu begutachten – es ist ein kleiner Eishockey-Puck, nicht größer als ein Zehncentstück. Der Freund eines Freundes hat das Logo der Titans darauf gedruckt. „Du kannst ihn mit deiner Billardkugel tragen."

„Hier … halt mal", sagt sie und drückt mir den Anhänger in die Hand. Dann öffnet sie ihre Kette, die sie seit dem Tag, an dem ich sie ihr geschenkt habe, nicht mehr abgelegt hat.

Ich reiche ihr den Anhänger zurück und sie fädelt die silbernen Glieder durch die Schlaufe. Nachdem sie sie wieder angelegt hat, hebt sie sie ein Stück an, um die Kugel und den Puck zusammen zu betrachten.

„Das sind wir", murmelt sie. Sie blickt zu mir auf, und in ihren Augen liegt ein Ausdruck, den ich nicht genau benennen kann. Doch es scheint, als hätte sich gerade etwas zwischen uns verändert. „Ich liebe es so sehr."

„Vielleicht könnten wir uns ebenfalls mit Spitznamen ansprechen, so wie du und dein Vater. Ihr seid Carrots und Peas und wir könnten Billardkugel und Puck sein."

Stevie lacht, dann nimmt sie das Päckchen von meinem Schoß hoch und drückt es mir in die Hand. „Jetzt bist du dran", sagt sie.

Lächelnd ziehe ich an der Schleife.

„Es ist nichts Kostspieliges", erklärt sie.

Ich sehe zu ihr auf und ziehe eine Augenbraue in die Höhe. „Ja … ich weiß, dass du nicht so viel Geld verdienst wie ich. Das musst du nicht erwähnen."

„Tut mir leid", murmelt sie mit einem schiefen Grinsen. „Aber … diese Ohrringe."

Lachend wende ich meine Aufmerksamkeit wieder der Schachtel zu. Es fühlt sich nicht so an, als wäre überhaupt etwas darin.

Mehr als nur ein bisschen neugierig gebe ich den Versuch auf, das Päckchen langsam auszupacken, und reiße es auf. Zum Vorschein kommt eine weiße Schachtel und ich öffne den Deckel. Mein Blick fällt auf ein dreifach gefaltetes Blatt Papier.

Mit gerunzelter Stirn blicke ich zu Stevie auf. „Du hast mir ein Blatt Papier geschenkt."

Ihre Augen funkeln belustigt und sie verzieht die Lippen zu einem Lächeln. „Es ist nicht einfach irgendein Blatt Papier." Mit einem Nicken zeigt sie wieder darauf.

Ich nehme es aus der Schachtel, falte es auf und sehe zunächst nur einen Haufen Wörter, die in sauberer Schreibschrift mit blauer Tinte geschrieben sind. Doch dann sticht mir immer wieder mein Name ins Auge und mir fällt das Datum am oberen Rand auf – der 2. Dezember. Mir wird klar, dass dies ihr Tagebucheintrag nach unserem allerersten Date ist.

Ich habe ihr Tagebuch an den verschiedensten Orten in ihrem Haus herumliegen sehen, denn sie lässt es immer dort zurück, wo sie gerade geschrieben hat. Zwar habe ich sie des Öfteren damit aufgezogen, dass ich es einfach lesen könnte, doch ich habe es nie angerührt.

Dieses Tagebuch ist mehr als nur ein Gedächtnisprotokoll guter und schlechter Zeiten. Es ist eine Chronik ihres ganzen Lebens. Uns alle beschäftigen unsere tiefsten, innersten Gedanken, und wir haben das Recht, sie für uns zu behalten.

Aber nun halte ich diese Gedanken in meiner Hand. Sie hat sie nach unserem ersten Date niedergeschrieben und hatte nie die Absicht, sie einem anderen Menschen zu zeigen. Plötzlich wird mir klar, was für ein unglaubliches Geschenk sie mir damit macht.

Sie zeigt mir alles von sich, ohne Einschränkungen.

Ich durchbohre sie mit einem Blick. „Bist du dir sicher?"

Stevie kuschelt sich in eine Ecke der Couch und zieht die Beine unter sich. Sie stützt ihr Kinn in ihre Hand und lächelt mich an. „Ich bin mir sicher."

Ich wende mich dem Blatt in meiner Hand zu und konzentriere mich auf das, was sie geschrieben hat.

2. Dezember: Ich hatte gerade das unglaublichste Date mit einem Mann, der ... nun ja, er scheint nicht real zu sein. Ganz unmöglich. Kein Mann auf dieser Welt kann so sexy sein wie er, ohne sich seiner Anziehungskraft bewusst zu sein. Hendrix bemerkte nicht, wie die Frauen ihn anstarrten, als wir durch das Restaurant gingen, oder wie die Kellnerin ständig versuchte, mit ihm zu flirten. Es fiel ihm nicht auf, weil er ganz auf mich fixiert war. Es war unser erstes Date. Er hatte nicht wissen können, ob ich für ihn überhaupt von Interesse sein würde. Und ganz sicher hatte er keine Ahnung, ob ich mit ihm schlafen würde ...

Ich hebe ruckartig den Kopf und grinse sie an. „Oh, du hättest ganz sicher mit mir geschlafen, wenn dein Dad nicht da gewesen wäre."

Sie schenkt mir ein Lächeln und ich wende mich wieder dem Tagebucheintrag zu.

... aber als er sich entschied, mit mir auszugehen, schenkte er mir seine ungeteilte Aufmerksamkeit. Ich war eine Frau, von der er nichts wusste, aber er war von Anfang an ganz bei der Sache. Er wird nie erfahren, was das für mich bedeutet. Dabei spreche ich nicht von mir als Frau, obwohl es natürlich schön ist, dass er sich ganz auf mich konzentriert und die Scharen anbetender Frauen ignoriert hat.

Ich kann mir ein Schnauben nicht verkneifen. Sie übertreibt, aber ich verstehe, was sie damit sagen will.

Ich habe heute Abend Dinge über ihn erfahren, die in mir die Sehnsucht wecken, ihn näher kennenzulernen. Hendrix macht keine halben Sachen. Wenn er etwas will, dann nimmt er es sich. Er weiß, wie wichtig es ist, trotz widriger Umstände durchzuhalten, während er hofft, dass schließlich alles ein gutes Ende nimmt. Mit diesem Optimismus hat er mich in seinen Bann gezogen. Dieser Blick in seinen Augen – das Flackern des Kerzenlichts in seinen Iriden – hat mich verzaubert. Ich kenne diesen Mann erst seit einem Tag, aber insgeheim weiß ich, dass ich mich bereits so heftig in ihn verliebt habe, dass ich glaube, zerbrechen zu müssen, falls die Sache nicht von Dauer sein wird. Er ist der erste

Mann, den ich je getroffen habe, dem ich mein ganzes Herz schenken könnte. Hendrix ist ein Mann, der dafür geschaffen ist, eine Frau bis in alle Ewigkeit zu lieben.

Als ich den Eintrag fertig gelesen habe, vibriere ich am ganzen Körper. Stevie sitzt reglos da, während sie mit dem Knie meinen Oberschenkel berührt. Ich denke noch einmal über ihre letzten Zeilen nach.

Er ist der erste Mann, den ich je getroffen habe, dem ich mein ganzes Herz schenken könnte. Hendrix ist ein Mann, der dafür geschaffen ist, eine Frau bis in alle Ewigkeit zu lieben.

Langsam lasse ich meinen Blick von der Tagebuchseite zu Stevie gleiten, die mich aufmerksam beobachtet.

„Du wusstest es", sage ich und bin verblüfft, dass sie so weit in die Zukunft sehen konnte, vor allem, nachdem sie sich anfänglich so gegen ein Date gesträubt hatte.

Sie nickt. „Ja … Ich wusste es nach jenem ersten Abendessen."

Ich werfe die Tagebuchseite auf den Tisch und ziehe Stevie auf meinen Schoß. Sie legt ihre Arme um meinen Hals, und ich schlinge meine Hände um ihre Taille, um sie fest an mich zu drücken. „Ich dachte, es hätte eine Weile gedauert, bis ich dir ans Herz gewachsen bin."

Sie stößt ein sanftes, belustigtes Lachen aus. „Nun, es war ein langes Abendessen. Ich glaube, wir waren etwas über zwei Stunden dort."

„Und ist alles, was du geschrieben hast, wahr geworden?", frage ich zaghaft.

„Ja", flüstert sie und beugt sich zu mir vor. „Es ist unglaublich leicht, dich zu lieben, Hendrix. Es hat sich alles genau so entwickelt, wie ich es mir vorgestellt habe."

Mein Gott … Ich kann die Emotionen nicht beschreiben, die mich in diesem Moment durchfluten. Das Hochgefühl ist so stark, dass ich glaube, mein Herz könnte mir aus der Brust springen. Gleichzeitig empfinde ich einen inneren Frieden, als wäre etwas in mir eingerastet. Es scheint, als hätte etwas in meinem Leben gefehlt und nun wäre diese Lücke gefüllt worden.

Ich umfasse mit beiden Händen Stevies Gesicht und blicke ihr in die Augen. „Okay … das ist eine große Sache. Ich habe so etwas noch nie zuvor getan und ich will es nicht vermasseln."

Sie schlingt ihre Finger um meine Handgelenke. „Das wirst du nicht."

Ich küsse sie innig und genieße ihren Geschmack. Als ich den Kopf zurückziehe, sehe ich einen Sturm von Emotionen in ihrem Blick. „Ich liebe dich, Stevie. Du bist meine erste große Liebe und du wirst meine letzte sein."

Sie presst ihre Stirn an meine. „Du bist auch meine erste große Liebe. Meine einzige."

Ich neige den Kopf und küsse sie. Die Worte haben meine Brust anschwellen lassen, und nun schwillt auch noch ein anderes Körperteil von mir an. Ich werde von einem unbändigen Drang übermannt, in ihr zu sein. Das Gefühl ist so heftig, dass es schon fast Panik in mir auslöst.

Es ist, als müsste ich diese Worte, die wir gerade ausgetauscht haben, besiegeln, indem ich mich sofort mit ihr vereine.

Ich schiebe eine Hand an ihrem Rücken unter ihren Pullover und lasse sie über ihre geschmeidige Haut gleiten. Dann ziehe ich den Kopf leicht zurück und lasse meine Lippen an ihren schweben, wobei ich vorschlage: „Wie wäre es, wenn du die Diamantohrringe anziehst und dich deiner Kleider entledigst, damit ich sie funkeln sehen kann, während ich dich ficke?"

Ich kann spüren, wie sie ihre Lippen an meinem Mund zu einem Lächeln verzieht. „Wirklich?"

„Ich mache nie Scherze, wenn es darum geht, dich zu ficken“, erwidere ich ernst und hebe sie hoch, um sie ins Schlafzimmer zu tragen.

„Die Ohrringe“, ruft sie und streckt einen Arm danach aus.

„Scheiß auf die Ohrringe. Du kannst sie mir bei der nächsten Runde vorführen.“

Stevies Lachen ist Musik in meinen Ohren.

Während Dolly Parton im Hintergrund „Winter Wonderland“ singt, mache ich Liebe mit Stevie. Dabei lassen wir es langsam angehen. Wir haben auch zuvor schon gespürt, wie tief unsere Bindung ist, doch nun haben wir uns unsere Liebe gestanden und haben es nicht eilig, zum Höhepunkt zu kommen.

Zweifelsohne ist diese Vereinigung inniger als sonst, während ich mit Bedacht in sie eindringe und sie sich unter mir windet.

Ich stütze mich auf einen Ellbogen und ergreife ihre Hand, um meine Finger mit ihren zu verschränken. Dann schiebe ich unsere Hände über ihren Kopf und drücke sie auf die Matratze, während ich meine Nase an ihrer reibe.

Als ich den Kopf wieder hebe, sehe ich den durchdringenden Blick in Stevies Augen, und mein Unterleib zieht sich vor Erregung zusammen. Ich stoße in sie hinein und presse das Becken nach unten, woraufhin sie die Schenkel um meine Hüften schlingt.

Ich erkenne an ihrem Keuchen, dass sie kurz vor dem Höhepunkt steht, als sie die Augen schließt.

„Hey … Billardkugel“, knurre ich, wobei ich bis zum Anschlag in sie eindringe. „Ich will diese hübschen Augen sehen.“

Sie reißt die Augen auf, die vor Leidenschaft ganz glasig sind. Ich kann sehen, dass sie völlig versunken ist.

Unsere Lust steigert sich ins Unendliche, während wir uns gegenseitig anstarren.

„Hendrix", flüstert sie und spannt im nächsten Moment den ganzen Körper an, bevor sie aufschreit: „Oh verdammt … ich komme."

Mein Gott, mir war nicht bewusst, wie nah ich selbst dem Höhepunkt war, doch als ich ihre Worte höre, lasse ich mich gehen. Ich ziehe sie an mich und stoße tief in sie hinein, während ich auf der Welle der Euphorie reite, bis wir beide völlig erschöpft sind.

Ich sacke auf ihr zusammen. Mein Herz hämmert so wild in meiner Brust, dass ich mich fühle, als wäre ich einen Marathon gelaufen, obwohl das der langsamste, bedächtigste Fick meines Lebens war. Das verrät mir, dass mein Herz nicht aus körperlichen, sondern aus emotionalen Gründen so heftig pocht.

Stevie streift mit ihren Lippen über meinen Kiefer und lässt ihre Finger durch mein Haar gleiten. „Lebst du noch?"

„Gerade so."

„Das war so intensiv", murmelt sie.

„Ja." Ich rolle mich auf den Rücken und ziehe sie auf meine Brust.

Sie schmiegt sich an mich und seufzt zufrieden. „Das ist das beste Weihnachten aller Zeiten", sagt sie schläfrig.

Ich drücke sie fester an mich. „Da hast du recht. Das beste Weihnachten aller Zeiten."

Ich weiß, dass ich es nicht vergessen werde, solange ich lebe.

Denn man vergisst nie, wie man sich zum ersten Mal in jemanden verliebt hat.

Kapitel 22

Ich habe mich schon oft gefragt, ob mich der Geruch von Rauch wecken würde, falls mein Haus niederbrennt. Natürlich hoffe ich, dass ich es niemals herausfinden muss, aber der Duft von Speck reißt mich auf jeden Fall aus dem Schlaf.

Als ich mich umdrehe und feststelle, dass Hendrix verschwunden ist, bin ich sofort wach genug, um zu erkennen, dass er gerade Frühstück macht.

Ich steige aus dem Bett, hebe sein T-Shirt vom Boden auf und streife es mir über. Da der Boden in diesem alten Haus kalt sein kann, ziehe ich mir ein Paar warme Socken an. Dann gehe ich auf die Toilette, putze mir die Zähne und mache mich auf den Weg in die Küche.

Als ich durch die Tür trete, versetzt mir der Anblick, der sich mir bietet, einen Stich im Herzen. Das liegt jedoch nicht daran, dass er nur mit Boxershorts bekleidet am Herd steht und seinen umwerfenden Körper zur Schau stellt, sondern daran, dass er jetzt ein fester Bestandteil meines Lebens ist. Er sieht so aus, als würde er hierher gehören.

Ich betaste den Diamantschmuck in meinen Ohrläppchen. Nachdem wir Liebe gemacht hatten, hat Hendrix darauf bestanden, dass ich die Ohrringe anziehe, dann hat er sich vor dem Weihnachtsbaum auf den Rücken gelegt. Er wollte, dass ich ihn reite, damit er das Funkeln der Diamanten sehen konnte. Meine Güte, ich liebe seine verrückten Ideen, aber ich muss auch zugeben, dass es ziemlich erregend war.

Ich trete hinter ihn und sage: „Frohe Weihnachten."

Ich lege beide Hände an seine Taille und schmiege mich an seinen Rücken, um meine Wange an die warme Haut zwischen seinen Schulterblättern zu pressen.

Hendrix dreht sich um, schiebt mich vom Herd weg und zieht mich in seine Arme. „Guten Morgen." Er drückt mir einen sanften Kuss auf den Mund und betrachtet mich dann mit einem schelmischen Funkeln in den Augen. „Habe ich das nur geträumt oder hast du mir gestern Abend gesagt, dass du mich liebst?"

„Es war kein Traum", versichere ich ihm. „Ich liebe dich tatsächlich."

Er grinst und küsst mich erneut, wobei er eine Hand an meinen Hintern legt und eine meiner Pobacken drückt. „Ich liebe dich auch und ich würde dich sogar noch mehr lieben, wenn du die Eier zubereiten könntest. Den Speck kann ich braten, aber meine Eier sind ungenießbar."

„Oh, ich weiß", lache ich und löse mich aus seiner Umarmung. „Jetzt, da wir uns unsere Gefühle gestanden haben, kann ich wohl so ehrlich sein und dir sagen, dass ich in unserer Beziehung das Kochen übernehmen sollte."

Freudestrahlend gibt mir Hendrix einen Klaps auf den Hintern, als ich mich an den Herd stelle und den Speck weiterbrate, der noch ein paar Minuten brauchen wird, bis er fertig ist.

Hendrix schenkt mir eine Tasse Kaffee ein und gibt die perfekte Menge Milch und Zucker hinein. Er reicht sie mir und lehnt sich mit der Hüfte gegen die Anrichte. „Ich muss los, sobald wir mit dem Essen fertig sind."

Ich nippe an meinem Kaffee und stöhne auf, als der köstliche Geschmack meine Zunge trifft. Dann stelle ich die Tasse ab, damit ich den Speck wenden kann. „Ich weiß. Es gefällt mir zwar nicht, aber so ist es nun einmal."

„Zum Heimspiel am Samstag bin ich zurück und danach haben wir sechs Tage lang kein Auswärtsspiel, also werden wir uns einigeln können."

Lachend gehe ich zum Schrank, um einen Teller für den Speck zu holen. Ich lege ihn mit einem Küchenpapier aus, um das Fett damit aufzusaugen.

Hendrix’ Handy liegt neben mir auf der Anrichte und ich werde darauf aufmerksam, als ein Ton eine eingehende Nachricht ankündigt. Ich greife danach, reiche es ihm und stelle mich zurück an den Herd. Er würdigt es keines Blickes, sondern hält es in einer Hand, während er die Arme vor der Brust verschränkt.

„Also, ich habe nachgedacht“, sagt er mit einem zaghaften Tonfall, bei dem ich hellhörig werde. „Würde es dir etwas ausmachen, wenn ich ein paar Klamotten und andere Sachen hierlasse?“

Wow … das ist eine große Sache. Ich drehe mich mit der Küchenzange in der Hand zu ihm um. „Du willst lieber hier bei mir bleiben? Ich könnte auch ein paar Sachen bei dir verstauen, dein Haus ist wesentlich schöner.“

Wieder meldet sich sein Handy mit einer eingehenden Nachricht, doch er ignoriert es weiterhin. „Ich weiß nicht so recht.“ Mit einem sanften Lächeln lässt Hendrix seinen Blick durch mein Haus schweifen. „Das hier ist ein richtiges Zuhause. Es ist gemütlich und wirkt bewohnt.“

„Es wurde 1969 gebaut und ist mit Wandvertäfelungen verziert“, erwidere ich trocken. „Außerdem sind die Bodendielen zugig und knarren.“

Hendrix’ Handy macht drei Töne hintereinander, was ihn dazu veranlasst, seinen Blick von mir abzuwenden.

Ich nehme den Speck aus der Pfanne und lege ihn auf den mit Küchenpapier ausgelegten Teller. „Und um deine Frage zu beantworten: Natürlich macht es mir nichts aus, wenn du deine Sachen hierlässt. Ich möchte jede Nacht mit dir verbringen, wenn du in der Stadt bist. Aber ich übernachte auch gern bei dir, wenn dir das lieber ist. Es ist nur wichtig, dass wir zusammen sind. Mir ist gerade klar geworden, wie schnell das alles geht. Wir gestehen uns unsere Liebe und schon ziehen wir praktisch zusammen."

Ich stoße ein Lachen aus, das er jedoch nicht erwidert, also drehe ich mich zu ihm um. Plötzlich wird mir klar, dass er die ganze Zeit über geschwiegen hat, während ich fröhlich vor mich hin geplaudert habe. „Was ist los?"

Sein Blick ist immer noch auf sein Handy gerichtet, aber er fragt mit kalter Stimme: „Kennst du einen Carmine Betta?"

Mir gefriert das Blut in den Adern und ich werde von Angst gepackt.

„Offenbar kennst du ihn", presst er zwischen zusammengebissenen Zähnen hervor, als er mich ansieht.

„Es ist nicht so, wie du denkst", platze ich heraus, werfe die Zange auf die Anrichte und schalte den Herd aus. Ich habe keine Ahnung, was er gerade gesehen hat, aber seinem eisigen Blick und seinen zusammengepressten Lippen nach zu urteilen, ist es nichts Gutes.

„Ach wirklich?", entgegnet er in sarkastischem Tonfall. „Denn ich glaube, du hast mit einem Reporter dieses Namens gesprochen. Er hat einen sehr langen Artikel über die Titans geschrieben."

Er dreht das Handy in meine Richtung, sodass ich das Display sehen kann. Ich kann den Titel des Artikels lesen: *Laut Insider sind die Probleme bei den Titans allgegenwärtig.*

„Nein, Hendrix", rufe ich aus, als er den Kopf wieder auf den Bildschirm senkt. „Ich habe nicht mit ihm gesprochen."

„Doch, hast du, Stevie", blafft er, während er weiterliest. „Hier drin stehen Informationen, die nur du kennst."

„Wie bitte?" Mir schwirrt der Kopf. Ich habe dem Reporter nichts erzählt. Meine Mutter hat sich wegen

Stone und Harlow verplappert, aber das ist hinfällig. Die beiden sind verlobt.

Hendrix' Handy klingelt und er nimmt das Gespräch an. Nach einem Moment sagt er: „Ja … ich habe es gerade gelesen."

Ich bin fassungslos und sehe hilflos die Abscheu in Hendrix' Augen, als er meinem Blick begegnet. Er hört dem Anrufer noch einen Moment zu, dann seufzt er. „Ich weiß es nicht. Aber ich melde mich später."

Er legt auf und macht sich auf den Weg in mein Schlafzimmer. Ich nutze die Gelegenheit, um mir im Wohnzimmer mein iPad zu schnappen, Chrome aufzurufen und den Artikel zu googeln.

Mir dreht sich der Magen um, als ich beginne, die Zeilen zu lesen:

Wie die meisten Sportfans wissen, wurde das Eishockeyteam der Pittsburgh Titans Anfang des Jahres bei einem verheerenden Flugzeugunglück ausgelöscht. Doch die Fans haben wahrscheinlich keine Ahnung von den Anstrengungen, die das Team und seine Besitzerin Brienne Norcross unternehmen, um die Organisation zusammenzuhalten. Die wenigen Spieler, die nicht im Flugzeug saßen, die sogenannten „Glücklichen Drei", geraten außer Kontrolle – Autounfälle, Schlägereien mit Fans in Bars und ein Spieler, der seine Freundin nur an der Nase herumgeführt hat, um innerhalb weniger Stunden mit ihr Schluss zu machen und sich mit einer völlig Fremden einzulassen. Lesen Sie weiter, um die schmutzigen Details über den bevorstehenden Untergang der Titans zu erfahren.

Galle steigt in meiner Kehle auf und ich schlucke sie hinunter. „Nein, nein, nein, nein, nein", stöhne ich, während ich weiterlese. Eigentlich überfliege ich die Worte nur und kann sie kaum verarbeiten. Nur einzelne Sätze fallen mir auf, von denen jeder einzelne ein Stich ins Herz ist.

… seine Freundin in einer Bar abserviert und am gleichen Abend mit seiner jetzigen Freundin angebandelt …

... kam es fast zu Handgreiflichkeiten, nachdem Highsmith völlig unbekümmert Batemans Porsche zu Schrott gefahren hat ...

... einen Dreier mit Frauen im Mario's in Erwägung zog, aber ablehnen musste, weil seine besitzergreifende neue Freundin dabei war ...

Plötzlich nehme ich eine Bewegung aus dem Augenwinkel wahr und sehe auf. Hendrix geht vollständig bekleidet mit seiner Tasche über der Schulter durch den Flur. Er hatte sie für seine Reise nach Columbus bereits gepackt, damit er von hier aus losfahren kann.

Ich lasse mein iPad auf die Couch fallen und eile zu ihm. Als ich mich ihm in den Weg stelle, hält er inne und versucht, um mich herumzugehen. Aber von Panik getrieben bewege ich mich genauso schnell wie er.

Ich lege die Hände an seine Brust. „Bitte ... hör mich an."

Fast breche ich in Tränen aus, als er von mir zurückweicht. In seinem Gesichtsausdruck kann ich mehr Verachtung als Wut erkennen. Offenbar widere ich ihn an und ich habe keine Ahnung, wie ich die Sache wieder geradebiegen soll.

„Ich habe nicht mit diesem Reporter gesprochen", stoße ich verzweifelt hervor.

„Lüg nicht, verdammt", knurrt er. „In dem Artikel wird Rachel erwähnt und nur du hast davon gewusst."

Wieder kommt mir die Galle hoch, aber ich schlucke sie hinunter, als Hendrix erneut versucht, sich an mir vorbeizudrängen. „Warte ... ja, ich habe mich mit dem Reporter getroffen. Aber nur für ein paar Minuten, um zu sehen, was er will. Ich habe ihm nichts gesagt. Ich schwöre, dass ich ihm nichts erzählt habe."

„Ich glaube dir kein Wort", sagt er und gibt vor, links an mir vorbeizugehen. Als ich mich ihm in den Weg stellen will, weicht er nach rechts aus und ist schneller als ich an der Tür.

Er entriegelt sie und reißt sie ruckartig auf, wobei ein kalter Luftzug hereinströmt, den ich jedoch kaum spüre. Auch ohne den Dezemberwind habe ich das Gefühl, bis auf die Knochen durchgefroren zu sein. Ich weiß nicht, was ich sagen soll. Dafür findet Hendrix umso deutlichere Worte.

Er wirbelt herum und mustert mich von oben bis unten. „Du bist ein verdammtes Miststück, Stevie. Du hast dich von mir ficken und im Arm halten lassen, während ich meine Seele vor dir entblößt und dir alles über meine Schwester erzählt habe. Du hast mir von all den schrecklichen Dingen erzählt, die deine Mutter dir angetan hat, und ich habe gesehen, wie verletzt du warst, als sie dein Vertrauen gebrochen hat. Ich weiß, dass sie dich seit Monaten nur ausnutzt, und es hat mir das Herz gebrochen. Aber weißt du was?"

Mir stehen die Tränen in den Augen und ich kann nur den Kopf schütteln.

„Du denkst nur an dich selbst."

„Das ist nicht wahr", entgegne ich.

„Wenn es nicht wahr wäre, hättest du dich nie mit diesem Reporter getroffen. Allein die Entscheidung, zu dem Treffen zu gehen … war ein Verrat an sich. Also haben all deine Worte keine Bedeutung für mich, Stevie. Überhaupt keine. Und dein ganzes Gerede davon, dass du mich liebst … Mein Gott, ich bin ein verdammter Idiot, weil ich dir geglaubt habe. Ich habe Mitleid mit dir, weil du keine Ahnung hast, wie man liebt. Wie die Mutter, so die Tochter."

Hätte er mich geohrfeigt, hätte der Schmerz nicht größer sein können. Ich weiche zurück, denn die Wucht seiner Worte raubt mir auch den letzten Rest Energie.

Hendrix wendet sich zur Tür. Ich bin wie betäubt und fühle mich körperlich schwach. Dennoch schaffe ich es, ihm hinterherzurufen: „Du hast gesagt, du liebst mich. Du hast mir gesagt, dass unsere Verbindung etwas Besonderes ist und wir daran festhalten müssen.“

Aber für ihn hat es keine Bedeutung. Hendrix tritt hinaus, schließt leise die Tür hinter sich und ich habe das Gefühl, dass meine Welt gerade untergegangen ist.

Ich weiß nicht, wie lange ich schockiert im Flur stehe, doch schließlich gehe ich ins Wohnzimmer und lasse mich auf die Couch fallen. Eine gefühlte Ewigkeit starre ich den Baum an, bevor ich mein iPad zur Hand nehme.

Ich versuche noch einmal, den Artikel zu lesen, doch es bereitet mir körperliche Schmerzen. Darin stehen einige Dinge, von denen auch andere Leute gewusst haben könnten, doch viele der Fakten habe nur ich gekannt. Wiederholt lese ich ein paar Zeilen und muss dann wieder innehalten, da mir die Tränen die Sicht vernebeln, während ich mich bemühe, gleichmäßig zu atmen, während mir der Schmerz die Brust zuschnürt.

Am schlimmsten sind die Passagen über Hendrix … intime Details über den Tod seiner Schwester Rachel und darüber, dass er Sargträger bei der Beerdigung seines besten Freundes war und das mit das schwerste war, was er je tun musste.

Ich lehne mich auf der Couch zurück und starre an die Decke, während ich versuche, einen weiteren Schwall Tränen zu unterdrücken.

Wie zum Teufel ist Betta an diese Informationen gekommen, wenn ich doch gar nicht …

Ich schrecke hoch, als es mich wie ein Schlag trifft. Ich stehe von der Couch auf und eile in mein Schlafzimmer. Ich gehe geradewegs zu der großen Kommode, auf der ich vor zwei Tagen mein Tagebuch liegen gelassen habe. Ich habe am Morgen nach der Weihnachtsfeier der Titans etwas hineingeschrieben und noch ein paar Zeilen hinzugefügt, bevor ich zur Arbeit musste. Die Seite, die ich Hendrix geschenkt habe, hatte ich schon am Vortag herausgerissen, eingepackt und unter den Baum gelegt.

Aber nein … das Tagebuch ist verschwunden.

Dort habe ich es doch liegen lassen, nicht wahr?

Zumindest erinnere ich mich daran. Ich saß im Bett, Hendrix war schon im Stadion. Das Tagebuch lag auf meinem Nachttisch und ich habe ein paar Zeilen eingetragen. Dann bin ich aufgestanden und habe es auf die Kommode gelegt.

Um mich zu vergewissern, stelle ich das ganze Haus auf den Kopf. Ich reiße Schubladen und Schränke auf und ziehe die Bettbezüge zurück. Ich suche unter dem Waschbecken im Bad, hinter den Möbeln und in allen Küchenschränken.

Als mir klar wird, dass es tatsächlich nicht mehr da ist, liegt die Vermutung nahe, dass es jemand gestohlen hat – und das kann nur eine Person gewesen sein.

Meine Mutter.

Sie weiß, wo sich der Ersatzschlüssel zu meinem Haus befindet. Also hat sie mein Tagebuch geklaut und es Carmine Betta gegeben, woraufhin er all die privaten Informationen herausgezogen hat, um damit einen schlüpfrigen Artikel über die Titans zu verfassen.

Ohne meine Erlaubnis.

Und oh Gott … all die persönlichen Details, sowohl über meine Gefühle für Hendrix als auch über unser Sexleben. Ich habe in meinen Einträgen so einiges darüber vermerkt, was er mit mir angestellt hat und bei der Erkenntnis, dass sie jemand gelesen hat, laufe ich hochrot an.

Ein Knurren entfährt meiner Kehle, als ich nach meinem Handy greife. Ich rufe Hendrix an, damit ich ihm erzählen kann, was passiert ist.

Er meldet sich nach dem zweiten Klingeln, aber bevor ich etwas sagen kann, blafft er: „Ruf mich nie wieder an.“

Ich bin fassungslos, als die Leitung tot ist. Im ersten Moment will ich ihn noch mal anrufen, entscheide mich dann aber dagegen. Er ist gerade unglaublich wütend und ich sollte ihm Zeit geben, um sich zu beruhigen. Also schicke ich ihm eine Nachricht und schreibe einfach nur: *Es tut mir so leid. Ich war es nicht, aber ich werde dir alles erklären, wenn du mich zurückrufst. Ich liebe dich.*

Mir ist klar, dass er am Steuer sitzt, doch er könnte mir mittels Spracheingabe eine Antwort schicken. Vielleicht wird er zurückschreiben, aber ich kann nicht die ganze Zeit über auf den Bildschirm starren und darauf warten. Ich ziehe mir hastig etwas an und werfe noch etwas Fischfutter in Shenanigans Aquarium. „Frohe Weihnachten, Kumpel."

Ich bin gerade auf dem Weg zur Tür, als mein Handy mir den Erhalt einer Nachricht ankündigt. Als ich es aus der Tasche ziehe, sehe ich die Nachricht von Hendrix: *Ich will keine Erklärung. Es würde keine Rolle spielen. Unsere Beziehung war in dem Moment dem Untergang geweiht, in dem du dich mit diesem Reporter getroffen hast. Ich werde dir das nie verzeihen können, also lass mich bitte in Ruhe.*

Ich werde von einer lähmenden Woge des Schmerzes durchflutet. Meint er das ernst? Will er mir nicht einmal die Chance geben, ihm die ganze Geschichte zu erzählen?

Andererseits hat er recht. Als ich das Café betrat, wusste ich, dass ich die Loyalität gegenüber meiner Mutter über die zu Hendrix stellte. Selbst wenn ich mir fest vorgenommen hatte, mir nur anzuhören, was der Reporter zu sagen hat, war das Treffen mit ihm wie ein Dolchstoß in Hendrix' Rücken.

Er hat jede Berechtigung dafür, mich von sich zu stoßen, denn für mein Verhalten gibt es keine Entschuldigung.

Mit bleiernen Füßen nehme ich meine Jacke und verlasse das Haus. Was Hendrix betrifft, so macht es keinen Unterschied mehr, aber ich muss meine Mutter dazu bringen, mir ins Gesicht zu sehen und mir zu sagen, warum sie es getan hat. Außerdem will ich mein Tagebuch zurück.

Die Fahrt zu dem Haus, in dem meine Mutter mit Randy wohnt, dauert nicht lange. Es ist kaum jemand unterwegs, denn die meisten feiern Weihnachten im Kreise ihrer Lieben.

Erneut verspüre ich einen Stich im Herzen, als mir bewusstwird, dass ich nie wieder Weihnachten mit Hendrix feiern werde. Er ist auf dem Weg zu seinen Eltern und ich habe keinen Zweifel daran, dass er ihnen erzählen wird, was für ein schrecklicher Mensch ich bin. Sie werden mich hassen, genau wie er.

Ich fahre in die Einfahrt und erblicke den Wagen meiner Mutter, während Randys Auto jedoch nirgendwo zu sehen ist. Vor Wut kochend, gehe ich die Verandastufen hinauf und klopfe an die Tür.

Ich warte, doch es öffnet niemand.

Ich klopfe erneut. Dann hämmere ich dagegen.

Aber von drinnen ist kein Geräusch zu hören und die Vorhänge an dem vorderen Fenster sind zugezogen.

„Wollen Sie zu Mandi?“, ruft jemand.

Als ich mich umdrehe, erblicke ich eine ältere Frau, die mit einem kleinen Hund in einem Weihnachtspulli Gassi geht. Ich gehe die Treppe hinunter. „Ja … Wissen Sie, wo sie ist?“

„St. Lucia“, antwortet die Frau. „Sie ist gestern abgereist. Offenbar ist sie zu etwas Geld gekommen und war ganz aufgeregt, weil sie nun eine spontane Reise auf eine tropische Insel unternehmen konnte.“

Jede Information ist wie ein Schlag ins Gesicht und ich krümme mich, als sich mir der Magen umdreht. „Sie ist zu Geld gekommen?“, frage ich ungläubig.

Die alte Frau zuckt mit den Schultern. „Sie sagte, es sei eine Erbschaft. Zehntausend Dollar. Ich habe ihr geraten, das Geld auf die Seite zu legen, aber sie meinte, sie bräuchte einen romantischen Urlaub mit ihrem Schatz.“

„Mein Gott“, murmle ich und wende mich von der Frau ab, als mir plötzlich klar wird, dass alles, was meine Mutter mir erzählt hat, eine Lüge war. Wahrscheinlich steckte sie gar nicht in Schwierigkeiten. Oder es war nicht gelogen und sie hat gar nicht die Absicht, aus St. Lucia zurückzukehren. Ich bezweifle, dass die Gangster dort nach ihr suchen würden.

„Geht es Ihnen gut?“, ruft mir die Frau nach, als ich wie ein Zombie zu meinem Wagen gehe.

Ob es mir gut geht? Ich weiß es nicht, denn im Moment fühle ich mich einfach nur … leer. Alles in meinem Leben ist plötzlich in der Luft zerfetzt worden. Gerade erst heute Morgen bin ich aufgewacht und war von Freude und Hoffnung erfüllt. Nun wurde ich benutzt, verunglimpft und, was am schlimmsten ist, im Stich gelassen.

Nicht von meiner Mutter – sie kann mich nicht mehr schockieren.

Aber Hendrix hat mich verlassen. Sobald es Probleme gab, ist der Mann, von dem ich glaubte, er würde bis zur Erschöpfung an einer Beziehung arbeiten, einfach gegangen, ohne mich eines weiteren Blickes zu würdigen. Er hat mich so schnell aus seinem Leben gestrichen, dass es ihm offensichtlich nicht schwergefallen ist. Der Schmerz ist so erdrückend, dass ich ihn irgendwie verdrängen muss, also rede ich mir immer wieder ein, dass ich ohne Hendrix besser dran bin.

Ich steige in meinen Wagen, lasse den Motor an und lege den Gang ein. Während ich ziellos durch die fast leeren Straßen fahre, weine ich nicht mehr. Irgendwann finde ich mich vor dem Haus meines Vaters wieder.

Ich habe noch nicht einmal die Hälfte der Stufen zur Veranda erklommen, als die Tür geöffnet wird. Er wirft einen Blick auf mein Gesicht und scheint im Handumdrehen zu wissen, was vorgefallen ist, ohne die Fakten zu kennen. Als ich die Tür erreiche, zieht er mich in seine Arme. „Entweder bringe ich deine Mutter oder Hendrix um. Wer von beiden muss dran glauben?"

„Keiner von beiden", murmle ich, denn um überhaupt atmen zu können, habe ich es irgendwie geschafft, den Schmerz tief in mir zu vergraben. Jetzt kann ich nicht einmal mehr die Energie aufbringen, mich darum zu scheren.

„Komm rein", sagt er und legt den Arm um meine Schultern. „Ich mache uns Kaffee und Frühstück und du kannst mir alles erzählen."

„Nicht jetzt."

Mein Vater lässt seinen Arm sinken und betrachtet mich mit einem besorgten Ausdruck im Gesicht. Noch nie habe ich mich geweigert, mit ihm über meine Gefühle zu sprechen.

„Ich bin müde. Was dagegen, wenn ich mich ein bisschen aufs Ohr lege?"

„Natürlich nicht", antwortet er und wirkt plötzlich unsicher.

„Weck mich in einer Stunde. Ich muss die Kneipe aufschließen."

„Carrots", sagt er mit sanfter Stimme. „Du musst die Kneipe nicht öffnen. Nimm dir einen Tag frei. Ich übernehme die Bar, wenn du schlafen und deine Ruhe willst."

Ich schüttle den Kopf. „Nein … ich brauche nur ein bisschen Zeit für mich. Aber ich will heute arbeiten. Die Leute erwarten, dass die Kneipe heute geöffnet ist, und ich will niemanden enttäuschen."

Er mustert mich einen Moment und ich kann förmlich sehen, wie er mit sich hadert. Wahrscheinlich überlegt er sich, ob er mir zugestehen soll, dass ich eine erwachsene Frau bin, die ihre eigenen Entscheidungen trifft, oder ob er mich in mein Schlafzimmer sperren und mich zwingen soll, hierzubleiben.

Schließlich zeigt er mit dem Kinn in Richtung Treppe. Oben links liegt mein Kinderzimmer. „Ich wecke dich in einer Stunde.“

„Danke, Peas“, sage ich mit einem müden Lächeln und wende mich von meinem Vater und dem besorgten Ausdruck in seinen Augen ab.

Kapitel 23

Hendrix

Als ich im düsteren Licht der Morgendämmerung am Küchentisch meiner Eltern sitze, öffne ich den Artikel noch einmal. Doch ich lese ihn nicht, denn mittlerweile kenne ich ihn fast auswendig.

Stattdessen scrolle ich zu den Kommentaren hinunter und filtere die neuesten heraus.

Eigentlich sollte die Lektüre der Bemerkungen eine Wohltat sein, denn die Fans bringen fast geschlossen ihre Wut zum Ausdruck. Der Reporter, Carmine Betta, wurde angeprangert, weil er versucht hat, einzelne Personen, die durch das Flugzeugunglück traumatisiert wurden, durch den Dreck zu ziehen und genau die Leute zu verletzen, die sich den Hintern für diese Stadt aufreißen.

Allerdings wollen einige dieser Verfasser Stevies Kopf rollen sehen.

Nun, sie haben nicht direkt ihren Kopf gefordert, sondern den der „verlässlichen Quelle", von der Carmine in dem Artikel spricht. Er hat nicht einmal angegeben, ob es sich um einen männlichen oder weiblichen Informanten handelt, doch ich kenne natürlich die Wahrheit.

Im Folgenden ist eine Reihe von weiteren Artikeln erschienen und einige lokale Nachrichtensender haben darüber spekuliert, wer einen so tiefen Einblick in die Organisation haben könnte, um über derartige Informationen zu verfügen. Wenn jemals bekannt würde, dass Stevie die Verantwortliche ist, würde sie ohne Zweifel mit Vergeltungsschlägen rechnen müssen. Ich bin mir sicher, dass ihre Kneipe verwüstet werden würde und sie ihre Kunden im Zuge des Aufruhrs verlieren würde.

So wütend ich auch war und immer noch bin, würde ich ihr so etwas nicht wünschen. Ich will sie einfach nur noch vergessen.

Verdammt … ich reibe mir das Brustbein und befürchte schon, ich hätte einen Herzinfarkt. Es tut so weh, aber zugegebenermaßen nur, wenn ich an sie denke.

„Du bist früh auf", sagt meine Mutter, als sie in die Küche kommt. Statt die Deckenlampe anzuknipsen, schaltet sie das Licht über dem Herd ein, um die Kaffeekanne zu beleuchten, die danebensteht.

„Ich konnte nicht schlafen", sage ich und schalte mein Handy aus, um es beiseitezulegen. „Warum bist du so früh wach?"

„Weil du nicht schlafen konntest", antwortet sie und wirft mir ein Lächeln über die Schulter zu.

Unwillkürlich erwidere ich ihr Lächeln. Sie ist eine dieser Mütter, die spüren, wenn ihr Kind leidet. Ich habe gesehen, wie sie um Rachel getrauert hat. Ohne Zweifel gibt es nichts Schrecklicheres für einen Elternteil. Aber ich weiß auch, dass es sie schmerzt, wenn es mir nicht gut geht.

Ich war gezwungen, meinen Eltern und Rory zu erzählen, was passiert ist. Meine Eltern kennen Stevie nicht und wissen nur das, was ich ihnen über sie berichtet habe. Sie haben nicht viel zu dem Thema gesagt und mich lediglich unterstützt, indem sie mir versicherten, dass meine Gefühle berechtigt seien.

Rory war nicht ganz so entgegenkommend. Sie weigerte sich, zu glauben, dass Stevie diese Informationen ausgeplaudert hat, weshalb wir in einen Streit gerieten.

„Du hast dich gerade einmal zum Frühstück mit ihr getroffen und schon weißt du über ihre Moralvorstellungen Bescheid?", schimpfte ich.

„Ich bin eine gute Menschenkennerin", entgegnete sie.

„Sie hat mir gegenüber zugegeben, dass sie sich mit dem Reporter getroffen hat. Wach auf, Rory", blaffte ich sie daraufhin an.

In ihren Augen loderte das Feuer, als sie mich anblitzte und mit dem Finger auf mich zeigte. „Wage es nicht, so mit mir zu sprechen, Hendrix Bateman. Ich verstehe, dass du verärgert bist, aber das gibt dir nicht das Recht, meine Meinung einfach so abzutun."

Daraufhin entschuldigte ich mich bei ihr, weigerte mich jedoch, mich auf eine weitere Diskussion einzulassen.

Seit ich gestern Morgen die erste Nachricht von Bain erhalten hatte, in der er mir den Artikel schickte, ist die Hölle losgebrochen. Der Rest des Teams schickte mir ebenfalls Nachrichten und Coen rief mich an. Als Kapitän wollte er herausfinden, was vor sich ging, und dafür sorgen, dass wir zusammenhalten. Während des ersten Anrufs war ich gerade damit beschäftigt, meine Sachen zu packen und aus Stevies Haus zu verschwinden, doch ich rief ihn von meinem Wagen aus zurück.

Als ich ihm wahrheitsgemäß berichtete, dass Stevie die Quelle ist, war Coen fassungslos. „Du machst Witze?"

Auf diese Weise haben viele der Spieler reagiert, vor allem diejenigen, die sie kannten. Wie Rory fällt es ihnen schwer, zu glauben, dass sie zu so etwas fähig ist.

Bain schrieb sogar in einer Nachricht: *Nicht Stevie. Ausgeschlossen.*

Er war nicht der Einzige.

Und ich antwortete jedes Mal: *Sie hat zugegeben, mit dem Reporter gesprochen zu haben.*

Ich habe sie den Wölfen zum Fraß vorgeworfen, weil ich allen verschwiegen habe, dass sie bestritten hat, die Informationen ausgeplaudert zu haben. Wahrscheinlich will ich alle dazu bringen, genauso wütend auf sie zu sein wie ich, damit ich mich nicht schuldig fühlen muss,

weil ich mich geweigert habe, mir ihre Erklärung anzuhören.

Es ist ruhig in der Küche, als meine Mutter Kaffee
aufbrüht und eine Tasse vor mir abstellt. „Fährst du
bald zurück?"

„Ja, ich muss noch eine Menge erledigen."

Mit ihrer Tasse Kaffee in der Hand setzt sie sich neben
mich. „Wirst du Stevie sehen, wenn du zurück bist?"

Ich ziehe ruckartig die Augenbrauen zusammen und
bin überrascht, dass sie nicht miteinander verschmelzen. „Warum sollte ich das tun?"

Sie zuckt mit den Schultern. „Ich weiß es nicht. Vielleicht um zu hören, was sie zu sagen hat. Bist du denn
überhaupt nicht neugierig?"

„Nein", antworte ich.

Nun ja, vielleicht bin ich doch ein wenig neugierig.

Es würde mich interessieren, wie ich sie derart falsch
einschätzen konnte. Wie habe ich zulassen können,
dass sie mein Herz erobert und es dann genauso schnell
wieder zerstört?

Was zum Teufel ist nur los mit mir?

„Es tut mir leid, dass dir so etwas passiert ist, Schatz",
erklärt meine Mutter und streichelt mir über die Schulter. „Ich habe mir nie gewünscht, dass dir jemand das
Herz bricht, aber es tut mir nicht leid, dass du dich verliebt hast."

„Mach dir keine Sorgen, es muss dir nicht leidtun",
erwidere ich und beuge mich vor, um ihr einen Kuss
auf die Wange zu drücken. „Ich empfinde genügend
Reue für uns beide."

Tatsächlich schwöre ich allen Frauen ab.

Nun ja, nicht allen Frauen. Vielleicht sollte ich mich
einfach an die Frauen halten, die mir einen unverbind-
lichen Dreier anbieten.

***

Ich bin schon fast wieder in Pittsburgh, als Stone anruft. Er hat mir gestern eine Nachricht geschickt und wollte wissen, wie es mir geht, woraufhin ich ihm kurz und bündig geantwortet habe: *Ich komme zurecht.*

Gestern Abend hat er dann angerufen, doch ich habe es klingeln lassen. Ich habe ihn gemieden, da Harlow so eng mit Stevie befreundet ist und ich nicht hören wollte, wie er sie verteidigt.

Doch ich kann mich nicht ewig vor ihm verstecken, also beiße ich die Zähne zusammen und nehme das Gespräch an. „Hey, Mann, was ist los?"

„Ich wollte mich nur melden, Kumpel. Harlow und ich machen uns Sorgen um dich."

„Es geht mir gut."

Am anderen Ende der Leitung herrscht Totenstille.

„Ich schwöre, es geht mir gut", wiederhole ich.

Stone seufzt. „Dann muss ich mir überlegen, was mit dir nicht stimmt, denn jemandem, der gerade erfahren hat, dass das Mädchen, mit dem er zusammen war, einem Reporter gegenüber intime Details ausgeplaudert hat, sollte es nicht gut gehen."

Wir waren mehr als einfach nur zusammen, doch das behalte ich für mich. Ich will nicht, dass er sich noch größere Sorgen um mich macht.

„Was willst du denn hören?", frage ich mit brüchiger Stimme. „Dass ich wütend bin? Verletzt?"

„Alles davon."

„Also schön … ja. Alles davon. Sie hat mich verdammt noch mal verraten und ich habe es nicht kommen sehen."

Stone stößt einen leisen Fluch aus. „Es tut mir wirklich leid, Mann. Harlow hat versucht, mit Stevie zu reden, aber sie ruft nicht zurück."

„Lass es", erwidere ich schroff. „Mischt euch da nicht ein. Ich will die Sache einfach vergessen und mein Leben weiterleben. Sowohl die Organisation der Titans als auch sämtliche Spieler geben keinen Kommentar ab. Und laut unserer Medienabteilung wird sich der Trubel bald legen, solange sich niemand dazu äußert."

Ganz richtig … Ich habe einen Teil des Weihnachtsfestes damit verbracht, mit unserem Medienanwalt darüber zu sprechen, wie man am besten mit den Anschuldigungen in dem Artikel umgeht.

Einiges davon war wahr.

Einiges enthielt einen Hauch von Wahrheit.

Und einiges war schlichtweg verdreht und entsprach nicht den Tatsachen.

Am meisten ärgern mich jedoch nicht die Informationen über Rachel und meineEmotionen nach ihrem Tod, denn ich schäme mich nicht für meine Trauer. Vielmehr macht es mir zu schaffen, dass meine Beziehungen zu Tracy und Stevie in einem völlig falschen Licht präsentiert wurden.

Glücklicherweise wurde weder Tracy noch Stevie mit Namen genannt, aber laut dem Artikel habe ich Tracy abserviert, weil mir Stevie ins Auge stach und ich mit ihr anbändeln wollte. Es ist eine grobe Verzerrung der Tatsachen, die meine Erinnerungen an jenen Abend jedoch belastet hat.

Es stellt sich allerdings die Frage, ob Stevie dem Reporter wahrheitsgemäß von den Ereignissen berichtet hat und er sie nur verdreht hat oder ob sie die Tatsachen selbst verzerrt hat, um die Geschichte pikanter zu machen.

„Hör zu, Stone", murmle ich müde. „Bitte richte Harlow aus, sie soll die Sache auf sich beruhen lassen. Ich will das alles einfach vergessen und ich bin mir sicher, dass es Stevie genauso geht."

Mir ist klar, dass das nicht ganz richtig ist. Gestern Abend habe ich mehrere Nachrichten von ihr erhalten, selbst nachdem ich sie gebeten hatte, mich nicht zu kontaktieren. Darin bat sie mich um fünf Minuten meiner Zeit, um mir alles zu erklären.

Ich habe ihr nicht geantwortet und habe auch nicht vor, es zu tun.

„Ich werde die Sache auf sich beruhen lassen“, erklärt Stone, doch dann fügt er hinzu: „Aber ich kann nicht für Harlow sprechen. Sie ist mit Stevie befreundet und wird sich vergewissern wollen, dass es ihr gut geht.“

Ich protestiere nicht, denn ich will verdammt noch mal auch, dass es Stevie gut geht. Sosehr ich sie auch verachte, ich wünsche ihr nicht, dass sie verletzt wird. Ich will einfach nur mein Leben weiterleben und diese ganze Angelegenheit hinter mir lassen.

„Schon gut, aber ich will nicht wissen, worüber sie reden. Ganz ehrlich, ich bin mit diesem Fiasko fertig. Ich will mich nur noch auf Eishockey konzentrieren und mein Leben wiederhaben.“

„Klingt gut“, erwidert er und ich höre ihm an, dass er es ernst meint. Das lindert einen Teil der Schuldgefühle, die ich immer noch empfinde, weil ich Stevie keine Chance gegeben habe, sich zu erklären. „Wir sehen uns morgen beim Training.“

„Ja … bis dann.“

Während ich in die Stadt fahre, lasse ich den vergangenen Monat noch einmal Revue passieren und denke über all die Gespräche nach, die ich mit Stevie geführt habe. Vor allem konzentriere ich mich dabei auf die Unterhaltungen im Bett, bei denen wir nach einer ekstatischen Runde Sex so losgelöst waren, dass wir ganz offen über unsere Gefühle gesprochen haben.

Ich kann nicht den geringsten Hinweis darauf finden, dass sie nur mit mir gespielt hat.

Und was genau hat sie von dem Verrat gehabt? Ist sie bezahlt worden?

Zugegeben, als ich ihr den Artikel zeigte, wirkte sie völlig verblüfft und leugnete sofort, etwas damit zu tun zu haben. Doch dann gab sie zu, sich mit dem Reporter getroffen zu haben.

„Scheiße", fluche ich laut, weil ich es leid bin, derart im Zwiespalt zu sein.

Ich muss die Sache vergessen, wie ich Stone gesagt habe.

Als ich den Wagen in die Garage fahre, stelle ich den Motor ab und greife nach meinem Handy. Ich blättere zu den Nachrichten von Stevie, die sie mir gesendet hat, nachdem ich gestern Morgen aus ihrem Haus gestürmt bin. Insgesamt sind es sieben und alle besagen dasselbe.

Sie fleht mich an, ihr fünf Minuten meiner Zeit zu schenken, damit sie mir alles erklären kann.

Es erinnert mich daran, dass ich sie damals um zehn Minuten gebeten habe, um sie zu einem Date zu überreden.

Sollte ich den Gefallen erwidern oder gar nicht erst darauf eingehen?

Ich erlaube mir gar nicht erst, mit mir zu hadern, und erinnere mich daran, was ich Stone gesagt habe. Also tippe ich: *Ich bin nicht daran interessiert, was du mir zu erzählen hast und will die Vergangenheit einfach hinter mir lassen. Das solltest du auch tun.*

Schon will ich auf Senden drücken, halte dann aber inne. Sobald ich die Nachricht abschicke, werde ich sie aus meinem Leben verbannen.

Ich werde einen sauberen Schnitt machen.

Einen endgültigen.

Eigentlich sollte mir die Entscheidung leichtfallen, so wütend wie ich bin.

Ich schließe die Augen und rufe mir ihren Gesichtsausdruck ins Gedächtnis, als ich ihr den Artikel gezeigt habe.

Die Schuldgefühle waren ihr deutlich anzusehen. Sie wusste genau, dass sie mir unrecht getan hatte.

Die Erinnerung hat den gewünschten Effekt und ich werde von einer Woge unbändiger Wut durchströmt. Also drücke ich auf Senden.

Ich habe keinen Zweifel daran, dass Stevie die Nachricht sofort lesen wird, und tatsächlich verraten mir die hüpfenden Punkte, dass sie zurückschreibt.

Ich halte den Atem an und frage mich, was sie mir wohl entgegenwerfen wird.

Auf ihre kurze Antwort bin ich jedoch nicht vorbereitet.

Zwei Buchstaben. *Ok.*

Kapitel 24

Stevie

„Hol die Gewürze", sagt mein Vater, lässt sich auf dem Barhocker nieder und zeigt mit einem Nicken auf die Pizza, die ich gerade auf dem Tresen abgestellt habe. „Kann ich ein Bier haben?"

„Nein", entgegne ich, als ich seine bevorzugten Gewürze heraushole und sie zusammen mit ein paar Servietten neben der Pizza platziere. „Aber du kannst ein Wasser haben."

Mein Vater gibt ein Brummen von sich. „Wenigstens ein Dr. Pepper."

„Wasser", beharre ich und drehe mich um, um aus dem hinteren Kühlschrank eine Flasche zu holen. Er bedenkt mich mit einem finsteren Blick, als ich sie ihm hinschiebe. Dann verfeinere ich seine Pizza genau so, wie er sie mag, und gebe Knoblauchsalz, Chiliflocken und scharfe Texas Pete Sauce darauf.

Es ist erstaunlich, wie viele von diesen kleinen Pizzen ich verkaufe. Sie sind wirklich nicht sonderlich groß, aber sie sind spottbillig, da ich sie von einem Großhändler beziehe. Ich verkaufe sie für sieben Dollar fünfzig und sie sind in nur dreizehn Minuten fertig gebacken. Die Gewinnspanne ist gut. Sie werfen zwar nicht ganz so viel ab wie der Alkoholausschank, aber das Essen macht die Leute durstig, also lohnt es sich, ein paar Speisen anzubieten.

Ich werfe einen Blick auf das Pärchen am anderen Ende der Bar, das ich vorher noch nie gesehen habe, aber das vor einiger Zeit auf einen Drink hereinspaziert kam. Dann stütze ich meinen Unterarm auf dem Tresen ab und stibitze meinem Vater ein Stück Pizza.

Er beschwert sich nicht und wir essen schweigend, wobei ich hin und wieder einen Blick auf den Fernseher an der Wand neben den Billardtischen werfe. Für gewöhnlich stelle ich einen Sportsender ein, doch im Moment läuft *Men in Black* auf dem Bildschirm. Zurzeit interessiere ich mich nicht sonderlich für Sport.

„Arbeitest du an Silvester?", fragt mein Vater.

Ich wende meinen Blick von Will Smith ab, der gerade versucht, es sich in seinem eierförmigen Stuhl bequem zu machen, um den MIB-Test zu absolvieren. „Ja. Ich habe einen weiteren Barkeeper im Einsatz, das sollte ausreichen. Es wird sicher nicht viel los sein."

Zumindest werden nicht so viele Kunden hier sein wie an den Abenden, an denen die Titans hier waren. Diese Zeiten sind vorbei, nun habe ich nur noch meine Stammgäste.

„Kommst du vorbei?", frage ich.

Er zuckt mit einer Schulter. „Heutzutage mache ich es mir lieber in meinem Sessel gemütlich und sehe mir eine Dokumentation über wahre Verbrechen an."

„Das klingt himmlisch", stimme ich ihm mit einem Lachen zu, das tatsächlich aufrichtig klingt. In den vergangenen Tagen ist es mir schwergefallen, Freude zu empfinden, daher beweist mein Lachen vielleicht, dass ich dabei bin, die Vergangenheit zu verarbeiten.

Mir bleibt ohnehin keine andere Wahl. Hendrix hat mir deutlich zu verstehen gegeben, dass ich ihn in Ruhe lassen soll, also tue ich ihm den Gefallen und versuche, auch ohne ihn meinen Humor nicht zu verlieren.

Die Eingangstür wird geöffnet und ich blicke auf. Ich kann mich nicht entscheiden, ob ich froh oder beunruhigt sein soll, als ich Harlow hereinkommen sehe.

Sie lässt ihren Blick durch die Kneipe schweifen und geht direkt auf den Tresen zu, als sie mich entdeckt. Wie zu erwarten war, spiegelt ihre Miene Verärgerung wider.

Harlow drückt meinem Vater einen Kuss auf die bärtige Wange und setzte sich auf den Barhocker neben ihm. Dann nimmt sie sich ein Stück von seiner Pizza, bevor sie sich mir zuwendet und mich mit finsterem Blick anstarrt. „Ich kann nicht glauben, dass du nicht einen einzigen meiner Anrufe und keine einzige Nachricht beantwortet hast. Dank dir bin ich gezwungen, hierherzukommen, um dich zu konfrontieren, und diesen Fraß zu essen."

„Fraß? Ist das dein Ernst? Bist du nicht ein bisschen dramatisch?", frage ich sie gedehnt.

Mein Vater gibt sich gekränkt. „Das ist mein Fraß, den du da isst."

„Tut mir leid", antwortet Harlow mit einem Augenaufschlag. „Ich werde dafür bezahlen." Dann wendet sie sich wieder mir zu. „Ich nehme ein Bier."

Mein Vater verschluckt sich vor Schreck und mir fallen fast die Augen aus dem Kopf. Harlow ist eine trockene Alkoholikerin und trinkt keine Tropfen.

„Auf keinen Fall", knurre ich und schlage mit der Hand auf den Tresen. „Bist du verrückt?"

„Ich weiß es nicht", scherzt sie, nimmt ein Stück Pfeffersalami von ihrer Scheibe und steckt es sich in den Mund. Sie kaut nachdenklich, schluckt und starrt mich dann wieder an. „Bin ich denn verrückt? Du kannst es nicht wissen, da du meine Anrufe oder Nachrichten nicht beantwortest. Vielleicht stecke ich ja in einer Krise?"

„Wenn es so wäre, hätte ich dir geantwortet", murmle ich und wende mich dem Kühlschrank zu, um ihr eine Flasche Wasser zu holen. „Aber du hast wegen Hendrix angerufen und ich will nicht über ihn reden."

Ich stelle die Flasche vor ihr ab und esse einen Bissen von meiner Pizza. Mit vollem Mund kann sie mich nicht dazu zwingen, ihr mein Herz auszuschütten.

Harlow ist allerdings nicht dumm und wendet sich an meinen Vater. „In Ordnung … was ist passiert?"

Ich fixiere ihn und warte gespannt darauf, ob er mir ein loyaler Vater sein wird, doch die Frage erübrigt sich, als er beginnt, alles auszuplaudern. „Kurz gesagt hat ihre Mutter Stevie eine rührselige Geschichte darüber aufgetischt, dass sie ein paar Kriminellen zehntausend Dollar schuldet. Sie behauptete, sie würden sie entweder verprügeln oder töten, wenn sie nicht zahlt. Also hat sie Stevie um das Geld gebeten, das sie allerdings nicht hat. Eines Tages tauchte ihre Mutter verletzt und blutverschmiert vor Stevies Haus auf. Sie hatte einen Reporter aufgetrieben, der zehn Riesen für eine gute Story zahlen würde, und Stevie hat zugestimmt, sich mit ihm zu treffen, um sich zumindest anzuhören, was er wollte. Sie fühlte sich nicht wohl dabei und wollte nicht zu dem Treffen gehen, aber das Leben ihrer Mutter war in Gefahr. Doch sobald sie den Kerl getroffen hatte, machte sie einen Rückzieher und weigerte sich, ihm irgendwelche Informationen zu geben.“

„Aber woher wusste er …“

Mein Vater hält eine Hand in die Höhe, um Harlow zum Schweigen zu bringen. „Mandi hat Stevies Tagebuch aus ihrem Haus gestohlen. Wie du weißt, hat Stevie ihr ganzes Leben darin dokumentiert. Es enthält eine Menge Informationen und war ein gefundenes Fressen für den Reporter.“

Harlow sieht mich voller Mitgefühl an. „Mein Gott Süße … es tut mir so leid. Sie … sie … hat dich auf schändliche Weise benutzt. Es wäre nicht deine Aufgabe gewesen, ihr aus der Patsche zu helfen.“

Mir entfährt ein humorloses Lachen. „Sie steckte gar nicht in Schwierigkeiten. Ich glaube, es war nur eine Finte. Sie hat das Geld genommen und ist damit nach St. Lucia gereist. Und nun reagiert sie nicht auf meine Anrufe.“

Harlow klappt die Kinnlade herunter und sie blickt zwischen meinem Vater und mir hin und her. „Sie hat das alles nur vorgetäuscht?“

„Die blauen Flecken und das Blut nicht. Ich habe ihre Verletzungen eigenhändig verarztet, aber vielleicht hat Randy sie geschlagen, damit die Sache echt wirkt. Möglicherweise hat sie diesen Kerlen tatsächlich Geld geschuldet. Ich weiß nicht mehr, was wahr und was erlogen ist.“

„Es ist völlig egal, ob es wahr ist oder nicht“, wirft mein Vater ein. „Sie hat Stevies Tagebuch verkauft, ist mit dem Geld abgehauen und in einen verdammten Urlaub geflogen.“

„Diese Schlampe“, kreischt Harlow, woraufhin die beiden Gäste am Ende der Bar in unsere Richtung blicken. Sie macht eine abwinkende Handbewegung und ruft: „Tut mir leid.“ Dann dreht sie sich wieder zu mir und meinem Vater um und flüstert: „Ich will deine Mutter umbringen.“

„Da musst du dich hinten anstellen“, knurrt mein Vater. „Ich bin zuerst dran.“

„Niemand bringt irgendjemanden um“, werfe ich ein und klinge dabei so erschöpft, wie ich mich fühle. „Es ist vorbei und ich will das alles nur noch vergessen. Ich würde vorschlagen, ihre beide lasst die Sache ebenfalls auf sich beruhen.“

„Aber Hendrix!“, ruft Harlow aus. „Du musst ihm sagen, was passiert ist. Er …“

„Nein“, unterbreche ich sie schroff und sie blinzelt mich überrascht an. „Ich habe versucht, ihn dazu zu bewegen, mir zuzuhören, damit ich ihm die ganze Geschichte erklären kann. Alles, was ich wollte, waren fünf Minuten seiner Zeit, doch er hat sich geweigert. Er hat mich gebeten, ihn in Ruhe zu lassen, und genau das werde ich tun. Mit seiner Zurückweisung hat er mich bis ins Mark getroffen, Harlow, daher hat er es nicht verdient, die ganze Wahrheit zu erfahren. Von mir aus soll er glauben, dass ich ihn verraten habe."

„Stevie", murmelt Harlow mit sanfter Stimme. „Geh nicht so hart mit Hendrix ins Gericht. Er ist verletzt und wütend. Aber du weißt, dass er ein guter Kerl ist. Du weißt …"

„Scheiß auf ihn", knurrt mein Vater, woraufhin Harlow vor Schreck zusammenzuckt. „Scheiß auf den Mistkerl, der meinem Mädchen nicht einmal fünf Minuten seiner Zeit schenken konnte."

Ich liebe meinen Dad.

„Harlow", sage ich in etwas sanfterem Tonfall. „Ich liebe dich, das weißt du doch, nicht wahr?"

Sie nickt.

„Und ich weiß, dass du mich auch liebst, daher bitte ich dich, ihm nichts davon zu erzählen. Er hat mir vorgeworfen, genau wie meine Mutter zu sein." So viel Boshaftigkeit lässt Harlow erblassen. „Damit hat er mich tief verletzt, dann hat er mich verlassen, ohne mich eines weiteren Blickes zu würdigen. Er ist derjenige, der meiner Mutter ähnelt, also wirst du ihm gar nichts sagen. Verstehst du?"

Harlow nickt stumm.

Ich atme tief durch und lege mein halb gegessenes Stück Pizza auf den Teller, da mir der Appetit vergangen ist. „Ich muss hinten im Lager noch etwas aufräumen. Danke, dass du nach mir gesehen hast."

Ich sehe meinen Vater an, der mich stillschweigend versteht. Er weiß genau, was ich brauche. „Ich passe für dich auf die Bar auf, während du … aufräumst."

Ich mache auf dem Absatz kehrt und straffe die Schultern, dann mache ich mich auf den Weg nach hinten. Ich habe es nicht eilig, Harlow zu entkommen. Solange ich ihr den Rücken zuwende, kann sie die Tränen nicht sehen, die mir über die Wangen kullern, und sie wird nie erfahren, wie gebrochen ich bin.

Mein Vater weiß es jedoch. Es ist nicht das erste Mal, dass ich eine Auszeit brauche, um mich zu sammeln, und es wird auch nicht das letzte Mal sein, dessen bin ich mir sicher.

Im Lagerraum angekommen, wische ich mir die Tränen mit dem Hemdsärmel aus dem Gesicht und schiebe Bierkästen hin und her.

Nach etwa fünf Minuten wird die Tür geöffnet. Ich muss mich nicht umdrehen, um zu wissen, dass es mein Vater ist.

„Sie ist weg", bemerkt er. „Ich habe ihr noch ein paar Details erzählt, aber sie hat mir versprochen, Hendrix nichts zu verraten. Sie hat außerdem beteuert, dass sie Stone dasselbe Versprechen abnehmen wird."

Natürlich wird sie Stone darüber berichten und ich kann es ihr kaum verübeln.

Ich hebe die letzte Kiste hoch und stelle sie auf den Stapel. „Aber es war lieb von ihr, nach mir zu sehen."

„Ja … Harlow war schon immer eine Freundin, auf die man sich verlassen kann", sinniert er. „Und sie hätte nicht unbedingt unrecht damit, Hendrix die Wahrheit sagen zu wollen, falls du das auch willst."

„Nein, das will ich nicht", murmle ich und wende mich ihm zu. „Scheiß auf die Männer."

Mein Vater starrt mich an und streicht sich nachdenklich über seinen Bart. „Weißt du … mir gefällt die neue Stevie. Kalt. Tough. Lässt sich von niemandem etwas gefallen. Mein ganzes Leben habe ich darauf gewartet, dass du endlich zu der Frau heranreifst, von der ich immer wusste, dass sie in dir steckt. Ich bin wirklich stolz auf dich."

Fassungslos starre ich ihn mit offenem Mund an. „Wirklich?"

„Nein, verdammt, natürlich nicht", blafft er und verdreht die Augen. „Ich will nicht, dass du dich verschließt. Du solltest offen für die Möglichkeit sein, wieder zu lieben. Vielleicht nicht Hendrix, aber du wirst einen anderen Mann finden.“

Ich stemme eine Hand in meine Hüfte. „Du willst, dass ich offen für eine neue Liebe bin?“

„Ja … welcher Vater wäre das nicht?“

„Der Vater, der sich selbst nie um eine neue Liebe bemüht hat“, erwidere ich.

„Das ist etwas anderes“, brummt er.

„Das ist es immer“, murmle ich und mache mich in Richtung Tür auf, wobei ich ihm im Vorbeigehen die Brust tätschle. „Und ich liebe dich trotzdem.“

Kapitel 25

Hendrix

Ich stapfe in die Umkleidekabine und weiß, dass ich mich über den Sieg heute Abend freuen sollte, doch ich bin einfach nicht in der Stimmung. Noch immer schwelt in mir die Wut, doch ich weiß, dass ich bald etwas dagegen tun muss, denn meine Mannschaftskameraden sind es langsam leid.

Vielleicht muss ich einfach nur eine andere Frau ficken, um mir über Stevie hinwegzuhelfen. Möglicherweise ist das Mädchen, das mir neulich einen Dreier angeboten hat, heute Abend im Mario's.

Mein Blick fällt auf Stone, Bain und Coen, die sich vor ihren Spinden miteinander unterhalten. Als ich mich ihnen nähere, stieben sie auseinander.

Ich gehe zu meinem Spind und setze mich auf die Bank davor, um meine Schlittschuhe aufzuschnüren.

„Jedenfalls", sagt Coen laut genug, damit ich ihn hören kann, „hat der Porsche-Händler angerufen und mir ein gutes Angebot für einen Neuwagen unterbreitet. Ich habe ihm höflich mitgeteilt, dass es mir gereicht hat, einen zu Schrott zu fahren."

Stone und Bain brechen in schallendes Gelächter aus und ich ziehe mir mit knirschenden Zähnen den Schlittschuh aus. Offenbar ist die Geschichte, in der Coen mein Auto zu Schrott gefahren hat, für einige ein Grund zur Belustigung.

„Wir haben daran gedacht, Silvester in Jerry's Lounge zu feiern", verkündet Coen, woraufhin ich mich zu ihnen umdrehe. Er ignoriert mich und wendet sich Stone zu. „Kommst du mit Harlow?"

„Ja … das klingt gut", antwortet Stone.

„Was zum Teufel soll das?", blaffe ich sie an und ziehe meinen anderen Schlittschuh aus. Dann stehe ich von der Bank auf. „Findest du es etwa lustig, über den Artikel zu reden, als wäre er keine große Sache?“, will ich von Coen wissen.

Dann sehe ich Stone an. „Und du willst in ihrer Kneipe abhängen?“

„Nun, sie ist immerhin Harlows Freundin“, erwidert Stone.

„Sie ist eine verdammte Verräterin und hat das ganze Team hintergangen“, presse ich mit zusammengebissenen Zähnen hervor.

„Das ist sie nicht“, verkündet Stone.

Die Worte kommen ihm mit einer solchen Überzeugung über die Lippen, dass ich mich eine Sekunde lang frage, ob ich mich in einer alternativen Realität befinde.

„Doch, das ist sie“, sage ich mit einem leisen Knurren.

„Nein, das ist sie nicht“, antwortet er. „Ich weiß das ganz sicher, aber leider ist es mir verboten, dir zu verraten, woher ich es weiß.“

Ich runzle die Stirn und blinzle ihn an. „Wovon zum Teufel redest du da?“

Stone macht eine Geste, als würde er seinen Mund mit einem Reißverschluss zuziehen und den Schlüssel wegwerfen.

Ich kann mir beim besten Willen nicht erklären, warum sie sich alle über mich lustig machen, vor allem, da sie wissen, wie sehr ich leide. Wollen sie sich etwa eine Abreibung einhandeln?

„Wie auch immer“, murmle ich und wende ihm den Rücken zu. Ich will es ohnehin nicht wissen.

„Mir ist es nicht verboten“, meldet sich Coen zu Wort und ich drehe mich langsam zu ihm um. „Ich weiß, was Stone weiß, weil er es mir gesagt hat. Er hat es nur dir nicht erzählen dürfen. Ich könnte dir sagen, was ich weiß. Es ist wie brandheißer Klatsch und Tratsch und ich kann es kaum erwarten, ihn auszuplaudern.“

Mein Kopf schmerzt und ich reibe mir die Schläfe. „Ich verstehe nicht, was hier vor sich geht."

„Sprich einfach die magischen Worte aus." Coen hat ein verschmitztes Funkeln in den Augen, das von einem brennenden Bedürfnis zeugt, das Geheimnis endlich zu lüften. „Du musst nur höflich darum bitten."

„Bitte sag mir, wovon zum Teufel du redest", blaffe ich und gehe zwei Schritte auf ihn zu.

Stone weicht zurück und Bain wendet sich seinem Spind zu, um sich auszuziehen. Doch sie spitzen beide die Ohren.

„Stevie hat nicht mit diesem Reporter gesprochen", sagt Coen schlicht.

Ich stoße einen frustrierten Seufzer aus. „Doch, das hat sie. Sie hat es zugegeben."

„Sie hat sich mit ihm getroffen, aber sie hat ihm nichts erzählt. Es war ihre Mutter."

Für den Bruchteil einer Sekunde macht diese Information einen Unterschied. Es würde bedeuten, dass Stevie mir die Wahrheit gesagt hat … und sie wirklich nicht dafür verantwortlich ist.

Doch im nächsten Moment werde ich wieder auf den Boden der Realität zurückgeholt. „Es spielt keine Rolle", sage ich und wende mich meinem Spind zu. „Stevie hat sich mit ihm getroffen und hat darüber nachgedacht, mit ihm zu reden. Es ist nach wie vor ein Verrat."

„Sie hatte keine Wahl", erwidert Coen.

Ich wirble herum und balle die Hände zu Fäusten. „Sie hatte auf jeden Fall eine Wahl."

„Na schön … sie hatte eine Wahl und hätte sich nicht mit ihm treffen müssen, aber sie war verzweifelt. Sie dachte, ihre Mutter wäre in Gefahr, und wollte alle Möglichkeiten in Betracht ziehen. Sie war verängstigt und klammerte sich an jeden Strohhalm."

„Nein“, sage ich und schüttle den Kopf. „Sie hat mir gegenüber nie ein Wort darüber verloren.“

„Hast du ihr die Gelegenheit dazu gegeben?“, fragt Coen, obwohl er genau weiß, dass ich es nicht getan habe. Er weiß, dass ich sie aus meinem Leben verbannt habe, um mein gebrochenes Herz zu heilen.

Ich stehe unschlüssig da. Diese drei Schwachköpfe haben das alles eindeutig inszeniert, um mich neugierig zu machen. Stone muss etwas von Harlow erfahren haben, die es, wie ich annehme, direkt von Stevie gehört hat. Vermutlich hat Stevie ihm untersagt, mir etwas davon zu erzählen.

Also hat er es an Coen weitergegeben und nun hält Coen den Schlüssel zu der eigentlichen Geschichte in der Hand. Was auch immer passiert ist, es hat dafür gesorgt, dass sie ihre Einstellung gegenüber Stevie geändert haben. Doch sie haben sie nicht geliebt.

Nicht so, wie ich es getan habe.

„Also schön“, ruft Coen aus und wirft die Hände in die Höhe. „Wenn du es nicht wissen willst …“

Er wendet sich ab und geht zu seinem Spind. Wahrscheinlich ist es das Beste.

Ich will mich gerade umdrehen, als er sagt: „Scheiß drauf … ich werde es dir erzählen, ob du es hören willst oder nicht.“

Er geht auf mich zu und baut sich dicht vor mir auf. „Hier ist die Kurzversion. Stevies Mutter hat ihr erzählt, dass sie in Schwierigkeiten steckt, weil sie ein paar Typen beklaut hat, die Geld gewaschen haben. Angeblich schuldete sie ihnen zehntausend Dollar.“

„Wie bitte?“, stoße ich hervor. „Ist das dein Ernst?“

Coen ignoriert meine Frage. „Ihre Mutter hat Stevie ziemlich unter Druck gesetzt, damit sie ihr das Geld besorgt, aber Stevie hatte es nicht. Also wollte sie ihre Kreditkarte belasten und hat ihren Wagen zum Verkauf angeboten.“

Alles dreht sich um mich herum, während ich versuche, seine Worte zu verarbeiten. Stevie hat nie ein Wort darüber verloren, aber sie hätte mich auch nie um Hilfe gebeten. Und ich bin überzeugt davon, dass sie auch ihren Vater nicht darauf angesprochen hat. Nicht, wenn es um ihre Mutter ging.

„Das Geld hat jedoch nicht gereicht, eines Tages tauchte Mandi blutverschmiert und mit blauen Flecken vor Stevies Haus auf. Sie sagte, die Kerle hätten sie nur vorgewarnt und würden ihr Schlimmeres antun, wenn sie die Summe nicht auftreibt."

„Mein Gott." Ich fühle mich, als wäre ich in einem Albtraum gefangen.

„Stevie war verängstigt und hat sich mit dem Reporter getroffen, der angeblich zehntausend Dollar für eine Story zahlen wollte. Offenbar hatte ihre Mutter vor einiger Zeit versucht, sie zu einem Treffen mit diesem Typen zu bewegen, doch sie hatte sich geweigert. Nachdem ihre Mutter verprügelt worden war, befürchtete sie allerdings, dass sie ihre Mutter umbringen könnten, und sah keinen anderen Ausweg mehr. Sie ging zu dem Treffen, um sich anzuhören, was der Kerl zu sagen hatte. Zugegebenermaßen wusste sie zu dem Zeitpunkt nicht, was sie tun würde. Aber letztendlich war sie nicht bereit, dich zu verraten, auch nicht, um ihre eigene Mutter zu retten, also ging sie wieder."

„Dann hat Stevie es also ihrer Mutter erzählt, die es wiederum an den Reporter weitergegeben hat?", frage ich verblüfft.

„Nein. Stevie hätte ihrer Mutter nichts davon verraten", erklärt Coen mit einem Tonfall, der besagt, dass er mich für einen Idioten hält. „Aber sie hat es in irgendein Tagebuch geschrieben und ihre Mutter hat es gestohlen. Stevie hat gar nicht gemerkt, dass es fehlte, bis du ihr den Artikel gezeigt hast."

„Scheiße", murmle ich, trete zwei Schritte zurück und lasse mich auf die Bank fallen. Ich kann nicht glauben, in was für einem Netz aus Intrigen Stevie gefangen war. Jetzt, da ich darüber Bescheid weiß, kann ich einfach nicht wütend sein.

Tatsächlich dreht sich mir der Magen um.

Sie war verängstigt und verzweifelt, aber letztendlich hat sie mich ihrer Mutter vorgezogen.

„Scheiße", wiederhole ich etwas lauter.

Stevie wollte nur fünf Minuten meiner Zeit, um mir genau diese Geschichte zu erzählen. Es hätte alles verändert.

Stattdessen habe ich sie ohne zu zögern von mir gestoßen.

Genau wie ihre Mutter es vor all den Jahren getan hat.

Coen legt eine Hand auf meine Schulter. „Du solltest noch etwas wissen. Es sieht so aus, als hätte ihre Mutter sich das alles nur ausgedacht. Stevie ist zu ihr gefahren, um sie zur Rede zu stellen, und hat von einer Nachbarin erfahren, dass sie nach St. Lucia gereist ist, vermutlich mit dem Geld, das sie für das Tagebuch bekommen hat."

Ich blicke ruckartig zu ihm auf. „Ist das dein Ernst?"

„Zumindest hat Harlow das gesagt", wirft Stone ein, der sich nun endlich in die Unterhaltung einschalten kann, nachdem jemand anderes das Geheimnis ausgeplaudert hat. „Tut mir leid … Stevie hat Harlow das Versprechen abgenommen, dir nichts zu verraten, und nun ja … meine Loyalität gilt Harlow, Kumpel."

„Ich vergebe dir", erwidere ich, vor allem, da er es trotzdem geschafft hat, mir die Information auf Umwegen zukommen zu lassen. „Ich werde Stevies Mutter erwürgen."

„Offenbar musst du dich hinter John einreihen", bemerkt Stone.

„Und das Tagebuch?", frage ich, denn ich weiß, wie wichtig ihr das verdammte Ding ist. Ihr Weihnachtsgeschenk an mich war etwas Besonderes, gerade weil sie die Worte darin so sehr schätzt.

Coen zuckt mit den Schultern. „Keine Ahnung, wo es ist, aber sie hat es nicht."

Ich koche vor Wut, die mittlerweile nicht mehr gegen Stevie, sondern gegen ihre Mutter gerichtet ist. Doch ich bin auch wütend auf mich selbst, denn ich habe sie ohne ihr zuzuhören abgeschrieben.

Nun habe ich eine Menge Arbeit vor mir, denn wie ich Stevie kenne, wird sie mich nicht einfach so wieder in ihr Leben lassen. Ich habe sie genauso verletzt wie einst ihre Mutter.

Denn ich habe sie im Stich gelassen.

Aber sie hat ihrer Mutter noch eine zweite Chance gegeben, also hoffe ich, dass sie mir ebenfalls eine geben wird.

Sobald ich geduscht habe, geht es los.

***

Ich würde lügen, wenn ich behaupten würde, ich sei nicht nervös. Nachdem ich die Eingangstür zu Jerry's Lounge geöffnet habe, wische ich mir die Hände an meiner Jeans ab. Es ist kurz vor Mitternacht und die Geisterstunde der Biker ist angebrochen. Der Laden ist zwar nicht gerammelt voll, aber sämtliche Barhocker und Tische sind besetzt, und an jedem Billardtisch wird eine Partie gespielt.

Ich habe keine Ahnung, ob Stevie hier ist. Bei ihr zu Hause habe ich sie nicht angetroffen und die Lichter waren ausgeschaltet. Möglicherweise meidet sie mich einfach.

Das wäre sogar sehr wahrscheinlich.

Ich betrete die Kneipe und suche den Raum ab. Ein Barkeeper zapft gerade ein Bier, aber Stevie ist nirgends zu sehen.

Jemand legt mir eine Hand auf die Schulter und ich drehe mich um. Ein kräftiger Biker, den ich schon einmal hier getroffen habe, streckt mir seine andere Hand entgegen. „Tolles Spiel heute Abend, Hendrix.“

Ich schüttle ihm die Hand und lächle erleichtert, denn ich habe keine Ahnung, was Stevie ihren Gästen von uns erzählt haben könnte. „Danke, Mann. Arbeitet Stevie heute?“

Er reckt sich in seinem Barhocker und sieht sich um. „Ja … sie muss hier irgendwo sein. Dein erstes Bier geht auf mich.“

„Danke“, erwidere ich, obwohl ich nicht weiß, ob ich lange genug bleiben werde, um es zu trinken.

Als ich das andere Ende des Tresens erreiche, entdecke ich sie, als sie gerade mit einem Handtuch über der Schulter aus dem Lagerraum kommt.

Als sie mich erblickt, erstarrt sie und sieht mich entgeistert an.

„Hey“, sage ich mit sanfter Stimme, da ich weiß, dass sie verletzt ist. Ich gehe auf sie zu. „Ich hatte gehofft, wir könnten reden.“

Ich schenke ihr ein entschuldigendes Lächeln und vertraue darauf, dass ich sie damit genauso verzaubern kann wie früher.

„Verpiss dich aus meiner Kneipe“, blafft sie mit eiskalter Stimme. Mir läuft ein Schauer über den Rücken. „Verschwinde und lass dich hier nie wieder blicken.“

„Stevie“, beschwöre ich sie, aber sie drängt sich an mir vorbei und stellt sich hinter den Tresen, wobei sie den Durchgang schließt, damit ich ihr nicht folgen kann. Ich halte mich an der Kante fest und rufe ihr hinterher: „Komm schon, Stevie … rede mit mir.“

Doch sie ignoriert mich und geht weiter. Ich folge ihr entlang der Außenseite der Bar, an der die Gäste auf ihren Hockern sitzen.

„Stevie." Ich muss meine Stimme erheben, um über die Jukebox hinweg gehört zu werden. „Ich bitte dich um das Gleiche, worum du mich auch gebeten hast … nur fünf Minuten."

Sie würdigt mich keines Blickes, sondern schnappt sich ein leeres Glas vom Tresen und stellt es zum Abwaschen in ein Regal. Dann nimmt sie ein sauberes Glas und geht damit zum Zapfhahn.

Ich folge ihr und schiebe mich zwischen zwei Typen hindurch, um mich an die Bar zu stellen. „Ich weiß, was passiert ist, Stevie."

Sie lässt das Bier nicht aus den Augen, aber ich kann sehen, wie sie sich versteift.

„Ich werde hierbleiben, bis du mit mir redest. Wenn es sein muss, laufe ich dir die ganze Nacht an der Bar hinterher. Du wirst schon deinen Baseballschläger zücken müssen, um mich zum Gehen zu bewegen."

Für einen Moment schließt sie die Augen. Als sie sie wieder öffnet, liegt darin ein eiskalter Blick. Sie stellt das Bier ab, würdigt mich kaum eines Blickes und wendet sich an die beiden Männer, die mich flankieren. „Gary, Chris, dieser Kerl hat in meiner Kneipe nichts zu suchen. Würdet ihr ihn bitte hinausbegleiten?"

Von einer Sekunde auf die andere haben die Kerle meine Arme gepackt und zerren mich zur Tür.

„Was soll der Scheiß?", knurre ich und schaffe es, mich loszureißen.

Ich stürme wieder zum Tresen, hinter dem Stevie mich teilnahmslos beobachtet.

„Ich verstehe es", platze ich heraus. Sie sagt kein Wort, im nächsten Moment sind die Männer zurück und packen mich an den Armen. „Jetzt weiß ich, wie du dich gefühlt hast, als ich dich nicht anhören wollte. Es ist ein beschissenes Gefühl und es tut mir leid, dass ich dich verletzt habe."

Wieder werde ich nach hinten gezerrt, doch diesmal kann ich mich unmöglich befreien. Niemand versucht einzugreifen, wobei einige der Gäste mich betrachten, als hofften sie, dass ich mich wehre, damit sie mir in den Hintern treten können. In gewisser Weise bin ich stolz auf sie, weil sie sich für Stevie einsetzen, selbst wenn das bedeutet, dass ich rausgeschmissen werde.

Nicht gerade behutsam schieben die Kerle mich durch die Tür, wobei ich ins Stolpern gerate, mich jedoch aufrecht halten kann. Ich stoße frustriert den Atem aus und werfe einen Blick zurück zur Tür, während ich überlege, ob ich noch einen Versuch unternehmen soll. Aber als Profispieler kann ich es mir nicht leisten, verletzt zu werden.

„Das ist ja großartig gelaufen", murmle ich vor mich hin und wende mich der Straße zu. Ich muss mir einen Plan B einfallen lassen, der wahrscheinlich darin bestehen wird, dass ich mich vor ihrem Haus auf die Lauer lege.

Die Tür wird geöffnet und „Spoonman" von Soundgarden dringt an mein Ohr, bevor ich verblüfft beobachte, wie John aus der Kneipe kommt. Ich war so auf Stevie fixiert, dass ich ihren Vater gar nicht bemerkt habe.

Ich wappne mich, denn wenn es einen Menschen gibt, der den Wunsch hegt, mir in den Hintern zu treten, dann ist er es. Ich bezweifle nicht, dass John die ganze Geschichte kennt, denn Stevie hätte ihm nichts verheimlicht.

„Du hast es wirklich vermasselt", sagt er.

„Ich versuche, es wiedergutzumachen", erwidere ich. „Wirst du mir helfen?"

„Nein. Ich wollte mich nur in Schadenfreude ergehen und betonen, wie sehr du alles versaut hast."

Das glaube ich ihm nicht eine Sekunde. Der Mann mag mich. Zumindest hat er mich einmal gemocht und er will, dass seine Tochter glücklich ist.

Aber er will mir nicht helfen, also kommt mir eine Idee. „Ich bin bereit, mir das Gedenktattoo stechen zu lassen.“

„Der Termin war gestern und ich habe ihn gestrichen.“

Das dachte ich mir schon, denn ich habe mir nicht die Mühe gemacht, in seinem Studio zu erscheinen. Ich ziehe meine Brieftasche aus meiner Jeans und winke ihm damit zu. „Aber jetzt bin ich bereit. Hier drin ist eine Kreditkarte mit unbegrenztem Kreditrahmen. Nenne mir deinen Preis und ich werde ihn zahlen.“

Mein Gott, es wird mich ein Vermögen kosten, mir Zeit mit ihrem Vater zu erkaufen, aber wenn jemand zu ihr durchdringen kann, dann er. Aber ihn davon zu überzeugen, mir zu helfen, wird eine Menge Zeit in Anspruch nehmen.“

„Egal wie viel?“, fragt er.

Ich muss schlucken. „Egal wie viel.“

„Zehntausend“, sagt er ohne zu zögern.

Ich zucke zusammen. „Zehntausend?“

„Ja … damit werde ich Stevies Tagebuch von diesem bescheuerten Reporter zurückkaufen. Denselben Betrag hat er Mandi dafür bezahlt.“

Verdammt … ich glaube, ich mochte John Kisner noch nie so sehr wie in diesem Moment.

„Zehntausend“, stimme ich zu und mache eine ausladende Geste in Richtung des Tattoo-Studios nebenan. „Aber ich werde ihr Tagebuch zurückholen. Gleich morgen früh werde ich diesen Mistkerl ausfindig machen.“

Mit einem Grunzen wendet John sich seinem Laden zu und kramt in seiner Tasche nach dem Schlüssel.

Drinnen, an seinem Arbeitsplatz, deutet er auf den Stuhl. „Weißt du schon, wie das Design aussehen soll?“

„Kein Design“, antworte ich, denn ich habe es mir bereits gut überlegt. „Nur die Namen entlang meiner Rippen, in Schreibschrift.“

Er reicht mir einen Block Papier und einen Stift. „Schreib sie alle gut leserlich auf.“

Ich tue wie geheißen, während er alles vorbereitet. Man könnte meinen, es wäre schwer, sich die Namen von zweiundvierzig Menschen zu merken, aber mir ist jeder einzelne im Gedächtnis. Jeder von ihnen war ein Freund von mir und ein fester Bestandteil einer Organisation, die für mich wie eine große Familie ist.

„Fertig“, sage ich und reiche ihm den Notizblock.

Er betrachtet ihn und runzelt die Stirn. „Warum ist Stevies Name auf der Liste? Ich dachte, darauf stehen die Leute, die im Flugzeug gestorben sind.“

„Es ist eine Liste zu Ehren der Menschen, die ich verloren habe und um die ich trauere“, antworte ich.

Wieder brummt er, aber ich habe keine Ahnung, ob er meine Antwort für gut befindet. „Zieh dein Hemd aus.“

Ich gehorche und lehne mich wieder auf dem Stuhl zurück. Er verstellt die Rückenlehne, desinfiziert meine Haut und macht seine Tätowierpistole bereit. Während er sich Handschuhe überstreift, sagt er: „Das mit deiner Schwester tut mir leid.“

„Danke.“

„Aber ich werde Stevies Namen dieser Liste nicht hinzufügen.“

Ich werde von einem freudigen Gefühl durchströmt, denn das bedeutet, er will, dass ich sie zurückgewinne. „Also wirst du mir helfen?“

„Tut mir leid, Mann. Das kann ich nicht tun. Stevie trifft ihre eigenen Entscheidungen.“

„Du könntest zumindest ein gutes Wort für mich einlegen“, murmle ich.

„Vielleicht“, erwidert er und ich muss mich damit zufriedengeben. „Aber wenn du mich fragst … denke ich, dass ihr beide Fehler gemacht habt, die entschuldbar sind. Du wirst es aber verdammt schwer haben, Stevie das verständlich zu machen.“

„Ja“, stimme ich niedergeschlagen zu. „Ich weiß. Sie wirft mich in einen Topf mit ihrer Mutter. Wir haben sie beide im Stich gelassen.“

„Du bringst es auf den Punkt“, pflichtet er mir bei und schaltet die Pistole ein. „Und jetzt lehne dich zurück … Ich werde dafür sorgen, dass es noch mehr wehtun wird als normalerweise. Das ist für die Schmerzen, die du ihr zugefügt hast.“

„Das habe ich auch nicht anders erwartet“, antworte ich und beiße die Zähne zusammen. Es wird höllisch wehtun, aber ich habe es verdient.

Kapitel 26

Als ich Target verlasse, werfe ich einen Blick auf meine Armbanduhr. Mir bleibt noch etwas Zeit zum Schreiben, bevor ich die Kneipe öffnen muss. Einer meiner Barkeeper ist krank, also arbeite ich heute eine Doppelschicht.

Ich bin morgens mit dem unstillbaren Bedürfnis aufgewacht, meine Gefühle über Hendrix und meine Mutter loszuwerden, konnte es aber nicht, weil ich mein Tagebuch nicht bei mir hatte. Dieser Mistkerl Carmine Betta hat es.

Also bin ich zum nächstgelegenen Supermarkt geeilt, bei dem ich etwas Passendes finden würde. Ich durchforstete die Schreibwarenabteilung nur ein paar Minuten, bevor ich mich für ein mit Vinyl bezogenes Notizbuch mit Blumenmuster entschied. Es ist eigentlich nicht mein Stil, aber es hat einen Riemen und einen Verschlussmechanismus, der zwar leicht aufgebrochen werden kann, aber als Symbol für die privaten Dinge steht, die ich niederschreibe.

Ich habe mir auch gleich ein paar neue Gelschreiber gekauft und werde bei einer weiteren Tasse Kaffee und einer Schüssel Haferflocken mit dem ersten Eintrag beginnen.

Kurz bevor ich mein Auto erreiche, klingelt mein Handy.

Der Name Olivia Parnell blinkt auf und mein Herz setzt einen Schlag aus.

„Hallo?“

„Stevie?“

„Ja, hi. Wie geht es Ihnen?“

„Mir geht es gut, danke. Ihre Mutter ist wieder da. Ich habe sie heute Morgen gesehen, als sie die Zeitung geholt hat."

Ich atme tief ein und dann langsam wieder aus. „Vielen Dank, dass Sie mir Bescheid gesagt haben. Ich weiß es zu schätzen."

Olivia Parnell ist die kleine alte Dame, die letzte Woche mit ihrem Hund spazieren ging, als ich meine Mutter zur Rede stellen wollte. Vorgestern war ich noch einmal dort, in der Hoffnung, dass meine Mutter vielleicht zurück ist, doch niemand hat mir die Tür geöffnet. Ich bin mir nicht sicher, ob es Zufall war, dass dieselbe Frau wieder mit ihrem Hund unterwegs war oder ob sie nur eine neugierige Nachbarin ist, die sich mit mir unterhalten wollte, aber ich habe ihr meine Kontaktdaten gegeben und sie gebeten, mich anzurufen, falls meine Mutter wieder auftaucht.

Ich schiebe alle Gedanken ans Schreiben beiseite und werfe die Tasche auf den Rücksitz, um mich anzuschnallen. Auf der Fahrt zu ihrem Haus kocht die Wut in mir hoch, denn mir fallen alle möglichen Dinge ein, die ich mir von der Seele reden muss. Ich bin so aufgebracht, dass ich am liebsten ganz am Anfang beginnen würde, als sie mich verlassen hat. Doch für den Fall, dass sie davon nichts wissen will, werde ich wohl besser am Ende ansetzen.

Nämlich damit, dass sie mein Tagebuch gestohlen und private Informationen weitergegeben hat.

Ich weiß, dass meine Mutter viel zu sehr von sich eingenommen ist, um sich Gedanken darüber zu machen, was sie mir damit angetan hat. Sie hat nicht nur meine Privatsphäre verletzt, sondern auch meine Beziehung zu Hendrix ruiniert.

Zu dem einzigen Mann, den ich je geliebt habe.

Zugegeben, nachdem er so gefühllos war, denke ich nicht gerade mit Wohlwollen an ihn. Ich bin nicht nur außer mir vor Wut, weil er mich einfach so abserviert hat, sondern ich trauere auch um unsere Liebe.

Diese Liebe war noch jung. Wir haben die Worte nur ein paarmal ausgesprochen, doch ich habe wirklich daran geglaubt, dass es der Beginn von etwas Bedeutendem war. Ich war davon überzeugt, dass wir bis in alle Ewigkeit zusammenbleiben würden, nun ist mein Herz zerbrochen und ich glaube nicht, dass es je geheilt werden kann.

Ich verdränge diese Gedanken jedoch und fixiere mich voll und ganz auf meine Mutter. Wenn ich Glück habe, hat sie einen Funken Gewissen und wird mir zuhören, denn am Ende will ich drei Dinge erreichen.

Erstens muss sie verstehen, dass sie mich auf eine furchtbare Art und Weise verletzt hat. Keine Mutter, die ihr Kind wirklich liebt, würde ihm je so etwas antun. Sie muss erkennen, dass sie nicht mehr meine Mutter ist. Sie ist nichts für mich.

Zweitens will ich die Wahrheit wissen. War das alles ein abgekartetes Spiel oder war sie wirklich in Schwierigkeiten?

Und schließlich will ich herausfinden, wo mein Tagebuch ist und wie ich es zurückbekommen kann.

Danach werde ich ihr für immer den Rücken kehren und sie wird endgültig aus meinem Leben verschwunden sein.

Mein Handy klingelt erneut und ich sehe, dass mein Vater anruft. Ich nehme das Gespräch an und stelle es auf Lautsprecher. Mein Wagen ist zu alt, um über Bluetooth zu verfügen.

„Du errätst nie, wo ich hinfahre", sage ich.

„Zu deiner Mutter? Weil ich verdammt gut weiß, dass du nicht auf dem Weg zu Hendrix bist."

Ich ignoriere die Bemerkung. „Ihre Nachbarin hat angerufen. Sie ist wieder da."

„Komm vorbei und hol mich ab", fordert er.

„Nein. Das wäre ein Umweg.“

„Stevie“, sagt er mit einem warnenden Unterton in der Stimme.

„Ich werde es jetzt hinter mich bringen. Außerdem ist das mein Kampf, nicht deiner.“

„Das mag sein, aber ich beginne zu verstehen, dass deine Mutter mehr als nur ein bisschen verrückt ist, und ich kenne das Arschloch nicht, mit dem sie zusammenlebt. Ich würde mich besser fühlen, wenn ich bei dir wäre.“

„Und ich liebe dich dafür, aber ich muss das allein tun. Ich bin nur fünf Minuten von ihrem Haus entfernt.“

Er stößt einen leisen Fluch aus, doch dann seufzt er. „Also schön. Ruf mich an, sobald du auf dem Rückweg bist. Da ich weiß, was das, was du ihr zu sagen hast, nicht lange dauern wird, erwarte ich deinen Anruf in etwa fünfzehn Minuten. Aber nicht später, hörst du?“

Ich habe ihn verstanden und verspreche, ihn anzurufen. Als ich in ihre Einfahrt einbiege, umklammere ich das Lenkrad so fest, dass sich meine Hände verkrampfen. Um die Schmerzen zu lindern, schüttle ich sie aus.

Entschlossen steige ich aus dem Wagen und verriegle die Tür, denn sie wohnt nicht gerade in der besten Gegend. Ich verspüre keinen Anflug von Unsicherheit oder Angst, sondern fühle mich bestärkt in meinem Vorhaben. Sämtliche Komplexe, die ich hatte, weil sie mich verlassen hat, liegen weit in der Vergangenheit und sind nicht mehr von Bedeutung.

Mit energischen Schritten und durchgedrücktem Rücken steige ich die Stufen zur Veranda hinauf. Ich halte mich nicht mit der Türklingel auf, sondern hämmere mit der Faust gegen die Tür.

Im nächsten Moment schwingt sie auf und meine Mutter steht mit schön gebräunter Haut vor mir. Sie scheint nicht überrascht zu sein, mich zu sehen, und an ihrem Gesichtsausdruck erkenne ich, dass sie wusste, dass dies unvermeidlich war. Fast scheint sie sich zu wappnen.

„Wie konntest du nur?“, frage ich.

Eigentlich habe ich so viel mehr sagen wollen, doch ich bringe nicht mehr heraus als diese vier Worte.

Sofort füllen sich die Augen meiner Mutter mit Tränen, die ihr über die Wangen kullern. „Oh Stevie … es tut mir so leid.“ Sie tritt über die Schwelle und breitet die Arme aus.

Ich weiche zurück und starre sie nur an. Sie lässt die Arme sinken, doch die Tränen rinnen ihr weiter übers Gesicht. „Es war Randy. Er hat mich dazu gezwungen.“

„Zu was gezwungen?“, will ich wissen.

„Er hat mich dazu gebracht, dich um das Geld zu bitten.“

„Hast du überhaupt in Schwierigkeiten gesteckt?“, frage ich.

„Ja. Das war nicht gelogen.“ Sie senkt den Kopf und wirkt verdrossen, während sie die Hände ringt. „Aber … es waren keine zehntausend Dollar. Wir schuldeten ihnen nur etwa dreitausend, aber mit ihnen war nicht zu spaßen.“

„Dann wurdest du also tatsächlich verprügelt? Das war die Wahrheit?“

Sie ist nicht in der Lage, meinem Blick standzuhalten, und senkt den Kopf. „So in etwa. Sie haben Randy eine Warnung überbracht und ihn zusammengeschlagen.“

„Und deine Verletzungen?“, dränge ich, denn nur deshalb habe ich mich überhaupt mit dem Reporter getroffen.

Sie antwortet nicht, sondern kaut nur nervös auf einem Fingernagel herum.

„Mom“, blaffe ich sie an, um ihre Aufmerksamkeit zu erregen.

„Randy hat es getan“, platzt sie heraus.

„Weil ihr mich glauben machen wolltet, du wärst in Gefahr", sage ich angewidert. Ich hatte diese Möglichkeit bereits in Betracht gezogen.

„Nicht ganz", erwidert sie leise und streicht sich mit der Hand über den Wangenknochen, obwohl er längst nicht mehr geschwollen ist. „Er war verärgert, weil ich das Geld nicht von dir bekommen habe. Wir haben uns gestritten. Er ist sehr aufbrausend … ich glaube, das liegt an den Steroiden. Er hat mich ein paarmal geschlagen und dann gefordert, ich solle mit den Verletzungen Druck auf dich ausüben, damit du mir hilfst."

„Meine Güte, ihr seid wirklich unglaublich", keuche ich und werfe die Hände in die Höhe. „Ihr habt also mein Tagebuch gestohlen, das Geld genommen, eure Schulden bezahlt und seid mit dem Rest nach St. Lucia geflogen, um Urlaub zu machen. Und dabei habt ihr meine Beziehung zu Hendrix ruiniert."

Meine Mutter weint und schluchzt, aber mir ist schnell klar, dass sie keinerlei Reue zeigt.

„Es war furchtbar", jammert sie und reibt sich mit den Händen über das Gesicht. „Ich habe Randy dabei erwischt, wie er mich mit einem Flittchen betrogen hat, also bin ich sofort zurückgeflogen. Er hat mir das Herz gebrochen …"

Ich kann nichts dagegen tun. Reflexartig strecke ich eine Hand aus und schlage ihr ins Gesicht.

Sofort zucke ich zusammen und trete einen Schritt zurück, wobei ich die Hand an meine Brust presse, um sie mit der anderen zu bedecken. In meinem ganzen Leben habe ich noch nie einen anderen Menschen geschlagen.

Immerhin bringt es meine Mutter zum Schweigen. Sie legt eine Hand an ihre gerötete Wange und sieht mich argwöhnisch an.

Eigentlich habe ich sie fragen wollen, ob sie weiß, wie sehr sie mich verletzt hat, aber ich mache mir gar nicht die Mühe. Es ist offensichtlich, dass es sie nicht interessiert.

„Ich will mein Tagebuch zurück“, sage ich kalt.

„Ich habe es nicht“, erwidert sie mit abweisendem Tonfall und ihre Tränen sind mittlerweile versiegt.

„Hast du es Carmine gegeben?“, frage ich. Ich habe keine Ahnung, ob sie ihm die Informationen nur vorgelesen oder ihm das Buch ausgehändigt hat, aber ich muss mich vergewissern, dass sie es nicht weggeworfen hat.

„Ja. Er hat es.“

Ich nicke, denn ich weiß, was ich zu tun habe. Ich werde ihm morgen einen Besuch abstatten, aber jetzt muss ich mich erst einmal an die Arbeit machen. Was meine Mutter angeht, so habe ich nicht das Bedürfnis, ihr weiter die Leviten zu lesen. Es wäre reine Zeitverschwendung.

„Verzeihst du mir?“, fragt sie.

„Nein“, antworte ich, mache auf dem Absatz kehrt und gehe die Verandastufen hinunter. Am Fuß der Treppe drehe ich mich noch einmal zu ihr um. „Kontaktiere mich nie wieder. Von diesem Moment an gehen wir getrennte Wege. Ich werde keinen Gedanken mehr an dich verschwenden.“

Wahrscheinlich ist das nicht ganz richtig, denn ich kann nicht kontrollieren, was mir durch den Kopf schießt. Aber ich werde nicht mehr versuchen, eine Beziehung zu ihr zu erzwingen, und ganz sicher werde ich mich nicht ständig fragen, was zwischen uns hätte sein können.

„Stevie“, ruft sie aus, als ich zu meinem Wagen gehe. „Bitte schließ mich nicht einfach so aus deinem Leben aus.“

Ich ignoriere sie und mache mich aus dem Staub. Sobald ich ein paar Häuserblocks die Straße hinuntergefahren bin, rufe ich meinen Vater an.

Nachdem ich ihm alles erzählt habe, fragt er: „Geht es dir gut?"

„Einigermaßen", gestehe ich. „Ich bin froh, dass ich die Wahrheit kenne und sie aus meinem Leben verschwunden ist."

„Aber sie hat dich trotzdem verletzt", erwidert er wissend. „Und ich kann mir denken, dass sie sich nicht bei dir entschuldigt hat."

Ein Lachen entfährt meiner Kehle. „Nein, sie hat sich nicht entschuldigt. Aber seltsamerweise bin ich mir nicht sicher, ob sie mir wirklich so sehr wehgetan hat. Wahrscheinlich hatte ich keine sonderlich hohen Erwartungen an sie, die sie hätte enttäuschen können. Ich bin vor allem wütend, weil sie mein Tagebuch gestohlen hat."

„Hendrix hat dich mehr verletzt", stellt er fest.

Ich ignoriere seine Worte. Er hat zwar recht, doch ich will nicht darüber reden. „Aber ich habe auch eine gute Nachricht. Sie hat bestätigt, dass Carmine Betta mein Tagebuch hat, und ich werde es mir morgen zurückholen."

„Hm", brummt mein Vater nur.

Ich warte darauf, dass er mir anbietet, es für mich zu holen oder mich zumindest zu begleiten. Doch er tut nichts dergleichen. Offenbar will er wirklich, dass ich die Sache selbst in die Hand nehme. Ich habe nichts dagegen, denn ich bin selbstständig und allemal dazu imstande.

„Soll ich heute etwas zum Mittagessen vorbeibringen?", fragt er.

„Gern. Bis später."

Nachdem wir das Gespräch beendet haben, fahre ich direkt zu meiner Kneipe. Sehnsüchtig werfe ich einen Blick auf die Target-Tüte mit meinem neuen Tagebuch und den Stiften. Ich werde erst morgen mit dem Schreiben beginnen können, da ich heute auch die Spätschicht übernehmen muss. Meine Füße schmerzen jetzt schon, wenn ich nur daran denke, aber das ist nun einmal der Preis, den man als Selbstständige zahlen muss. Man tut, was nötig ist, um den Job zu erledigen.

Kapitel 27

Hendrix

Ich bin nicht glücklich darüber, dass wir gegen die Columbus Hawks eine Niederlage einstecken mussten. Wir hatten den Heimvorteil und hätten unseren Herausforderer, der in dieser Saison mit einigen Verletzten zu kämpfen hat, in die Knie zwingen müssen. Stattdessen haben sie perfekt gespielt, während wir alles andere als vollkommen waren. Aber so etwas kommt eben mal vor.

Wir wurden 3:0 geschlagen und sind dementsprechend schlechter Stimmung. Das einzig Gute daran ist, dass niemand von mir erwarten wird, heute Abend noch ein Bier mit ihm zu trinken. Für gewöhnlich gehen wir nach einer Niederlage nicht aus, sondern bleiben zu Hause, um unsere Wunden zu lecken. Aber die Jungs wollen, dass ich glücklich bin, und bestärken mich in meinem Versuch, Stevie zurückzugewinnen. Daher hätte ich geglaubt, dass sie mich zumindest einladen würden, bei einem Drink Ideen auszutauschen. Oder mir vielleicht sogar anbieten, gemeinsam mit mir Jerry's Lounge zu stürmen.

Obwohl ich mich über das Angebot freuen würde, würde ich es ohnehin ablehnen. Ich habe andere Pläne.

Ich werde mich mit Carmine Betta treffen und habe keine Ahnung, was dabei herauskommen wird.

Ursprünglich hatte ich in Erwägung gezogen, den Journalisten aufzuspüren und ihm in den Hintern zu treten. Nicht wegen des Artikels, denn als Person des öffentlichen Lebens muss ich damit rechnen, dass über mich berichtet wird. Nicht einmal, weil er die Wahrheit verzerrt hat.

Ich bin wütend, weil er Stevies Tagebuch genommen und ihre privaten Einträge ohne ihre Erlaubnis verwendet hat. Er hat ihre Privatsphäre missachtet, und ich will, dass er dafür mit seinem Blut bezahlt.

Doch ein kühler Kopf namens John Kisner hat mich eines Besseren belehrt, als er mir gestern Abend auf schmerzhafte Weise meine Rippen tätowiert hat. Er sagte, ich würde das Tagebuch eher zurückbekommen, wenn ich ihm ein Angebot machte, das er nicht abschlagen kann.

Es war ein Leichtes, Bettas Telefonnummer zu bekommen. Nachdem ich ihm auf die Mailbox gesprochen hatte, rief er mich nach nicht einmal fünf Minuten zurück.

„Mr. Bateman … werden Sie sich bei diesem Anruf offiziell äußern?“, wollte er wissen, da er annahm, ich würde wegen des Artikels anrufen.

„Nein, aber ich würde mich gerne mit Ihnen treffen.“

Dem Mann war seine Aufregung deutlich anzuhören. „Werden Sie eine Stellungnahme abgeben, die ich verwenden kann?“

„Unter einer Bedingung“, erwiderte ich. „Ich will das Tagebuch.“

Am anderen Ende der Leitung herrschte Totenstille, und ich wartete auf seine Beteuerung, dass er es unbedingt behalten müsse.

Also drängte ich ihn ein wenig mehr. „Dieses Buch ist wichtig für Stevie Kisner. Sie hat ihr ganzes Leben lang Tagebuch geführt. Sie halten damit nicht nur ein paar Fakten über die Titans in Händen, sondern auch einen Teil ihrer Erinnerungen. Sie hat es verdient, es zurückzubekommen.“

Er schwieg immer noch, doch dann sagte er schließlich: „Ich werde es Ihnen geben, wenn Sie eine Stellungnahme abgeben, die ich verwenden kann.“

Ich musste meine Wut zügeln, denn er gebärdete sich, als wäre das Tagebuch sein Eigentum. Aber es gehört ihm nicht. Es wurde gestohlen, und er hat kein Recht, es zu behalten. Ich hätte auch zur Polizei gehen können, doch diese Methode ist schneller und macht ehrlich gesagt mehr Spaß.

Wir haben uns für heute Abend nach dem Spiel in einem kleinen Café verabredet, das sich etwa zwei Häuserblocks vom Stadion entfernt befindet. Ich erkenne Betta problemlos, da sein Bild neben dem Artikel abgedruckt war.

Er steht vor einer Sitznische in der hinteren Ecke des Cafés und ich gehe auf ihn zu. Er streckt mir eine Hand entgegen, die ich nur widerwillig schüttle, aber ich werde nett zu ihm sein, bis ich das Tagebuch habe.

„Es ist mir eine Ehre, Sie kennenzulernen", sagt Carmine und drückt mir kräftig die Hand. „Tut mir leid wegen des Spiels heute Abend. Hätten Sie gern einen Kaffee?"

„Nein, danke, Mann. Und danke, dass Sie sich mit mir treffen."

Carmine lacht und deutet auf die Nische. „Als würde ich mir ein Interview mit Hendrix Bateman entgehen lassen."

„Das ist kein Interview", erwidere ich, als wir uns beide setzen, denn ich will sicherstellen, dass er sich darüber im Klaren ist.

„Aber ich bekomme eine Stellungnahme von Ihnen", drängt er.

„Ja … ich gebe Ihnen eine Stellungnahme. Aber ich will das Tagebuch."

„Zuerst die Stellungnahme", entgegnet er, zieht ein Aufnahmegerät aus seiner Hemdtasche und legt es auf den Tisch.

„Zuerst das Tagebuch. Ich möchte Sie daran erinnern, dass es sich um gestohlenes Eigentum handelt. Genauso gut könnte ich es der Polizei melden oder die Zeitung anrufen und mit einer Verleumdungsklage drohen. Ich könnte Ihren dürren Arsch aus dieser Nische zerren und Sie für das, was Sie ihr angetan haben, verprügeln. Aber ich bin bereit, Ihnen ein offizielles Angebot zu machen, wenn Sie mir das verdammte Tagebuch aushändigen.“

„Na schön“, murrt er und greift in eine olivgrüne Leinentasche, die neben ihm liegt. Er zieht Stevies braunes, in Leder gebundenes Tagebuch heraus, in dem die Seite fehlt, die sie mir geschenkt hat. Darauf hat sie vorausgesagt, dass wir uns ineinander verlieben würden.

Es juckt mir in den Fingern, über den Tisch zu greifen und es mir zu schnappen, aber ich warte. Er übergibt es mir ohne zu zögern. Sobald ich es in Händen halte, überkommt mich ein Hochgefühl, weil ich es geschafft habe, das Buch für Stevie zurückzuerobern. Doch meine Stimmung wird sofort wieder gedrückt, als Betta den roten Knopf am Aufnahmegerät drückt.

„Hier spricht Carmine Betta und heute ist der 30. Dezember. Ich sitze mit Hendrix Bateman von den Pittsburgh Titans zusammen und diese Unterhaltung ist offiziell. Hendrix … Sie haben mir eine Stellungnahme zu dem Artikel versprochen, der letzten Freitag erschienen ist. Wie haben Sie darauf reagiert?“

Ich halte das Tagebuch fest in der Hand und beuge mich vor, damit das Aufnahmegerät meine Stimme problemlos aufzeichnen kann. „Wie ich reagiert habe? Nun, vor allem bin ich schockiert, weil Sie gestohlenes persönliches Eigentum verwendet haben, das private Informationen enthält, obwohl Sie keine Erlaubnis hatten, diese …“

Carmine greift nach dem Aufnahmegerät und will es ausschalten, doch ich packe sein Handgelenk und halte es fest, während ich fortfahre: „Abgesehen davon möchte ich offiziell und im Namen der Titans-Organisation sagen, dass die ungenauen Angaben und verzerrten Tatsachen in Ihrem Artikel keinen von uns belastet haben. Sie alle sind gute Menschen – mich eingeschlossen –, und das wissen die Fans. Ich würde sagen, die vielen Kommentare, die Ihren Versuch anprangern, uns zu diskreditieren, beweisen, dass Sie nichts weiter als ein Möchtegern-Journalist sind. Ich nehme an, Sie sitzen jetzt nur hier, weil der National Enquirer Sie nicht haben wollte.“

Ich lasse Carmines Handgelenk los, woraufhin er auf seinem Sitz zusammensackt. Vor Schreck steht ihm der Mund offen. Ich schalte das Aufnahmegerät aus und rutsche aus der Nische. „Sie haben meine Erlaubnis, das Wort für Wort zu drucken.“

Doch das wird er nicht tun.

Ich verlasse das Café und gehe zurück zum Spielerparkplatz der Arena.

Nächster Halt … Jerry's Lounge.

***

Ich atme tief durch, stecke das Tagebuch in meine Jacke und schließe den Reißverschluss. Sie ist tailliert geschnitten, daher kann das Buch nicht herausrutschen.

Es wäre so einfach, in Jerry's Lounge zu spazieren und mit dem Tagebuch vor Stevies Nase herumzuwedeln. Ich könnte den Helden spielen, um sie dazu zu bringen, mir zu verzeihen. Aber ich will, dass sie sich anhört, was ich zu sagen habe, ohne sich davon blenden zu lassen.

Als ich die Tür öffne, bin ich nicht überrascht, die übliche Klientel hart gesottener Biker vorzufinden. Mein Blick fällt auf das Ende der Bar, an der John normalerweise sitzt, und mich durchströmt ein seltsam tröstliches Gefühl, als ich ihn tatsächlich dort erblicke. Er hat mir deutlich zu verstehen gegeben, dass er mir nicht helfen wird, doch das ist nur ein Haufen Mist. Allein durch seinen Rat, wie ich mit dem Reporter umgehen soll, hat er mir bereits geholfen.

Mein Blick gleitet hinter den Tresen und landet auf Stevie, die so ähnlich aussieht wie an dem Abend unserer ersten Begegnung. Sie ist gekleidet wie eine Rockerbraut, doch ich weiß, dass unter dem dunklen Augen-Make-up und den sexy Tattoos ein bezaubernder Mensch steckt.

Mir ist ebenso bewusst, wie wichtig es ist, dass ich das hier nicht vermassle. Es wird zwar nicht meine einzige Chance sein, aber John hat mich gewarnt, dass es eine Weile dauern könnte, bis Stevie sich wieder für mich erwärmt. Vielleicht muss ich sogar ganz von vorn anfangen.

Aber ich muss es schaffen.

Ich will, dass sie mir mein Verhalten ihr gegenüber verzeiht und mich wieder liebt.

Ich habe keine Ahnung, woher Stevie weiß, dass ich hier bin, doch sie unterhält sich gerade angeregt mit einem Gast, der neben ihrem Vater sitzt, als sie sich plötzlich versteift. Sie dreht langsam den Kopf und begegnet meinem Blick. Sie betrachtet mich mit ausdrucksloser Miene und ich kann nicht sagen, ob sie verärgert ist oder ob ich ihr gleichgültig bin.

Schnell gehe ich ans Ende des Tresens und stelle mich neben John. Falls sie erneut jemanden damit beordert, mich hinauszuwerfen, wird John ihr den Gefallen hoffentlich nicht tun. Ich baue darauf, dass er mir eine Chance geben wird.

Mit einem misstrauischen Ausdruck im Gesicht folgt sie mir mit ihrem Blick.

„Ich würde gern mit dir reden", sage ich.

Sie lässt mich jedoch abblitzen, indem sie eine Hand hinter ihr Ohr hält und vorgibt, mich nicht zu verstehen. „Tut mir leid … ich kann dich nicht hören." Sie zeigt auf die Jukebox und zuckt mit den Schultern.

Dann macht sie auf dem Absatz kehrt und geht den Tresen entlang, um nach leeren Gläsern Ausschau zu halten.

Ich wende mich John zu, doch er zuckt nur mit einer Schulter.

Sie kann mich also nicht hören, hm?

In dem Wissen, dass Stevie jeden Moment ihre Wachhunde auf mich hetzen kann, drehe ich mich um und gehe zur Jukebox. Ohne zu zögern, ziehe ich das Kabel aus der Steckdose und die Musik verklingt. Ebenso schnell verstummen auch sämtliche Unterhaltungen und alle drehen sich in meine Richtung.

Stevie starrt mich schockiert mit großen Augen an.

Endlich zeigt sie eine Emotion.

Die beiden Schläger, die mich gestern Abend aus der Kneipe entfernt haben, sitzen noch immer auf ihren Hockern. Stevie wendet sich ihnen zu, zeigt mit dem Kinn in meine Richtung und gibt ihnen damit schweigend den Befehl, mich hinauszuwerfen.

„Alle Getränke gehen für den Rest des Abends auf mich!", rufe ich. Die beiden Männer, die sich gerade von ihren Hockern erheben wollten, halten inne. „Ich bezahle all eure Drinks, wenn ihr mir nur fünf Minuten Zeit mit der schönen Kneipenbesitzerin gebt."

Stevie fällt die Kinnlade herunter, während Gary und Chris ein paar Worte austauschen. John zieht den Kopf ein, doch als ich auf ihn zugehe, sehe ich, wie seine Schultern beben vor Lachen.

„Nein", sagt Stevie, zieht das Handtuch von ihrer Schulter und klatscht es auf den Tresen. „Ich muss dir gar nichts geben."

„Gib ihm fünf Minuten, Stevie", ruft jemand von hinten. „Wir werden den ganzen Abend lang doppelte Schnäpse trinken und dir eine Menge Geld einbringen."

Die Leute lachen und eine Frau erklärt: „Es sind nur fünf Minuten. Rede mit ihm."

Stevie verdreht die Augen und geht mit einem Schnauben auf mich zu. Sie bleibt hinter dem Tresen stehen und stemmt die Hände in die Hüften. „Also schön. Dann raus mit der Sprache."

„Ich habe gehört, was deine Mutter getan hat … dass sie dir vorgegaukelt hat, sie befände sich in Gefahr und …"

„Na und?", blafft Stevie wütend. „Jetzt kennst du die Wahrheit. Und du bist gekommen, um mir zu sagen, dass du mir das Treffen mit dem Reporter verzeihst?"

„Nein", erwidere ich mit sanfter Stimme und schüttle den Kopf. „Ich bin hier, um dich zu bitten, mir zu vergeben, dass ich dich so schlecht behandelt habe. Du hast versucht, mir die Wahrheit zu sagen, und ich habe mich geweigert, dir zuzuhören. Das tut mir unendlich leid. Ich habe dich im Stich gelassen, doch ich hätte dich beschützen sollen. Und deshalb muss ich mit dir reden."

Sie scheint von meinen Worten überrascht zu sein, denn ein solches Geständnis hat sie offenbar nicht erwartet. Allerdings sehe ich auch, dass es für sie keinen großen Unterschied macht.

Sie schüttelt den Kopf, als wollte sie meine Bitte um Vergebung abschütteln. „Angenommen, ich verzeihe dir, wie soll ich dir jemals wieder vertrauen? Du hast mir versichert, dass du hart an einer Beziehung arbeitest und nicht so leicht aufgibst, das habe ich dir geglaubt. Dennoch hast du mich beim ersten Anzeichen von Problemen im Stich gelassen. Du hast dir nicht einmal die Mühe gemacht, mich anzuhören."

Ich zucke innerlich zusammen, denn sie hat recht. Ich habe auf ganzer Linie versagt. „Zu meiner Verteidigung kann ich nur vorbringen, dass ich noch nie zuvor verliebt war. Daher bin ich auch noch nie so sehr verletzt worden. Ich bin noch jung, Stevie, habe kaum Erfahrungen mit der Liebe und den damit einhergehenden Enttäuschungen. Aber ich habe mich schändlich verhalten und kann dir gar nicht erklären, wie sehr ich das bedaure.“

„Ich frage mich“, sinniert sie, „ob du mir genau dasselbe sagen würdest, wenn du nicht wüsstest, was meine Mutter getan hat. Hättest du mir je verziehen, wenn du meine Beweggründe, zu diesem verdammten Treffen zu gehen, nicht gekannt hättest?“

Ich könnte sie anlügen und ihr mit Nachdruck zu verstehen geben, dass ich schlussendlich zur Vernunft gekommen wäre und dass ihre Beweggründe nur zweitrangig sind.

Aber ich bin kein Lügner.

„Ehrlich gesagt weiß ich es nicht. Ich würde gern glauben, dass ich gründlich über alles nachgedacht hätte, sobald ich mich beruhigt hätte. Dass mir klar geworden wäre, dass du mich nie absichtlich verletzen würdest. Und dass ich letztendlich herausgefunden hätte, dass noch mehr hinter der ganzen Sache steckt.“

Sie wendet den Blick ab und reibt sich den Nacken. Das ist zwar nicht die beste Antwort, aber die aufrichtigste. Mit angehaltenem Atem warte ich gespannt, was sie tun wird. Ich habe alles gesagt, was ich zu sagen hatte, habe mein Fehlverhalten eingestanden und sie um Vergebung gebeten.

Als sie den Blick wieder hebt, sehe ich die Traurigkeit in ihren Augen. Ich kenne ihre Antwort, noch bevor sie sie ausspricht. „Es tut mir leid, Hendrix. Aber ich wurde schon einmal von jemandem verlassen, für den ein paar Probleme nicht zu bewältigen waren. Meiner

Mutter habe ich eine zweite Chance gegeben, und weißt du, was ich herausgefunden habe?“

Ich antworte nicht, denn das ist eine rhetorische Frage.

„Menschen ändern sich nicht. Ich habe nicht das Zeug dazu, das alles noch einmal durchzumachen.“

Mein Gott, ihre Worte sind wie ein Schlag in die Magengrube, und ich muss mich zusammenreißen, um mich nicht vor Schmerzen zu krümmen. Ich sehe John an, in dessen Blick tatsächlich ein mitfühlender Ausdruck liegt.

Mit einem verständigen Nicken öffne ich den Reißverschluss meiner Jacke und ziehe das Tagebuch heraus, um es auf den Tresen zu legen. John blinzelt überrascht, weil ich mein Vorhaben in die Tat umgesetzt habe, während Stevie es einen Moment nur anstarrt, bevor sie wieder meinem Blick begegnet.

Ich nicke noch einmal. Sie ist noch nicht bereit, mich wieder in ihr Leben zu lassen, aber ich werde es immer wieder versuchen, bis sie mir nachgibt.

„Schreib die Getränke auf meine Rechnung, ich werde dir das Geld überweisen.“

Ich wende mich noch einmal John zu, der mir überraschenderweise eine Hand auf die Schulter legt und sie drückt. Die Geste ist einzig und allein für Stevie gedacht.

Dann drehe ich mich um und verlasse die Bar. Ein paar Biker danken mir im Vorbeigehen.

Draußen auf dem Bürgersteig ziehe ich den Reißverschluss meiner Jacke zu und stecke meine Hände in die Taschen. Es ist verdammt kalt heute Abend und mein Anorak ist nicht sehr warm, aber ich habe den Wagen nur ein paar Straßen weiter geparkt.

Kaum habe ich mich mehr als ein paar Schritte vom Jerry’s entfernt, wird die Tür geöffnet. Ich schrecke auf, als ich Stevie rufen höre: „Warte.“

Mit klopfendem Herzen drehe ich mich um und sehe, dass sie mich mit einem unsicheren Ausdruck in den Augen betrachtet und sich ihr Tagebuch an die Brust drückt. „Woher hast du das?“

Ich ignoriere die Frage, denn das ist im Moment nicht wichtig. „Ich habe es nicht zurückgeholt, um mich bei dir beliebt zu machen.“

Stevie wirft einen Blick darauf. „Nein, das würdest du nicht tun.“ Als sie mich wieder ansieht, sehe ich endlich einen sanftmütigen Schimmer in ihren Iriden. „Ich danke dir. In den letzten Tagen sind eine Menge furchtbarer Dinge passiert. Doch jetzt, da ich meine Mutter aus meinem Leben verbannt und das Buch wiederhabe, kann ich zwei der drei wichtigsten Punkte von meiner Liste streichen.“

Ich nehme es als gutes Zeichen, dass sie mit mir redet, und gehe auf sie zu. „Du hast deine Mutter aus deinem Leben ausgeschlossen?“

Sie nickt. „Ich bin zu ihr nach Hause gefahren und habe sie zur Rede gestellt. Sie hat zugegeben, dass die ganze Geschichte ein einziger Schwindel war. Ich fand heraus, dass sie tatsächlich Geld gebraucht hat, aber es waren keine zehntausend. Sie und ihr Freund haben es sich zunutze gemacht, dass ich eine Beziehung zu ihr aufbauen wollte, und mich so dazu gebracht, Dinge zu tun, auf die ich nicht stolz bin.“

Ich kann nicht anders und trete noch einen Schritt auf sie zu. Sie ist zum Greifen nah und ich lege eine Hand in ihren Nacken. Als sie nicht zurückweicht, macht mein Herz vor Freude einen Satz. „Du hast nichts falsch gemacht, Stevie.“

„Es war falsch, sich in diesen Schwindel hineinziehen zu lassen“, sagt sie voller Selbsthass. „Und es war falsch, sich mit diesem Reporter zu treffen.“

„Nein … letztendlich ist niemand verletzt worden, außer meinem Ego.“

„Es tut mir wirklich leid, dass …“

Ich hoffe, dass sie mir nicht ein Knie in die Eier rammt, doch ich gehe das Risiko ein und küsse sie, um sie zum Schweigen zu bringen. Als ich den Kopf zurückziehe, flüstere ich: „Du hast dich bereits entschuldigt. Und ich sage dir, dass ich deine Entschuldigung annehme, in Ordnung?“

Sie senkt den Blick und nickt.

„Besteht denn die Möglichkeit, dass du meine Entschuldigung ebenfalls annimmst?“, frage ich.

Sie atmete tief durch, legt den Kopf in den Nacken und stößt ein frustriertes Schnauben aus. „Das muss ich wohl, nachdem du mein Tagebuch zurückgeholt hast.“

Ich werde von Erleichterung durchströmt, denn immerhin ist sie wieder in der Lage, zu scherzen.

Zumindest ein wenig.

„Das Tagebuch hat damit nichts zu tun“, sage ich und verleihe meinen Worten Nachdruck, indem ich meinen Griff um ihren Nacken festige. „Ich habe wirklich Mist gebaut, Stevie. Es war ganz und gar falsch von mir, mir nicht die ganze Geschichte anzuhören. Ich war es dir schuldig. Verdammt, ich habe dir versprochen, dass ich mich immer um dich bemühen werde, und ich habe dich enttäuscht.“

„Das hast du alles in der Kneipe schon beteuert.“

„Offenbar muss ich es wiederholen, denn bisher hast du mir noch nicht gesagt, dass du mir verzeihst. Und du hast mich nicht wissen lassen, dass du mich immer noch so liebst, wie ich dich liebe.“

„Du liebst mich immer noch?“, fragt sie.

„Ich habe nie aufgehört, dich zu lieben“, versichere ich ihr. „Ich habe zwar noch eine Menge zu lernen, wenn es um die Liebe geht, aber ich weiß, dass sich das Gefühl nicht einfach an- und ausschalten lässt.“

„Nein, es lässt sich nicht ausschalten.“

Wieder nehme ich ihre Worte als gutes Zeichen und presche weiter vor. „Bitte sag mir, dass du mir verzeihst und wir von vorn anfangen können. Bitte sag mir, dass du mich noch liebst."

Stevie tritt auf mich zu. Während sie mit einer Hand immer noch ihr Tagebuch an die Brust drückt, schlingt sie die andere um meine Taille. „Ich liebe dich. Und ich vergebe dir."

Vor Erleichterung gehe ich fast in die Knie, doch ich halte mich aufrecht und schlinge meine Arme um sie.

„Aber ich will nicht von vorn anfangen", sagt sie. Ich zucke zurück und runzle die Stirn, doch sie grinst nur. „Ich will da weitermachen, wo wir aufgehört haben."

„Meine Güte, Stevie … deinetwegen bekomme ich noch einen Herzinfarkt." Ich stoße ein nervöses Lachen aus und umfasse mit beiden Händen ihr Gesicht. Dann presse ich meine Lippen auf ihre und küsse sie, wobei ich förmlich schmecken kann, dass zwischen uns wieder alles im Lot ist. Ich drücke meine Stirn an ihre. „Ich schwöre bei Gott … ab jetzt werde ich immer für uns kämpfen und dich nie wieder im Stich lassen."

„Ich glaube dir."

„Aber falls du in Zukunft wieder einmal in der Klemme stecken solltest, musst du zu mir kommen und mich um Hilfe bitten. Denn dafür bin ich da."

„Okay", flüstert sie.

Eine Weile liegen wir uns einfach nur einander in den Armen. Noch nie in meinem ganzen Leben habe ich ein solches Gefühl der Vollkommenheit verspürt.

Die Tür der Bar öffnet sich und Musik dringt heraus, was mir verrät, dass jemand die Jukebox wieder angeschlossen hat. „Alles in Ordnung hier draußen?", fragt John.

Keiner von uns rührt sich.

„Ja, Peas … alles bestens", ruft Stevie und dreht dann den Kopf, um ihren Vater anzusehen. „Eigentlich müssten wir noch ein paar Dinge klären. Daher wäre es gut, wenn wir uns zurückziehen könnten, um zu reden."

John zieht argwöhnisch die Augenbrauen in die Höhe. „Soll ich die Bar übernehmen?"

„Ja, bitte, und danke", sagt sie schnell und ergreift meine Hand.

Ich blicke John nicht einmal an, denn ich möchte seinen Gesichtsausdruck nicht sehen, da es doch offensichtlich ist, dass seine Tochter mit mir intim werden will.

Ich führe Stevie den Bürgersteig hinunter. Sie blickt noch einmal zurück und ruft ihrem Vater zu: „Ich liebe dich."

„Ich liebe dich auch", brummt er.

„Wir haben doch sonst nichts zu besprechen, oder?", frage ich, während wir die Straße entlangeilen. „Wir werden doch Versöhnungssex haben, oder?"

„Ganz genau", sagt sie mit Nachdruck. „Aber danach können wir uns unterhalten, uns noch ein paarmal unsere Liebe gestehen und uns ein wenig selbstquälen. Es wird lustig werden."

Ich breche in Gelächter aus und bleibe mitten auf dem Gehweg stehen. Dann ziehe ich sie an mich, um sie zu küssen. Kurz bevor ich meine Lippen auf ihre presse, sage ich: „Mein Gott, ich liebe dich."

Kapitel 28

Stevie

Ich zupfe am Saum meines Kleides und lasse den Blick durch die Bar schweifen. Die unterschiedlichsten Menschen sind heute zusammengekommen. Zum einen ist da meine normale Biker-Kundschaft in ihrer Lederkluft und Jeans, dann sind auch einige Titans-Fans hier, die in den Teamfarben Lila und Silber gekleidet sind, und dann sind da noch wir … die Titans-Familie.

Zwar ist nicht die ganze Mannschaft erschienen, aber die anwesenden Spieler sind meinen Stammgästen zahlenmäßig überlegen. Viele ihrer Mannschaftskameraden hatten schon lange im Voraus Pläne für Silvester, denn das Team hat sowohl heute Abend als auch den gesamten morgigen Tag frei.

Dennoch sind so viele von ihnen hier, dass ich nur darüber staunen kann, wie schnell ich ein Teil dieser Großfamilie geworden bin.

Ich zupfe erneut an meinem Kleid, weil es mir zu kurz ist. Harlow hat darauf bestanden, dass ich es trage, obwohl das Outfit für meinen Geschmack ein bisschen zu eng ist und zu sehr glitzert. Zugegeben, als Hendrix es sah, sind ihm fast die Augen aus dem Kopf gefallen. Die Stiletto-Absätze haben sicher auch ihren Teil dazu beigetragen.

Aber wie Hendrix eben ist, hat er mir den Kopf zurechtgerückt. Er zog mich in seine Arme und flüsterte mir ins Ohr: „Du siehst heute Abend so heiß aus, dass ich gar nicht weiß, wie ich meine Hände von dir lassen soll. Aber um ehrlich zu sein, bist du in Jeans und T-Shirt genauso sexy.“

Ich glaube, in diesem Moment habe ich mich noch ein bisschen mehr in ihn verliebt.

„Hör auf, ständig an deinem Kleid herumzuzerren“, ermahnt Harlow mich und stößt mich mit dem Ellbogen an.

„Es ist zu kurz“, beschwere ich mich. „Alle starren mich an.“

„Es ist nicht zu kurz, aber je mehr du daran herumzerrst, desto mehrwerden dich die Leute anstarren. Also hör auf damit.“

„Na schön“, murmle ich und drehe stattdessen nervös an den Diamantsteckern in meinen Ohrläppchen.

„Was ist los mit dir?“, fragt sie und dreht sich in meine Richtung. Sie trinkt gerade eine Flasche Wasser und sieht verdammt sexy aus in ihrem eigenen knappen tiefgrünen Kleid.

„Es ist nur … gestern war ich noch der Staatsfeind Nummer eins und heute ist fast das ganze Team hier in meiner Kneipe, um Silvester zu feiern.“

Harlow schüttelt den Kopf. „Nein, du warst gestern nicht der Staatsfeind Nummer eins. Das warst du vor fünf Tagen, aber vor drei Tagen hat das Team die wahre Geschichte erfahren, und seitdem hast du bei allen wieder einen Stein im Brett.“

Ich verdrehe die Augen und stoße sie mit dem Ellbogen an. „Du weißt, was ich meine. Ich habe … ich habe dieses Team verletzt.“

„Nein“, erwidert sie in einem mahnenden Tonfall, als müsste sie einen Zweitklässler belehren. „Deine Mutter hat das Team verletzt. Und dich ebenfalls. Alle wissen das und freuen sich einfach nur darüber, dass du und Hendrix wieder zusammen seid.“

Ich werfe einen Blick auf Hendrix, der sich gerade mit einigen seiner Mannschaftskameraden unterhält und lacht. Als hätte er bemerkt, dass ich ihn ansehe, dreht er seinen Kopf in meine Richtung.

Meine Wangen erröten leicht und ich lächle ihn an. Er erwidert das Lächeln nicht, sondern legt nur den Kopf schief, um mich stillschweigend zu fragen: *Geht es dir gut?*

Als wir uns vorhin bei mir zu Hause fertig gemacht haben, haben wir ebenfalls über das Thema gesprochen, und er hat mich genauso beruhigt wie Harlow jetzt. Aber er weiß, wie nervös ich bin.

Ich nicke und er schenkt mir ein Lächeln, bevor er sich wieder seinen Freunden zuwendet.

„Komm schon", sage ich und hake mich bei Harlow ein. „Lass uns den letzten Tag dieses Jahres feiern."

***

„Du bist dran", sagt Kiera, als sie mir mein Billardqueue reicht. Ich habe es ihr gegeben, denn wir spielen zusammen gegen Hendrix und ihren Bruder Drake.

Männer gegen Frauen.

Gewinner gegen Verlierer.

Kiera ist keine besonders gute Billardspielerin, was bedeutet, dass ich im Grunde allein gegen Hendrix und Drake antrete, der auch nicht schlecht ist.

Ich gehe um den Tisch herum und betrachte die Lage. Kiera und ich sind an der Reihe und müssen noch drei Kugeln versenken, während Hendrix und Drake nur noch eine übrig haben.

Ein Blick auf den Nachbartisch lässt mein Herz höherschlagen, denn dort sehe ich ein weiteres Beispiel dafür, wie unterschiedliche Welten aufeinandertreffen können. Brienne Norcross, die Milliardärin und Eigentümerin der Titans, hat sich entschieden, Silvester in meiner kleinen Kneipe zu verbringen. Ohne Zweifel hat sie dafür auf eine schicke Party in der Stadt verzichtet. Hendrix sagte, sie sei Drake zuliebe gekommen, der sich in ihrer Welt nicht ganz wohlfühlt, obwohl er ihr sicher überall hin folgen würde.

Aber Brienne hat mir gegenüber vorhin zugegeben, dass sie diese Atmosphäre viel lieber mag. Sie trägt eine enge schwarze Lederhose, ein rotes Seidentop und sexy schwarze Stiefel, die um die Knöchel mit winzigen Silberketten verziert sind.

Sie und Jenna bilden ein Team und treten gegen Molly und Karla an. Letztere sind zwei meiner Stammgäste, deren Ehemänner mit meinem Vater im Motorradclub sind. Sie sind beide tätowiert, tragen Jeans und tief ausgeschnittene Tanktops. Doch ihr Outfit ist nebensächlich, denn die vier Frauen unterhalten sich und lachen miteinander, während sie spielen.

Sie alle entstammen unterschiedlichen sozialen Schichten, doch bei einer Partie Billard kommen sie zusammen.

Ich konzentriere mich wieder auf unseren Tisch und überlege, welche Kugel ich anspielen soll. Hendrix sitzt auf einem Hocker an einem Stehtisch und beobachtet mich. Einen Fuß hat er auf eine Querlatte seines Stuhls gestützt, während er das andere Bein ausgestreckt hat. Das Ende seines Queues hat er auf den Boden gestellt und hält mit beiden Händen die Spitze fest. Es ist eine lässige Pose, doch sein Blick wirkt alles andere als entspannt.

„Ich werde uns noch eine Runde holen", verkündet Drake.

Ich ignoriere ihn und konzentriere mich darauf, wie ich mir auf dem grünen Filz den Weg zum Sieg bahnen kann. Ich habe zwei Möglichkeiten und entscheide mich für einen Stoß auf der Seite des Tisches, an der Hendrix sitzt.

Er betrachtet mich mit einem Schmunzeln, als ich um den Tisch herumgehe und dabei ein wenig mit den Hüften schwinge. Diese Absätze bringen mich noch um, aber ich ertrage die Schmerzen, denn sie sind Teil des

Gesamtpakets, das seine Augen anerkennend funkeln lässt.

Ich drehe ihm den Rücken zu und beuge mich vor, um meinen Stoß auszurichten. Mir ist bewusst, dass mein Kleid dabei ein wenig hochrutscht. Nicht weit genug, um obszön zu wirken, doch wenn ich mich jetzt umdrehen würde, würde ich sehen, wie Hendrix meinen Hintern anstarrt.

„Hey, Baby", sagt er zwar leise, aber laut genug, dass ich ihn hören kann. Ich ignoriere ihn und konzentriere mich darauf, die Kugel mit der Nummer fünf anzuspielen. „Am liebsten würde ich dich für fünfzehn Minuten nach hinten in den Lagerraum schleppen."

„Du bist süß", erwidere ich und versenke die Kugel mit einem sauberen Stoß. Dann richte ich mich auf und drehe mich zu ihm um. „Aber wenn wir im Lagerraum verschwinden, werden wir nicht mitbekommen, wenn die Uhr Mitternacht schlägt, und ich will meinen ersten Kuss im neuen Jahr nicht verpassen."

Hendrix wirft einen Blick auf seine Armbanduhr und runzelt die Stirn. „Noch sieben Minuten. Das ist definitiv nicht genug Zeit, um mit dir das zu tun, was mir vorschwebt."

Lachend packe ich sein Hemd und ziehe ihn zu mir. Ich presse meine Lippen auf seine und will mich gerade wieder von ihm lösen, als er eine Hand um meinen Nacken schlingt, um den Kuss zu vertiefen. Als er den Kopf zurückzieht, murmelt er in meinen Mund: „Ich liebe dich."

Ein Schauer läuft mir über den Rücken, als ich den aufrichtigen Tonfall in seiner Stimme höre. Ich lehne mich zurück, blicke ihm tief in die Augen und sage: „Ich liebe dich auch. So sehr."

Er grinst, zieht seine Hand zurück und zeigt mit einem Nicken auf den Tisch. „Und jetzt erlöse uns von unserem Elend."

Ich tue ihm den Gefallen, versenke die nächsten beiden Kugeln und gewinne das Spiel, gerade als Drake mit zwei Bierflaschen in jeder Hand zurückkommt.

„Verdammt", murmelt er und reicht uns unsere Drinks. Dann holt er seine Brieftasche heraus und gibt Kiera einen Zwanziger.

„Du dachtest, mit mir im Team könnten wir nicht gewinnen, nicht wahr?", scherzt sie fröhlich.

„Ich dachte, Hendrix und ich hätten zumindest eine Chance, wenn du mit Stevie spielst."

„Alles oder nichts?", fragt Kiera.

„Auf keinen Fall", antwortet Drake und wirft einen Blick auf Brienne. „Ich werde jetzt meinem Mädchen beim Spielen zusehen."

Kiera dreht sich zu Bain und Camden um, die neben Hendrix am Tisch sitzen. „Kommt schon ... wer hat Lust auf eine Partie?"

„Ich bin dabei", sagt Bain und fischt etwas Kleingeld aus seiner Tasche, um es in den Münzeinwurf zu stecken und die Kugeln freizugeben.

Drake wirft ihm einen warnenden Blick zu, um ihm klarzumachen, dass seine kleine Schwester tabu ist.

Bain verdreht nur die Augen. „Entspann dich, Kumpel. Es ist nur eine Partie Billard."

„Beachte ihn gar nicht", beruhigt Kiera Bain. „Er ist nur sauer, weil er gerade zwanzig Dollar verloren hat."

Im nächsten Moment spüre ich eine Hand an meinem Handgelenk, dann zieht Hendrix mich zu sich. Ich lehne meinen Billardstock an die Wand und schmiege mich mit dem Rücken an ihn, während er einen Arm um meine Taille schlingt, damit wir Bain und Kiera beim Spielen zusehen können.

Dann lehnt sich Hendrix zur Seite, um sein Handy aus der Tasche zu ziehen. Ich beobachte neugierig, wie er die Kamera-App öffnet und das Telefon weit vor sich ausstreckt, um ein Selfie zu machen.

Sein breit grinsendes Gesicht füllt den ganzen Bildschirm aus.

„Wie lautet die Telefonnummer deines Vaters?“, fragt er, während er das Bild in eine Nachricht lädt.

Ich gebe sie ihm, dann tippt er: *Frohes neues Jahr. Ich wünschte, du wärst hier.*

Lachend lehne ich mich wieder an ihn, als er auf Senden drückt. Ich weiß, dass mein Vater darauf antworten wird. Er hat zwar beschlossen, heute Abend zu Hause zu bleiben und sich eine Dokumentation über wahre Verbrechen anzusehen, aber er ist genauso eine Nachteule wie ich und liegt sicher noch nicht im Bett.

Es dauert weniger als zehn Sekunden, bis wir eine Antwort erhalten.

Ein Bild vom Gesicht meines Vaters erscheint auf dem Display. *Ich bin froh, dass du nicht hier bist. Frohes neues Jahr.*

Hendrix und ich brechen in Gelächter aus. „Weißt du, ich glaube, dein Vater mag mich“, bemerkt er.

Ich bestätige ihn nicht in seiner Vermutung, aber er hat damit nicht unrecht. Mein Dad mag ihn sogar sehr.

„Wenn Tante Rory hier wäre, wäre er sicher gekommen“, sage ich.

Hendrix zieht eine Grimasse. „Bitte fang gar nicht erst damit an.“

„Du weißt, dass es stimmt“, stichle ich.

Plötzlich verstummt die Musik und jemand ruft: „Es ist gleich so weit.“

Der Barkeeper dreht die Lautstärke der Großbildfernseher auf, die überall in der Kneipe hängen und die Silvesterfeier in New York zeigen.

Weniger als dreißig Sekunden. Alle eilen zu ihren Liebsten, während ich mich an meinen schmiege und die anderen beobachte.

Drake und Brienne stehen am Billardtisch neben uns.

Gage und Jenna hocken neben Baden und Sophie an der Bar.

Coach West sitzt mit Ava auf seinem Schoß an einem Tisch, während sie ein Bier mit Coen und Tillie trinken.

Um die Dartscheibe herum stehen eine Handvoll alleinstehender Jungs, darunter Camden, der sich zu Kirill, Boone und Foster gesellt hat.

Vor uns ignorieren Kiera und Bain den Fernseher und spielen weiter ihre Partie.

Hendrix steht von seinem Hocker auf, dreht mich zu sich und legt einen Arm um meine Taille. Die andere Hand legt er unter mein Kinn und hebt es an, um meinem Blick zu begegnen. Im Hintergrund höre ich, wie die Menge von zehn herunterzählt. „Neun … acht … sieben …“

„Das ist der Anfang“, sagt Hendrix. „Mit dem neuen Jahr beginnt der Rest unseres Lebens.“

„Sechs … fünf …“

„Noch nie habe ich mich mehr auf etwas gefreut“, erwidere ich, lege meine Hände an seine Brust und spüre das gleichmäßige Schlagen seines Herzens.

„Vier … drei … zwei …“

Hendrix beugt sich vor und presst seinen Mund auf meinen.

„Eins. Frohes neues Jahr!“

Vage bekomme ich mit, wie die Leute jubeln und Party-Popper knallen lassen, während um uns herum Konfetti herunterregnet. Aber ich blende alles aus, als Hendrix den Kuss vertieft und wir gemeinsam in unsere Zukunft starten.

Autorin

Seit ihrem Debütroman im Jahr 2013 hat Sawyer Bennett zahlreiche Bücher von New Adult bis Erotic Romance veröffentlicht und es wiederholt auf die Bestsellerlisten der New York Times und USA Today geschafft.

Sawyer nutzt ihre Erfahrungen als ehemalige Strafverteidigerin in North Carolina, um mitreißende und sexy Geschichten zu schreiben.

Sie mag ihre Helden stark und mit Ecken und Kanten. Wenn sie nicht gerade die Figuren ihrer Romane zum Leben erweckt, ist Sawyer Chauffeurin, Stylistin, Köchin, Putzfrau und die persönliche Assistentin ihres lebhaften Kindes sowie Vollzeitbetreuerin zweier niedlicher, aber ungezogener Hunde. Sie glaubt an das Gute im Menschen und auch daran, dass ein schlechter Tag durch ein Work-out oder ein Stück Kuchen – gern auch durch beides – besser wird.

www.sawyerbennett.com

www.sawyerbennett.com/bookshop/german